ullstein

Das Buch

Die Biographie einer Dekade – erzählt als Familiengeschichte: klug, einfühlsam und amüsant führt Richard David Precht durch seine linke Kindheit in den Siebzigern. Eine durchaus liebevolle Rückschau auf ein politisches Elternhaus, die bei allen Altersgenossen vertraute Erinnerungen an die Leidenschaften eines vergangenen Jahrhunderts wachrufen werden. Amüsant, nachdenklich und mit dem Gespür für die prägenden Details erzählt er das Gegenstück zur bürgerlichen Jugend der »Generation Golf«.

Der Autor

Richard David Precht, Philosoph, Publizist und Autor, wurde 1964 in Solingen geboren. Für seine journalistische Arbeit erhielt er mehrere Auszeichnungen. Seine Bücher *Wer bin ich, und wenn ja wie viele* sowie *Liebe, ein unordentliches Gefühl* haben es auf Anhieb in die Bestsellerliste geschafft.

Richard David Precht

Lenin kam nur bis Lüdenscheid

Meine kleine deutsche Revolution

Ullstein

Besuchen Sie uns im Internet:
www.ullstein-taschenbuch.de

FSC
www.fsc.org
MIX
Papier aus verantwortungsvollen Quellen
FSC® C006701

Erweiterte Neuausgabe im Ullstein Taschenbuch
1. Auflage Mai 2011
2. Auflage 2012

Konzeption: HildenDesign, München
Umschlaggestaltung: ZERO Werbeagentur, München
unter Verwendung einer Vorlage von HildenDesign, München
Titelabbildung: Motiv aus dem Privatarchiv des Autors
Satz: Pinkuin Satz und Datentechnik, Berlin
Gesetzt aus der Galliard
Papier: Holmen Book Cream von
Holmen Paper Central Europe, Hamburg GmbH
Druck und Bindearbeiten: CPI – Ebner & Spiegel, Ulm
Printed in Germany
ISBN 978-3-548-37323-2

Heute war gestern – morgen auch

Allen, die auf ihre Weise zu diesem
Buch beigetragen haben, und sei es
auch nur in einer Geste oder einer Redensart

Lenin kam nur bis Lüdenscheid. Bis Solingen ist er nicht gekommen. Aber fünfundzwanzig Kilometer weiter östlich, im Zeltlager in Lüdenscheid, schien die Weltrevolution bereits geglückt. Die große Bühne glänzte im Sonnenlicht des jungen Morgens. Zu beiden Seiten wehten die roten Fahnen. Von der Wiese her klimperten schon die Gitarren von Christiane und Fredrik Vahle, eine kleine Schar Kinder hatte einen Kreis um sie gebildet, die anderen schliefen noch in den Zelten. Wieder und wieder hatten wir gestern Abend ihre Lieder gesungen: das Lied von der Rübe, die der kleine Paul nur mit Hilfe der »Italiener-Kinder« aus der Erde ziehen kann, vom Hasen Augustin, der den dicken Jäger verarscht, und vom Fisch Fasch, dem faulen Nutznießer, dem die erbosten Arbeiter den weißen Hintern versohlen. Wir kannten sie alle von der Kinderplatte.

Die Lager fanden jedes Jahr statt, aber für Hanna und mich war es 1974 das erste Mal. Überall prangten die Embleme der DKP und der Naturfreunde, hier im Bergischen Land war beides nahezu identisch. Zu Tausenden waren die Parteimitglieder der KPD nach dem Verbot in den Fünfzigern der Naturfreundebewegung beigetreten und hatten sie fest in der Hand.

Ich setzte mich zu Christiane und Fredrik und sang mit. Es roch nach feuchtem Gras und nach dem Feuer der letzten Nacht. Allmählich wurde es wärmer. Die roten Fahnen hingen ruhig herab, es war jetzt windstill. Ich streckte mich auf die Wiese und gab mich der Stimmung hin, und immer wieder kam es mir unglaublich vor, so mittendrin zu sein unter Gleichgesinnten. Wie selten hatte ich dieses Gefühl, einer größeren Gruppe zuzugehören als meiner Familie. Hanna schien es genauso zu gehen, den gestrigen Tag über hatten wir uns kaum gesehen, ein jeder war seine eigenen Wege gegangen in dem unübersichtlichen Wust von Angeboten.

Auch heute gab es viel zu tun. Ich feilte eine ziemlich klobige Eule aus einem Ytong-Stein, las das erste *Tim-und-Struppi*-Heft meines Lebens und motivierte ein paar Kinder zu einem improvisierten Theaterstück auf der großen Bühne. Dann kam der Auftritt der Roten Grütze, eines Kindertheaters aus Berlin. Wir ärgerten uns, dass wir den Platz räumen mussten. Das Stück war doof. Es ging ziemlich viel um Kacka und Pipi. Warum die Linken das so toll fanden, wollte mir nicht in den Kopf. Auf der Bühne hatten alle Darsteller Unterhemden an, und auf den Hemden der Frauen waren mit gelber Farbe Brüste aufgemalt; sehr ansprechend war das nicht.

Die Erinnerung ist wie ein Autoscheinwerfer, der mal ein Haus, mal ein Gesicht der Dunkelheit entreißt. Denke ich an Lüdenscheid, sind es die Käfer, die vielen Junikäfer, die am frühen Abend aus der Erde krochen. Maikäfer kannte ich, hatte ich schon gesehen, aber die kleineren Junikäfer noch nie. Überall auf der Wiese brummte es. Aus den Büschen am Rand kam das Gekicher der Gruppenleiter und ihrer Freundinnen.

Im Zelt zeigte Hanna mir ein T-Shirt, das sie nachmittags unter Anleitung mit dem Händedruck bemalt hatte, dem Zeichen der Naturfreunde und der Kommunisten. Sie sagte, dass sie von nun an bei den »Jungen Pionieren« mitmachen wollte und dass sie sich dann wohl ihre langen Haare abschneiden müsste, weil sie nicht zeltlagertauglich wären. Tatsächlich waren sie verfilzt und hingen voller Kletten. Hinter ihr sah ich ein älteres Mädchen, das ihr T-Shirt auszog. Ihre Brüste waren nicht aufgemalt, sie machten ein kribbeliges Gefühl. Ich hätte sie länger angeguckt, hätten nicht die Junikäfer draußen auf mich gewartet.

Hanna und ich traten zusammen ins Freie. In der Dämmerung glühten die Fackeln, und überall zwischen den Bäumen gingen jetzt rote Lampions an. Die Junikäfer schwärmten noch immer, es waren Tausende. In der Mitte des Lagers brannte ein riesiges Feuer, die Kinder hatten sich im Schneidersitz darum versammelt, um zu singen. Christiane und Fredrik spielten wieder auf der Gitarre und mit ihnen die Gruppenleiter und einige der Jugendlichen: Spanien-Lieder, die »Moorsoldaten« und »Die Internationale«.

Der Wind wehte die kleinen Rauchwölkchen auseinander. Glühende Pünktchen. Die Kinder sangen jetzt »Bella Ciao« und das todtraurige Lied vom »Kleinen Trompeter«. Mehrere Scheite im Feuer zersprangen, und Funken sprühten in die kälter werdende Luft.

»Was ist los?«, wollte Hanna wissen. »Du weinst ja.«

»Es ist nur der Rauch«, murmelte ich und blickte zur Seite, obwohl das Feuer fast rauchlos brannte.

*

»Erinnerst du dich an das Pfingstlager in Lüdenscheid 1974?«

Wir sitzen in der weiten Essecke, meine Mutter

auf dem Stuhl, ich auf der langen Bank. Schon zum Frühstück vor Stunden bin ich hier reingerutscht, wie ein Kind, das man ja immer bleibt. Nur dass man das Kindsein hier merkt; wenn man bei seinen Eltern ist, denkt man unausgesetzt daran, es zu vergessen.

Draußen liegt Schnee. Ein Schweizer Architektenteam hat dieses Haus aus Würfeln und Quadern vor dreißig Jahren erschaffen, ein kubistischer Traum im Geiste von Le Corbusier, Beton im Wald. Hinter den Hügeln liegt Bern. Manchmal kommen architekturinteressierte Touristen und schauen.

Wir trinken Kaffee aus bunten Tassen. Meine Mutter raucht, rauchen darf sie noch, Wein trinken nicht mehr, wegen der Gichtanfälle. Die Wintersonne im Gesicht, die teilnahmslose Zigarette in der ruhigen Hand. Wir schweigen, um uns zu erinnern.

Ihrer wahren Natur nach sind Utopien Amphibien. Der kurzen Zeit ihres feuchtfröhlichen Laichvergnügens folgt eine lange Zeit der Ruhe. Träume und Hoffnungen überwintern in den Falten der Mundwinkel, den schmalen Kerben der Lachfalten. Augenringe und Krähenfüße sind ihre Lebensräume in der Trockenzeit; Signaturen eines versteckten Daseins. Meine Mutter stellt keine Fragen. Warum ich dies wissen will und jenes, und wofür das Ganze. Sie fragt selten. Sie wartet ab, lauert auf das, was kommt. Lauert leise. Da ist nichts Gesetztes, nichts Bequemes, nichts, das die Routinen des Lebens immer wieder in die gleichen Bahnen gelenkt hätten, sodass es bedächtig, geruhsam, stumpf und weise, mit anderen Worten: alt geworden wäre. Nicht Schönheit, nichts Damenhaftes, keine Attitüde des Geschlechts hat meine Mutter, inzwischen fünffache Großmutter, vom Altwerden abgehalten. Sie war eine schöne Frau mit schlankem Hals und einem großen Mund, dünn und kapriziös, aber schon mit Mitte dreißig hatte es ihr wohl nichts mehr bedeutet. Vielleicht fand sie sich selbst nie schön und ihren Hals stets zu lang; sie trug das Haar kurz, schminkte sich nicht und kleidete sich weit über das linke Soll hinaus unvorteilhaft. Nein, nichts Äußerliches hat meine Mutter jung bleiben lassen. Kein Ziel hat ihr den Weg ins Alter gewiesen, keine Ruhe, kaum innerer Frieden. Wahrscheinlich ist es erstrebenswert, Ruhe zu finden. Es bereitet auf den Tod vor und macht Menschen angenehm, gelassen, freundlich, einfältig und etwas langweilig. Ruhe ist die tägliche Nahrung des Alterns. Meine Mutter ist nicht gelassen, sie zeigt, was sie zeigen will.

Was bleibt, ist ein dritter, ein letzter Lebensabschnitt, in einer Wohnung in Bern zu ebener Erde. Oder woanders? Sie hat nie richtig Fuß gefasst in der Schweiz, in ihrem zweiten Leben. Vielleicht nur in ihrem Sommerhaus in Dänemark; Meerwind, Kirschbäume, spatzenhaftes Kindergezwitscher, die Enkel im Garten, wenn nur diese leeren feuchten Winter nicht wären, ohne Farben, ohne Menschen, ohne Schnee. Und eine Sprache, die sie sich selbst nach dreißig Jahren kaum traut, zu sprechen.

Im Regal stehen Bücher über Wüsten. Sie ist mit John in die Sahara gefahren, wieder und wieder in den letzten Jahren. Sie liebt die Wüste; Wind und Sterne und Unendlichkeit. Die Zeit ist der Sand, der sich bewegt. Nomadenglück. Nomadisch leben wollte sie schon immer, in Zelten statt in Häusern, ohne etwas zurückzulassen, woran das Herz hängt. Man macht sich nicht abhängig von toten Gegenständen. Das hat sie oft gesagt; sie lebt so.

Heute Nachmittag kommt der Makler, der das Haus verkaufen soll.

»Ich denke eigentlich nicht gern an die Vergangenheit«, sagt sie jetzt, das sei die Beschäftigung von alten Leuten. »Ich denke lieber an das bisschen Zukunft, das mir noch bleibt.«

Auch für mich geht etwas zu Ende mit diesem Abschnitt. Die Achtziger, die Neunziger, das Würfelhaus im Wald. Wenn ich die Augen schließe, ist es gestern, dass ich das erste Mal hier war und so beeindruckt davon, wie meine Mutter jetzt lebt.

Auf dem Weg gestern von Innsbruck durch das Inntal nach Bern war alles eingeschneit. Winter in den Alpen. Der Zug fuhr langsam auf schmaler Schneise durch die Landschaft. Das zerfledderte Manuskript in dem alten Schnellhefter. Der war mit jedem neuen Buch unterwegs, in Dänemark, in Berlin und jetzt hier im Februargrau.

Es war einer jener stillen zugefrorenen Wintertage. Trübgraue Scheibe. Es gibt nichts, das den Blick festhält, meine Gedanken sind mit sich selbst allein. Die letzten Tage kommen wieder, der Ski-Urlaub in Alpbach in Österreich, Freundin, Schwiegereltern, mein kleiner Sohn, der das erste Mal Schnee sieht, richtigen Schnee. Eiszapfen anfassen und abknicken, das winzige Schneeflöckchen von der weichen Wange fingern und aufessen, jedermanns Kindheit.

Einer jener Tage ohne Licht und Nuancen, wenn alles, was man sieht, immer schon da war. Die Tannen voll geschneit, ausgeschnitten aus alten Weihnachtspostkarten, die braunen Hütten, eine wie die andere, sorgsam an den Schienen verteilt, die nebelnassen Wände der viel zu nahen Berge, die gleichförmige scheppernde Ruhe des Zuges, das angetrocknete Schmelzwasser auf dem Boden des Abteils.

Ein neuer Aufbruch also, ein dritter. Wäre er eigentlich ein anderer, wenn tatsächlich eine andere Gesellschaft gekommen wäre? Und was für eine hätte das sein sollen? Irgendsoeinsozialismus? Der Gedanke, dass alles auch hätte anders kommen können, erscheint mir von Jahr zu Jahr seltsamer. Vielleicht denke ich deshalb gern an die Vergangenheit. Für mich ist es keine Reise in die Geschichte, sondern in die Gegenwart meines Erinnerns. Jeder Augenblick ist ein solcher des Gerichts über all die Augenblicke, die ihm vorangegangen sind. Biografie ist mitgeschleppte Gegenwart, tagtägliche Identität. Ein Felsen, auf dem man steht, oder einer, den man auf dem Rücken herumschleppt.

Die Degenhardt-CDs, die neuen aus den letzten Jahren, die ich ihr geschickt habe, hat sie mir zurückgegeben, sie hat sie nicht gehört. Sie hört kaum Musik. Zuletzt noch einmal Elvis Presley, er erinnerte sie an ihre Jugend. Dass sie früher Elvis gehört hat, hat sie mir nie erzählt. Wann ist das gewesen? In Buchholz oder in Hünfeld? Oder erst später in Hannover?

Wir reden wieder und reden. Man merkt, dass man sich erinnert, wenn das Erzählen keine geistige Anstrengung kostet, wenn es einfach da ist und einen Raum spinnt. Der französische Dichter Valéry meinte einmal, dass jemand kaum in der Lage sei, die Fenster eines Hauses zu zählen, an das er sich erinnert. Der Sicherheit der Erinnerung entspricht die Unsicherheit ihrer Details, ohne dass die Gefühle einander widersprechen. Das eine und das andere können nicht sein.

Meine Mutter erinnert sich gut, aber auch sie vergisst, verwechselt, erfindet. Und ich vergesse, verwechsle, erfinde auch. Welches ist meine Wahrheit, die Wahrheit der Erinnerung oder die Wahrheit meines späteren Wissens?

Das Radio spielt leise vor sich hin, nur die Wetteransagen erreichen ihr Ziel. Das Barometer an der unverputzten Betonwand ist hundertfünfzig Jahre alt, Admiral Fitzroy soll so eines benutzt haben, als er die Welt umsegelte, einen jungen Herrn Darwin mit an Bord seines Schiffes. Es ist hübsch, schon oft hat John mir erklärt, wie es funktioniert. Manchmal habe ich es fast verstanden; behalten habe ich es nicht. Jetzt zeigt es auf Tief, ein ganz tiefes Tief.

Sie hat Ja gesagt, nicht Nein. Eigentlich hat sie gar nichts gesagt, sie hat nur genickt und die Alben aufgeschlagen.

Bilder.

Erinnerungen.

Sie belasten – vielleicht. Ein anderes Mal tun sie gut, helfen beim Blick auf sich selbst, nicht Bürokrat seiner eigenen Meinung zu sein, die ekstatische Mitgift des Lebens und der Umstände wieder zu spüren, die Gefühle und Stimmungen, Zufälle und Gelegenheiten, die verpassten und unverpassten.

Gegenwart, Geschichte, Vorgeschichte, beim Blättern überflogen. Richard 1968 mit verwuschelten Haaren, die Wolldecke aufgeschlagen, kurz nach dem Mittagsschlaf.

Meine Mutter blättert weiter. Zum Lesen benutzt sie eine schmale Brille, sie ist mir nie aufgefallen. Wie viele Jahre benutzt sie die Brille schon? Wir sehen uns so selten. Sie sieht auf und sieht mich an.

»Alles in Ordnung?«
»Hm.«
»Hast du schon mit Hanna darüber geredet?«
»Nein.«
»Willst du noch mit Hanna reden?«
»Weiß nicht. – Doch, ja, bestimmt.«

Minuten später ist meine Mutter in die Küche gegangen, im Dunkel verschwunden, und ich sehe mir selbst zu, wie meine blätternde Hand Erinnerungen aus dem Album herausholt in diese ihnen so fremde Umgebung. Ich sitze noch immer in der Essecke und habe die leere Tasse vor mir auf dem Tisch abgestellt. Ab und zu verweile ich auf einer der Seiten, erinnere mich an manches, erinnere meine Erinnerungen vom letzten und vorletzten Mal, als ich das Album in der Hand hielt, weil sich Bild um Bild nun wieder mal über das andere legt.

Wenn ich jetzt aufstehe und in den Garten blicke, ins kalte Winterlicht, auf den hellen Beton zu beiden Seiten, über die Ausschläge von Rost auf der Haut der verschneiten Gartenstühle hinweg ins kahle Gestrüpp, das zeitlos gealterte Gartengerät daneben und das teilnahmslose allzu wirkliche Weiß des Schnees, der seit Jahrmillionen wohl nichts anders tut, als auf das Verschwinden der Menschen zu warten, erscheint mir die eigene Kindheit als etwas, das nur ein Traum sein könnte, ein Erinnerungsfilm, begonnen in Schwarzweiß, weiter gedreht in den rotstichigen Farben der frühen siebziger Jahre, dann bunt und bunter und noch immer unfertig.

Ich höre meine Mutter im Haus. Ich warte auf die vertrauten Geräusche ihres Gangs, den unmerklichen Rhythmus ihrer Schritte, den stillen Ton ihrer Anwesenheit, schließe die Augen dabei und höre den vertrauten Klang einer Kindheit und einer Jugend in Erwartung einer Gesellschaft, die in meinem Kopf schon blühte, in Wirklichkeit dagegen nur kurz als Keimblatt sichtbar durch den Asphalt brach.

Ho-Ho-Ho-Chi-Minh

Muss man das Bewusstsein der Menschen verändern, um Revolution zu machen, oder muss man Revolution machen, um das Bewusstsein der Menschen zu verändern?

John von Düffel: *Solingen*

Ich wurde am 8. Dezember 1964 in Solingen geboren. Der *Spiegel* druckte an diesem Tag den vierten Teil seiner Serie über den zehnten Jahrestag der Niederlage der Franzosen im vietnamesischen Dien Bien Phu gegen die Befreiungsarmee der Viethminh. Der oberste US-amerikanische Bundesgerichtshof entschied, dass außereheliche Beziehungen zwischen Schwarzen und Weißen nicht mehr durch Landesgesetze verboten werden durften, und erklärte damit die Rechtspraxis von Florida, wonach Angehörige verschiedener Rassen die Nacht nicht gemeinsam in einem Zimmer verbringen durften, für ungültig. In Deutschland sprachen sich 23 Prozent der Erwachsenen gegen das Händeschütteln bei der Begrüßung aus, 67 Prozent waren dafür, 10 Prozent gaben an, es wäre ihnen gleich. Der Karl-May-Film »Unter Geiern« feierte seine Kino-Premiere.

1964 ist das Jahr, in dem die letzte gesamtdeutsche Olympiamannschaft bei Olympischen Spielen antrat. Bundeskanzler Ludwig Erhard bekräftigte die Ablehnung der Oder-Neiße-Grenze zwischen Deutschland und Polen. Die DDR und die UdSSR einigten sich auf eine »Dreistaatentheorie«, die neben den beiden deutschen Staaten auch Berlin als eine selbständige politische Einheit betrachtete. Anti-Atomkriegsdemonstrationen brachten mehr als 100 000 Menschen auf deutsche Straßen. In Hannover formierten sich alte und neue Nazis zur NPD. Willy Brandt wurde Vorsitzender und Kanzlerkandidat der SPD; Heinrich Lübke zum zweiten Mal Bundespräsident. Die PLO wurde gegründet, der sowjetische Staats- und Parteichef Nikita Chruschtschow verlor seine Ämter, die Volksrepublik China zündete ihre erste Atombombe. Der US-Bürgerrechtler Martin Luther King erhielt den Friedensnobelpreis, Jean-Paul Sartre den Nobelpreis für Literatur, den er ablehnte.

Im August feuerten nordvietnamesische Torpedoboote im Golf von Tonkin versehentlich auf den amerikanischen Zerstörer »Maddox«. Die USA fingierten daraufhin noch einen zweiten Angriff und verabschiedeten die »Golf-von-Tonkin-Resolution« – einen Freifahrtschein zum Angriff auf Nordvietnam. Im November gewann der amtierende amerikanische Präsident Lyndon B. Johnson die Wahlen. Anders als sein republikanischer Gegner Barry Goldwater versprach Johnson: »Wir werden keine amerikanischen Jungs neun- oder zehntausend Meilen weit von zu Hause wegschicken, um zu tun, was asiatische Jungs selbst erledigen sollten.« Drei Monate später begann die Operation »Flaming Dart« und mit ihr der Luftkrieg der USA gegen Nordvietnam.

Am 8. Dezember 1964 trafen sich im rheinland-pfälzischen Ingelheim Manager, Juristen und Chemiker des US-Konzerns Dow Chemical aus Midland in Michigan mit der Geschäftsführung der Firma C.H. Boehringer, um einen Versorgungsengpass zu beseitigen. Man beschloss die Lieferung von 2,4,5-Trichlorphenoxyessigsäure aus Deutschland in die USA, eine chemische Verbindung mit den Eigenschaften eines pflanzlichen Wachstumshormons, die damit behandelte Pflanzen wuchern und sich zu Tode wachsen lässt. Dow Chemical hatte dafür einen gewaltigen Absatzmarkt, man vermischte die T-Säure in Midland mit 2,4-Dichlorphenoxyessigsäure. Die Lieferungen ermöglichten Boehringer bis 1970 ein glänzendes Geschäft.

*

Ich bin gesund zur Welt gekommen; ganz selbstverständlich war das für meine Eltern nicht. Ein älterer Bruder war nach wenigen Monaten im Mutterleib gestorben. Meine Schwester Johanna Maria wurde fast genau ein Jahr vor mir geboren, mit einem gespaltenen Rückenwirbel und offenen Nervensträngen, aber als einem vergleichsweise undramatischen Fall von *Spina bifida* verzichteten meine Eltern auf eine Operation.

Meine Mutter hatte von Anfang an mindestens fünf Kinder gewollt, und ihre Sehnsucht nach einer großen und intakten Familie saß tief. Sie ist am 1. August 1938 in Neuhof bei Berlin geboren, aber das Dorf war nicht mehr als eine kurze Station im rastlosen Leben ihres Vaters. Aufbrausend, mit viel Sinn für Alkohol, Frauen und Skandale war er, wo immer er hinkam, nach einiger Zeit nicht mehr tragbar und bescherte meiner Mutter eine weitgehend nomadische Kindheit und Jugend. Als gelernter Zimmermann und späterer Fachmann für Hochbau entstammte Opa Herbert dem politisch konservativen Handwerkermilieu. Seine Frau Hanna hatte den gefragtesten Schwerenöter ihrer Heimatstadt Buxtehude geheiratet, und er die begehrteste Bürgertochter des Viertels. Obwohl ihr Vater Klempner war, zierte sie sich mit einem bürgerlichen Dünkel. Ein paar weitläufigere Verwandte waren »Vorwerksbesitzer« in Niederschlesien gewesen, aber es war schon notwendig, nicht zu wissen, was ein »Vorwerk« war, um Stolz und Ehre daraus abzuleiten. Immerhin bewahrten ihre Allüren Opa Herbert davor, eine Nazi-Karriere anzustreben, deren Voraussetzungen er – groß, blond und laut – weitgehend erfüllte. Der Nationalsozialismus war Oma Hanna zu dumm und zu primitiv, und der »Führer« eben nur ein emporgekommener Gefreiter. Genau diesen untersten aller Dienstgrade erreichte Opa Herbert in Norwegen als Soldat. Ein Leben lang sollte er von diesem Land schwärmen, von der Landschaft und, wie sollte es anders sein, von den blonden Frauen. Nach dem Krieg lebte die Familie in Köthen in Sachsen-Anhalt, in Buxtehude, in Buchholz in der Nordheide und im hessischen Hünfeld. Ein jüngerer Bruder wurde geboren, doch das Verhältnis zwischen meiner Mutter und ihm blieb zeit ihres Lebens blass. Sehr oft fühlte sie sich einsam, die vielen kinderreichen Familien in der Nachbarschaft dagegen erschienen ihr als sehr paradiesisch, und schon als Mädchen stellte sie sich ein späteres Leben vor mit vielen Kindern.

Meinem Vater hingegen war der Gedanke an viele Kinder unheimlich. Er war am 30. April 1933 in Hannover zur Welt gekommen. Die Krankenschwestern äußerten sich hocherfreut über die himmlische Ruhe, die am nächsten Tag auf der Entbindungsstation des Mütter- und Säuglingsheims einzog; es kamen keine Väter zu Besuch. Sie fanden sich ein zu den erstmals veranstalteten Nazi-Kundgebungen und Aufmärschen zum 1. Mai, der nun »Tag der nationalen Arbeit« hieß. Meine Oma nannte meinen Vater Hans-Jürgen, inspiriert von dem gleichnamigen Helden eines Groschenromans. Ihr Mann arbeitete beim Fernmeldedienst der Post; als guter Beamter freute er sich darüber, dass es ein Sohn war und kein Mädchen, der Name Christel nach der »Christel von der Post« aus der Operette »Der Vogelhändler« lag schon für den Notfall bereit. Als Fünfjähriger stand mein Vater in Göttingen am Rande des Waageplatzes und sah zu, wie ein Trecker mit einem daran befestigten Seil Teile einer Brandruine abriss: die Göttinger Synagoge, zerstört am 9. November 1938. Die Zuschauer standen schweigend herum. Alles das hatte etwas mit diesem *Adolfittler* zu tun gehabt. Dass der Mann *Hitler* und nicht *Fittler* hieß, erfuhr mein Vater erst später. Die Kriegsjahre hinterließen ihre Spuren in einem Heft mit Zeitungsausschnitten, insbesondere mit Fotos von Flugzeugen und Kriegshelden, meist U-Bootkommandanten oder Jagdfliegern. Hinter den Gartenkolonien, zwischen Stadtfelddamm und Roderbruchstraße lagen die Flakstellungen. Mein Vater verbrachte glückliche Tage unter den Soldaten; die Kinder schauten neugierig durch riesige Ferngläser mit Fadenkreuz oder nahmen Platz auf den blechernen Sitzschalen der Richtkanoniere an den Geschützen und Scheinwerfern. Abends bastelte er mit seinem Vater Kampfflugzeugmodelle aus vorgefertigten Ausschneidebögen, und mit den Jungen aus der Nachbarschaft sammelte er Granatsplitter. Ein vier Zentimeter langer Splitter galt lange Zeit noch als echte Rarität, aber als nach den großen Angriffen die Splitter zu Tausenden herumlagen, verlor das Spiel seinen Reiz. Auch das »Jungvolk« war zunächst spannend, erst später lernte er seine Anführer hassen, die ihn und seine Kameraden den ganzen Tag in der Sonnenhitze marschieren üben ließen. Schreie, gebellte Befehle, lautes Blöken für das Begräbnis von Viktor Lutze, dem Stabschef der SA, der 1943 in Hannover beerdigt wurde. Die Trauerfeier bereitete meinem Vater noch ganz andere Sorgen. Die »Pimpfenhose«, die seine Mutter aus Stoffresten von Eisenbahnermänteln genäht hatte, war viel zu kurz geraten. Mein Vater hatte darauf bestanden, dass sie nicht länger sein durfte als drei Handbreit über dem Knie, hatte aber sichtlich Hand und Finger verwechselt. Die letzten beiden Kriegsjahre verbrachte mein Vater bei den Großeltern in Göttingen, das Gymnasium, auf das er in Hannover gegangen war, lag in Trümmern. Er lernte den Göttinger Kreisleiter Thomas Gengler hassen, die schnauzbärtige Visage, die herunterhängenden Mundwinkel unter dem tief gezogenen Mützenschirm. Sein sozialdemokratischer Großvater hielt die Nazis schlicht für »borniert« – ein Ausdruck, den mein Vater später bei Marx wieder fand. Da das Schulgebäude zerstört war, wurde der Unterricht nach dem Krieg im Freien erteilt und bestand überwiegend aus Sport. Vergleichbar ertüchtigend waren die Aufräumarbeiten, zum Beispiel das Zuschaufeln der von den Bomben aufgeworfenen Gräber der Friedhöfe. Erst vom elften Schuljahr an stand wieder ein fest gemauertes Gymnasium zur Verfügung. Mein Vater lernte Zigaretten auf dem Schwarzmarkt einzutauschen und die Kniffe des Geräteturnens im Turnverein. Die erste der beiden Künste verlor rasch an Bedeutung, im Turnen dagegen brachte er es bis zu den bundesdeutschen Jugendwettkämpfen im rheinland-pfälzischen Ingelheim.

Auch mein Vater hatte als Einzelkind die Häuser von Kameraden mit vielen Geschwistern geliebt und sich dort wohler gefühlt als zu Hause; als Vater einer kinderreichen Familie sah er sich gleichwohl nicht. Er hatte überhaupt keine genauen Vorstellungen von seiner Zukunft. Nach seinem Abitur 1952 war er durch die Aufnahmeprüfung für den gehobenen Dienst bei der Post gefallen. Mein Vater studierte Schiffsmaschinenbau an der Technischen Hochschule und lernte nun auch auf diesem Gebiet etwas über seine Grenzen. 1956, nach sechs Semestern, verlor er endgültig die Lust und mein Opa in den Sohn jegliches Vertrauen. Als mein Vater sich bald darauf in die Werkkunstschule einschrieb, um etwas zu werden, das sich »Formgestalter« nannte, tat er es noch immer ohne jede Überzeugung. Die Klasse hatte nur eine Hand voll Schüler, und der Begriff »Design« war außerhalb dieser Räume in Hannover ein Fremdwort, nicht einmal was eine Werkkunstschule war, ließ sich ohne größeren Aufwand vermitteln. Die Firma Max Braun hatte soeben die erste deutsche Stereoanlage auf den Markt gebracht, die die Ideen des Bauhaus konsequent auch auf Musikmöbel anwendete. Die neuen Geräte waren hell, fast schmucklos und vergleichsweise technisch, und die Zauberformel der Zeit hieß *form follows function.* Braun-Radios gewannen zwar von nun an im Ausland Preise für Design, aber einen größeren Markt für die kargen und teuren Geräte gab es in Deutschland nicht. In der Werkkunstschule dagegen waren sie Kultobjekte, und das »ehrliche« *form-follows-function*-Design als klare Abfuhr an den Barock des kleinbürgerlichen Wohnzimmers überzeugte auch meinen Vater. Wie viele seiner Generation schwärmte er für französische Filme von Jean Cocteau und Marcel Carné und rauchte Gauloises. Er fuhr mehrmals nach Paris, und über seine Kollegen an der Werkkunstschule bekam er Zugang zu einem Kreis von Intellektuellen, die sich im ehemaligen Sitzungssaal des alten Rathauses im Hannoveraner Stadtteil Linden trafen, der zu einer Galerie umfunktioniert war. Mein Vater war Mitte zwanzig, als er dem etwas älteren Adam Seide begegnete, einem gelernten Setzer, der die Galerie betrieb. Der Name war ein Pseudonym, und Seide ein bekennender Existenzialist, der nur schwarze Klamotten trug und sein Leben lang auch dabei bleiben sollte. Er hatte ein großes Talent, Menschen anzuziehen, die ein wenig anders waren als der Durchschnitt. Einige davon interessierten sich sehr ernsthaft für die Kunst in der Galerie, für die Bilder einiger noch nahezu unbekannter Künstler wie Günter Uecker, Otto Piene, Ernst Mack, Arnulf Rainer, Piero Dorazio oder Igael Tumarkin. Der honorablen Kestner-Gesellschaft, die mit dem Geld des Sprengel-Konzerns zu jener Zeit Expressionisten und andere verfemte Künstler der zwanziger und dreißiger Jahre ausstellte, waren sie nicht gut genug. Die kleine Galerie abseits des etablierten Kulturbetriebs aber wurde zum Treffpunkt einer jungen Garde, die im kulturellen Leben der Bundesrepublik später ihre Fingerabdrücke hinterlassen sollte: Henning Rischbieter, gerade dreißig und Geschäftsführer der Volksbühne, gründete hier die Zeitschrift *Theater Heute*; Peter Merseburger, Redakteur bei der *Hannoverschen Neuen Presse*, begann gerade seine journalistische Karriere; Eberhard Fechner, ein Schauspieler vom Ballhof-Theater, wurde später Intendant und als Dokumentarfilmer einer der Großen seines Fachs; Dieter Helms, als Kunstlehrer am Gymnasium tätig, schaffte es über eine Kunst-Professur in Hamburg in den Beirat der Documenta, und die Karriere des Soziologiestudenten Ernst Wendt endete auf dem Posten des Intendanten der Münchner Kammerspiele.

Es fällt nicht schwer, sich meinen Vater in diesem Kreis vorzustellen; ein guter Zuhörer unter Geltungsbedürftigen, ein Stiller unter Lauten; ein ernsthafter junger Mann unter Ausgelassenen; ein Realist ohne Absichten unter Phantasten mit Ambitionen. Und doch saugte er auf, was ihn hier an Neuem und anderem umgab, atmete ein, was ihn ein Leben lang prägen sollte. Er würde nie wie Adam Seide werden, er würde niemals so leben können: mit Schulden, abhängig von der Gunst anderer Menschen, von einem Moment in den nächsten. Aber er verinnerlichte ein Lebensgefühl, dessen Glück aus einem Nichts bestand; einem Nichts an Mehr. Er stellte sich vor, in einem einzigen Raum mit hohen weißen Wänden zu wohnen. Er würde in seinem Beruf Gegenstände gestalten, an denen nur das Wichtigste dran war, und er würde sich auch sonst nicht mit überflüssigen toten Gegenständen umgeben. Eine Kochgelegenheit, ein Bett, kaum Kleidung, nur das Nötigste; eine Flasche Wein, Nudeln mit Butter. Die einzige Ausnahme von der Regel würden Bücher sein: leben, essen, wohnen, arbeiten in einer kleinen Bibliothek.

Zwei Jahre zuvor war meine Mutter nach Hünfeld in die Nähe von Fulda gezogen. Eine Realschule wie in Buchholz gab es hier nicht, und für das Gymnasium fehlten meiner Mutter die Lateinkenntnisse. Das Einzige, was blieb, war die Handelsschule in Fulda. Die Aussichten auf ein langweiliges Leben waren günstig. Opa Herbert bemühte sich, meine Mutter nach ihrem Abschluss bei einer ortsansässigen Kosmetikfirma unterzubringen. Diese hatte an besser qualifiziertes Personal gedacht. Meine Mutter hörte den Satz »Der Mensch fängt erst beim Abitur an«. Auf den Schachteln mit Haarfärbemittel, die das Unternehmen deutschlandweit vertrieb, hatte dieser Spruch nicht gestanden.

Die Lage war aussichtslos, aber nicht ungewöhnlich; es gab keine Arbeit. Dafür war das Au-pair-Wesen stark in Mode gekommen. Im Frühsommer 1954 durchquerte meine Mutter nach ihrer ersten langen Zugfahrt die Entlausungsschleuse in Basel. Abgesprüht mit Desinfektionsmitteln, die ihr Selbstbild als ein vermeintlich ungewaschenes Kriegskind nachhaltig prägten, fand sie sich als 15-jähriges Mädchen im Haus einer Zürcher Friseuse wieder. Mit Jeanette aus der Nachbarschaft ging sie im schwarzen Konfirmationsrock und weißen Blüschen in die Hinterzimmer der Gasthöfe, in denen flotte Jazz-Bands spielten. Ein anderes Tanzvergnügen fand in einem großen Fünf-Sterne-Hotel statt, in einer Glitzerwelt mit einer festlich gedeckten Terrasse. Die Musiker trugen Anzüge und traten in einer Musikmuschel auf. Sie fühlte sich wie im Film. Überall saßen feine Leute, Damen mit Ballkleidern und aufwändigen Hüten. Es gab Schlager und Tanzmusik, und meine Mutter ahnte nicht, welch große Rolle der schüchterne junge Schweizer, der sie hier zum Tanzen aufforderte, in ihrem Leben einmal spielen würde. John Spinner war Elektroniker und reparierte Radios. Eigentlich stammte er aus einer sehr wohlhabenden und illustren Familie, die, nomen est omen, glänzende Baumwollgeschäfte mit dem kolonialen Indien gemacht hatte.

Meine Mutter war nicht schlank, sie war mager, aber John Spinner fand sie wunderschön. Gemeinsam gingen sie ins Kino, John war nett und hatte eine sehr gewinnende Art, der Wildwestfilm blieb meiner Mutter kaum in Erinnerung. Die Zürcher Verlobung freilich fand nicht statt. Meine Mutter verlor ihre Stelle, und kurz darauf fuhr sie zurück nach Hünfeld. Eine eilig beschaffte Arbeit als »Anlernling« bei einem Rechtsanwalt endete schon nach einem halben Jahr. Meine Mutter fand eine neue Arbeit bei der Magdeburger Versicherung, deren Umzug von Fulda nach Hannover kurz bevorstand. Auch ihre Eltern zogen weg, nach Neustadt am Rübenberge, das war Hannover sehr nah. So oft Opa Herbert seine Stelle verloren hatte, so regelmäßig hatte er sich jedes Mal anschließend beruflich verbessert. Nun wurde er Leiter der Neustädter Baubehörde. In eine Großstadt wie Hannover hatte meine Mutter schon immer gewollt, sie bezog ihre erste eigene Wohnung, und sie hatte Ziele: Sie wollte ein Mensch werden und Abitur machen. Sie meldete sich auf dem Abendgymnasium an, und in ihren Träumen sah sie sich schon im Studium, Jura oder Medizin.

Mein Vater mochte sein Studium. Lieber aber noch beschäftigte er sich mit Literatur. Er las deutschsprachige Autoren wie den gerade wiederentdeckten Robert Musil und den fast unbekannten Arno Schmidt. Zugleich verschlang er das wenige, was es Mitte der fünfziger Jahre über den Nationalsozialismus zu lesen gab, und im Oktober 1958 kaufte er Hannah Arendts *Elemente und Ursprünge totaler Herrschaft*. Ein junger Historiker von der FU hatte ihm das Buch beim Autostopp nach Berlin empfohlen. Es war das erste Mal, dass mein Vater die DDR besuchte, ein freundlicher Volkspolizist hatte ihn trotz seines abgelaufenen Personalausweises großzügig über die Grenze gelassen. Mein Vater staunte über die vielen Westberliner Studenten, die hier überall herumliefen, um billige Lebensmittel einzukaufen, und es wunderte ihn sehr, dass sich die DDR nicht dagegen schützte. Zugleich sah er, dass hier alles genauso kaputt und marode war wie im Westen der Stadt. Ganz Berlin erinnerte ihn sehr an die verfallenen Arrondissements in Paris. Zweimal reiste er per Autostopp nach Spanien, das dritte Mal 1959 fuhr er mit einem aus zweiter Hand erworbenen Kleinmotorrad. Die Reisen beeindruckten ihn tief. Einmal kam er bis nach Marokko, ein anderes Mal setzte er über nach Ibiza, eine kleine Schar Lebens- und sonstiger Künstler verbrachte hier ihren Sommer. Auf der zweiten Reise verlor er seinen Pass, landete wegen Landstreicherei im Polizeihauptquartier von Madrid an der Puerta de Sol und saß einige Tage in Untersuchungshaft. So fasziniert er von Spanien war, so wenig entgingen meinem Vater die Schattenseiten des Franco-Regimes. Ein Rundgang durch den Alcazar von Toledo – die zerschossenen Matratzen und herausgerissenen Telefonkabel lagen noch wie 1936 in den Ruinen – brachte ihn dazu, sich mit dem Spanischen Bürgerkrieg zu beschäftigen. Er las die Memoiren der Spanienkämpfer, *Ein spanisches Testament* von Arthur Koestler, die *Hommage to Catalonia* von George Orwell und *Hammer oder Amboss sein* von Arturo Barea. Seine letzte Reise dauerte den halben Sommer. Nach mehr als zwei Monaten kehrte er zurück ins verregnete Deutschland. Einmal rutschte das Motorrad auf der nassen Fahrbahn weg, es blieben ein paar Schürfwunden und Schrammen. Ende September 1959 war mein Vater wieder in Hannover.

Eine zerschlissene französische Militärjacke; ausgelatschte Strohschuhe im September; die Haut tief braun gebrannt.

Meine Mutter kam seit knapp zwei Wochen regelmäßig in die Galerie, ein neuer Bekannter hatte sie hierhin mitgenommen. In dieser kurzen Zeit hatte sie mehr auffällige Menschen getroffen als je zuvor. Die Abende hatten sich zu einer Aufeinanderfolge von immer neuen

Gesichtern vermischt, von ungewöhnlichen Ansichten und kühnen Behauptungen, von fremden Blicken, von seltsamen Bildern und klirrenden Rotweingläsern und immer neuen Herausforderungen an ihre Steno- und Tippfertigkeiten. Mal wurden Matrizen für Kataloge geschrieben, mal Einladungen, mal Briefumschläge beschriftet zum Versand einer hauseigenen Literaturzeitschrift mit Künstlergrafiken. Sie fühlte sich so wach und ruhelos wie selten in ihrem Leben. Sie hatte viele interessante Männer kennen gelernt, Künstler, Dichter und Kritiker, doch von all diesen war der Mann mit den hellblauen Augen in dem braun gebrannten Gesicht, den Strohschuhen und der Militärjacke zweifellos der schönste.

Er saß mit einem Buch in der Hand auf dem Galeriesofa und las. Irgendwann bemerkte auch er, dass sie ihn bemerkt hatte, eine blonde schlanke Frau, gerade 21 Jahre alt und neu in der Galerie. Meinem Vater gefiel ihr neugieriger aufgeschlossener Ausdruck. Er hatte einige besondere Frauen kennen gelernt, an der Werkkunstschule und auch in Adam Seides Galerie, aber eine solch wache Aufmerksamkeit hatte er noch nicht erlebt. Die Kenntnisse, die sich meine Mutter in ihrem jungen Leben angeeignet hatte, waren überschaubar, gewiss hatte sie im Vergleich zu meinem Vater wenig gelesen, und doch hatte alles, was sie sich im Leben oder aus Büchern angeeignet hatte, etwas durch sie und ihre Eigenart Selbstbestimmtes. Sie verlieh allen Dingen einen Wert, und selbst ihre vorsichtigsten Urteile teilten die Welt auf eine sehr originelle und oft humorvolle Art in Wichtiges und Unwichtiges, Richtiges und Falsches.

Weihnachten 1959 verlobten sich meine Eltern in der

Atelierwohnung des Bühnenbildners Karl-Heinz Hofmann, einem Studienfreund meines Vaters. Die halbe Galerie Seide war da, die Künstlerfreunde sorgten für einen ausgelassenen Abend. Mein Vater beendete sein Studium, eine Abschlussprüfung oder einen Titel für seinen Beruf gab es nicht. Ein Jahr später wurde geheiratet. Die Hochzeit war Chefsache, das ließ sich Opa Herbert nicht nehmen. Mein Vater und er hatten sich inzwischen mehrfach artig die Hand gegeben. In Wahrheit freilich hatten sie sich so wenig zu sagen wie ein Falke und ein Pinguin, die versehentlich auf einer gemeinsamen Zooanlage vergesellschaftet wurden.

Die Hochzeit war feucht und fröhlich für den, der in Opa Herberts Fahrwasser schwamm: Neustädter Honoratioren, Leute vom Bau, Saufkumpane. Oma Hanna hatte das aufwändige Hochzeitskleid genäht, danach ab zum Fotografentermin – das Hochzeitsfoto: das Brautpaar in Pose, Rudolf Prack und Sonja Ziemann, nur echt. Meine Mutter hat sichtlich Gefallen, Pose und Filmlächeln sitzen wie hundertmal geübt. Daneben mein Vater im schwarzen Wormland-Anzug ernst und steif; ein Gesicht im Anzug, der aussieht, als hätte er auch ohne meinen Vater so dagestanden.

Mein Vater hatte sich nie vorgestellt, etwas zu werden, nun musste er etwas sein. Opa Herbert hatte Ideen und Visionen, er unternahm einen Versuch, meinen Vater auf sein Terrain zu ziehen, und drängte auf ein zusätzliches Studium der Baustatik; »Formgestalter« hielt er kaum für einen Beruf. Mein Vater schwieg; der okkulte Charme der Bourgeoisie beim Vermehren von Geld berührte ihn nicht. Gleichwohl fand er schnell Arbeit. Die Firma Telefunken war ein konservatives Unternehmen mit einem großen Markt. Es sollte nicht schaden, durch einen Mann mit jungen Ideen sich nun auch das zeitgemäße und modische Segment zu erschließen. Es gibt großformatige Fotos jener Radios, die mein Vater entwarf: weiße Tonkörper in strengem Design mit einigen kleineren Konzessionen an den Allerweltsgeschmack. Sie gingen nie in Serie. Von seinen Chefs hörte er, dass Radios keine technischen Geräte wären, sondern Tonmöbel und gefälligst auch wie Möbel auszusehen hätten: Nussbaum hochglanzpoliert, Gardinen-Brokat-Bespannung und Goldleisten. Mein Vater war eingestellt worden, um etwas Neues zu machen. Jetzt lernte er, das Alte beizubehalten und alles zu vergessen, was seine Vorstellungen von gutem Design ausmachte.

Er wurde sehr unsicher: Gab es überhaupt einen passenden Platz in der Welt für jenes »ehrliche« Design, dieses kleine Stück besserer Welt? Einmal baute er einen Musikschrank für ein Mitglied des Telefunken-Aufsichtsrats, Otto Ambros. Er fuhr zu der Villa des Wirtschaftsführers, und dieses Mal hatte er Erfolg. Der Musikschrank fand das Lob und die Anerkennung des Auftraggebers, die Stimmung war bestens, Ambros öffnete eine Flasche guten Wein. Sie tranken und lachten, und die sympathische liebenswürdige Art seines hohen Chefs machte auf meinen Vater tiefen Eindruck.

Tatsächlich hatte mein Vater von dem Mann ihm gegenüber kaum eine Vorstellung. Otto Ambros blickte zurück auf eine erstaunliche Karriere. Im Dritten Reich war er Vorstandsmitglied der IG-Farben, Geschäftsführer des Werkes Buna IV in Auschwitz und verantwortlich für die Ermordung ungezählter KZ-Häftlinge, die hier den »Tod durch Arbeit« fanden. Nach dem Krieg zu acht Jahren Zuchthaus verurteilt, wurde er im

Jahr 1952 vorzeitig entlassen. Rasant stieg der ehemalige »Wehrwirtschaftsführer« zum persönlichen Berater von Friedrich Flick auf und wurde Aufsichtsrat bei Chemie Grünenthal, Pintsch Bamag, Feldmühle, Knoll und Telefunken.

Die feste Arbeitsstelle hatte meinen Eltern eine schöne Altbauwohnung in der Innenstadt von Hannover ermöglicht. Ein paar erste Möbel bildeten die spärliche Einrichtung. Nicht lange nach dem Auszug meiner Mutter nahm sich Oma Hanna das Leben; sie war 47 Jahre alt. Ich sollte sie nicht kennen lernen, sie bleibt mir ein Gesicht auf Fotografien und eine Sammlung widersprüchlicher Erzählungen.

Im Mai 1962 wurde meinem Vater bei Telefunken gekündigt. Das erste Arbeitsverhältnis endete klanglos nach anderthalb Jahren unfruchtbarer Zusammenarbeit. Er arbeitete jetzt in Düsseldorf und entwarf ein stapelbares Set an Kisten und Wasserspiele für eine Bundesgartenschau. Für meine Eltern bedeutete die neue Anstellung eine Wochenendbeziehung, denn für einen Umzug nach Düsseldorf war sie nicht sicher genug. Im Sommer 1963 schließlich fand mein Vater bessere Arbeit bei einem mittelständischen Unternehmen in Solingen. Ein Studienfreund aus Hannover, der eigentlich Autodesigner hatte werden wollen, hatte ihn empfohlen, und nun hockten »die beiden Picassos« in einer Baubaracke in Solingen-Wald und entwarfen Haushaltsgeräte.

Die neue Stadt bot überhaupt nichts. Hannover mochte gewiss nicht der Nabel der Welt gewesen sein, aber hier gab es immerhin Seides Galerie; Solingen dagegen war traurige Provinz; ein viel zu großes Theater ohne eigenes Ensemble, ein Stadtorchester, drei oder vier Kinos, keine Galerien und keine literarischen Zirkel oder sonst etwas Vergleichbares. Der »Verein Solinger Künstler«, dem mein Vater später beitrat, manifestierte das Fiasko.

Der Solinger an sich, seiner Zugehörigkeit nach eher Westfale denn Rheinländer, gilt zu Recht als nicht besonders kontaktfreudig. Das Wetter ist überdurchschnittlich feucht, die sanften Hügel des Bergischen Landes lassen die Wolken über Solingen abregnen, und wo man hinspuckt, wächst Moos. Von der ehemals pittoresken Stadt der schmucken Fachwerkhäuschen mit grünen Fensterläden sind nur ein paar verstreute Hofschaften und Kotten geblieben, und die Innenstadt ist so austauschbar wie jede andere neue Innenstadt aus den fünfziger und sechziger Jahren: Fußgängerzone, Neonpassage, Schuhgeschäfte, erst Asphalt, später Verbundpflaster und Blumenkübel aus Waschbeton, garniert mit dekorativen Skulpturen heimischer Künstler.

Immerhin, die Altbauwohnung in der Klemens-Horn-Straße, die die Firma vermittelt hatte, war groß und hell. Meine Mutter brauchte nur wenige Dinge, um die Zimmer wohnlich wirken zu lassen, einen geerbten Gründerzeitschrank ihrer Großmutter und zwei passende Sessel. Eine Liege aus ihrer ersten Wohnung diente als Sofa. Das Einzige, worauf meine Mutter bestand, war ein ordentlich eingerichtetes Schlafzimmer. Mein Vater zögerte eine Weile, bis er sich davon überzeugen ließ. Sie erstanden eine siebenteilige Ausstattung aus schlichten eckigen Möbeln in hellem Holz. In einem nächsten Schritt überredete meine Mutter meinen Vater dazu, dass man Lampen brauchte und nicht nur Glühbirnen an der Decke.

Nach einem halben Jahr in Solingen lebten meine

Eltern in einer Welt, die sich mein Vater freiwillig so nie gewählt hätte. Sie hatten sich eine Wohnung eingerichtet, und mein Vater verließ morgens das Haus, um mit dem Bus zur Arbeit zu fahren. Meine Mutter besorgte den Haushalt. Abgesehen von dem Studienkameraden meines Vaters und dessen Frau hatten sie keine Freunde und waren nun völlig auf sich gestellt.

Ein Streit um etwas ganz anderes beendete eines Tages die Diskussion um die Anzahl ihrer zukünftigen Kinder. Auf dem Höhepunkt des Gefechts fragte mein Vater meine Mutter erneut, wie viele Kinder sie eigentlich mit ihm haben wollte. Fünf? Meine Mutter nickte, und mein Vater bestätigte: »Na gut, ich auch.« Kurz nach Weihnachten wurde ihre Tochter Johanna Maria geboren. Sie konnten kaum glauben, wie erwachsen sie geworden waren.

Ein Jahr später folgte ich. Meine Mutter sagt, dass sie sich an mich in den ersten beiden Lebensjahren wenig erinnert. Ein Säugling, der sehr viel schlief und eigentlich nur zum Essen aufwachte; ein Kind, von dem man kaum bemerkte, dass es überhaupt da war. Anstelle von Zusammenhängen stehen Fotos: nachträglich gefühlte Erinnerungen in Schwarzweiß, durchlöcherte Matrizen: meine Mutter mit burschikosem Rundschnitt, jungenhaft im geringelten Rollkragenpullover, mein Vater im weißen Hemd, er geht im Anzug in die Firma und trägt ihn auch zu Hause; Urlaub an der deutschen Ostseeküste in Kronsgaard mit den Großeltern. Hanna und Richard streicheln Kühe und Schafe auf dem Bauernhof; Hanna mit Katze; Richard fürchtet sich vor dem dunklen Wald. Dann ein ganzer Film – acht Bilder: die perfekte Sechziger-Jahre-Familienidylle an der Ostsee. Strandkörbe, modische Badeanzüge, meine Mutter, drapiert wie ein Model, die Kinder, hübsch, blond, im Frotteehemd, zermatschen Quallen. Alles ist gut.

Dann die ersten farbigen Bilder 1966/67 – auch sie kaum als Erinnerungen beschreibbar. Artige Kleinkinder in schönen bunten Farben auf einem tristen Hinterhof, der aussieht, als wäre der Krieg gerade eben erst vorbei.

Meine Eltern hatten sich in der Klemens-Horn-Straße eingelebt und über Hanna und mich einen kleinen Bekanntenkreis aufgebaut. Die Familie unter uns hieß Christians und hatte drei Kinder. Sabine ist die Älteste, Eva ein Jahr älter als Hanna und Holger etwas älter als ich. Die Mütter begegneten sich tagtäglich im Treppenhaus oder auf dem Hof und lernten sich auf diese Weise kennen. Die Väter bauten einen Sandkasten und säten Rasen auf dem Hof. Vor dem Kellereingang legten sie einen Weg aus Bruchsteinplatten an, und an den Häuserwänden entstanden abgesteckte Beete. Zu Weihnachten 1967/68 glich Hanna unter dem Tannenbaum das alte Liedgut mit ihrer Erfahrungswelt ab: »Alle Jahre wieder kommt ein Christians-Kind«.

Die meisten Familien in den Häusern kamen aus Solingen oder aus der Umgebung. Und meine Eltern waren wohl die einzigen mit akademischen Interessen. Die spärliche Einrichtung ihrer Wohnung, vor allem aber die große Bücherwand sprach Bände. Mein Vater kaufte auch weiterhin Bücher, über die er sich nur noch mit meiner Mutter unterhalten konnte und mit sonst niemandem mehr, und beschäftigte sich von nun an immer mehr mit Politik. In Adam Seides Galerie hatte es viele Gewerkschafter gegeben, die dem linken Flügel der SPD nahe standen, andere sahen sich als Anarchisten, jeder von ihnen ein eigenes parteiloses Politbüro.

In einem von Seides Freunden lernte mein Vater auch den ersten engagierten Kommunisten kennen, ein Parteimitglied der damals gerade verbotenen KPD.

Nun, wo er in seinen politischen Gedanken weitgehend auf sich selbst gestellt war, griff mein Vater die Anregungen auf, die er in Hannover erhalten hatte. Er presste seine Erinnerungen aus wie einen Schwamm, und unter reger Lektüre bildete sich zum ersten Mal in seinem Leben so etwas heraus wie ein Weltbild. Wie viele, denen der Adenauer-Staat nicht geheuer war, war mein Vater gegen die Wiederbewaffnung und den Aufbau der Bundeswehr. Dass Verteidigungsminister Franz Josef Strauß von Deutschland als einer Atommacht geträumt hatte, verriet nichts Gutes. Unter solchen Vorzeichen hatte die Integration der Bundesrepublik in den Westen von Anfang an etwas sehr Aggressives, etwas, das das verlautbarte Schutzbedürfnis gefährlich überlagerte. Immerhin hatte bislang nur ein einziges Land tatsächlich Atombomben abgeworfen, und zwar nicht die verteufelten Sowjets, sondern die USA. Das grausamste Morden nach dem Holocaust war in seinen Augen von den vermeintlich Guten getan worden. Vertrauen erweckend war das nicht.

*

»Vietnam ist der Eckpfeiler der Freien Welt in Südostasien, der Schlussstein im Bogen, der Stopfen im Deich. Es ist unser Kind, wir dürfen es nicht verlassen, und wir können seine Bedürfnisse nicht ignorieren.« Im Jahr 1956 hatte der junge Senator John F. Kennedy in poetische Worte gefasst, was die Machtelite in Washington prosaisch dachte.

Die entscheidende Rolle Kennedys bei der Eskalation dieses Albtraums ist auch unter Konservativen nicht umstritten. Gerade im Amt, schickte der Präsident der *New Frontier* die ersten Bodentruppen nach Vietnam; er hatte etwas gutzumachen: die gescheiterte Invasion Kubas in der Schweinebucht. 1963, in Kennedys Todesjahr, waren 18 000 amerikanische Soldaten in dem südostasiatischen Land.

Begonnen hatte der Krieg in Vietnam als ein Befreiungskampf gegen die französische Kolonialmacht. Das Ergebnis war eine provisorische Teilung des Landes im Jahr 1954 in einen kommunistischen Norden unter der Führung Ho Chi Minhs und seiner Vietminh und in einen antikommunistischen Süden unter dem katholischen Sektenführer Ngo Dinh Diem, einem Strohmann amerikanischer Interessen. Die anstehenden Wahlen mit dem Ziel der Wiedervereinigung, die unweigerlich den Sieg der Kommunisten in ganz Vietnam zur Folge gehabt hätten, wurden von den USA vereitelt. Doch der Versuch, ein stabiles amerikatreues Regime in Südvietnam aufzubauen, scheiterte. Von Anfang an tobte im Süden ein Bürgerkrieg zwischen Großgrundbesitzern und verarmten Kleinbauern, ein Krieg um Landbesitz. Die »Volksbefreiungsarmee«, von ihren Gegnern »Vietcong« – vietnamesische Kommunisten – genannt, bekämpfte das von den Vereinigten Staaten gestützte Diem-Regime. Der von den USA geforderte Sieg gegen den Vietcong wurde zum Präzedenzfall der amerikanischen Phantasmagorie als einer universellen militärischen Schutzmacht der »freien Welt«.

In der *Zeit* redete Theo Sommer im zweiten offiziellen Kriegsjahr 1965 getreu der deutschen Regierungspolitik und der allseits veröffentlichten Mehrheitsmeinung das Morden in Vietnam schön. Für ihn war es »Der notwendige Krieg«: Als Staat zwischen zwei Ozeanen hätten die USA ihre Freiheit in Europa verteidigt und müssten es nun ebenso in Asien tun, wo der chinesische Kommunismus sich gefährlich ausbreite: »Bei aller Kritik an seinen Modalitäten halte ich dieses Engagement im Grundsatz für richtig und unvermeidlich.«

Das »Engagement« bedeutete bereits 1965 die systematische Zerstörung von weiten Teilen des Landes. US-amerikanische Flugzeuge hatten im ersten Kriegsjahr 63 000 Tonnen Bomben auf Nordvietnam geworfen – die zwanzigfache Menge des britischen Luftangriffs auf Dresden 1945. Die »Modalitäten« waren schon 1965 der Einsatz von Dioxin und Napalm. Die amerikanische Reporterin Martha Gellhorn besuchte 1966 von Napalm verletzte Kinder in einem Krankenhaus in Südvietnam: »Bevor ich nach Saigon ging, hatte ich gehört und gelesen, dass Napalm das Fleisch schmilzt, und ich dachte, das sei Unsinn, weil ich einen Braten in den Backofen schieben kann und das Fett wird schmelzen, aber das Fleisch bleibt. Nun, ich kam dahin und sah diese Kinder mit Napalmverbrennungen, und es war absolut wahr: Die chemische Reaktion des Napalms lässt das Fleisch schmelzen, und das Fleisch schmilzt ihre Gesichter hinunter auf ihren Brustkorb und hängt dort und wächst dort … Diese Kinder können ihre Köpfe nicht wenden, weil sie so dickfleischig sind … Und wenn der Brand einsetzt, schneiden sie ihre Hände oder Finger oder ihre Füße ab; das Einzige, das sie nicht abschneiden können, ist ihr Kopf.«

Das folgenschwerste aller im Vietnamkrieg eingesetzten Gifte aber war das dioxinhaltige Entlaubungsmittel *agent orange*. Der Kontakt mit Dioxin verursacht schwere Hauterkrankungen, die Chlorakne, sowie Entzündungen im Nervensystem, wie Gefühllosigkeit, Erblindung, das Zittern von Händen und Füßen, und langfristig auch Krebs. In der Folge des Dioxineinsatzes in Vietnam kommt es zu einer horrenden Zahl an Fehlgeburten und missgebildeten Kindern.

Die Nachrichtenagentur Reuters berichtete 1997 von über 3 Millionen Menschen, die nach amtlichen vietnamesischen Zahlen unmittelbar durch *agent orange* starben oder erkrankten. Weitere 4,4 Millionen erlagen nach 1970 den Folgen oder erlitten lebenslange gesundheitliche Schäden. Laut der US-Arzneimittelbehörde FDA ist Dioxin hunderttausend bis eine Million Mal so erbschädigend wie Contergan. Noch zwanzig Jahre später wurden in Vietnam schwer missgebildete Kinder geboren, 50 000 allein zwischen 1975 und 1985: Unterleiber mit Beinen ohne Rumpf, andere Babys haben keine Beine oder Arme oder werden mit offenem Rücken oder gewaltigen Hasenscharten im Gesicht geboren.

Hergestellt wurde dieses Mördergift in Michigan und – in Deutschland. Mit dem Tag, als Vertreter des US-Konzerns Dow Chemical im rheinland-pfälzischen Ingelheim ihren Vertrag über die Lieferung von 2,4,5-Trichlorphenoxyessigsäure abschlossen, beginnt die Mitschuld der Firma C. H. Boehringer am Tod von mehreren Millionen Menschen. Ausgangssubstanz für die Gewinnung der T-Säure ist Trichlorphenol, bei dessen Herstellung das hochgiftige Dioxin (TCDD) als Verunreinigung anfällt. Um das Pflanzengift Trichlorphenoxyessigsäure in der Forstwirtschaft einsetzen zu können, wird es aufwändig vom Dioxin gereinigt. Daran jedoch waren die amerikanischen Auftraggeber von

Dow Chemical nicht interessiert. Denn gerade aus der Mischung der dioxinhaltigen 2,4,5-T-Säure und der 2,4-Dichlorphenoxyessigsäure entsteht genau das gewünschte Produkt: *agent orange.*

57000 Tonnen *agent orange* wurden zwischen 1962 und 1970 von den US-Streitkräften über Vietnam und Laos versprüht. Laut einem Bericht des *Spiegel* vom 25. Juni 1984 lobte Dow Chemical den »großartigen Kooperationsgeist« des deutschen Partners: 1967 notierte ein Mitglied der Geschäftsführung der Firma Boehringer: »Solange der Vietnamkrieg andauert, sind keine Absatzschwierigkeiten zu erwarten.« Besondere Skrupel hatte man bei Boehringer offensichtlich nicht. Ein anderes Mitglied der für das Giftgas-Geschäft verantwortlichen sechsköpfigen Geschäftsführung wurde 1964, im Jahr des Deals mit Dow, sogar Präsident des evangelischen Kirchentags und blieb es für acht Jahre. Ende Juni 1966 bei Boehringer ausgeschieden, engagierte er sich daraufhin vorwiegend in der Kirchenarbeit – und in der Politik. Er wurde Regierender Bürgermeister von Berlin und anschließend Bundespräsident der Bundesrepublik Deutschland. Der Name dieses Mannes ist: Richard von Weizsäcker.

Das ist später, im Jahr 1970. Ich bin fünf Jahre alt, sitze auf dem Fußboden und blättere in den Monatsheften von *terre des hommes.* Ich sehe Bilder von Kindern, die an Krücken humpeln, weil sie nur noch ein Bein haben. Ich sehe Kinder mit verbrannten Rücken, Kinder, die neben Leichen auf dem Boden sitzen, Kinder, die schreien und weinen, Kinder, die vom Hungertod gezeichnet sind. Es sind die schrecklichsten Bilder, die ich kenne, mit Ausnahme der Kreuzigung auf dem Isenheimer Altar, den ich beim Blättern in den alten Brockhaus-Lexika immer schnell überblättere, weil ich sonst nicht schlafen kann.

Drei Jahre zuvor haben meine Eltern solche Bilder gesehen, Brandbomben fallen auf ein Dorf bei Saigon. In den Flammen, allein, zu Tode verängstigt, schreit ein Kind. Meine Eltern gehören zur ersten Generation, die diese Bilder sehen: Bilder aus einem aktuellen Krieg, ein gegenwärtiges Schlachten und Verbrennen und Vergiften von Menschen. Sie finden sich im *Spiegel* und mehr noch im *Stern*. Sie sind da, unmittelbar, und vom äußeren Auge dringen sie in das innere Auge des moralischen Gewissens.

Solingen ist von diesen Vorgängen viele tausend Kilometer entfernt. Doch die Bilder trafen meine Eltern wie so viele jüngere Leute der Zeit unvorbereitet und nachhaltig. Sie trafen sie inmitten einer wohl geordneten bürgerlichen Welt, die als das goldene Zeitalter der Bundesrepublik beschreibbar ist: genug Arbeit für fast jeden, gute Wachstumsraten, ein blühender Export und ein gutes soziales Netz. In 15 Millionen bundesdeutschen Haushalten steht bereits ein Fernsehapparat, ein neues Biotop aus Polstersesseln und Salzstangen ist entstanden, und Heinz Schenk als Oberkellner im »Blauen Bock« gießt den ersten Äppelwoi in seine Fernseh-Bembel.

Meine Eltern leben anders, aber nicht völlig anders. Sie führen ein unkonventionelles, aber gleichwohl noch bürgerliches Leben; zwei kleine Kinder, ein Junge und ein Mädchen, ein Mann mit fester Anstellung, wenn auch in einem etwas dubiosen Beruf, die Frau bleibt als Hausfrau und Mutter mit den Kindern zu Hause. Die ersten Farbfotos sprechen eine klare Sprache: Zu

Weihnachten trägt mein Vater einen grauen Anzug mit Krawatte, meine Mutter ein rotes Kleid und seltsame, weiß glitzernde Strumpfhosen. Die Kinder sind allerliebst. Hanna mit geflochtenen Zöpfen und ich mit artigem Scheitel. Im Hintergrund prangt der Weihnachtsbaum in silbernem Lametta vor dem großen weißen Bücherregal. Wie in Adam Seides Galerie sieht es hier nicht aus. Doch immerhin: Eine Schrankwand gibt es nicht, keinen Gummibaum, keinen Nierentisch und auch keine dunkelviolette Polstergarnitur wie bei Christians. Auf dem Fußboden liegt grauer Sisal, keine Auslegeware, kein nachgeäffter Perserteppich. Alles das, die Einrichtung, das Lebensgefühl, ist gezeichnet von einem zu wenig an bürgerlicher Wohnkultur. Ein Kompromiss, mit dem mein Vater offensichtlich noch leben kann. Und meine Mutter?

Noch fehlt eine Alternative, das eigene Leitbild, die Gestaltungsidee eines »anderen« Lebens.

In dieses Vakuum fallen die Bilder. Sie bestürzten und sie empörten. Vergiften, vergasen, verbrennen – in alledem sah die Regierung der Bundesrepublik Deutschland keinen Grund zur Kritik. Als getreuer Satellit der USA unterstützten zunächst Bundeskanzler Ludwig Erhard und seine CDU die amerikanische Vietnam-Politik. Doch selbst Sozialdemokrat zu sein, bedeutete in den ersten Kriegsjahren in Vietnam weitgehende Schweigepflicht, und manch einer, wie der Kabarettist Wolfgang Neuss, flog wegen zu lauter Kritik am Vietnamkrieg aus der SPD. Von den Gewerkschaften kam kaum Protest, sodass auch die 1966 geschlossene Große Koalition aus CDU und SPD wenig Grund sah, ihr blindes Einverständnis mit den Bombardements in Vietnam zu überdenken.

Zu Beginn des Krieges im Jahr 1964 hatte der Regierende Bürgermeister Willy Brandt eine Berliner Demonstration gegen die amerikanische Einmischung in Vietnam scharf kritisiert, zumal sein Sohn sich daran beteiligt hatte und Eier gegen die US-Botschaft geflogen waren; die Schutzmacht war heilig. Auch als Außenminister der Großen Koalition übte Brandt keine Vietnam-Kritik. Wollte er seine Annäherungspolitik mit Osteuropa nicht gefährden, durfte er es sich mit den USA nicht verscherzen. Im Gegensatz zur Ostpolitik, die ihre wichtige symbolische Aussöhnungsgeste mit handfesten wirtschaftlichen Interessen verband, gab es für Deutschland und die SPD durch die Verurteilung des Krieges in Vietnam weder symbolisch noch ökonomisch etwas zu gewinnen.

Flankiert wurde dieses vergleichsweise schlecht aufgearbeitete Kapitel der deutschen Nachkriegsgeschichte durch einen oft uncouragierten und weitgehend angepassten Journalismus. Nur wenige, wie etwa Rolf Zundel 1966 in der *Zeit*, hatten den Mut und vor allem die Chance, die tatsächliche Situation in Vietnam zu beschreiben und anzuprangern: dass es unmöglich wäre, in Südvietnam einen mörderischen Krieg zu führen und auf diese Weise zugleich eine stabile Demokratie herbeizubomben. Die falsche Logik und die katastrophalen Folgen des Krieges vorauszusehen, war 1966 durchaus möglich.

Im Sommer 1967 las meine Mutter einen Artikel im *Solinger Tageblatt* über die ersten kriegsverletzten vietnamesischen Kinder, die zur medizinischen Behandlung nach Deutschland ausgeflogen wurden. Eine Sondermaschine der Bundesluftwaffe hatte achtzehn

Kinder nach Frankfurt gebracht: kleine, verschüchterte Wesen, an Krücken humpelnd, auf eine Trage gebettet, mit dick verbundenen und geschienten Gliedern, mit verbranntem Gesicht oder zerschundenem Körper.

Einige dieser Kinder kamen zu einem Pfarrer namens Fritz Berghaus in das neu gegründete »Friedensdorf« in Oberhausen; ein Foto zeigt ihre Ankunft. Der Krieg war nur noch eine Autostunde entfernt. Meine Mutter war 29 Jahre alt, sie fühlte mit den Kindern mit, und ihr Schicksal bewegte sie sehr. Die Kinder wurden jetzt in Oberhausen versorgt. Aber was geschah danach? Was war, wenn sie das Krankenhaus verließen? Wo sollten sie dann hin? Wer betreute sie, während ihre Wunden heilten? Wäre es nicht gut für diese Kinder, wenn sie in eine private Familie kommen und dort leben könnten, bis sie wieder zurückfliegen würden nach Vietnam?

Meine Mutter fasste einen Entschluss. Sie meinte, dass es genug Platz in ihrem eigenen Leben gab, um einem Waisenkind aus Vietnam zu helfen, und sie fragte meinen Vater nach seiner Meinung. Obwohl sie noch nie darüber geredet hatten, konnte sie sich seiner Zustimmung sicher sein. Größere Gedanken über die Folgen eines solchen Schritts machte mein Vater sich offensichtlich nicht. Meine Mutter wollte es so, und es war richtig zu helfen.

Einige Tage später fuhr meine Mutter nach Oberhausen. In ihrem Kopf ein Bild von einem zukünftigen Leben mit einem kriegsversehrten vietnamesischen Jungen oder Mädchen in ihrer Familie. Auf dem Gelände des Friedensdorfs stand ein altes Pfarrhaus. Meine Mutter klingelte, und nach mehrmaligem Klopfen öffnete ihr ein kleines vietnamesisches Mädchen mit einem stark verbrannten Gesicht. Es war das erste Mal, dass meine Mutter einen Menschen aus Asien sah, und das erste Mal sah sie ein Kind mit solch grausamen Verbrennungen; was Napalm war, wusste sie noch nicht.

Pfarrer Berghaus war ein großer Mann Mitte vierzig, und seine nette ruhige Art war so freundlich wie geübt. Er erklärte meiner Mutter, dass sie kein Kind in ihre Familie holen könnte. Es klang durchdacht und routiniert, sie war nicht die einzige, die auf diesen Gedanken gekommen war. Die Kinder sollten im Friedensdorf bleiben, hier waren sie unter sich, und für alle medizinische Versorgung und nachträgliche Betreuung war gesorgt. Meine Mutter ließ sich nicht so schnell abschütteln. Sie blieb, und nach einer Weile erfuhr sie, dass sich Pfarrer Berghaus mit der Absicht trug, das kleine vietnamesische Kind in seinem Haus zu adoptieren.

War es möglich, ein Kind aus Vietnam zu adoptieren? Meine Mutter war bereit dazu, ein kriegsversehrtes Kind für eine gewisse Zeit aufzunehmen, jetzt war sie fest entschlossen, noch weiter zu gehen und ein Waisenkind für immer aus dem Krieg zu holen, um ihm eine neue Chance in ihrer Familie zu geben. Sie redete mit meinem Vater, und er sagte Ja. Nie hätte er sich aus freien Stücken in der Situation gesehen, sein Leben auf eine solche Entscheidung zuzuspitzen. Doch jetzt, wo meine Mutter mit so viel Schwung und Begeisterung von der Adoption sprach, stimmte er ihr ohne großes Überlegen zu. Die Aufnahme eines Waisenkindes aus dem Krieg war eine richtige und gute Sache. Die Frage, ob sie von nun an ihn selbst betreffen sollte und würde, war ihm bereits abgenommen.

Mein Vater war kein Mann der Tat, wie meine Mutter in der Galerie Seide bei ihrem ersten Kennenlernen vermutet hatte; das wusste sie längst. Aber er war ohne jeden Vorbehalt bereit, meiner Mutter mit allen Mitteln zur Seite zu stehen, wenn es darauf ankam. Er schrieb an den *Spiegel*, ob und auf welche Weise es möglich wäre, ein vietnamesisches Waisenkind zu adoptieren.

Die Antwort war ernüchternd: Kein einziges Kind aus Vietnam war bislang zur Adoption in eine deutsche Familie vermittelt worden.

*

Am 17. und 18. Februar 1968 veranstaltete der *Sozialistische Deutsche Studentenbund* SDS den »Internationalen Vietnamkongress« in der Technischen Universität Berlin. Meine Eltern lasen davon in der Zeitung. Unterstützung erhielt die Veranstaltung von namhaften Persönlichkeiten und Philosophen wie Bertrand Russell, Jean-Paul Sartre, Ernst Bloch und Helmut Gollwitzer. Zum Abschluss versammelten sich alle Teilnehmer zu einer militanten Großdemonstration gegen den Krieg der USA in Vietnam. Die Gegenseite beobachtete das Ganze mit Schrecken und Argwohn. Nur drei Tage später inszenierten der Berliner Senat, alle im Abgeordnetenhaus vertretenen Parteien, und die Gewerkschaften eine Gegenkundgebung – ein großes Bekenntnis zur Schutzmacht USA. In der Einladung stand: »Wir wissen, wer unsere Freunde sind. Wir lassen uns nicht von ihnen trennen. Wir wissen auch, wo unsere Gegner stehen.« Für den DGB sprach Walter Sickert: »Ich freue mich, dass ich angesichts dieser machtvollen Kundgebung mit der Feststellung beginnen kann: Was in den vergangenen Wochen und Monaten lärmend und randalierend über den Kurfürstendamm und durch andere

Straßen zog, das war nicht Berlin. Berlin ist hier!« Und Sickert machte klar, wo Kampfgeist und Solidarität der Gewerkschaften beginnen und wo sie aufhören: »Die Hand voll Revoluzzer und ihre kritiklosen Mitläufer irren sich in einem entscheidenden Punkt: Die Berliner Arbeitnehmer lassen sich das nicht wieder nehmen, wofür sie gelitten und gedarbt haben …«

Der Vietnamkrieg eskalierte derweil in bislang unvorstellbarem Maß. Die Schutzmacht zeigte ihre hässlichste Fratze. In My Lai ermordeten US-Soldaten unter dem Befehl von Leutnant William Calley im März die gesamte Dorfbevölkerung, Männer, Frauen und Kinder. Der Armeefotograf hält ein Bild fest. Zwei Kinder, der ältere Junge hat sich über den kleineren geworfen. Der Fotograf schreibt: »Da waren zwei kleine Jungen, einer vielleicht vier. Als die Knallerei begann, fiel der ältere Junge nach vorn, um den kleinen zu schützen. Ein Soldat ging auf die beiden zu, feuerte sechs Schüsse in die Kinder und ließ sie einfach liegen.«

Meine erste Begegnung mit Ho Chi Minh ist ein Schlachtruf. Ich bin drei Jahre alt. Vielleicht ist es nur eine Laune meiner Mutter, als sie mir empfiehlt, die Worte, die ich beim Schnelllaufen benutze, um mich selbst anzufeuern, einmal zu ändern. Und tatsächlich, »Ho-Ho-Ho-Chi-Minh« lässt sich erheblich besser rufen als »Eingemachte Kellertreppen«, den Ruf, den ich zuvor immer benutzt habe. Ich sehe mich auf der Solinger Hauptstraße, die jetzt »Konrad-Adenauer-Straße« heißt, vor Lindners Tante-Emma-Laden auf- und abrennen und aus vollem Hals »Ho-Ho-Ho-Chi-Minh« schreien. Einige Leute drehen sich nach mir um. Meine Mutter hat ihre Freude an mir, und ich tue alles, um so gut wie möglich zu rennen und zu schreien.

Eine junge Frau, gerade dreißig, und ihr dreijähriger Sohn in der Innenstadt von Solingen; eine mittelgroße westdeutsche Stadt, deren kommunistische Tradition mit einem bemerkenswerten Widerstand gegen den Hitlerfaschismus aus dem Leben verschwunden war. Eine verschlafene Stadt, einst ein Vorreiter der industriellen Revolution in der Schneidwarenindustrie, eine Stadt der Messerschleifer, Heimarbeiter und Eigenbrötler, im Krieg zerbombt und in den Fünfzigern mit neuen Häusern, neuen Straßen und Plätzen ausgestattet, die heute unter Denkmalschutz stehen, als Mahnmal der Wiederaufbauarchitektur der Adenauer-Zeit.

In dieser Stadt also, dreiundzwanzig Jahre nach dem Zweiten Weltkrieg, während Deutschland sich mit den Worten der Springer-Presse in *Bild* und *Welt* ein weiteres Mal verteidigt, diesmal in Saigon, wo die amerikanischen Freunde den Bestand Berlins sichern, skandiert ein dreijähriges Kind »Ho-Ho-Ho-Chi-Minh«.

Wie viele Solinger werden 1968 gewusst haben, wer Ho Chi Minh war? Und hatte meine Mutter den Schlachtruf der Studenten auf den Demonstrationen in Berlin je gehört oder nur gelesen? Meine Eltern hatten kein Fernsehen, aber sie bezogen den *Spiegel*. Mit den Studenten teilten sie ihre Ablehnung des »Establishments«, das den Krieg in Vietnam politisch unterstützte und noch vieles andere mehr.

Für meinen Vater war es vor allem das Weiterleben der Nazis in der Bundesrepublik, vermischt mit dem katholischen Mief und der Restauration der Adenauer-Zeit. Er dachte an die uniformierten Schreihälse, die ihn beim »Jungvolk« schikaniert hatten, die sich jetzt zurückhielten, ihre Uniform ausgezogen hatten und nicht mehr schrien. Ewige Gespenster wie der Göttinger Kreisleiter Gengler; besoffen an seinem Stammtisch gab er wohl noch immer das Gleiche von sich. Er dachte an Heinrich Lübke, den Bundespräsidenten, von dem es hieß, dass er als Architekt an KZs mitgebaut hatte, und an die seltsame Betulichkeit des politischen Jargons mit seinen tutigen Phrasen. Er dachte an Politiker in schwarzen Anzügen mit Hornbrillen und silbergrauen Krawatten, die vom Parlament als »von diesem hohen Hause« und vom Allgemeinwohl schwafelten und von denen jeder *Spiegel*-Leser wusste, dass nicht wenige von ihnen – wie Globke, Oberländer oder Strauß – verlogen und korrupt waren.

Die Proteste und Umzüge der Studenten machten Mut. Mein Vater hoffte, dass nun aufgeräumt und endlich etwas anderes kommen würde, und auch meine Mutter war begeistert. Sie bedauerte zugleich, dass sie ausgerechnet in Solingen festsaß, wo in Berlin und Frankfurt die Dinge auf unglaubliche Art und Weise in Bewegung gerieten. Als junges Mädchen war sie vom Land nach Hannover gegangen, weil dort etwas los war. Sie hatte Menschen kennen gelernt wie die Künstler in Seides Galerie, und sie hatte das Gefühl gehabt, am Puls der Zeit zu sein. Nun hockte sie mit zwei kleinen Kindern in der Klemens-Horn-Straße und spielte Mutter mit Frau Christians, während in Berlin die Welt aus den Fugen geriet und endlich etwas ganz Neues geschah, das vielleicht alles verändern würde.

Fast jeden Tag bin ich mit Holger Christians im Hof. Seilchen springen und Gummitwist unter der Anleitung von Holgers großer Schwester Sabine. Am liebsten aber hocken wir im Sandkasten, und Holger backt unausgesetzt Törtchen mit dem Förmchen. Wenn er einmal groß ist, will er Koch werden.

Herr Christians ist davon weniger angetan. Später, zu Holgers fünftem Geburtstag, wird er seinem Sohn einen prächtigen Kinderwerkzeugkasten schenken, um endlich einen Mann aus ihm zu machen. Wir nehmen das Werkzeug mit in den Sandkasten. Kuchenbacken kann man damit nicht; wir spielen Archäologen und verbuddeln Säge, Hammer, Feile und Schraubenzieher ganz tief im Sand. Am Abend ist alles gut vergraben, und wir gehen stolz nach getaner Arbeit nach oben.

Von Christians' Balkon, einen Stock unter uns, ertönt lautes Geschrei und Gezeter; klatschende Ohrfeigen. Ich schaue in den Hof und sehe Herrn Christians in der Dämmerung heftig fluchend im Sandkasten wühlen. Ein Fundstück nach dem anderen gelangt mühsam zum Vorschein; schade eigentlich, dass sie die Zeit auf diese Weise nicht lange überdauerten.

Die Mädchen von Christians' tragen Dirndl und Kleidchen, und auch Holger sieht stets sauber und adrett aus. Auf den Fotos erkennt man Haarspangen und weiße Kniestrümpfe. Bei Christians' leckt man keine Messer ab, das muss ich lernen, als ich bei Holger übernachte. Dafür gibt es »Käpt'n Nuss« und »Kapitän Karamel« und ähnlich leckere Schweinereien, und aus dem Kofferradio ertönt: »Schallelalala Oh Oh Oh!«, und Frau Christians mit hochgesteckten Haaren tanzt dazu. Abends am Küchentisch wird die Reihenfolge der schnellsten Esser prämiert: Kaiser, König, Edelmann, Herr Baron und Bettelmann. Weil die Zahl der Titel nicht ausreicht, ist der Letzte der »Pitter«, ein bergisches Idiom für kleine Küchenmesser. Der Pitter ist immer Holger.

Sonntags dürfen die meisten Kinder in der Nachbarschaft nicht draußen spielen, und wenn doch, dann dürfen sie sich nicht dreckig machen. Bevor sie wieder hoch in die Wohnung gehen, kontrollieren sie ihre Fingernägel und säubern die Hände mit Spucke. Wir spielen »Fischer, welche Fahne weht heute?«, »Fischer, wie tief ist das Wasser?«, »Mutter, wie viele Schritte darf ich gehen?« und »Ochs am Berge, eins, zwei, drei« auf dem Garagenhof. Der Garagenhof gehört zu einem Haus mit Menschen, die irgendwie anders sind: Sie heißen Lokotsch oder Wischnewski, und sonntags haben sie keine weißen Kniestrümpfe an. Ein anderer in diesem Haus heißt Pollack.

»Guck mal, der Pollack wäscht schon wieder sein Auto«, sagt Frau Christians vom Balkon.

Der Pollack ist ein sonderbarer Mensch, er tut mir ein bisschen Leid, weil ihn keiner mag. Ich grüße ihn freundlich:

»Guten Tag, Herr Pollack.«

Herr Pollack sieht mich finster an. Dann schüttelt er drohend die Faust.

Im April 1968 ermordete ein weißer Attentäter in Memphis Martin Luther King, den Führer der schwarzen Bürgerrechtsbewegung. Die Folge waren Massendemonstrationen und Aufstände in über hundert Städten der USA. Armee und Nationalgarde rückten gegen die Aufständischen vor. Eine Woche später schoss ein Berliner Arbeiter, aufgehetzt von der Anti-APO-Propaganda der *Bild*-Zeitung, auf Rudi Dutschke und verletzte ihn lebensgefährlich. Die nachfolgenden Landtagswahlen in Baden-Württemberg brachten der NPD fast zehn Prozent der Stimmen. In Paris lieferten sich Jugendliche und Polizisten Straßenschlachten, die Sorbonne wurde geschlossen, die Gewerkschaften riefen zum Generalstreik auf. Der Bundestag beschloss eine »Ergänzung« des Grundgesetzes; die neue »Notstandsverfassung« ermöglichte nun den Einsatz der Bundeswehr bei inneren Unruhen.

In der ganzen Welt tobte mit einem Mal ein Kampf von Gut gegen Böse, aber die Fronten waren manchmal schwierig auszumachen und die Freund-Feind-Linien verwirrend. Im August marschierten Truppen der Sowjetunion, der DDR, Polens, Ungarns und Bulgariens in die ČSSR ein. Meine Mutter hörte davon im Radio; sie war niedergeschlagen. Auch sie hatte sich über den »Prager Frühling« gefreut, den Versuch eines alternativen Sozialismus mit menschlicherem Gesicht. Dieses aufregende Experiment war jetzt vorbei.

Ende Oktober fuhr meine Mutter mit Hanna und mir nach Sylt. Mein Vater war zu Hause geblieben. Es war ungewöhnlich kalt, selbst für die Jahreszeit, und der Urlaub erwies sich für meine Mutter als wenig erholsam. Die Insel war nahezu ausgestorben. Meine Mutter radelte mit uns im schneidenden Herbstwind über die Insel, Hanna auf dem Gepäckträger und ich in einer Sitzschüssel hinter dem Lenker. In Berlin kam es derweil zur »Schlacht am Tegeler Weg«, Studenten und Polizei lieferten sich die bislang blutigste Auseinandersetzung des Jahres.

Meine Mutter bemühte sich, das Beste aus dem kalten Urlaub zu machen. In der Pension hänselt mich ein älterer Junge: Klein-Doofie mit Plüschohren! Meine Schwester kann darüber sehr lachen. Ich bin verunsichert und gekränkt und versuche mir vorzustellen, was ich für ein Bild abgeben muss. Ich fasse meine Ohren an, sie sind nicht aus Plüsch.

Ich erinnere mich an unsere Spaziergänge zum Strand, meine Mutter erzählt uns das Märchen vom treuen Johannes. Wir sehen uns die prächtigen Landhäuser an, und jeder sucht sich das für ihn schönste heraus. Meine Mutter liebt ein völlig zugewachsenes Haus mit einer wunderschönen Haustür. Ich verspreche, ihr das Haus zu kaufen, wenn ich einmal groß bin. Am Strand gibt es Austern, die ich von Kronsgaard noch nicht kenne, und Ebbe und Flut. Ich trage den »Blauaffen«, eine von meiner Mutter selbst gestrickte blaue Hose und eine dazu passende Jacke und Pudelmütze.

Anfang November saßen wir wieder einmal im lausig kalten, fast leeren Kampen und wärmten uns in einem Café auf; meine Mutter trank Tee, und Hanna und ich heißen Kakao. Auf dem Tisch lag eine Zeitung. Eine Frau namens Beate Klarsfeld hatte Bundeskanzler Kiesinger auf dem CDU-Parteitag in West-Berlin geohrfeigt. Sie war die Frau eines Sohnes jüdischer Deportierter und erklärte ihre Ohrfeige für den amtierenden Bundeskanzler und ehemaligen stellvertretenden Abteilungsleiter der Rundfunkabteilung des NS-Reichsaußenministeriums als einen Schlag »in das abstoßende Gesicht der zehn Millionen Nazis«, die wieder in Amt und Würden stünden. Sie war 29 Jahre alt, genau wie meine Mutter. Sie verachtete Kiesinger, so wie Beate Klarsfeld es tat. Er war ein Schönredner und Heuchler, und zu den Protesten der Studenten war ihm nichts anderes eingefallen, als vor der »gelben Gefahr« und dem Kommunismus zu warnen: »Ich sage nur: China, China, China …« Auf dem schwarzen Brett neben dem Fernseher waren Zettel befestigt, auch ein Blatt mit der Überschrift:

»Adoptiert Kinder aus Vietnam!«

Ein kurzer Text klärte über die Schrecknisse des Krieges und das Elend der Kinder auf, und darunter stand der Name Ann Lorenzen und eine Adresse.

Meine Mutter wusste nicht, dass dieser Zettel nur einer von sehr wenigen in ganz Norddeutschland war, die man nicht sofort wieder abgerissen hatte. Aufrufe dieser Art waren in deutschen Gaststätten nicht beliebt. In Kampen, so schien es, war man liberaler. Oder einfach nachlässiger. Meine Mutter erbat sich einen Kugelschreiber und notierte die Adresse.

Zwei Wochen später schrieb sie einen Brief.

Saigon – Solingen

... fühlen, dass man mit seinem eigenen Stein mitwirkt am Bau der Welt.

Antoine de Saint-Exupéry: *Wind, Sand und Sterne*

Kinder kommen aus Mamas Bauch oder aus Vietnam; das eine für mich so unvorstellbar wie das andere. Ich werde in einer Woche fünf und habe noch nie einen Flughafen gesehen. Ich bin völlig überrascht, wie groß Flugzeuge sein können. Ich dachte, dass sie viel kleiner sind, ein bisschen größer vielleicht als in der Luft. Die Flugzeuge auf dem Rollfeld sind weiß mit etwas rot oder blau, ich kann noch nicht lesen, aber ich weiß, dass das richtige Flugzeug eine blaue Schrift hat und dass die Buchstaben darauf *Air France* heißen. Das hat meine Mutter mir erklärt. Das Flugzeug kommt gleich aus Paris, und mein Vater ist darin mit vielen kleinen Kindern aus Vietnam. Eines dieser Babys ist mein Bruder; er heißt Marcel Hai.

Erst vor drei Monaten habe ich einen anderen Bruder bekommen, einen aus Mamas Bauch. Ich erinnere mich gut daran, wie meine Mutter mit ihrem dicken Bauch im Bett lag, und ich darüber streicheln durfte. Manchmal konnte man die Tritte von Georg Jonathan spüren, konnte fühlen, wie er sich im Bauch bewegte. Etwas unheimlich war das schon. Meine Mutter fragte mich, ob ich mich darüber freuen würde, dass ich bald einen kleinen Bruder bekäme, es wäre doch etwas ganz Tolles. Wenn es etwas ganz Tolles war, musste man sich wohl darüber freuen. Ich versuchte froh zu sein, und ein bisschen gelang es auch.

Als meine Mutter zurück aus dem Krankenhaus kam,

standen Christians' in der Tür. Sie hatten Blumen mitgebracht und Sekt, und alles war so festlich, dass ich begriff, dass tatsächlich etwas Wichtiges und Schönes passiert sein musste.

Der Bruder, der gleich aus Vietnam kommt, wird anders aussehen als Georg, das haben meine Eltern mir erklärt. Er hat schwarze Haare und einen runden Kopf. Schwarze Haare und einen runden Kopf finde ich niedlich; ich bin sehr neugierig. Es ist wirklich ein besonderer Tag. Ich bin das erste Mal mit einem Auto gefahren, den ganzen langen Weg im Taxi von Solingen bis zum Flughafen nach Köln. Ein Mann winkt uns zu, er hat ein Schild in der Hand. Meine Mutter sagt mir, was auf dem Schild geschrieben steht: *terre des hommes.*

Im Jahr 1956 hatte der Schweizer Journalist Edmond Kaiser in Lausanne eine Initiative zur Hilfe von Kindern in Krisengebieten gegründet. Die Berichterstattung über den seit 1954 wütenden Kolonialkrieg der Franzosen in Algerien hatte der ehemalige Widerstandskämpfer und Untersuchungsrichter der französischen Besatzungstruppen in Deutschland mitverfolgt. Er hörte, was viele Menschen hörten, die Nachricht von 800 000 algerischen Kindern, die in französischen Lagern von Hunger und Krankheit geschwächt ihrem Tod entgegensahen. Umgehend nahm er Kontakt zum französischen Staatspräsidenten Charles de Gaulle auf und bat ihn, die Lager in Algerien für ein Hilfsprogramm zur Rettung der Kinder zu öffnen. Er hatte Erfolg. Die Initiative wurde zur Organisation. Er nannte sie *terre des hommes* – »Erde der Menschlichkeit« nach dem gleichnamigen erfolgreichen Buch des Schriftstellers Antoine de Saint-Exupéry.

Im März 1966 fuhr der gelernte Schriftsetzer Lutz Beisel zu Kaiser in die Schweiz, um über eine deutsche Sektion zu sprechen. Im Januar 1967 wurde *terre des hommes* Deutschland in Beisels Heimatstadt Stuttgart gegründet. Der Zulauf war groß. Auch wenn die Bilder aus Vietnam im deutschen Fernsehen, im Gegensatz zu den USA, zunächst stark zensiert waren, erzielten sie Mitleid und manchmal Scham. Immer mehr Menschen stellten sich die Frage, was sie selbst gegen dieses Elend tun konnten. Nicht nur die Studenten protestierten, sondern auch ganz bürgerliche Menschen waren bereit, sich einzusetzen, und *terre des hommes* bot ihnen die Chance, Kindern aus Vietnam zu helfen. In den größeren Städten bildeten sich Arbeitsgruppen und sammelten Geld für die Betreuung kriegsverletzter Kinder in deutschen Kliniken, für Operationen und Flüge.

Im Jahr 1968, als für alle politischen Beobachter abzusehen war, dass die USA diesen Krieg nicht gewinnen würden, übernahm das Feuilleton der *Zeit* einen Leitartikel des Berliner Kulturkorrespondenten der *FAZ*, Dieter Hildebrandt, den das eigene Blatt trotz des allseits bekannten Desasters in Vietnam nicht drucken wollte. Der Tenor von »Dieser Krieg ist unser Krieg« war ein Appell an Jedermann, sich gegen diesen unseren Krieg zu engagieren.

Einige Familien aus Berlin nahmen selbst und ohne jede Hilfe Kontakt mit verschiedenen Waisenhäusern in Saigon auf; sie waren Mitglieder von *terre des hommes.* Im Dezember 1968 waren die ersten beiden Kinder aus Saigon nach Berlin gekommen und konfrontierten die Geschäftsführung mit einem Problem. Adoptionen von Waisenkindern gehörten bislang nicht zu den Maßnahmen und Zielen der Initiative. Gleichwohl übernahm man die bestehenden Kontakte und organisierte die Adoptionsverfahren. *Terre des hommes* hatte beschlossen abzuwarten, wie sich die Kinder entwickelten, um langfristig über das Projekt Adoption zu entscheiden. Im ersten Jahr waren 36 Waisenkinder aus Vietnam in deutsche Familien vermittelt worden.

Eigentlich hatte meine Mutter die Kinder aus Paris abholen sollen, aber manches weite Engagement hat enge Grenzen, zum Beispiel Flugangst. Mein Vater hatte seine Wildlederjacke angezogen. Er war mit dem Zug nach Paris gefahren, und als er aus der Haustür ging, hatte er nicht einmal eine Aktentasche bei sich. Am selben Abend würde er mit fünf vietnamesischen Waisenkindern auf dem Flughafen Köln-Wahn landen.

Es kam anders. In Paris-Orly musste mein Vater erfahren, dass die Maschine aus Vietnam zwei Tage später fliegen würde, Gründe dafür nannte man ihm nicht. Er hatte kaum Geld dabei, und an einen warmen Mantel gegen die Dezemberkälte hatte er ebenfalls nicht gedacht, alles war auf einen Aufenthalt von wenigen Stunden ausgerichtet gewesen. In Paris lag Schnee. Mein Vater schlief zwei Nächte in einer billigen Absteige und schlug die Zeit in Antiquariaten und Buchhandlungen tot, dort war es warm. Er blieb, bis die Läden am späten Abend schlossen, und eigentlich war die Zeit fast zu kurz. Von seinem vorletzten Geld kaufte er sich den ersten Teil des *Traité d'économie Marxiste* des Trotzkisten Ernest Mandel, eine Abhandlung über die marxistische Wirtschaftslehre, in der er sich zuvor fest gelesen hatte. Für den zweiten Teil reichte das Geld nicht mehr, und mit den letzten paar Francs löste er den Fahrschein für den Bus zum Flughafen in Erwartung von fünf Waisenkindern aus Saigon.

Der Mann mit dem Schild, der meine Mutter auf dem Flughafen anspricht, trägt eine Brille und eine Baskenmütze. Mit der hohen Stirn und dem schwarzen zugeknöpften Kurzmantel sieht er aus wie ein Landpfarrer. Sein Schuhwerk dagegen ist derb, seine Hände sind groß und kräftig wie bei einem Handwerker. Am Hosenbund hängt ein gewaltiger Schlüsselbund mit einem Karabinerhaken. Verbindlich und einnehmend, mit ruhiger Art vermittelt Helmut Schildkamp den Kontakt unter den vier Paaren der wartenden Eltern, die sich inzwischen eingefunden haben. Ab und zu ertönt sein lautes Lachen in der Runde, scheppernd wie Metall. Seine Frau Doris, mit Brille, Kniebundhose und weißen Socken in flachen Tretern passt zu ihm wie eine Zwillingsschwester. Eine Frau, die man sich eigentlich überhaupt nicht ohne eine Schar von Kindern um sie herum vorstellen kann.

Die Maschine wird verspätet ankommen. Über dem Rheinland liegt dichter Nebel. Als ein Sprecher der Fluggesellschaft durchsagt, dass man zurzeit den Kontakt mit dem Flugzeug verloren habe, wird meine Mutter nervös. Sie drückt meine Hand, und ich merke, dass sie noch immer Handschuhe anhat, obwohl wir schon so lange im Flughafen sind. In der Maschine sind ihr Mann und ihr unbekannter kleiner Sohn. Schon jetzt gehören die beiden untrennbar zusammen und zu ihr.

*

Am 31. Januar 1968, dem vietnamesischen Neujahrstag Tet, hatten 80 000 Vietcong fast alle großen Städte Südvietnams angegriffen und damit den Krieg auch in die Städte gebracht. Der Häuserkampf verschärfte die Lage der amerikanischen Soldaten; Heckenschützen, Nahkämpfe und Tretminen gehörten nun zum Kriegsalltag.

Die Proteste nahmen zu, Millionen gingen in den USA auf die Straße. Präsident Johnson verzichtete auf seine sicher geglaubte Wiederwahl. Sein Widersacher, der Republikaner Richard Nixon, wurde Präsident. Er versprach einen »Geheimplan«, um den Krieg rasch zu beenden.

Am 17. Mai 1969 brachte Lam Thi, ein 15-jähriges Mädchen, ihr Kind auf die Welt. Die Zahl der amerikanischen Truppen in Südvietnam hatte ihren Höhepunkt erreicht. Die meisten Dörfer waren zerstört und abgebrannt, vertriebene hungernde Menschen strömten in die Städte. Die Ernten waren mit System vernichtet, die Felder so verwüstet, dass eine normale Bewirtschaftung auf lange Zeit nicht möglich sein würde. »Vietnam ist unser Kind, wir dürfen es nicht verlassen, und wir können seine Bedürfnisse nicht ignorieren.« Kennedys Worte. Die Folgen sind ein Leichenfeld und etwa 1 500 000 nicht versorgte Kinder, Voll-, Halb- und Sozialwaisen, ungefähr 11 Prozent der Bevölkerung Südvietnams.

Lam Thi entband ihr Kind in einem amerikanischen Militärhospital in Saigon – das ist ungewöhnlich. Gemeinhin hatten Vietnamesen als Patienten hier keinen Zutritt. Das Baby ist ein Junge: Lam Van Hai. Der Familienname Lam ist nicht selten, der Zwischenname Van bezeichnet das männliche Geschlecht, der Vorname Hai ist sehr häufig, er bedeutet »der Erstgeborene«. Auf der Geburtsurkunde fehlt der Name des Vaters. Hai hat dunkle, aber keine schwarzen Haare, im Sommer werden sich darin ein leichter Rotstich und dazu Sommersprossen zeigen.

Betreut wurde Hai in den ersten Wochen und Monaten seines Lebens von katholischen Nonnen in Phu My; ein lang hingestreckter, gelb getünchter Gebäudekomplex und eines der größten Waisenhäuser der Stadt. Eines Tages wird Rosemary Taylor ihn hier sehen und aus seinem Bettchen nehmen. Seit 1967 kümmert sich die Australierin ohne jedes Gehalt um die Babys und Kleinkinder in mehreren Waisenhäusern der Stadt. Die Chance eines Säuglings, in einem dieser Heime überleben zu können, sieht sie bei zehn Prozent. Fast alle Kinder sind Todeskandidaten. Viele Babys sind unterernährt mit daumendünnen Ärmchen und winzigen Beinchen mit schlaffen Hautlappen um die Knochen. Sie sterben an Lungenentzündung und Meningitis, Tetanus und Typhus, Keuchhusten, Staphylokokken- und Streptokokkeninfektionen. Alle Kinder haben Würmer. »Wir haben hier keine Möglichkeit, die Kinder zu heilen«, schreibt Rosemary Taylor, »da der Tod hier so oft kommt und so leicht, weiß niemand, woran sie eigentlich sterben.« Doch es gilt nicht nur Krankheiten zu bändigen, nicht nur für Nahrung zu sorgen, sondern vor allem da zu sein für das einzelne Kind. In Saigon muss Rosemary Taylor erfahren, was es bedeutet, wenn ein Kind keine Zuwendung erhält: Es stirbt dahin.

Wie alle Kinder verbrachte Hai Tag und Nacht im Bett. Auch die älteren Kinder »werden nicht dazu angeregt, gehen zu lernen. Aus meiner Erfahrung kenne ich Waisenkinder, die mit zwanzig Monaten noch nicht einmal sitzen können. Die Kinder entfernen sich nie weiter als zwanzig Schritte von ihrem Bett.«

Am 2. September 1969 starb Ho Chi Minh. Sein politisches Vermächtnis war die Fortsetzung des Kampfes um die Wiedervereinigung des Landes mit allen Mitteln. Nixon unterbreitete nun sein Programm zur »Vietnamisierung« des Krieges, die eigenen Truppen sollten schrittweise abgezogen und die militärische Gesamtverantwortung auf die südvietnamesischen Streitkräfte übertragen werden. Doch parallel zur öffentlichen Ankündigung des allmählichen Rückzugs setzte Nixon das einzige Indiz seines mutmaßlichen »Geheimplans« um: die *Madman Theory*, die »Theorie des Verrückten«, eine kalkulierte Rücksichtslosigkeit: »Ich nenne es Angst vor dem Wahnsinn verbreiten.« Die Regierung in Nordvietnam sollte erkennen, dass der leidenschaftliche Antikommunist Nixon zu allem fähig sein würde; der Satz, Vietnam zurück in die Steinzeit bomben zu wollen, machte im Pentagon die Runde.

Im Februar 1969 hatten amerikanische B-52-Bomber daraufhin ohne jede Kriegserklärung die Rückzugsgebiete der nordvietnamesischen Armee in Kambodscha bombardiert. Der Zynismus des völkerrechtswidrigen und gegenüber der amerikanischen Bevölkerung streng geheim gehaltenen Angriffs war kaum zu überbieten; Operation *Menu* nannten die Stabschefs die Bombardierung, ihre einzelnen Phasen hießen *Breakfast*, *Lunch*, *Snacks* und *Dinner*. Vierzehn Monate dauerte der Bombenregen an. Die Überlebenden der Snacks und Lunchpakete wurden Opfer einer grausamen Spezialeinheit, der Daniel-Boone-Trupps, verharmlosend benannt nach einem durch seine Indianerabenteuer legendären Trapper.

*

Lam Van Hai hatte Glück. Er war kein Opfer eines Dioxin- oder Napalm-Angriffs. In diesem Fall hätte Rosemary Taylor ihn kaum vermitteln können. Kranke, behinderte und ältere Kinder finden nur sehr selten adoptionswillige Eltern im Ausland. Anders als die meisten Waisenkinder leidet Hai auch nicht an Tuberkulose, er hat keinen Herzfehler, keine Kinderlähmung, keinen Klumpfuß und keine Knochenmarkserkrankungen. Doch selbst die vermeintlich gesünderen und zur Vermittlung vorgesehenen Kinder sterben Rosemary Taylor buchstäblich unter den Händen weg. Viele Familien erreicht erst das zweite oder sogar dritte vorgeschlagene Kind.

Zu dem Zeitpunkt, als der Brief meiner Mutter bei Ann Lorenzen eintraf, hatte *terre des hommes* damit begonnen, die Vermittlung von Waisenkindern zu übernehmen. Noch ging der gesamte Briefwechsel über einen Küchentisch im süddeutschen Asperg, das Adoptionsreferat war erst im Aufbau. Im August 1969 erhielten meine Eltern ein Schwarzweißfoto: Eine Nonne in Ordenstracht hält ein drei Monate altes blasses und kugelköpfiges Baby im Arm; Codename: »John«. Ihr zukünftiges Kind.

Das Foto machte mit einem Mal alles wirklich. Zuvor war das Kind aus Vietnam eine Idee gewesen, eine Absicht, formuliert auf einem Blatt Papier. Es hatte ein paar Briefe von und an die Staatsanwaltschaft und das Jugendamt gegeben, eine Akte, einen kaum gefüllten

Ordner. Jetzt gab es das Kind tatsächlich; es war an einem bestimmten Tag geboren worden, von einer bestimmten Mutter an einem bestimmten Ort. Und es sah einfach wunderschön aus, fand meine Mutter vom ersten Blick auf das Foto an, so wie jede Mutter ihr Kind vom ersten Augenblick an schön findet. Sie wusste, dass es jetzt ihr Kind war. Sie wusste, dass sie vor *terre des hommes* nun nicht mehr verheimlichen musste, dass sie mittlerweile schwanger war. Zuvor hatte sie befürchtet, dass sie als werdende Mutter kein Adoptivkind bekommen würde. Und sie wusste, dass alles das, was sie mit wenig Vertrauen und wenig Hoffnung begonnen hatte, ein gutes Ende genommen hatte: Das ist jetzt mein Kind … Dass es ihr nicht ähnlich sah, störte sie nicht. Welche Mutter fragt bei ihrem Baby nach Ähnlichkeit? Sie wusste, dass dieses Kind sie nun ebenso brauchte wie ein leibliches Kind; das Gefühl des Brauchens kennt keinen Unterschied. Sie nahm das Foto und stellte es auf den Nachtkasten.

Einen Monat später kam ihr Sohn Georg Jonathan zur Welt.

Der erste aus unserer Familie, der »John« sah, war mein Vater. Mit zwei Tagen Verspätung war das Flugzeug aus Saigon schließlich in Paris gelandet. Er hatte die Kinder in Empfang genommen und die Formalitäten erledigt, die Stewardessen der Air France hatten ihm liebevoll dabei geholfen. Einen Unterschied zwischen »John«, seinem eigenen Sohn, und den anderen Kindern empfand er nicht. Später sollte er auf die Frage, wie das ist, wenn man sein neugeborenes Baby das erste Mal sieht – ob man dann stolz ist? –, antworten: »Worauf soll man da stolz sein? Man freut sich, aber man hat ja nichts Großes dafür geleistet.«

Es ist dies die Art, wie mein Vater die Welt sieht. In dieser Sicht fehlt etwas, eine Emotion, vielleicht sogar ein Instinkt. Wie emotional kann mein Vater dagegen sein, wenn er Ungerechtigkeiten erleben muss, wenn er sieht, wie sich Starke an Schwachen vergreifen. Oft denke ich, dass es keine andere Sache der Welt gibt, die für ihn emotional so wichtig ist, wie Gerechtigkeit und Fairness. Für das Verhältnis zu seinen Kindern hat diese so wenig besitzergreifende Emotion den Vorteil, dass mein Vater nie irgendeinen Unterschied zwischen einem leiblichen und einem Adoptivkind gemacht hat. Ja, ein solcher Unterschied wäre ihm wohl noch nicht einmal in den Sinn gekommen.

Nach mehr als einstündiger Verspätung ist die Maschine aus Paris gelandet. Mein Vater kommt durch den Ausgang, unrasiert, bleich und glücklich, im Arm ein zweijähriges vietnamesisches Mädchen. Die Kleine hat im Flugzeug angefangen zu weinen, sie hat sich gefürchtet, und mein Vater hat sie zu sich auf den Schoß genommen. Nun hängt sie an ihm und will ihn nicht mehr loslassen. Die Stewardessen dahinter tragen die vier Babys.

Eine Stewardess überreicht meiner Mutter eines der Kinder. Auf dem Zettel ums Handgelenk steht PRECHT: Dieser Bruder sieht anders aus, seine Haut ist unglaublich weiß. Meine Mutter hüllt das Baby in eine mitgebrachte Wolldecke. Ich sehe kaum mehr als das winzige Gesicht, rund und blass und ein klein wenig schief. Schuld daran ist die Mangelernährung, außerdem hat es im Waisenhaus viel zu lange auf einer Seite gelegen.

Auch die anderen Eltern nehmen ihre Kinder in

Empfang. In Doris Schildkamps Arm liegt ein völlig unterernährtes Baby, vierzehn Monate alt und fünf Kilogramm schwer – das Doppelte wäre normal. Thi Thu, die »Herbstgeborene« – als Bündel Mensch ist sie von einem Unbekannten aufgefunden worden, irgendwo in einem Dorf namens Pong Dinh. Ihr erster Weg in Deutschland führt sie zur ärztlichen Beobachtung ins Klinikum nach Essen.

Ein kurzer Abschied. Der Wind riecht nach Schnee, als wir ins Taxi steigen, die Leute im Ausgang des Flughafens schlagen die Mantelkrägen hoch und schieben die Hände in die Taschen, um sich vor der Kälte zu schützen.

*

Meine Eltern hatten eine Entscheidung getroffen. Sie wollten die Dinge nicht länger hinnehmen, als wären sie unvermeidlich. Sie wollten etwas tun und einem Kind helfen, das keine Zukunft hatte. Sie hatten diese Überlegung nur miteinander besprochen, über das Verhalten ihrer Verwandten, ihrer Freunde und Bekannten hatten sie sich keine Gedanken gemacht. Nun, wo das Kind aus Vietnam auf dem Fußboden in der Klemens-Horn-Straße in einem großen Kissen lag, hatte sich die Situation verändert. Gewiss hätten meine Eltern sich auch dann nicht anders entschieden, wenn sie die Reaktionen ihres Umfeldes mitbedacht hätten, aber nun, wo sie sich ihnen ausgesetzt sahen, waren sie überrascht über die Wucht des Zusammenstoßes.

Bereits zwei Jahre zuvor hatte Deutschlands Innen- und Familienminister Paul Lücke die Jugendämter der Bundesländer ahnungsvoll gewarnt. Die Schweizer

Sektion von *terre des hommes* hatte Kinder aus Vietnam an Schweizer Familien vermittelt. Ähnliches, so fürchtete Lücke, könnte demnächst auch in Deutschland versucht werden. Er forderte die Jugendämter auf, solchen Adoptionswünschen nicht zu entsprechen. Es wäre äußerst bedenklich, wenn Kinder aus einem fremden Kulturkreis in deutsche Familien kommen würden.

Der Lücke-Erlass befand sich im Einklang mit dem Geist der Zeit. Auch den meisten Menschen in Solingen war der Gedanke an die Adoption eines Kindes aus Vietnam im Jahr 1969 mindestens ebenso fremd wie dem Innenminister. Dabei war es kein Widerspruch, dass das *Solinger Tageblatt* der Ankunft Lam Van Hais, der jetzt Marcel Hai Precht hieß, fast die gesamte Titelseite des Regionalteils widmete: »Ihr Christkind kam aus Vietnam«. Je stärker der Journalist den Schritt meiner Eltern als Heldentum darstellte, umso mehr bekundete er damit zugleich sein Befremden.

Die Mischung aus kopfschüttelnder Distanz und Herzenskitsch begegnete meinen Eltern fast überall. Wo immer meine Mutter mit ihrem doppelten Kinderwagen und den zwei Babys, das eine hellblond, das andere dunkel, erschien, blieben die Leute stehen, um ihrer Verwunderung oder schlimmer: ihrem Mitleid mit Marcels nun eigentlich nicht mehr ganz so traurigem Schicksal redseligen Ausdruck zu geben.

Bedauerlicherweise zeigte sich das Unverständnis auch in der Familie. Weder Opa Herbert noch die Eltern meines Vaters in Hannover konnten diesen Schritt ihrer Kinder nachvollziehen. Sie fanden es höchst merkwürdig, dass ein Paar, das Kinder bekommen konnte, so etwas Seltsames tat.

Besonders hart traf es meinen Großonkel Hans-Peter in Buxtehude. 35 Jahre zuvor, in der Hochzeitsnacht, hatte er das Projekt seines Lebens begonnen, die Rekonstruktion seiner Ahnenfolge bis zurück ins Spätmittelalter; er lebte im Ahnenwahn und maß jeder genealogischen Frage die höchste aller denkbaren Bedeutungen bei. Ein Sprössling aus Vietnam in der Ahnentafel war so etwas wie der größte anzunehmende Störfall des ganzen Systems; seine Antwort auf die nicht gestellte Frage war kurz und cholerisch: Der wird da nicht aufgenommen!

Viel schwerer nahm meine Mutter das Befremden ihrer besten Freundin aus gemeinsamen Jugendtagen in Hünfeld bei Fulda. Die Jugendfreundin war entsetzt; sie machte meiner Mutter Vorhaltungen und unterstellte ihr, sie wäre unverantwortlich. Wenn sie mit dem asiatischen Kind im Kinderwagen über die Straße ginge, würden die Leute sicher glauben, dass meine Mutter mit einem Chinesen fremdgegangen sei.

Meine Mutter schrieb ihrer Freundin viele Briefe. Sie versuchte, sie zu beruhigen und den Riss zu kitten, den das Adoptivkind ihrer langen guten Freundschaft zugefügt hatte. Aber die Jugendfreundin fand meine Mutter weiterhin »total unmöglich«. Die Gegend um Fulda war eine einschlägig vorgezeichnete Region. Nach dem Zweiten Weltkrieg waren hier amerikanische Truppen stationiert, und die zahlreichen Kinder von deutschen Frauen mit »Negerbesatzern« waren für die Frauen eine nie ganz versiegte Schmach. Meine Mutter bemühte sich lange, den Kontakt zu halten.

Ihre ehemalige Freundin schrieb nicht mehr zurück.

*

Im Januar fuhren meine Eltern mit Georg und Marcel nach Neustadt. Meine Mutter wollte wissen, was ihr Vater über ihren Adoptivsohn dachte, wenn er ihn nun zum ersten Mal zu Gesicht bekam. Sie stellte die Körbchen mit den beiden Babys vor ihm auf den Fußboden, und die Reaktion übertraf alle Erwartungen. Vor allem Marcel eroberte seinen zukünftigen Großvater im Sturm; das Dutzidutzi nahm kaum ein Ende, und Opa Herbert und seine neue Frau Ilse übertrafen sich wechselseitig an Aufmerksamkeiten und großen Freudenausbrüchen über kleinste Reaktionen.

»Ihr habt ja jetzt zwei, könnt ihr uns den hier nicht dalassen?«

Ilse war erst dreißig Jahre alt, aber sie wusste, dass sie keine Kinder bekommen konnte. Opa Herbert und Ilse meinten es ernst. Hätten meine Eltern zugestimmt, sie hätten Marcel sofort adoptiert.

Das Familienleben war mit einem Mal nicht mehr das gleiche. Mit zwei Babys standen meine Eltern vor Dutzenden praktischer Probleme, die alle zugleich angegangen sein wollten: ein neues Kinderzimmer musste eingerichtet, die beiden älteren Kinder mit ihren Spielsachen ausquartiert werden; wenn mein Vater aus der Firma kam, wurde er in alles einbezogen. Die Einkäufe am Samstag hatten sich fast verdoppelt. Meine Eltern kauften ihr erstes Auto, einen R4, der familienfreundlicher war als ein 2CV oder ein Käfer, und die vier kleinen Kinder passten nebeneinander auf die Rückbank. Für Hanna und mich aber bedeuteten die neuen Geschwister vor allem eines: Von einem Tag auf den anderen waren wir die »Großen«.

Überall ist jetzt von meinem neuen Bruder aus Vietnam die Rede, auch bei Schwester Maria. Sie leitet die

Jungschar der evangelischen Kirche, zu der Hanna und ich jeden Montag mit den Christians-Kindern gehen, um christliche Lieder zu singen oder uns Geschichten aus der Bibel vorlesen zu lassen. Schwester Maria ist eine Diakonisse in biblischem Alter. Ihre Stimme klimpert wie das Kleingeld, das sie sich nach dem Kindergottesdienst für den Klingelbeutel von uns erbittet. Mit ihrer Haube und ihrer schwarzen Tracht zu einer untrennbaren Einheit verwachsen, ist es unmöglich sich vorzustellen, dass sie einmal jung war.

Hanna und ich gehen sehr gerne in die Jungschar; alles, was ich über Gott weiß, kenne ich von Schwester Maria. Meine Mutter meint, ich solle mir das ruhig anhören, obwohl das mit den Wundern nicht stimmen würde. Schwester Maria ist der einzige Mensch, der vom Teufel spricht, außerhalb unseres Märchenbuches; da gibt es den mit der Großmutter und den mit den drei goldenen Haaren. Und wenn nachts der Schein des Feuers aus der kleinen Einfüllluke unseres Ölofens ein großes glühendes Flackern an die Kinderzimmerdecke malt, dann ist es bestimmt dieser Teufel.

Für Schwester Maria ist Marcel ein ganz großes Thema. Immer wieder rühmt sie den christlichen Akt der Nächstenliebe, den meine Eltern geleistet haben, als sei hier ein sehr großes Opfer erbracht worden. Schade nur, dass er nicht so einen schönen biblischen Zweitnamen erhalten hat wie wir anderen: Maria, David oder Jonathan.

Auch in der Nachbarschaft, auf dem Hof und auf der Straße sprechen mich Leute auf meinen neuen Bruder an, mit denen ich noch nie zuvor geredet habe. Einige kenne ich vom Sehen, aber viele andere sind für mich völlig Fremde. »Deine Eltern haben ein Kind angenommen«, höre ich oft, und sie wollen genauso viel darüber von mir wissen wie die von der Zeitung. Ich finde, dass es ein ganz seltsames Wort ist: »angenommen« – es klingt so beliebig, so als hätten meine Eltern sich dazu entschieden, einen zugelaufenen Hund zu behalten; es klingt, als sei das Behalten dabei freigestellt. Ich fühle, dass die anderen Leute einen Unterschied zwischen meinen Brüdern machen, obgleich sie Marcel nicht geringer schätzen als Georg, zumeist finden sie ihn sogar viel niedlicher. Aber der Unterschied ist da, und offensichtlich vermuten sie ihn auch bei mir. Weshalb fragen sie sonst? Unter anderen Umständen fände ich es bestimmt spannend, für so viele fremde Menschen interessant zu sein, aber hier, wo es meinen Bruder betrifft, ist es mir doch ein bisschen unangenehm. Eigentlich weiß ich gar nicht, was die Leute meinen, und ihr Tonfall ist so mitfühlend wie neugierig, dass ich mich schon ein wenig vor ihnen ausgestellt finde. »Angenommen« – das ist wirklich sehr seltsam. Dass Marcel eines Tages nicht mehr da sein könnte, und dass sich andere Leute vielleicht vorstellen mögen, dass meine Eltern ihn eines Tages abgeben könnten, ist geradezu obszön, und ich muss das Wort nicht kennen, um es so zu empfinden.

Abends, wenn Marcel und Georg in ihren Frotteeschlafanzügen in die Gitterbettchen gelegt werden, wollen Hanna und ich jedes Mal dabei sein. Es ist Winter, und in unserem alten Kinderzimmer brennt weiter der Ölofen mit der Teufelsluke. Wir finden beide Babys sehr süß, aber Marcel vielleicht noch etwas süßer als Georg. Oft nehme ich Georg auf den Schoß und streichele ihn, vielleicht auch, weil er mir ein bisschen Leid tut. Er rührt mich in seiner lauten verzweifelten Art, und ich finde, dass er im Vergleich zu seinem Bruder etwas zu kurz kommt. Ich merke, dass er irgendwie einen schweren Stand hat, obwohl meine Eltern zwischen beiden keinen Unterschied machen. Wir bleiben im Zimmer, bis wir die Decken über unsere kleinen Brüder gelegt haben, und gehen dann durchs kalte Treppenhaus hoch in unser neues Zimmer unter dem Dach. Alles ist neu und abenteuerlich, seit in unserem alten Kinderzimmer auf einmal zwei Gitterbettchen stehen, wo vorher nur eines gewesen ist.

Die Kinder von Summerhill

Warum lügt mein kleiner Junge so oft? –
Wahrscheinlich ahmt er seine Eltern nach.

A. S. Neill: *Theorie und Praxis der antiautoritären Erziehung*

Nach innen hin ist die Welt noch die alte. Das Schulgebäude in der Scheidter Straße sieht aus, wie Schulen nach dem Wiederaufbau in den frühen fünfziger Jahren aussehen: dunkelbraun, aus richtigen Steinen gemauert und mit hohen schwedengekreuzten Fenstern in tiefen Fensternischen. Ein Giebeldach in der Mitte, symmetrisch der Aufbau. Ein kleiner Rest Feierlichkeit, Amtswürde oder Kaserne ist ihm erhalten geblieben, ein bisschen Schule aus dem 19. Jahrhundert. Wenn es zum Unterricht klingelt, stehen die Klassen in Zweierreihen auf dem Schulhof, zwei Kinder pro Reihe halten sich an den Händen und warten auf den Klassenlehrer, der den gesitteten Tross abführt. Der Morgen beginnt stehend und singend mit einem fröhlichen Lied, der Religionsunterricht mit einem Gebet, und wenn der Rektor hereinkommt, stehen die Kinder auf: »Guten Morgen, Herr Ickler.«

Wie ein Bilderbuch lässt sich mein erster Schultag aus der Erinnerung aufschlagen. Ich sehe einen runden blauen Mann mit zu großen Beinen und einem kleinen Kopf. »Heiner im Storchennest« sollen wir malen, und mein Heiner gleicht dem von Zita Preuß neben mir in der Bank wie ein Heiner eben dem anderen. Jedes Detail habe ich abgemalt, einschließlich der falschen Proportionen. Da wir alle dieselbe Geschichte gehört haben, glaube ich, dass wir alle denselben Heiner malen sollen. Zita Preuß, so nehme ich an, weiß, wie er aussieht.

Ich bin mit fünf eingeschult worden, nicht ohne eine längere Überlegung meiner Mutter. Zwei Tests und eine Reihe praktischer Vorteile haben sie dazu bewogen. Der zweite Test ist ein Einstufungstest in der Schule gewesen. Eine einzige Aufgabe ist mir in Erinnerung geblieben: Ich halte zwei Eisenklötzchen in den Händen, in jeder Hand eines. Wir sollen angeben, welches das schwerere von beiden ist; offensichtlich zeigt sich an diesem Gewichtstest die Schulreife. Alle Kinder weisen auf das gleiche Klötzchen, alle, bis auf mich. Ich zeige auf das andere, schon um mich zu unterscheiden und damit interessant zu machen. Von der Schule weiß ich so viel, dass es hier sehr anspruchsvoll sein soll, und eine eigene Meinung zu haben, erscheint mir sehr anspruchsvoll.

Das schlechte Testergebnis erschreckte meine Mutter nicht. Möglicherweise war ihr Vertrauen in die Schulpsychologen eher gering. Zudem war es eben schon der zweite Test, und das ausführliche Gutachten des ersten war ihr sicher noch gut in Erinnerung. Ein Kinderpsychologe namens Meckel hatte sich nach dem Wunsch meiner Mutter einige Stunden mit mir befasst, um meine mutmaßliche Schulreife zu testen. Überdies, so vermute ich, erwartete meine Mutter von der Untersuchung noch so manche anderen Aufschlüsse.

Ich erinnere mich im Detail, dass ich getestet werden sollte, und dass ich darum wusste. Eine Assistentin des zunächst gut versteckten Psychologen zeigt mir zuerst eine Sammlung von Spielzeug, aus der ich mir etwas Passendes aussuchen soll. Sofort springt mir ein großer bunter Kreisel in die Augen, ein Traum von einem Spielzeug, einen Kreisel habe ich nicht. Aber ich bin nicht dumm. Ein Kreisel ist im Zweifelsfall das weniger intelligente Spielzeug. Nachdenklich und mit Bedacht wähle ich einen Kasten mit Plastikteilchen zum Zusammenstecken. Leider dauert die Zeit, die ich mit dem Spielzeug verbringen muss, sehr lange. Das Einzige, was mir dazu einfällt, ist, die einzelnen Bauteile zu sortieren. Ich bin völlig überfordert.

Nach einer Weile tausche ich den Baukasten gegen den begehrten Kreisel. Kaum habe ich das großartige Teil in der Hand, endet der Test. Der Schulpsychologe musste mich beobachtet haben. Nun tritt er persönlich auf den Plan, im Rollkragenpullover, mit unreiner Haut und einem Auftrag zum Zeichnen: meine Familie, dargestellt als Tiere. Ich zeichne einen ganzen Schwarm von Greifvögeln, meine Lieblingstiere: Falken, Adler und mich selbst als einen Geier. Für meine Mutter aber wähle ich ein wunderschönes großes Krokodil. Liebe ich den Kondor, so schwärmt meine Mutter vom Leben als Krokodil: den ganzen langen Tag im warmen Wasser zu liegen unter der afrikanischen Sonne.

Der Test beim Psychologen schien erforderlich zu sein, weil meine Mutter sich nicht ganz leicht damit tat, meine Befähigungen einzuschätzen. Ebenso wie Hanna war ich nie im Kindergarten gewesen, einen einzigen Tag ausgenommen.

Alle Kinder aus der Klemens-Horn-Straße gingen in den Kindergarten in der Burgstraße zu Schwester Tabea, einer Diakonisse aus Kaiserswerth mit Haaren auch auf der Oberlippe. Kirchliche Schwestern kannte ich bislang nur in Gestalt der balsaholzweichen Schwester Maria, aber Schwester Tabea im Kindergarten gleich nebenan war aus härtester Eiche. Mit sicherem Blick hatte sie mich aus der Schar der friedlichen Kinder als Störenfried ausgemacht. Ich hatte allzu laut nach ein paar bunten Lege-Plättchen geschrien, die die eingespielte Gruppe der anderen nicht mit mir teilen wollte. Unsanft zerrte mich die eiserne Lady des Kindergartens in die Küche, platzierte mich auf einen frei stehenden Stuhl in der Mitte des Raumes und drohte im Fall einer Lautäußerung mit dem anfälligen Verzehr von Kartoffelschalen – Kindergartenrealität 1969! Man will im Zweifelsfall lieber nicht so genau wissen, woher Schwester Tabea ihre Erziehungsmaximen nahm und wo sie eingeübt worden waren. Ich verbrachte nur diesen einen Tag im Kindergarten, und welche Form von Unsterblichkeit Schwester Tabea mit ihrer liebreizenden Art auch immer erreichen wollte, diese eine hat sie geschafft: Ich habe sie nicht vergessen.

Es muss Gerechtigkeit walten. Kein Wort über Schwester Tabea brauche ich zurückzunehmen. Nur eines hinzuzufügen. Während ich dies schreibe, höre ich das erste Mal, dass man sich noch manch andere Geschichte über die harte und dem Vernehmen nach überaus trinkfeste Dame erzählte: dass nämlich Schwester Tabea zu finsteren Zeiten furchtlos und kühn Menschen vor der Verfolgung durch die Nazis versteckt haben soll. *A la bonne heure*!

Der Test des Psychologen hatte keine Klarheit gebracht. Das stirnrunzelnde Gutachten beschäftigte sich vor allem sehr ausführlich und spekulativ mit der Wahl der Tiermotive, besonders mit dem für meine Mutter so liebevoll ausgesuchten Krokodil. Sie war weder angetan noch beeindruckt und schulte mich kurzerhand ein. Was bei meiner Schwester ein Jahr zuvor erfolgreich gewesen war, musste auch bei mir nicht unbedingt schief gehen. Zudem ergab sich so die Chance, dass ich mit Holger Christians in dieselbe Klasse kam. Ebenso wie Hanna erhielt ich keine Schultüte. Auch ich war der Einzige, der sich ohne sie aufstellen musste. Die Abneigung meiner Mutter gegen Schultüten war und ist mir ein Rätsel. Umso gieriger stürzte ich mich eilig auf die Bonbonschlangen, die die Schule für jedes »I-Dötzchen« in einem bunten Papierkästchen bereitstellte.

Heiner im Storchennest in der Manier von Zita Preuß ist kein großer Erfolg. Frau Arnold, unsere Klassenlehrerin, verteilt die Noten, und mein Bild bekommt nur eine Drei. Auch beim Bemalen von Ostereiern vermag ich wenig zu glänzen. Dafür werde ich am Ende ein »sehr gut« in »Führung« erhalten, es bleibt der einzige Erfolg in diesem Fach. Auch meine Diktate sind sehr gut, dafür aber hapert es beim Schulweg, zu oft finde ich im Nebel die Schule nicht, und meine Mutter hat durchaus leichten Anlass zur Sorge. Ich würde nicht lange in dieser Klasse bleiben können.

Bei einer Lesung in Solingen steht Frau Arnold vor mir. Wiedersehen nach dreißig Jahren. Es gibt sie wirklich. Minuten zuvor hätte sie noch eine Erfindung meiner Erinnerung sein können. Sie erinnert sich daran, wie sprachlich gewandt ich als kleiner Junge gewesen sein soll. Ich erinnere mich an ihre Mütterlichkeit und ihre warme Ausstrahlung, die sie noch immer verströmt. Frau Arnold rechnet nach, wie alt sie, die »Mütterliche«, 1970 war: 26 Jahre. Es war ihr erstes Jahr als Lehrerin. Hätte ich raten müssen, ich hätte wohl Mitte vierzig gesagt, die Erinnerung trügt. Ich widme ihr ein Exemplar meines Romans: »Für Frau Arnold, die mir das Schreiben beigebracht hat – In Erinnerung an unser gemeinsames erstes Schuljahr.«

*

Von außen ist die Welt der Schule nicht mehr ganz die alte. »Es bestehen Pläne«, berichtet das *Kursbuch* vom 24. Juni 1971, »in Solingen eine vor allem proletarischen Kindern geltende Schule zu gründen, in der die Erfahrungen antiautoritärer Erziehung mit Versuchen einer politisch-emanzipatorischen Erziehung verbunden werden. Die Kinder sollen – gleichsam in Vorwegnahme einer konkreten gesellschaftlichen Utopie – glücklich leben und zugleich so zu selbstbestimmendem und kompetentem Handeln in Lebenssituationen qualifiziert werden, dass sie solidarisch gegen unterdrückende Anteile der Realität spätkapitalistischer Gesellschaft vorzugehen lernen.«

Sommer 1971 – ich werde gerade ins zweite Schuljahr versetzt; wir bekommen »Schönschreiben« und die Mädchen »Nadelarbeit«. Wenn wir eine Klassenarbeit im Rechnen schreiben, zieht Herr Schmidtmann, unser neuer Klassenlehrer, den Wecker auf, der unbarmherzig tickt. Das Ticken lässt mich nicht rechnen; ich schreibe meine erste Vier. Die schönen Zeiten bei Frau Arnold sind vorbei, Ostereier bemalen wir bei Herrn Schmidtmann nicht. »Die Solinger Modellschule«, träumt das *Kursbuch* weiter, »ist als Ganztagsunternehmen für zwei- bis fünftausend Schüler geplant. Es soll eine Schülerschule sein, in der die Schüler der Umgebung vom dritten Lebensjahr an mit oder ohne Eltern tagsüber oder auch nachts in Kollektiven leben können.« Das pädagogische Ziel solcher Internierung sind »herrschaftsfreie Willensbildungs- und Entscheidungsprozesse« und ein »kampagnenartiger Lebens- und Arbeitsstil«.

Auf unserer Grundschule gibt es vierhundert Schüler, auf den Schulalltag vorbereitet durch den kampagnenartigen Lebens- und Arbeitsstil von Schwester Tabea und ihresgleichen. Herr Schmidtmann wird kaum an einer künftigen antiautoritären Schule unterrichten, der Abschied vom Wecker wäre dabei noch einer der leichtesten. Hanna geht in die Klasse von Frau Mechtel; wer stört, muss in der Ecke stehen. Frau Wenner, unsere Lehrerin im Turnen, zieht sehr heftig und schmerzhaft an den Ohren; sie arbeitet für die SPD-Frauen, ihr Mann ist Sozialdemokrat im Stadtrat. »Herrschaftsfreie Willensbildung« und ein Kampf gegen den »Spätkapitalismus« sind bislang eher nicht vorgesehen.

Der Flügel der neuen Pädagogik gegen den »Spätkapitalismus« streifte die Stadt Solingen nur sanft. Berlin, wo ein gewisser Jürgen Zimmer am Max-Planck-Institut für Bildungsforschung Pläne, wie den der Solinger Zukunftsschule, entwarf, war weit weg, und der Spruch der Zeit, die etablierten Schulen seien Krankenhäuser, die die Gesunden pflegten und die Kranken abwiesen, verhallte ungehört. Die Zeit war noch nicht reif, und sie sollte nie reifen. Die große linke Alternative zu den Fürsorgeknästen der Adenauer-Zeit, die neue Brutstätte für bis zu fünftausend kampagnengestählte künftige Revoluzzer, wurde nicht gebaut.

Fünftausend.

Die Zahl beschäftigt mich. Geradezu *in nuce* zeigt sie den Wahn sozialdemokratischer Bildungspolitiker, das Gelingen ihrer Pädagogik an großen Schülerzahlen zu messen. Masse ist Zustimmung, Tonnage gleich Erfolg – vielleicht der einzige Gedanke, den die Sozialdemokratie bedenkenlos von Stalin übernahm.

Ich gehe auf die Straße, meine erste Demonstration; gegen die Schulpolitik der SPD in Düsseldorf. Die Ausstellungshalle des Landes Nordrhein-Westfalen glänzt weiß und formschön in der Frühjahrssonne, davor warten einige hundert Menschen, bunt und lustig mit Transparenten. Ich habe ein Pappschild auf dem Bauch und eines auf dem Rücken. Es gibt keine Fotos, jedenfalls keine privaten. Fotografiert wird überall. Ich erinnere mich trotzdem noch gut, was auf den Pappschildern geschrieben war. Vorne drauf steht: »Ich will in eine kleine Klasse!« Das habe ich selbst geschrieben nach einer Vorlage. Schreiben kann ich schon und mache es gern; das mit der kleinen Klasse nehme ich so hin, ausgedacht habe ich mir das nicht. Erst seit gestern weiß ich, dass ich in einer großen Klasse bin und dass 46 Kinder nicht gut sind. Auf Michel Trojahns Transparent steht: »40 Kinder sind zu viel – 25 unser Ziel!« Michel Trojahns Mutter Hilde ist auch dabei und ihr Freund Tom. Sie kennen sich aus mit Demonstrationen. Schon auf der ersten Elternversammlung haben sich Tom und Hilde und meine Eltern sofort gefunden; es freundet sich an, was sichtbar zusammengehört. Hilde studiert in Düsseldorf, sie hat langes blondes Haar und gewaltige Schlaghosen, Tom ist gerade Lehrer geworden; er hat wildes dunkles Haar und einen eindrucksvollen Vollbart, er zwinkert mir zu und lacht. Wo er ist, ist es lustig. Ich bin sechs Jahre alt und weiß noch nicht, was cool ist. Hätte ich es gewusst, dann hätte ich Tom und Hilde cool gefunden. Auf meiner hinteren Pappe ist ein Starfighter gemalt, darunter stehen die Kosten für eine Schule im Vergleich zu denen für ein Kampfflugzeug. Der Starfighter kostet zwanzigmal so viel.

Auf dem Platz rufen alle dasselbe. Ich bin enttäuscht. Ich dachte, meine Eltern und Tom und Hilde hätten sich das selbst ausgedacht. Dass alle »40 Kinder sind zu viel« rufen, ist langweilig. Nach endlosem Warten setzt sich der Zug in Bewegung über die Straße und kehrt anschließend wieder zum Museum zurück. Eigentlich ist gar nichts passiert. Ich kann mich nicht erinnern, dass überhaupt Leute stehen geblieben sind, um uns zuzuhören oder anzugucken. Immerhin schreie ich hunderte Mal: »Ich will in eine kleine Klasse!« und flüstere die Worte noch im Schlaf.

Ein halbes Jahr später ist dieses Ziel erreicht. Meine Eltern haben ein Einsehen mit meiner Angst vor Herrn Schmidtmanns Wecker und meinen Schulwegabenteuern bei Nebel. Sie lassen mich zurückstellen in die erste Klasse; da sind es nur noch 36 Schüler.

*

Bislang hatten meine Eltern ihre Kinder nur mit großem bildungsbürgerlichen Ehrgeiz erzogen. Als Hanna mit fünf Jahren in die Schule kam, konnte sie bereits schreiben, lesen und rechnen, und beim Klavierunterricht zeigte sie sich früh begabt. Mit ihrem langen geflochtenen blonden Zopf oder den ebenso geflochtenen Affenschaukeln, ihrer etwas altklugen Pfiffigkeit, war sie geradezu das Idealbild einer höheren Tochter. Meine Mutter bastelte Hanna und mir Anziehpuppen aus Papier und schnitt Mannequins aus Modezeitschriften aus. Meine Schwester liebte es über alles, mit den Papiermädchen Schule zu spielen. Sie gab ihnen Namen aus dem Telefonbuch und trug Zensuren in ein Notenbuch ein. Manchmal spielte ich mit meinem Satz Papiermädchen etwas hilflos mit, vom Schulespielen verstand ich noch kaum etwas. Am liebsten baute ich Zoo-Anlagen mit dem Modellbauholz, das mein Vater mir aus der Firma mitbrachte, und füllte sie mit einer stetig wachsenden Zahl kleiner Kunststofftiere von *Britains* und *Elastolin*. In unserer Mansarde stapelten sich die Kinderbücher, das ganze Repertoire von Astrid Lindgren und Otfried Preußler oder die »Mumin«-Bücher von Tove Jansson. Auch die Christians-Mädchen lasen die Bücher, aber im Gegensatz zu uns hatten Christians' außerdem einen Fernseher. Die Grundwerte meiner Eltern, vor allem meiner Mutter, waren klar markiert. Sie wollte ihre Kinder von der Trivialwelt abhalten, den vielen Verdummungsangeboten der Konsumgesellschaft. Die Gleichung dazu war verhältnismäßig einfach. Je stärker ihre Kinder ins Triviale oder in den Massengeschmack abglitten, umso schlichter mussten sie dadurch werden, und umso empfänglicher für die rechte Propaganda und ihren einfältigen Lebensstil. Dieser Gefahr, die überall und vor allem in den Nachbarhäusern drohte, durch Bildung entgegenzuwirken, war meinen Eltern Programm. Einen eigenen Weg mit aufregenden neuen pädagogischen Einsichten hatten sie bislang weder gesehen noch gefunden – doch das sollte sich nun ändern.

Binnen kurzer Zeit kam ein neuer Geist in ihr Leben. Ende Mai 1970 hatte sich die »Arbeitsgruppe Adoptiveltern« gegründet. Helmut Schildkamp hatte alle Eltern, die über *terre des hommes* vietnamesische Kinder adoptiert hatten, angeschrieben, um die zum Teil haarsträubenden Erfahrungen mit Staatsanwälten, Jugendämtern und Nachbarn auszutauschen. Die kleine Schar, die hier das erste Mal mit all ihren Kindern zusammentraf, war bunt und fröhlich und dabei zugleich voller Schwung und Tatendrang. Was einigen wenigen Kindern aus Vietnam zugute gekommen war, sollte nun auch vielen anderen Kindern ermöglicht werden. Auf den Fotos toben langhaarige ausgelassene Männer mit ihren Kindern, Frauen in langen Kleidern hocken glücklich in der Kleinkinderschar, vietnamesische Babys krabbeln auf einer blühenden Ruhrgebietswiese.

Mit einem Mal, fast über Nacht, lebten meine Eltern in einer anderen Welt. Hier auf diesem Sommerhügel waren sie nicht die Picassos, als die sie in der Klemens-Horn-Straße lebten, die bunten Außenseiter in einer kleinbürgerlichen Welt und Wohnkultur. Alles war neu und beflügelnd, und sie waren Teil einer neuen Gemeinschaft, die endlich zu ihnen zu passen schien. Das erste Mal seit ihrem Abschied von Hannover waren sie zur richtigen Zeit am richtigen Ort.

Der Elan des »Projekts Adoption« stürzte *terre des hommes* Deutschland zugleich in die erste große Krise seiner noch jungen Geschichte. Zwar war die Arbeitsgruppe vom Vorstand als einzige überörtliche, gesamtdeutsche Gruppe innerhalb des Vereins anerkannt worden, doch regten sich zugleich starke Zweifel. War die Adoption der Kinder aus Vietnam überhaupt ein sinnvoller Weg, das Leiden im Land zu lindern?

Die Mitgliederversammlung im darauf folgenden Jahr in Bremen geriet zu einer Kraftprobe in einem Gefilz von weltanschaulich verwirrenden Freund-Feindlinien. Überzeugte Linke, die meine Eltern inzwischen waren, stimmten für die Adoption gegen überzeugte Linke, die den »Export« der Kinder als politischen Schritt in die falsche Richtung verurteilten. Der böse Satz vom »kleinen Schwarzen« als Zweitkind machte schnell die Runde. Und liberale Mitglieder, die sich mit dem zweifelhaften Image der Adoption nicht anfreunden mochten, stimmten gegen liberale Eltern, die vielen Kindern eine Chance auf ein »zweites Leben« ermöglichen wollten.

Die Befürworter der Adoption setzten sich durch. Mit Hilfe auch von *terre des hommes* richtete Rosemary Taylor in Saigon die erste internationale Nursery namens *warm nest* ein. Hier warteten die Kinder und Babys in einer ungleich besseren Situation als in den bisherigen Waisenhäusern auf ihre Ausreise.

Meine Eltern gründeten in Solingen eine der ersten lokalen Arbeitsgruppen. Die Menschen, die sie hier anzogen, hatten freilich nichts vom Flair der Arbeitsgruppe »Adoption«. Hausfrauen häkelten Deckchen für den wohltätigen Erlös, mittelständische Unternehmer taten Gutes und stifteten Geld und Arbeitseinsatz. Viele standen der in Solingen sehr starken FDP nahe und motivierten rasch weitere Parteimitglieder zum Einsatz gegen das Kinderelend in der Welt. Mein Vater entwarf Plakate für den Weihnachtsbasar in den Räumen der Stadtsparkasse und einen Verkaufsstand für den Zöppkesmarkt, ein riesiger Flohmarkt und der große Höhepunkt im Kalender der Stadt. Außerdem spielte er Kasperletheater für die Kinder. Hanna und ich verkauften Wasserbälle, Kerzen und Lose für die Tombola, mit Preisen versorgt vom Solinger Einzelhandel. Die Aktionen waren gelungen und sinnvoll, aber manchmal kam es meinen Eltern vor, als wären sie der Kirche beigetreten oder einer Mittelstandsvereinigung.

Viel guter Wille, wenig Revolution.

Wie anders dagegen sind die Treffen der Adoptiveltern im Naturfreundehaus von Letmathe und im westfälischen Hardehausen. Was die Männer anbetrifft, so ist es ein Stelldichein der Bärte. Männer mit Vollbärten erwecken mein Vertrauen; sie sind lustig, unkompliziert und kinderlieb und stehen im Leben auf der richtigen Seite. Denke ich an den Frühstücksraum im Kloster Hardehausen, sehe ich die langen Haare und die vollen Bärte vor mir. Klappernde Schüsseln, ungezählte Kinder, die meisten aus Vietnam und später auch aus Lateinamerika, aus Indien und aus Korea, dazu die Väter, bunt und lustig wie die Spielkartenkönige. Auch mein Vater hat bald einen Vollbart, mit seinem schlanken Gesicht ist er der Karo-König. An die Mütter erinnere ich mich merkwürdigerweise kaum, wahrscheinlich fielen sie optisch zu weit hinter die Väter zurück.

Unter den Kindern bleiben die Schildkamp-Kinder in Erinnerung, irgendwann sind es sieben. Vor allem Thi Thu, die jetzt Angela heißt, ist voller Energie, mit pechschwarzen drahtigen Haaren, die sich fast wie ein Fell anfassen, mit ungebremstem Mut und einer ungewöhnlich tiefen Stimme. Die meisten Kinder haben Scheytts, noch sind es acht, sechs leibliche Kinder und zwei adoptierte, später höre ich bei zehn auf zu zählen. Ihre Erziehung ist pietistisch streng, alle Kinder sind diszipliniert und passen sich ihrer Umgebung hervorragend an; wahrscheinlich sind sie mir deshalb allein in der Mehrzahl in Erinnerung. Bei Schildkamps hingegen wird von morgens bis abends improvisiert. Am Tag ihrer Hochzeit hatten sich Doris und Helmut Schildkamp versprochen, gemeinsam acht Kinder großzuziehen. Der Plan wurde nahezu erfüllt. In seinem rotweiß karierten Hemd, dem unvermeidlichen Schlüsselbund an der Kniebundlederhose und einer viel zu üppigen Strickjacke, die unglaublich selbst gestrickt aussieht, ist Helmut Schildkamp bereits optisch das Gegenteil zu Herrn Scheytt. Zu Hause bei Schildkamps dürfen die Kinder nahezu alles. Mit Fingerfarben bemalte Wände laden zum Weiterkritzeln ein, die Küche ist ein malerisches Schlachtfeld; so muss es hinter der Scheune von Pieter Brueghels »Bauernhochzeit« aussehen. Überall liegt Gebasteltes, Gebautes oder Getöpfertes. Die Kinderzimmer vervollständigen das Chaos, und in jeder versteckten Ecke im Haus oder im verwilderten Garten kauert ein Kaninchen, lümmeln sich Rennmäuse oder lungert ein Huhn. Hanna und ich fühlen uns unglaublich wohl.

Meine Mutter beobachtete Helmut Schildkamp sehr genau. In ihrem Leben war er der erste Mensch, der keinen Unterschied zu kennen schien zwischen Denken und Handeln. Ein Mensch von größtmöglicher sozialer Redlichkeit, der redete, wie er dachte, und ebenso konsequent danach lebte. Schildkamp war Studiendirektor an einer Berufsschule, gelernt hatte er Maschinenschlosser. Die Kinder gingen auf eine Waldorfschule. Ein gesellschaftlicher Ehrgeiz, wie meine Mutter ihn hatte, war ihm fremd: »Lieber ein glücklicher Kanalarbeiter als ein unglücklicher Professor.« Meine Mutter war sehr beeindruckt. Unterschrieben hätte sie den Satz in dieser Zeit noch nicht.

Auch mein Vater schätzte Schildkamps, doch der Reichtum und die gelebte Fülle der Freiheiten blieben ihm zugleich fremd. Wie sollte man sich in dieser Unordnung konzentrieren, wohin sollte man sich zurückziehen in einem Haus, in dem kein Ding an seinem Platz blieb? Nichts beschrieb den Unterschied ihres Denkens und Fühlens besser als ihr gemeinsames Interesse an Pflanzen. Schildkamp fotografierte Blumen und Blüten, und er war geradezu besessen davon. Die Namen der Pflanzen dagegen waren ihm völlig gleich. Kurze Zeit später begann auch mein Vater mit dem

Selbststudium der Botanik. Er pflückte Pflanzen, er presste sie, er sezierte und bestimmte sie. Er lernte ihre lateinischen Namen, die Familien, die Gattungen. Am Ende interessierte er sich nur noch für die Königsdisziplinen: für Gräser, Binsen, Simsen und Seggen. Wo Schildkamp Farben und Formen sah, unendliche Faszination, sah er die gleitende Logik versteckter Systeme und sinnfälliger Namen.

Der Unterschied trennte. Meine Mutter hätte in Schildkamps Haus nicht leben können. Und doch war es gerade diese Welt, die ihr Leben entscheidend verändern sollte: Schildkamps erzogen ihre Kinder *antiautoritär*; das Wort war noch neu, es lebte, es schillerte, es glänzte und es verführte.

Es enthielt etwas von einer Vision, einem besseren Leben.

*

Auch meine Mutter beschäftigte sich mit der *Theorie und Praxis der antiautoritären Erziehung*. Wie viele andere, so studierte sie die berühmte Schrift von Alexander Sutherland Neill; ein Buch, das, als es im Jahr 1960 in den USA angekündigt wurde, nicht einmal eine einzige Vorbestellung durch den Handel gefunden hatte. Das Taschenbuch aber, das meine Mutter las, war von 1970 und gerade ein Jahr auf dem deutschen Markt. Die verkaufte Auflage: 600 000 Exemplare.

Die Emphase ist vielstimmig. Fast fünfzig Jahre lang hatte der schottische Rektor Neill sein kleines englisches Internat jenseits des Interesses der Öffentlichkeit betrieben und geleitet – jetzt, im Alter von mehr als achtzig Jahren wird er verehrt wie kein Pädagoge vor ihm: ein linker Heiliger. Summerhill wird gefeiert als Zukunftszentrum, als »locus amoenus«, als Kaderschmiede freier Menschen, als Enklave des Guten und Hort der Wahrheit. Und der Siegeszug des Büchleins aus Anekdoten, Maximen und Reflexionen zur Pädagogikbibel einer Dekade vollzieht sich weltweit. Die klassische autoritäre Erziehung ist Ende der sechziger Jahre in ihren Grundfesten bedroht. Und sie rüstet zum Gegenschlag: Anleitung zur Pornografie, Verführung zu Drogen und Alkohol, die Schule als Tollhaus, das Lernen als Orgie – Summerhill erzeuge verspielte und verwahrloste Menschen; der Untergang des Abendlandes. Doch die »Befreiung der Kinder« als weiteres Glied einer Kette nach und neben der Befreiung der Sklaven, der Farbigen und der Frauen ist nicht aufzuhalten. Das Ende aller autoritären Irrtümer und Zwänge rückt näher und näher. Ein kleiner Flecken England zeigt, was nirgendwo zuvor so schön, so idyllisch und pausbäckig zu sehen war: das sinnliche Scheinen einer Idee, die diese Welt besser machen könnte.

Meine Mutter vertiefte sich in Neills Gedanken, aber ihr Hang zum Glauben und ihr Bedürfnis nach Ehrfurcht waren gering. Immer wieder stellte sie sich zugleich die Frage, was die Worte des Meisters mit ihrem Leben in der Klemens-Horn-Straße zu tun hatten. Immerhin sollte der heilige Weg auch mit einem Renault befahrbar sein. Ihre größte Kritik fand dabei Neills offensichtliches Bedürfnis nach Harmonie, etwas, das sie »das frohe Miteinander« nannte, und an das sie nicht recht glauben mochte. Es war meiner Mutter immer schwer gefallen, sich einer Gemeinschaft anzuschließen, die sich auf feste Glaubensinhalte verständigte. Lebensweisheiten wurden gemeinhin nicht von Gurus erkannt und unhinterfragt von ihnen übernommen, sondern sie wurden dem Leben in den vielen kleinen Fragen des eigenen Alltags abgetrotzt, und für Analysen der gesellschaftlichen Realität war im Zweifelsfall mein Vater zuständig. Pädagogische Einsichten, wie jene, dass Schwäche stark sein sollte, oder Eltern die Pflicht hätten, ihre Handlungen gegenüber ihren Kindern zu begründen, blieben meiner Mutter fremd. Für was für eine Gesellschaft sollten diese Maximen taugen, und wo blieb bei so viel Poesie des Herzens die Prosa der Verhältnisse, wie sie überall in der Welt – mit Ausnahme vielleicht von Summerhill – herrschten? Würde sich die Welt an Summerhill ein Beispiel nehmen, oder würde sich Summerhill ein Beispiel an der Welt nehmen müssen und sich ihr gegen alle Grundsätze am Ende doch anpassen? Das Mindeste, was sich aus der Lektüre gewinnen ließ, war somit der Auftrag an den Leser, eine Welt dazu zu erfinden, in der Neills Pädagogik möglich sein konnte. Um die Menschen zu ändern, musste man die Verhältnisse ändern. Allein mit gutem Willen, Maximen und Reflexionen ging das wohl nicht.

So wenig meine Mutter Neills freundliche Sicht der Welt und der Menschen teilen mochte, so sehr fühlte sie sich gleichwohl in ihrem eigenen gesellschaftlichen Aufbruch davon inspiriert. Leider war es nur allzu auffällig, dass sich die Bausteine des sozialen Fortschritts nicht wie ein logisches Puzzle zusammensetzen ließen – die Teile passten mitunter schlecht ineinander. Meine Mutter hatte viel Stoff zum Nachdenken. Realsozialistische Länder zum Beispiel erzogen ihre Schüler überhaupt nicht antiautoritär. Eine Erziehung im Sinne A. S. Neills war hier, wenn überhaupt, erst nach der Weltrevolution in einer klassenlosen Gesellschaft denkbar – nicht aber als Weg dorthin. Der Erziehungsstil, den sie 1972 dem *Solinger Tageblatt* anvertraute, liest sich entsprechend prosaisch: »Wir machen das gefühlsmäßig und wohl mehr zur antiautoritären Richtung hin tendierend. Aber nur so weit, wie es meine Nerven ertragen.«

Die Nerven meiner Mutter sind nicht immer stark. In meinem ersten gescheiterten Schuljahr male ich ein Bild: »Schularbeiten machen.« Es zeigt einen kleinen Jungen, der von seiner Mutter mit krebsrotem Gesicht vom Stuhl gerissen und geschlagen wird. Meine Mutter nimmt sich das Bild sehr zu Herzen; sie hängt es im Wohnzimmer auf. Im Rechnen war ein neues Symbol aufgetaucht; wir sollten Minusrechnen lernen, das aber noch nicht »Minus«, sondern »Weniger« hieß. Zusammenzählen konnte ich gut, die Logik des Abziehens dagegen blieb mir fremd. Ich konnte es nicht, und ich hatte beschlossen, dass ich es auch nicht zu können brauchte. Einsam und stolz verkündete ich meiner Mutter den Beschluss: »Ich muss gar nicht Weniger-Rechnen lernen!«

Die Folge waren dramatische Auseinandersetzungen, Schreie, Drohungen und Schläge.

Meine Mutter kann sehr jähzornig sein. Sie will, dass wir gut in der Schule sind; sie ist ehrgeizig. Sie hat kein Abitur machen können, Hanna und ich sollen es machen. Auch sonst kann sie sehr wütend werden. Manchmal entlädt sich ihr Zorn, indem sie einen Teller aus ihrer Aussteuer hoch über den Kopf hebt und auf dem Küchenfußboden zerschmettert. Es sind sehr schöne Teller mit einem zart gemusterten hellblauen Rand. Meine Mutter sieht das anders. Irgendwann ist die ganze Aussteuer zerschellt.

Kompromisslos ist auch das Mittagessen. Jeder darf

sich ein einziges Gemüse aussuchen, das er nicht zu essen braucht. Der Rest muss gegessen werden, jeder Widerstand ist zwecklos. Wir sollen das Essen schätzen lernen. Den Satz von den hungernden Kindern in der Dritten Welt hört auch Marcel. Dass es den Kindern, die in der Dritten Welt bleiben müssen, etwas nützen soll, wenn andere Kinder aus der Dritten Welt in der Ersten Welt Dinge essen müssen, die sie anekeln, ist schwer zu begreifen.

Süßigkeiten dagegen sind streng rationiert, in der Nachbarschaft und auf Geburtstagen zeichnen sich meine Geschwister und ich durch einen schier unendlichen Appetit auf Kuchen, Kekse und Schokolade aus. Milchgeld oder Kakaogeld für die Schule gibt es bei uns nicht. Schokoladentafeln auf Butterbroten, die legendären »Eszet-Schnitten«, bleiben anderen Kindern vorbehalten. Und beim unvermeidlichen Klassenausflug ins Phantasialand, dem nächstgelegenen Vergnügungspark, bleiben Prechts Kinder in der Schule und besuchen zähneknirschend den Unterricht in der Parallelklasse; unser Phantasialand liegt immer woanders.

Besonders freizügig ist das nicht. Auf der anderen Seite aber dürfen wir uns immer und überall dreckig machen, unsere Wände im Kinderzimmer bekritzeln und diverse Haustiere halten. Es werden mit der Zeit: Meerschweinchen, Katzen, ein Kanarienvogel, verschiedene Kaulquappen, Molche und Eidechsen, Kaltwasserfische, Wasserschildkröten und Warmwasserfische. Es ist völlig egal, was die Nachbarn über uns denken. Tischsitten und Umgangsformen lernen wir kaum. Gegenüber unseren Lehrern nehmen unsere Eltern uns in Schutz, das ist nicht selbstverständlich bei den Eltern meiner Mitschüler, und blaue Briefe bezüglich meines

Temperaments und meiner Meinungsfreude, die ich später auf dem Gymnasium gleich zweimal bekomme, versehen mit der Aufforderung, meine Eltern sollten »mäßigend auf mich einwirken«, werden mir schmunzelnd übers Bett gehängt.

Einmal frage ich meine Mutter, wie die Erziehungsmethode heißt, nach der wir erzogen werden, ich weiß, was autoritär und was antiautoritär ist, bei Christians' ist es autoritär und bei Schildkamps ist es antiautoritär. Meine Eltern grinsen eine Weile in sich hinein. Wir seien eben »Schmuddelkinder«, versichern sie lächelnd. Das ist irgendetwas dazwischen, aber irgendwie doch mehr so wie antiautoritär.

»Hier darf jeder machen, was er will«, sagt meine Mutter.

»Im Rahmen der freiheitlich demokratischen Grundordnung«, ergänzt mein Vater.

So richtig verstanden habe ich das nicht.

Unsere Familie erregt Aufsehen. Dass wir anders sind als die anderen Kinder in der Klemens-Horn-Straße, habe ich schon gemerkt, aber ganz offensichtlich sind wir sehr anders. Drei Mal kommt das Fernsehen zu uns in die Wohnung und filmt. Besonders lustig ist es beim ersten Mal, meine Eltern kennen sich überhaupt nicht aus, sie selbst haben kein Fernsehen, weil es die Menschen verdummt. Marcel ist der Mittelpunkt, ich selbst darf eine Stunde lang in der Ecke stehen, um bloß nicht ins Bild zu kommen. Ich befolge es mustergültig und bin stolz darauf. Nachher ärgere ich mich schwarz.

Marcel ist ein begabter Fernsehstar. Mit seinem umwerfenden Charme, seinem quirligen Temperament und seinem reichlich anwachsenden Babyspeck ist er

Jedermanns Liebling und der Schelm der Familie. Von Anfang an fehlt ihm fast jegliche Scheu vor anderen Menschen; ein Nestflüchter: Wo er gut behandelt wird, fühlt er sich wohl, da bleibt er. Was sich früh abgezeichnet hat, bestätigt sich, meine beiden Brüder sind geradezu gegensätzlich. Georg ein sehr ängstliches Kind, nicht nur im Vergleich zu Marcel hat er einen schweren Stand.

Eines Tages geht meine Mutter mit beiden spazieren. Georg wie immer an der Hand, Marcel trödelt leise pfeifend hinterher. Sie gehen an einer Mauer vorbei, auf der eine Gruppe anderer Kinder sitzt, ein Junge tritt nach Marcel. Meine Mutter zieht ihn zur Rechenschaft. Der Junge entschuldigt sich auffallend höflich: »Ach, das ist Ihr Kind, ich dachte, es ist ein Italiener …«

Die Szene war eine Ausnahme. Um Marcel musste man sich keine Sorgen machen, so hervorragend kam er überall an, und meine Eltern hatten sich entschieden, ein zweites Kind aus Vietnam zu adoptieren. Fünf Kinder waren eine gute Zahl, und waren es nicht fünf Kinder gewesen, die meine Mutter sich gegenüber meinem Vater von Anfang an gewünscht hatte? Auch Schildkamps und Scheytts und manche andere *terre-des-hommes*-Familie hatten bereits ein zweites Kind adoptiert, und meine Eltern waren überzeugter als je zuvor, dass es richtig war, auf diese Weise zu helfen. Gewiss hätte es eines zwingenderen Grundes bedurft, um es *nicht* zu tun.

*

Im Frühjahr 1970 griffen die südvietnamesische Armee und die USA Kambodscha nun auch mit Bodentruppen an, der *Madman* schlug erneut zu. Irgendwann in dieser Zeit kommt Nguyen Thi Nhung in Thanh My Tay, einem Dorf in der Provinz Gia Dinh zur Welt. Irgendwo in einem Wohnhaus, auf einem Feldweg oder in einem notdürftigen Lazarett. Die Geburtsurkunde datiert den Tag auf den 12. März – eine Schätzung.

Als Reaktion auf die Invasion in Kambodscha kam es in den USA zu einer neuen Welle von Demonstrationen. Vier Tage nach Beginn der Offensive schossen Polizisten auf dem Campus der Kent State University in Ohio auf die protestierende Menge und töteten vier Studenten. Die Gegner des Vietnamkriegs versammelten sich zu den bisher größten Protestkundgebungen. Mehr als 100 000 Demonstranten belagerten in Washington das Weiße Haus, und inzwischen sahen nun zwei Drittel der Bevölkerung in den USA im Krieg einen »furchtbaren Fehler«. Die *New York Times* beging die größte Indiskretion ihrer Geschichte und veröffentlichte Stück für Stück die *Pentagon Papers*: die strategischen Papiere der amerikanischen Regierung für den Krieg in Vietnam. Das Ausmaß des Massakers, die mangelnde Logik und die katastrophalen Fehlentscheidungen wurden der Öffentlichkeit offenbar. Präsident Nixon konnte den Krieg nicht mehr gewinnen; doch noch immer weigerte er sich, ihn zu verlieren.

In Vietnam desertierten derweil immer mehr Soldaten. Die Moral der Truppen war auf dem Tiefpunkt. 40 000 amerikanische Soldaten galten als heroinabhängig, Übergriffe, Ermordungen von Offizieren und Ausschreitungen aller Art nahmen zu. Viele Heimkehrer aus dem Krieg waren menschlich zerstört und kaum noch zu integrieren. Von den etwa zwei Millionen Veteranen saßen 1972 über 300 000 in Gefängnissen. Die USA zogen sich aus Kambodscha zurück und begannen nun ernsthaft mit dem Abzug ihrer Truppen aus Vietnam. Im Februar 1972 reiste Nixon nach China, um das Verhältnis beider Länder zu »normalisieren« – nach zwanzig Jahren erbitterter Feindschaft.

Als Nguyen Thi Nhung am 29. Februar 1972 auf dem Flughafen Düsseldorf landete, bereitete sich die nordvietnamesische Armee auf ihre Frühlingsoffensive vor. Im März stießen 120 000 mit sowjetischen Panzern ausgerüstete nordvietnamesische Soldaten nach Südvietnam vor und gelangten im Süden bis 70 Kilometer vor Saigon. Die USA schlugen mit erneuten Dauerbombardements im Norden zurück. Allein im Juni 1972 fielen über 100 000 Tonnen Bomben auf Nordvietnam.

Wie viele vietnamesische Säuglinge, so hatte auch Nguyen Thi Nhung eine Polioinfektion; ihr linkes Bein war zurückgeblieben und gelähmt. Im Waisenhaus Phu My in Saigon war es ihr besser gegangen als Marcel, eine französische Ordensschwester hatte sich liebevoll um sie gekümmert. Ihr erster Weg in Deutschland führte sie zur Quarantäne in die Solinger Krankenanstalten, und die weißen Kinderbettchen mit ihren lackierten Stäben ließen sie zum ersten Mal lebhaft reagieren, es war ihre gewohnte Umgebung. Mit neun Kilogramm hatte sie ein nicht allzu dramatisches Untergewicht, dafür brauchte sie Spezialisten, die ihre Poliomyelitis behandeln konnten. Der Aufenthalt in der Düsseldorfer Universitätsklinik dauerte Monate. Die Frage der Ärzte lautete immer wieder, wann denn die Polioinfektion gewesen war. Laut Pass war Nguyen Thi Nhung, die jetzt Louise Nhung Precht hieß, erst zwei Jahre alt, die Infektion konnte also nicht länger als zwei Jahre zurückliegen. Es bestand daher noch Aussicht auf Rehabilitation.

Die Ärzte scheiterten; die Lähmung des Beines war zu weit vorangeschritten. Im September erhielt Louise einen Stützapparat, der bis zum Oberschenkel reichte. Meine Eltern kauften ein Gestell mit Rädern, das sie vor sich her schieben konnte, und nach sechs Wochen machte sie die ersten Schritte freihändig. Sie lernte, selbständig durch die Wohnung zu laufen und sogar zu hüpfen; das tat sie sehr gern.

Alle wundern sich über ihre schnelle Anpassungsfähigkeit. Sie schläft gut, weint nachts nicht und überschüttet ihre neuen Eltern und Geschwister mit Zärtlichkeiten. Allein das Sprechen macht ihr recht lange große Schwierigkeiten. Sie spricht kaum ein Wort, ganz offensichtlich hat bislang niemand hinreichend mit ihr gesprochen, sie kann auch kein Wort Vietnamesisch. Dafür scheint sie psychisch sehr stark zu sein, und meine Eltern sind sehr zuversichtlich, dass sie gut lernen wird, mit ihrer Behinderung umzugehen.

Marcel und Georg sind mittlerweile fast drei Jahre alt. Sie zeigen sich von ihrer Schwester begeistert. Für Hanna und mich ist die Ankunft eines neuen Geschwisters fast schon Routine, doch auch wir freuen uns und finden Louise unglaublich niedlich. Schon bei den Treffen der Adoptiveltern habe ich mich für die kleinen asiatischen Mädchen mit ihren runden Gesichtern begeistert. Nun habe ich selbst eine solch hübsche Schwester.

Dabei ist erst vor kurzem ein anderes Kind aus Asien in unseren Haushalt eingezogen. Über dem Herd in der Küche auf der gelb gestrichenen Wand hängt ein rotes Plakat: ein vietnamesisches Mädchen mit einem Stahlhelm auf dem Kopf.

Auf dem Plakat steht: »Amis raus aus Indochina!«

Nie Cola und Bart

Die Geschichte der Ideen ist eine Geschichte von Missverständnissen.

Siegfried Kracauer: *History – the last things before the last*

Ich habe mich oft gefragt, warum meine Eltern gegen Ende der sechziger Jahre nicht nur »Linke«, sondern überzeugte Marxisten wurden. Von außen betrachtet, reduziert sich der Marxismus leicht auf Fragen wie: Glaubt man an die Diktatur des Proletariats als Endstufe der Geschichte? Ist die Geschichte wirklich nur eine Geschichte von Klassenkämpfen? Hält man es für irgendwie denkbar, dass die Partei immer Recht hat?

Mit Fragen dieser Art lässt sich der Marxismus leicht vom Tisch oder aus der Ideengeschichte wischen, zumindest ebenso schnell wie etwa das Christentum. Denn wer glaubt schon an eine unbefleckte Empfängnis, an die Wunder des Alten Testaments oder an Adam und Eva im Paradies? Wann immer solche tollen Thesen und Metaphern gesetzt sind, treten die Einzelteile arg beschädigt darunter hervor.

Im wirklichen Leben sind es die Zwischentöne, die die Musik erzeugen. Meine Eltern haben die Vorgänge von 1968 nur in der Provinz erlebt; sie waren nicht dabei, als in Berlin der Vietnamkongress stattfand, die Auslieferung der *Bild*-Zeitung blockiert wurde, die Straßenschlachten mit der Polizei tobten. Sie gehörten der ganz großen Mehrheit einer Generation an, die man später als 68er bezeichnete, aber im Gegensatz zu so vielen anderen, die sich mit diesem Etikett schmücken sollten, nahmen sie ihre Erkenntnisse aus dieser Zeit sehr ernst. Für sie war es nicht der Erlebniswert der Streiche von Kindern besserer Leute in der Großstadt, der sie ans Linkssein band – sie waren daran ja gar nicht beteiligt. Dass sich der SDS im März 1970 selbst auflöste, »als Prozess der Selbsterkenntnis der Akteure (…), die heute als sozialistische Intellektuelle kein Interesse mehr an der Reorganisation einer Studentenorganisation als SDS haben«, blieb meinen Eltern gleichgültig. Die Sache war zu ernst, als dass man sie von den Moden in Frankfurt und Berlin abhängig machte. Und während die Studentenbewegung sich so eitel wie unfeierlich selbst zu Grabe trug, hatte es in der Provinz ja noch nicht einmal richtig angefangen.

Die 68er-Kultur in den großen Städten war auch und zumeist ein ästhetisches Phänomen; als die Schmetterlinge im Bauch sich wieder in Raupen zurückverwandelt hatten, war ihre Zeit vorbei. Die politischen Fragen jedoch blieben davon völlig unberührt. Ob jemand in der Welt hungerte, ausgebeutet wurde, gefoltert oder missachtet, stand und fiel nicht mit der Lust der Studenten am Protest. Der marxistische Historiker Eric Hobsbawm erklärte diese Fronten schon 1969 in einem klugen Aufsatz über *Revolution und Sex.* »Für sich allein betrachtet, sind Kulturrevolte und Gegenkultur Symptome und keine revolutionären Kräfte.« Und »je auffälliger diese Dinge sind, desto sicherer können wir sein, dass die entscheidenden Dinge nicht passieren«.

Meinen Eltern waren die »entscheidenden Dinge« nie eine lustige Sache gewesen, und dass der Spaß vorbei sein sollte, berührte sie nicht. Mein Vater las jetzt noch mehr Bücher über Politik und Gesellschaft; mit der gleichen stillen Hingabe, mit der er sich auch weiterhin in Romane vertiefte. Er kaufte die Bücher bei Montanus in der neuen Fußgängerpassage oder fuhr nach Wuppertal in die Marx-Engels-Buchhandlung, um sich dort Neuerscheinungen der Edition Suhrkamp und des Pahl-Rugenstein-Verlags zu besorgen. Er hielt sich stundenlang zwischen den Regalen auf, und wenn er den Laden verließ, war seine Aktentasche voll mit Taschenbüchern, wie über den *CDU-Staat. Analysen zur Verfassungswirklichkeit der Bundesrepublik*, über *Die Villa als Herrschaftsarchitektur* oder über *Kapitalismus ohne Perspektive.*

Er las spätabends zu Hause, wenn die Kinder im Bett waren, und stets hatte er einen Stapel Bücher auf dem Nachttisch. Wann immer es möglich war, saß er im Sessel, und nie ohne ein Buch in der Hand. Er nahm große Mengen an Informationen auf, filterte sie und bezog sie auf sein Leben und seine persönlichen Erfahrungen. Um sich über die Politik der Gegenwart im Bilde zu halten, kaufte er die *Blätter für deutsche und internationale Politik*, die er beim Stern-Verlag in Düsseldorf erstand. Er las den ersten Band des *Kapital* von Karl Marx und dessen Analyse der Warenform mit Tauschwert und Gebrauchswert, um sich Klarheit über seine Funktion als Designer im kapitalistischen Verwertungsprozess zu verschaffen; das Ergebnis war vergleichsweise fatal. Der Einzige, der sein »ehrliches Design« bei Telefunken zu schätzen gewusst hatte, war ein verlogener Nazi gewesen, und auch seine Arbeit in Solingen mehrte keine Illusionen. »Design ist Beschiss«, erzählte er mir später immer wieder. »Ich weiß, wovon ich rede, ich bin ja selbst ein Designer.«

Über die Zugehörigkeit zu einer vorformulierten Überzeugung, einer Partei, einer Ideologie, einer Geisteshaltung entscheidet nur sehr selten die vernünftige Analyse aller Vor- und Nachteile. Vielmehr fällt die starke Überzeugungskraft von Personen ins Gewicht anstatt jene der Ideen. Eric Hobsbawm schreibt heute: »Wenn ich das Gedankenexperiment anstellen sollte, den Knaben, der ich damals (in den dreißiger Jahren) war, in eine andere Zeit und/oder ein anderes Land zu versetzen – etwa in das England der fünfziger oder in die USA der achtziger Jahre –, dann kann ich mir nur schwer vorstellen, dass er sich mit demselben leidenschaftlichen Engagement wie ich damals der Weltrevolution verschrieben hätte.«

Mein Vater dagegen hatte keine Vorbilder, keine charismatischen Marxisten, die ihn zur richtigen Zeit beeinflusst und geprägt hätten. Er hatte ohnehin nie Vorbilder. Mein Vater wurde Marxist durch die Lektüre von Büchern. Hier fand er das gedankliche Fundament für das Lebensgefühl, das ihn, seit er denken konnte, bestimmt hatte. Ihm bedeuteten die wichtigsten Werte und Äußerlichkeiten der bürgerlichen Gesellschaft nichts, ja, er rebellierte noch nicht einmal offen gegen sie; in seinem Denken und Empfinden kamen sie gar nicht vor: die Schönheitsvorstellungen und Dekorationsgelüste, die Protzgebaren und Sicherheitsbedürfnisse, die Moden und Unterhaltungsangebote. Mein Vater war Designer geworden, aber er wollte nicht etwas anderes und Neues dagegensetzen. Er hatte den Glauben daran verloren, dass die Gesellschaft durch neue ästhetische Formen besser und »ehrlicher« werden würde. Nun wollte er von alledem, so weit es ging, verschont bleiben. Und der reale Sozialismus, der so viele gemäßigte Linke durch sein Grau abschreckte, schien ihm in dieser Hinsicht als die angenehmere Farbe. Mein Vater hatte keine Utopie, dafür interessierte er sich zu wenig für Menschen. Hätte er eine gehabt, so hätte er sich wohl zwei Dinge gewünscht: die gerechte Verteilung des Geldes und eine geistig inspirierende Kultur der materiellen Bedürfnislosigkeit. Dass das Rot im Sozialismus der DDR nicht leuchtete, war somit kein Manko, sondern ein Vorteil.

Bei meiner Mutter war die Sache ein wenig anders. Als Kind hatte sie von ihrer Mutter gehört, dass ein »Judenkind« im Ort auf der Straße um Brot gebettelt hatte. Oma Hanna hatte dem Kind nichts geben dürfen, und sie hatte sich dafür geschämt. Meine Mutter lernte, mit den Schwachen mit zu leiden und die Willkür und Ungerechtigkeit zu hassen. Als sie erwachsen wurde, verkörperte ihr Vater die Macht der Starken, die mit den Wölfen zu heulen gelernt hatten und davon profitierten. Er war ein strammer Freund der CDU, ein überzeugender Grund für meine Mutter, der Partei nicht zu trauen. Je stärker Opa Herbert sich über alle linken Staaten und Ideen mokierte, umso mehr provozierte er das Unbehagen meiner Mutter an seinem reaktionären Hass. Nicht die Linken in der Welt, sondern die Rechten im eigenen Haus formten ihre Weltanschauung. Wie nüchtern und klar erschienen ihr dagegen die Argumente meines Vaters, wie unaufgeregt und abgewogen.

Meine Eltern erfuhren, dass sie nicht allein waren, auch nicht in der Provinz. Es gab engagierte linke Adoptiveltern bei *terre des hommes*, es gab Tom und Hilde und es gab noch einige andere mehr.

Wie Blüten, die sich nach einem langen Winter an vielen Stellen öffnen, war auch in Solingen fast über Nacht so etwas wie eine linke Szene entstanden, die eine Demokratie wollte, die atmete. Es schien, als ob mit einem Mal etwas ganz Neues möglich sein würde, und dass dieses Neue die Zukunft war. Alles sollte anders werden, auch zwischen Fachwerkhäusern und Klingenmuseum, Konrad-Adenauer-Straße und Fußgängerzone. Und solange man sich darüber einig war, fiel kaum auf, dass dieses andere keine klar umrissene Vorstellung war, ja, dass vieles an diesem großen Willen sich im Kleinen sehr stark voneinander unterschied. Manche Arbeitskollegen meines Vaters waren linke Sozialdemokraten. Wie viele in ihrer Partei glaubten sie, dass die neue Bewegung die SPD immer weiter in Richtung auf einen menschlichen Sozialismus zutreiben würde. Andere waren Antifaschisten und Pazifisten, die einschneidende Erfahrung des Krieges hatte ihre Kindheit und Jugend geprägt. Auch sie waren dabei, ohne dass sie sich einer konkreten politischen Linie zugehörig fühlten oder einem Programm vertrauten. Jeder suchte sich heraus, was er für richtig hielt. Immerhin hatte man eine gemeinsame Vorstellung von dem, was falsch war; man konnte es zusammenfassen in dem Wort: Mief.

Mein Vater und meine Mutter hatten sich entschlossen, etwas dagegen zu tun. Sie hatten keine Kinder aus Vietnam adoptiert, weil sie überzeugte Linke waren, aber ebenso wenig erschöpfte sich ihre Tat in einer Geste christlicher Nächstenliebe. Der praktische Einsatz für die Opfer und Schwachen dieser Welt war die Rückseite einer Medaille, auf deren vorderen Seite der Kampf stand, die ungerechten und grausamen Verhältnisse in der Welt so weit wie möglich zu ändern. Hilfe und Kampf waren einander ergänzende Bausteine eines Lebensmodells, das Gefühl und Gedanken fest zusammenschloss. »Wer etwas gegen den Hunger in der

Welt tut, ist ein Heiliger«, sagte der Fernsehmoderator Dietmar Schönherr. »Wer aber fragt, woher der Hunger kommt, und wer ihn verschuldet, der wird sofort verfemt als Kommunist.«

Meine Eltern waren Kommunisten.

Wer die Welt moralisch betrachtet, teilt sie ein in das, was er achtet, und in das, was er ächtet. Für meine Eltern waren die USA das Land der unbegrenzten Sauereien. Mein Vater hatte ein paar gute Erinnerungen an amerikanische Soldaten, die Schokolade und Kaugummi verschenkt hatten, und er hatte eine kurze Zeit Banjo gespielt in einer Jazz-Combo. Doch das war nichts im Angesicht einer Nation, die es fertig gebracht hatte, Atombomben abzuwerfen und in Vietnam ein armes Bauernvolk, das um sein Land kämpfte, grausam abzuschlachten. Wenn man das Weltgeschehen seit dem Zusammenbruch des Nazi-Staates verfolgte, so hatte keine Nation eine solche Blutspur in der Welt hinterlassen wie die USA, kein anderes Land solche ungeheuren Kriegsverbrechen begangen. Der *American way of life*, der auf solche Weise verteidigt werden sollte, war eine Kultur des Blutzolls, der Unterdrückung und der Versklavung, und seine Markenzeichen wie Jeans, Rock- oder Popmusik und Coca-Cola die hübsche Schminke auf einer brutalen Fratze.

»Amerikanische Scheiße« – das ist alles: Coca-Cola und Ketchup, die Discomusik im Radio, die ersten englischen Wörter, die sich in die deutsche Sprache schmuggeln, die Werbung und vor allem das Fernsehen. Seit 1972 haben wir einen Schwarzweiß-Fernseher, es ist das Jahr, in dem deutsche Programme erstmals in Farbe ausgestrahlt werden. Der verzögernde Abstand zum Verdummungsmedium ist damit gewahrt. Ferngesehen wird freilich kaum. Was meine Eltern sehen, wenn wir im Bett sind, weiß ich nicht, aber gewiss sind es nicht Hans Rosental, Vico Torriani oder Rudi Carrell.

Für die Kinder gibt es im Fernsehen fast nichts. »Daktari«, »Fury«, »Skippy«, »Flipper« und »Lassie« – der ganze amerikanische Streichelzoo ist tabu. Hanna und ich, die »Großen«, dürfen »Dick und Doof« sehen und »Väter der Klamotte«. Auch das ist amerikanisch, daran lässt sich nichts ändern, aber irgendwie subversiv und ideologisch zumindest harmlos. Zwischen »Väter der Klamotte« und »Männer ohne Nerven« liegt »Reklame«. Reklame dürfen wir nicht gucken, auch die Mainzelmännchen zwischen den Produktwerbungen geraten in Kollektivhaft; sie sind »Scheiße«. Die Werbung zwischen den beiden Sendungen zielt vornehmlich auf Kinder ab: Schokolinsen, Limo und Milchriegel. Selbst ich kenne »Milky Way«, bevor ich von der kosmischen Milchstraße höre – die Warengesellschaft in mir und der bestirnte Himmel weit darüber. Meine Eltern schalten den Fernseher sofort aus. Wer ihn wieder anmacht, bevor »Männer ohne Nerven« angefangen hat, verliert das Recht darauf, weiter zu sehen. Der Vorwurf meiner Mutter kommt schnell und hart: Wir seien fernsehsüchtig und süchtig auch nach Reklame – der Fernsehabend ist vorbei, die Kopfkissen und Federbetten müssen wieder in die Mansarde.

Meine Eltern hatten Hanna und mich vor der Verdummung durch die Trivialkultur und den Massengeschmack bewahren wollen, aber inzwischen bestimmte ein handfester Anti-Amerikanismus unsere Erziehung, die Goldene Horde mit der Mickey Mouse im Schild war immerhin die gleiche Kulturnation, die in Vietnam noch immer Kinder wie meine Geschwister zu Hunderttausenden ermordete. Und je stärker meinen Eltern bewusst wurde, wie auch die begrüßte vermeintliche Gegenkultur von ’68 ihrerseits von amerikanischen Moden und Waren durchsetzt war, umso oberflächlicher musste sie ihnen oft erscheinen. Wer die Veränderung der gesellschaftlichen Verhältnisse in Deutschland und in der Welt auf solche Weise herbeirief, ließ befürchten, dass es niemals zum Sturz des Kapitalismus oder auch nur einiger unterdrückerischer oder korrupter politischer Regime kommen würde. Alles, was so geschehen konnte, war nur die Zerstörung traditioneller Muster zwischenmenschlicher Beziehungen und des persönlichen Verhaltens *innerhalb* der auf diese Weise fröhlich weiter bestehenden kapitalistischen Gesellschaften. Die Gefahr war allgegenwärtig: dass das, was die Linke heraufbeschwor, nichts anderes als erfolgreiche Reformen in der kapitalistischen Zivilgesellschaft sein würden, die diese am Ende vielleicht umso attraktiver machten.

»Wenn das bloß solche Geschichten bleiben, die man den Enkeln erzählen kann, hockt in der Nähe der Wodkaflasche ein Apo-Großväterchen und hebt an: Also damals, als wir mit Danny[1] nach Forbach zogen, da hatten wir Blumen im Haar ... und wir sangen die Internationale, und das war wunderbar.«

Sätze, geschrieben und gesungen im Sommer 1969. Auf seiner Platte *Das Jahr der Schweine* beschreibt der promovierte Jurist und Liedermacher Franz Josef Degenhardt, wie sich der revolutionäre Impuls einst ins nostalgisch Anekdotische verflüchtigen könnte: Lichtbilder zeigen, lustige Episoden erzählen, von den wilden Zeiten schwärmen; harmlos, eitel und albern. Am

1 gemeint ist Daniel Cohn-Bendit

Ende werden die roten Helden »abgespeist«, und alles ist wieder wie vorher. Es ist ein verblüffend prophetisches Lied, allein die Flasche Wodka gehört später durch den Chianti ersetzt, auch rote Lebern müssen sich schützen. Das Lied ist ein Beweis dafür, wie sauber sich Rebellion und Mitläufertum, Ernst und Unernst, Philosophie und Mode fast von Anfang an unterscheiden ließen. Das Flair der Zeit, der Konformismus des Andersseins, würde sich nicht über die Zeit hinaus strecken lassen. Doch was passierte, wenn die heiße Zeit vorbei war und die kälteren Tage kamen? Für eine Linke, die wie Degenhardt oder meine Eltern auf die Aufhebung des Kapitalismus zugunsten einer anderen Staats- und Wirtschaftsform zielte, war der so genannte Aufstand der 68er von Anfang an ein Krieg an mindestens zwei Fronten.

*

Degenhardt-Lieder zu spielen und zu singen, ist legitim, auch wenn meine Eltern sich aus Musik wenig machen. Mein Vater betont gelegentlich, wie sehr er die *moments musicaux* schätzt, aber ich erinnere mich nicht, ihn jemals Schubert gehört zu haben. Das Einzige, was er selbst gerne singt, mit der Gitarre um den Hals, laut und mit verzerrter Stimme, ist: »Wir hätten den Vater erschlagen, die Frauen und Kinder genommen / Doch ich bin einer, der nicht genug gehabt hat / und ich hab immer noch Angst, ich werd nicht satt!«

Auch dieses Lied, das von den lauten schrillen Gitarrenklängen noch drohend untermalt wird, gehört zum *Jahr der Schweine*. Den Titel »Freudsche Fabel vom Hunger und Streit« verstehe ich nicht. Mein Vater ist sanft und zurückhaltend; ihn auf diese Weise entfesselt zu sehen, die Gitarre schlagend und den Hass lustvoll in der Kehle, ist ein seltsames Erlebnis, dessen Zauber sich keiner von uns entziehen kann. Oft sitzen wir alle fünf auf dem Flokati vor dem Bücherregal und lauschen gebannt der Vorführung.

Wir selbst hören Degenhardt auf dem kleinen orangefarbenen Partyplattenspieler mit einer 2-Watt-Box im Deckel und einer schweren Nadel, die sichtbar Kratzer auf den Platten hinterlässt. Für mich sind die Lieder Inbegriff der Gemütlichkeit. Ich sitze auf dem Fußboden oder in der Badewanne und höre *Deutscher Sonntag* oder *Feierabend*: Krähen und Fliederduft, Hausvorgärtenmauern, Mauersegler, die Luft zersichelnd, alles das kenne ich aus der Klemens-Horn-Straße, und mit Degenhardts warmem Näseln wird es mir heilig.

Ein einziges Mal gibt es von meiner Mutter Widerspruch. Ein Lied auf der Platte *Mutter Mathilde*, 1972, drei Jahre nach dem *Jahr der Schweine* aufgenommen, erregt ihr Missfallen. Dummerweise ist es unser aller Lieblingslied. Es ist ungemein schmissig und hat einen sich stetig vergrößernden Chor. Meine Mutter scheint es gerade deswegen abzulehnen. Sie meint vernichtend, das Lied sei ein Schlager.

Wir singen es trotzdem, schief, laut und mit Inbrunst. Wir stehen auf den alten Sesseln meiner Urgroßmutter, haben die Sandalen angelassen, hüpfen auf der mürben Polsterung herum und grölen mit der Stimme aus der 2-Watt Box: »Euer Kampf, nie Cola und Bart, ist auch dein Kampf Änscheela ...« Natürlich weiß ich nicht recht, was ich da singe. Immerhin ist es ein Lied für das Gute, und »nie Cola und Bart« beschreibt für mich fraglos die Linken, die eben Vollbärte tragen und keine Cola trinken. Es stört mich noch nicht mal, dass Bart zu tragen zumindest für Änscheela Davis nicht ganz zutrifft.

Hätte ich damals wissen sollen, dass die Musik von Ennio Morricone stammte und der Text in Wahrheit »Nicola und Bart« hieß? Dass er die beiden italo-amerikanischen Arbeiterführer Nicola Sacco und Bartolomeo Vanzetti besang?

Bald darauf, im Frühjahr 1973, steht Franz Josef Degenhardt auf der Bühne des Solinger Stadttheaters; ein kleiner gedrungener Mann mit Knebelbart. Eingeladen hat ihn die DKP, und das große Theater ist erstaunlich gut gefüllt. Wo kommen alle die Linken in Solingen her? Für seinen linken Fuß wird Degenhardt ein Hocker hingestellt. Meine Eltern sitzen mit Hanna und mir in einer der vorderen Reihen, auch Michel Trojahn ist dabei. Eigentlich wünsche ich mir, dass Degenhardt das Inka-Lied singt mit dem Kondor und dem Panther, oder »P.T. aus Arizona«, das Lied von dem Indianer, der nicht in den Krieg nach Vietnam will. Meine Mutter sagt, ich soll auf die Bühne gehen und mir das Lied wünschen. Auf halbem Weg nach vorn verlässt mich der Mut. Ich bin nicht feige, schon mit drei Jahren bin ich allein auf diese Bühne gegangen und habe laut und schief »O Tannenbaum« gesungen. Es hatte ein Bonbon dafür gegeben und dann sogar alle Bonbons, weil sich die anderen Kinder nicht nach vorn getraut hatten. Auch Hanna hatte fest auf ihrem Stuhl geklebt; Auftritte dieser Art haben ihr nie gelegen. Aber Degenhardt auf der Bühne anzusprechen, ist selbst mir zu viel; selber zu singen war einfacher.

Nach dem Konzert bin ich mutiger. Ich dränge meinen Vater, mit in die Künstlergarderobe zu kommen, um doch noch mit Degenhardt zu reden. Der

Mann, der meinem heftigen Klopfen die Tür öffnet, ist schweißnass im weißen Frotteebademantel und erstaunlich braun gebrannt; aus der Nähe betrachtet, sieht er fast ein bisschen unseriös aus; er ist aber sehr nett. Er duzt meine Eltern sofort, und wenn er von ihnen und von sich spricht, sagt er »wir«. Ich kenne dieses »Wir«, es kommt immer wieder in seinen Liedern vor: »*Wir* sind diesmal Jäger, in die Falle tappt jetzt ihr ...«, »Aber *wir* werden sie enttäuschen, denn: Venceremos!« und »Das können *wir*, das müssen *wir*, das werden *wir* schon ändern!« Offensichtlich hat Degenhardt erkannt, dass auch meine Eltern dieser Gemeinschaft des *Wir* angehören; zu gerne hätte ich gewusst, was das ist und wer sonst so dazugehört. Stattdessen aber fragt Degenhardt jetzt nach dem dritten Kind, das er von der Bühne herunter ausgemacht hat. Er hat uns ins Dunkel hinein genau beobachtet, was vielleicht nicht schwer war, denn Michel, Hanna und ich waren die einzigen Kinder im Theater. Dass sich ein Achtjähriger so für seine Lieder interessiert, gefällt ihm sehr, er streicht mir über den Kopf, aber das Inka-Lied hätte er auch auf mein Bitten hin heute wohl nicht gesungen. Dafür gab es die »Große Schimpflitanei«, zusammengestellt aus den anonymen Briefen, die er in den vergangenen Jahren aus dem Briefkasten geholt hat. An »Drecksau mit dem Ulbrichtbart« erinnere ich mich und an »Gaskammer für Degenhardt«. Seine Gitarre sieht aus wie die meines Vaters, auf diese Weise bringe ich die beiden zusammen; eine Zeit lang reden sie über Gitarren; Degenhardt kann das entschieden besser als mein Vater, irgendwann redet nur noch der Fachmann. Man versteht sich trotzdem; Degenhardt ist gerade aus der SPD ausgeschlossen worden. Am Ende schmieden sie Pläne. Vielleicht sollten wir Degenhardt und seine Familie in Quickborn besuchen kommen und dort Zwischenstation machen, wenn wir im Sommer nach Dänemark in den Urlaub fahren. Der Abschied ist herzlich. Degenhardt zwinkert mir zu wie einem Erwachsenen. Ich bin sehr stolz.

Am späten Abend im Bett frage ich meine Eltern, was ein Ulbrichtbart ist und was eine Gaskammer.

*

Meine Mutter hatte aufgehört, sich zu schminken, und sie legte nur noch wenig Wert auf ihre Kleidung; meinem Vater war das, was er anzog, ohnehin immer schon egal gewesen, aber einen Anzug wie früher hatte er nun nicht einmal mehr im Schrank. Die Ordnung in unserer Wohnung hatte sich mangels Interesse aufgelöst; den Rest besorgten die fünf Kinder. Im Sommer 1972 war die Dachwohnung über uns frei geworden, und meine Eltern mieteten die obere Wohnung dazu und ließen eine Treppe durch unsere Kinderzimmer einbauen. Der Platz wurde dringend gebraucht. Vom Herbst an waren wir an den Wochenenden mittlerweile sechs Kinder. Immer wieder war die Solinger Arbeitsgruppe von *terre des hommes* gefragt worden, warum sie sich nur für Kinder aus der Dritten Welt und nicht für Kinder aus Solingen einsetzte. Sie reagierte mit einem Brief an das Solinger Kinderheim Hossenhaus; es war geradezu berühmt für seine rigide Leitung. Meine Mutter bot der Heimleitung einen Betreuungskreis an, um den Kindern Nachhilfeunterricht für die Schule zu geben. Das Kinderheim staunte nicht schlecht.

Meine Mutter ließ sich nicht abwiegeln. Es fiel der

Heimleitung nicht leicht, ihren Kindern zu verbieten, an einem Mathe-Nachhilfekreis teilzunehmen, der ihnen sichtlich helfen wollte, aber meine Eltern hatten noch viel weitergehende Pläne. Schnell sprach sich herum, dass das Kinderheim die berüchtigte Tradition pflegte, einige seiner Kinder an Heiligabend auszuleihen. Die gängige Praxis ist schnell beschrieben: Kinderlose Paare setzten sich die Heimkinder für diesen einen Abend unter den Weihnachtsbaum und beschenkten sie; offensichtlich hatten sie das Gefühl, den armen Kindern auf diese Weise etwas Gutes zu tun. War diese Gepflogenheit legal, so erkannten meine Eltern die Chance, die Praxis vom Kopf auf die Füße zu stellen und einem Heimkind ein wirklich alternatives Leben zu zeigen. Kurz darauf hatten sie sich durchgesetzt. Von nun an kam jedes Wochenende Sabine zu uns, ein robustes und patentes zwölfjähriges Mädchen, dessen Mutter psychisch krank und dessen Vater unbekannt war.

Die neu eingebaute Treppe hatte viele Vorteile; sie ließ sich mit Matratzen belegen und so als Rutschbahn benutzen. Ebenso konnte man Decken davon herunterhängen lassen und sich so eine Bude bauen. Aus Hannas und meinem Zimmer war das »Treppenzimmer« – ein zusätzliches Spielzimmer – geworden. Die Zimmer unter dem Dach wurden nun alle Kinderzimmer – ein ganzes Stockwerk nur für uns allein. Im größten Raum lag ein großes flaches Bett, in dem Marcel, Georg und Louise, die drei »Kleinen«, nebeneinander schlafen konnten, die Tapete der alten Dame, die hier zuvor gewohnt hatte, war mit Tigern und Kopffüßlern bekritzelt.

Sonntags beim Frühstück verwandelt sich der Tisch in ein Schlachtfeld. Eigelb schmiert herum und Honigschlieren bedecken den Tisch. Die Stimmung ist ausgelassen, aber nicht selten bedrohlich. Irgendwann ist immer ein Opfer ausgemacht, das den Spott und die Häme der anderen kassiert. Nicht anders ist es abends beim »Mensch ärgere dich nicht«, gespielt mit aller dazu notwendigen Schadenfreude. Nicht selten trifft es Marcel – er kann sich am schönsten ärgern. Er wirft das Brett um und fegt die Steinchen vom Tisch: »Mach nicht mehr mit! Soooooo!«

Mit seinen kleinen dicken Beinchen stampft er so lautstark wie möglich die Holztreppe hinauf ins Badezimmer. Er nimmt den Klodeckel und schmettert ihn krachend auf die Brille. Mehrfach geht der Deckel dabei zu Bruch.

Ein anderes Mal beschimpft er meinen Vater: »Papa ist in Doralfase stecken geblieben, selber schuld!«

Die »Doralfase« kennt Marcel von Hanns Dieter Hüsch. Es gibt eine Wohltätigkeitsschallplatte für *terre des hommes.* Reinhard Mey singt »Kaspar«, Joana irgendetwas Unverständliches von der »heilen Welt«, und Hanns Dieter Hüsch macht eine sehr seltsame Aufzählung: »der erste geht nackt auf den Markt – alte Sau!, der zweite geht stets barfuß durchs Foyer – auf ihn, jagt ihn!«, und so weiter. Der fünfte oder sechste »ist in *der oralen Phase* stecken geblieben – selber schuld!«

Die Schallplatte trifft nicht überall auf Zustimmung. Michel Trojahn hat von seiner Mutter gehört, dass Reinhard Mey gar kein echter Linker ist, weil er nicht aus Überzeugung, sondern für Geld singt. Meine Mutter ist davon wenig verunsichert. Überhaupt scheinen Tom und Hilde meine Eltern auf eine merkwürdige Weise noch zu übertreffen. Vielleicht liegt es daran, dass Hilde noch studiert und immer neue Ideen mit nach Solingen bringt. In jedem Fall ist sie sehr umtriebig. Michel hat Kinderbücher von Josef Guggenmos und Heinrich Hannover. Der Name Heinrich Hannover gefällt mir sehr; er erinnert mich an meine sehr geliebten Großeltern in Hannover, außerdem ist Hannover Rechtsanwalt wie Franz Josef Degenhardt.

Einmal fahren wir zusammen mit Tom und Hilde nach Holland in einen Ferienbungalow. Michel hat viele Kinderbücher dabei, darunter *Ede und Unku*, einen Kinderroman aus der DDR. Bücher wie diese haben Hanna und ich noch nicht. Tom und Hilde sind wieder einmal eine Nasenlänge voraus, und manches an meinen Eltern kommt ihnen noch immer zu bürgerlich vor. Hanna und ich müssen zu festen Zeiten ins Bett, Michel dagegen nicht, er darf aufbleiben, so lang er will. Manchmal scheint es zwischen Hilde und meiner Mutter wie in einem Wettkampf darum zu gehen, wer es mit seinen Kindern besser und richtiger macht. Wenn ich bei Michel zu Hause bin, fragt mich Hilde nach den Spielregeln unserer Erziehung aus, sie kommentiert und macht Verbesserungsvorschläge. Das eine oder andere jedenfalls sollte ich meinen Eltern unbedingt mal sagen …

Meine Mutter lässt sich nichts sagen. Von mir nicht und von Hilde erst recht nicht. Eines Tages sagt Marcel, dass er Busfahrer werden will, wenn er groß ist. Der Vater eines Mädchens aus der Nachbarschaft ist Busfahrer, und er hat stapelweise 10-Mark-Scheine auf dem Küchentisch ausgebreitet, die gesammelten Ersparnisse für den Sommerurlaub in Italien. So viel Geld hat Marcel noch nie gesehen. Die Tonnen Süßigkeiten, die man sich davon leisten kann, beflügeln die Phantasie ins Unermessliche; glücklich der, der reich wie ein Busfahrer ist.

Meine Mutter schmunzelt; sie verliert kein Wort über die Verteilungskämpfe im Kapitalismus, über den sozialen Status eines Busfahrers oder über die falsche Gier nach falschen Reichtümern. Nicht jede Ansicht bedarf der Aufklärung. Schon jetzt sind Prechts Kinder Paradiesvögel, der Bedarf an weitergehender Radikalisierung ist gedeckt. Und schon jetzt erscheinen die Unterschiede zu den anderen Kindern in Schule und Nachbarschaft mitunter nur schwer zu überbrücken. Noch immer haben wir »Das große Wilhelm Busch Album« im Regal, aber dazu inzwischen auch eine zweite Version: Marx und Engels als Max und Moritz, eine »Zeitgeschichte« in sechs Streichen. Ihre Späße treffen den Professor Hegel, Karl Eugen Dühring, Herbert Wehner, Onkel Kiesinger, Jürgen Habermas und CDU-Mensch Barzel, Rainer. Bis sie am Ende von Meister Springer in der Rotationspresse klein geschrotet werden.

An der Kinderzimmertür der Mansarde: das große graue Plakat, der finster ernste Gesichtsausdruck, der wilhelminische Rauschebart. Tiervater Brehm sieht so aus, ich habe Bilder gesehen. Aber das Plakat, so erklärt meine Mutter, zeigt Friedrich Engels. In meinem Bewusstsein sind sich beide so ähnlich, dass sie ineinander verschwimmen: die gleiche Zeit, dieselbe Person. Eigentlich überzeugt mich gerade die Mischung aus beidem: morgens am Tierlexikon schreiben und abends die Weltrevolution vorbereiten. So und nicht anders stelle ich mir auch mein zukünftiges Leben vor; vielleicht muss man noch zwischendurch in die Firma gehen wie mein Vater.

*

Im Herbst 1972 waren Christians' aus der Klemens-Horn-Straße fortgezogen. Schon vorher hatte sich das Verhältnis der Eltern untereinander merklich abgekühlt. Frau Christians wird später sagen, dass meine Eltern einen anderen Weg eingeschlagen hätten, ein Leben mit Adoptivkindern und anderen Freunden, und so hätten wir uns einfach »in eine andere Richtung entwickelt«.

Für mich war es eine Katastrophe. Ich verlor meinen einzigen Freund. Bis zuletzt hatte ich mit Holger nach der Schule den Sandkasten aufgesucht, und noch immer hatten wir darin Kuchen gebacken. Auch Holger schien stark getroffen. Nach längerer Überlegung schließlich holten auch Christians' einen gleichaltrigen Jungen aus einem deutschen Kinderheim als Pflegekind zu sich; er sah mir sehr ähnlich.

Mein einziges Glück im Unglück war Anke Breuer. Schon vor Christians' Auszug waren Breuers in unser Haus gezogen, und auch Anke war in meinem Alter. Sie war ein etwas stilles Mädchen, aber wir verstanden uns sofort. Durch meine Rückstellung waren wir schon bald in einer Klasse, wir teilten die Schule und den Schulweg und nahezu jede freie Minute.

Anke Breuer hat zwei Großmütter: Oma Düsseldorf und Oma Bülowplatz. Oma Düsseldorf sehe ich nur ein einziges Mal, dafür weicht Oma Bülowplatz nicht mehr aus meinem Leben: die Witwe eines hohen Offiziers, ob Wehrmacht oder Bundeswehr, weiß ich nicht. Kerzengerade wie ein aufgepflanztes Bajonett, die blauen Haare in Stahlgewittern gehärtet, steht sie regelmäßig bei Breuers in der Wohnung. Wie der Name sagt, wohnt sie am Bülowplatz. Natürlich am Bülowplatz. In den Nachtigallenweg oder in die August-Bebel-Allee wäre sie wohl nie gezogen.

Man muss ihr die Hand geben, sie besteht darauf. Ich weiß nicht, was das ist, *die Hand geben*. Ich reiche ihr den linken Arm, schlaff und unwillig wie einem Arzt, so als erwarte ich eine pieksende Spritze.

»Die Linke ist unfein.«

Man soll ihr die rechte Hand geben. Natürlich die rechte, denke ich. Oma Bülowplatzens Händedruck ist fest und brutal. Er tut weh. Möglicherweise soll er wehtun.

Was geschieht hier? Was will Oma Bülowplatz mit meiner Hand?

Mir ist unbehaglich; gewogen nach einem mir völlig fremden Maßstab und als zu leicht befunden.

Zu Hause am Küchentisch lösen die Geschichten über Oma Bülowplatz Gelächter aus, aber ich kann nicht mitlachen. Die müssen ja nicht da runter und sich von der die Hand quetschen lassen. In meinen Träumen verschwimmt die böse Oma mit der bösen Stiefmutter im Märchen. Ich ängstige mich vor einer schrecklichen zukünftigen Verwandtschaft, denn allem zum Trotz habe ich die feste Absicht, Anke Breuer später einmal zu heiraten. Meine Eltern amüsieren sich köstlich: »Auf in den Kampf, die Schwiegeroma naht.«

Das Beängstigende an Oma Bülowplatz ist nicht nur, dass es sie gibt, sondern noch mehr, dass sie nicht allein ist. Die Regeln und die Ansichten, die sie vertritt, sind nicht ihre Erfindung. Vielmehr erlebe ich die Konfrontation mit einer mir unbekannten dunklen Macht, die von anderen Menschen ganz offensichtlich akzeptiert wird. Frau Breuer und selbst Anke spielen jedenfalls mit und stellen sich auf Oma Bülowplatzens Seite. Ich höre Sätze wie: »Das tut man nicht« und »Das schickt sich nicht für einen Jungen«, und Frau Breuer nickt dazu.

Was schickt sich nicht für einen Jungen? Ein Nachthemd zu tragen, wenn ich bei Anke übernachte, so ein schönes und süßes, wie das mit den zarten rosafarbenen Röschen, das ich so liebe? Man bindet die Haare nicht zu einem Zopf, was meine Mutter mir manchmal macht, natürlich nur so zum Spaß. Man will nicht Ricarda heißen und sein, und man springt nicht mit dem Seilchen und man hüpft nicht Gummitwist auf dem Hof mit den Mädchen. Wahrscheinlich spielt man mit Autos und mit dem Fußball statt mit den Anziehpuppen, die meine Mutter für Hanna und mich aus Pappe gebastelt hat, und die diese wunderschönen Kleider anziehen können, die sie aus Papier schneidert und denen ich meine selbst gebastelten Entwürfe hinzugefügt habe: das »Maikäferkleid« für den Waldspaziergang und die »Flötenhose« für den Musikunterricht. Man malt vielleicht Papierfiguren für einen Palast aus Bauklötzen, aber das Schloss eines Knaben muss wohl nicht unbedingt von einer Königin regiert werden, die Iris heißt. Vermutlich spielen Jungen nach Oma Bülowplatzens Gusto auch nicht »Katharina und Elisabeth – zwei Mädchen im Internat«, die sich in ihren Betten Geschichten erzählen und mucksmäuschenstill sein müssen, wenn sie im Flur Schritte hören und die Erzieherin, genannt »die Alte«, kommt.

Warum sollte ich kein Mädchen sein dürfen, wenn auch die Apothekerin meine Mutter und mich damit begrüßt: »Das sieht man aber gleich, dass das Mutter und Tochter sind!«

Warum darf man sich das »Jungesein« und »Mädchensein« nicht einfach selbst aussuchen? Ich will ein ganz normales Mädchen sein, jedenfalls lieber als ein »schlecht erzogenes Kind«, das sich wie ein Junge benehmen soll, um einen Diener zu machen vor Menschen wie Oma Bülowplatz.

Ich weiß nicht, was Oma Bülowplatz über meine Eltern denkt und über die »angenommenen« Kinder. Doch selbst, wenn sie nicht viel darüber weiß, ausmalen kann sie sich meine verkommene Erziehung, mein seltsames Dasein und das meiner Eltern oben im dritten Stock wohl schon. Trotzdem vermacht sie unserer Familie eines Tages einen Satz dunkel gebeizter Mooreichenstühle mit hoher Rückenlehne. Spürt sie eine menschliche Regung? Hält sie uns vielleicht für bedürftig?

Die Stühle haben die Zeit überdauert. Sie stehen heute in Dänemark im Bauernhaus meiner Mutter; hell bezogen mit einem luftigen zarten Blumenmuster wie für ein Kinderzimmer. Wenn ich sie dort sehe, so freundlich und verspielt, höre ich, wie Oma Bülowplatz erbost gegen den Sarg klopft.

Ich will nicht nachtragend sein. Und doch mag ich die Stühle noch immer nicht und nicht den Geist, der ihnen innewohnt.

Natürlich glaube ich nicht an Gespenster.

Aber ich fürchte sie.

*

Was Oma Bülowplatz selbst in ihrem kühnsten Traum wohl nicht ahnte: Im Grunde war alles noch viel radikaler. Meine Eltern hatten nie große Hoffnung in die SPD gesetzt, die feige Haltung zum Krieg in Vietnam, die Verabschiedung der Notstandsgesetze und später der so genannte »Radikalenerlass«, das Verbot, Menschen zu verbeamten, »die keine Gewähr dafür boten«, sich jederzeit für die »freiheitlich demokratische Grundordnung« einzusetzen, bestärkten sie darin unmissverständlich. Die einzige Partei, die die Sache der Moral national wie international ernst zu nehmen schien, war die DKP; 1968 gegründet, hatte sie die Nachfolge der verbotenen KPD angetreten, und die ersten Jahre ihres Bestehens waren zugleich die Zeit ihrer größten und optimistischsten Aktionen.

Der 1. Juni ist der »Internationale Tag des Kindes«. Frau Breuer hat noch nie etwas davon gehört. Die Vorstellung, dass Anke mit Hanna und mir mitkommen soll ins »Jugendkulturzentrum« einige Häuser weiter in der Klemens-Horn-Straße, ist ihr ein Gräuel. Hanna und ich geben nicht auf. Da ist gar nichts Schlimmes; wir sitzen an langen Tischen, die Erwachsenen lesen Geschichten vor, und alle zusammen singen wir fröhliche Lieder; eigentlich ist es genauso wie in der Jungschar bei Schwester Maria. Frau Breuer ist nicht zu erweichen.

Vielleicht ist es gut, dass Anke nicht mitkommt. Ein bisschen anders als bei Schwester Maria ist es im Kulturzentrum schon. Alles ist sehr dunkel, die Wände blutwurstrot, und unter der Decke hängen überall Eierkartons. Das ganze Etablissement ist voll mit Menschen, vor allem sind es Erwachsene, Kiffer, Säufer und dazwischen die in Solingen unvermeidlichen Schachspieler. Eine halsbrecherische Eisentreppe verbindet die Spelunke mit dem »Sitzungssaal«. Alles ist völlig verraucht, ein dichter Nebel hängt in der Luft; jedes Mal habe ich das Gefühl, einem unheimlichen und verruchten Treiben beizuwohnen, einem lautstarken Geheimbund aus ziemlich seltsamen Menschen. Einige davon bemühen sich dabei sehr um die Gunst von uns Kindern. Sie machen Veranstaltungen wie den Internationalen Kindertag. Die Geschichten, die ich hier höre, verstehe ich nicht ganz, irgendetwas von einem alten geschundenen Droschkengaul, der schrecklich behandelt wird, das Ende habe ich vergessen. Wir bekommen Bücher, sie werden uns geschenkt von der DDR. Mein Buch handelt von dem harten Schicksal einer Flößerfamilie in Kanada; das Buch selbst passt dazu sehr gut, es hat ein dunkles holzhaltiges Papier, und sieht wirklich sehr arm aus.

Ich erinnere mich an ein Gesicht: ein freundlicher sanfter dunkelhaariger Mann, der ruhiger ist als die anderen, der dabeisteht, und der mir die Angst nimmt, wenn mir allzu merkwürdige Gestalten zu nahe kommen. Mit seinem Witz wirkt er sehr ungefährlich, auch wenn die wilden schwarzen Haare schon ziemlich lang sind. Meine Eltern sagen, der Frank Knoche ist sehr nett.

Frank Knoche ist zu diesem Zeitpunkt zwanzig Jahre alt und Vorsitzender der Sozialistischen Deutschen Arbeiterjugend in Solingen. Die SDAJ war ein Phänomen; mit über hundert Mitgliedern war sie Anfang der siebziger Jahre die stärkste politische Jugendorganisation der Stadt, ihr Programm klar formuliert. Sie sollte die lärmende Kinderschar der linken Freigeister bändigen und auf einen nahen wohl organisierten Spielplatz geleiten – die Mohnblumenwiese der Kommunisten.

Frank Knoches Lebenslauf enthält alle Zutaten eines guten Romans. Er entstammt einer alten Solinger Familie, und sein Vater war ein überaus ehrenwertes Mitglied des Solinger Klüngels. Spätabends traf man den

Alten am CDU-Stammtisch mit den Honoratioren der Stadt. Als junger Mann hatte sich Knoches Vater zur »Legion Condor« gemeldet, um mit Hitlers Flugzeugen das aufständische Spanien niederzubomben. Und schon der Großvater hatte als Freiwilliger bei der brutalen Niederwerfung des »Boxeraufstands« in China wilhelminischen Ruhm und Ehre gesammelt.

Frank Knoches Vater war Kfz-Sachverständiger und im Besitz einer Fahrschule, und das geschäftsschädigende Treiben seines zu weit vom Stamm gefallenen Apfels bereitete ihm mehr als eine schlaflose Nacht. Er hatte Großes vorgehabt mit seinem Sohn und ihn auf ein Internat ins feinere Hilden geschickt. Bezeichnenderweise war der Filius gerade dort mit dem SDS in Berührung gekommen. Er war sehr lernfähig. Mit Freunden gründete Knoche sofort eine »unabhängige sozialistische Schülergruppe«. Die Hauptforderungen waren die »Bewaffnung der Schüler-Internatsmitverwaltung« und die »Mitsprache beim Essen«. Zweites wurde durch »Hungerstreik« erzwungen und schließlich bewilligt. Es gab Reibekuchen und in der Folge Durchfall bei jedem zweiten Schüler.

Im Jahr 1968, nachdem die NPD unter Adolf von Thadden in fünf Länderparlamente einmarschiert war, organisierte Knoche, der damals siebzehn war, Demos unter dem Slogan »Ein Adolf reicht!« und wurde das erste Mal festgenommen – die Demonstranten hatten Plakate der NPD in die Itter, einen Solinger Bach, geworfen. Auf der Wache lernte Knoche den ersten linientreuen Kommunisten kennen und lehnte dessen stramme stalinistische Haltung ab. Wenige Wochen zuvor erst hatten sowjetische Panzer den »Prager Frühling« niedergewalzt, und Knoche gegen den Einmarsch der Sowjets demonstriert – mit einer roten Fahne. Bald darauf aber lernte er ein Mädchen kennen, das seine Freundin wurde, die Tochter eines orthodoxen Solinger Kommunisten. Mit Hass, Spott und Wehmut in den Augen erzählte sie ihm von ihrem schönen Exfreund Milan, einem zweimal gewendeten tschechischen Kommunisten: erst Hardliner, dann Dubček-Fan und jetzt linientreuer als alle anderen. Die Moral war klar und deutlich: Von Tschechen darf man sich seelisch nicht abhängig machen.

Frank Knoche ließ sich überzeugen; er wurde ein angepasster Schwiegersohn und Mitglied der DKP. Gefordert war mehr als nur ein gedankliches Opfer. Sein ziemlich improvisiertes Leben war vorbei, keine Drogen mehr, keine feuchtfröhlichen Besäufnisse, keine stolze und einsame Rebellion am Flipperautomaten. Ein Kommunist ist anständig und sauber; Tradition verpflichtet. Im Sommer 1973 reiste er mit seiner Freundin als Mitglied der westdeutschen Delegation zu den »Weltfestspielen der Jugend« in Ostberlin und vertrat »die Position westdeutscher Jugendlicher« auf einer Podiumsdiskussion am Alexanderplatz. Die Debatte hatte klare Regeln. DDR-Jugendliche durften sich leise beschweren, sie erzählten ihren Altersgenossen im Westen ein paar Schwächen ihres Systems. Frank Knoche dagegen konterte mit harter Kritik am Kapitalismus in der BRD: Arbeitslosigkeit und Privilegienwirtschaft, Notstandsgesetze und Unterstützung des amerikanischen Imperialismus in Vietnam. Von westdeutschen Jugendlichen lernen, heißt, die guten Verhältnisse in der DDR wieder klarer zu erkennen. Am selben Abend begegneten sie dem roten Milan. Er ist wunderschön, die Freundin hatte nicht übertrieben;

sein Verhalten ist es nicht. Er ist aufgestiegen in der Partei, als Funktionär fühlt er sich als etwas Besseres. Er grüßt nur flüchtig und kanzelt die beiden Genossen gleich darauf arrogant ab.

Nur gut, dass es im Sozialismus keine Privilegienwirtschaft gibt.

Frank Knoches Elan war ungebrochen; spätestens nach dem euphorischen Erlebnis der Weltfestspiele in Ostberlin fühlte er sich als wichtiger Teil der sozialistischen Weltbewegung. Er führte regelmäßige Schulungen in der »Lenin-Universität« durch, einem kleinen Raum in einer idyllischen Solinger Hofschaft zwischen Eichen und Sturzbach, Teerpappe und Schieferfelsen. Einen anderen Zugang zu geeignetem Revolutionspersonal bot die Beratung von Kriegsdienstverweigerern im Gewerkschaftshaus. Die »Internationale der Kriegsdienstverweigerer« war fest in kommunistischer Hand. Für die Solinger Gymnasien machte Knoche eine Schülerzeitung im Alleingang und gewann damit den ersten Preis eines landesweiten Wettbewerbs um Nordrhein-Westfalens bestes Schülermagazin. In den fünf größten Solinger Firmen gab es Betriebszeitungen, zusammengestellt und geschrieben vom unbekannten Verfasser Knoche. Es war, als ob die einzelnen Teile tatsächlich eines Tages ineinander greifen könnten, der Traum und die Vision vom großen, alles umfassenden Generalstreik. Der Slogan dafür war längst formuliert: »Wenn ein starker Arm es will, stehen alle Räder still!«

Der Zweck des großen Bündnisses erforderte den Einsatz an allen Fronten. Das »Jugendkulturzentrum« sollte auch Kinder aus braven Bürgerhäusern anziehen und sei es deshalb, weil es außer Schwester Maria kaum eine Alternative gab. Beim Trödelverkauf auf dem

Zöppkesmarkt fand man Knoche sogar am Stand von *terre des hommes* – einem jener »linksbürgerlichen Vereine«, deren Sympathie es zu gewinnen galt. Er sorgte für viel Humor, ein launiges Betriebsklima und mit seiner Ur-Solinger Art, die die Sprache der Leute traf, war er der geborene Verkäufer.

Meinem Vater begegnete er mit dem größten Respekt; für Knoche war er ein Intellektueller bislang ungekannten Formats. Solingens ältere Kommunisten waren sämtlich Arbeiter und Handwerker und stammten ihrerseits aus kommunistischen Familien. Mein Vater aber war durch eigenes Denken Marxist geworden, so wie Knoche selbst, und die immense Bibliothek, gespickt mit Zetteln und Notizen, beeindruckte ihn sehr. Er besuchte meinen Vater und legte ihm nahe, in der Partei mitzuarbeiten; es wurde Zeit, dass mein Vater nicht länger als Wildsau allein durch das Unterholz brach.

Mein Vater lehnte ab. Er hatte fünf Kinder und ein ausgefülltes Leben; wenn er sich in seine Lektüren vertiefte, so nicht zuletzt deshalb, weil er hier etwas hatte, wo er mit sich und seinen Gedanken allein sein konnte. Das Bedürfnis, andere als meine Mutter daran teilhaben zu lassen, hatte er nicht.

Frank Knoche ging unverrichteter Dinge. Er drehte sich um und sah noch einmal die große Bücherwand, Marx, Lenin, Adorno, Hegel, Franz Mehring, Ernst Bloch: *Das Prinzip Hoffnung*; davor meinen Vater, die Hände in den Taschen vergraben.

*

»Die Sowjetunion hat noch nie einen Krieg angefangen.«

Ich stehe bei Breuers in der Wohnungstür und verabschiede mich von Anke und von Frau Breuer. Die Situation ist eigentlich nicht nach großen Sätzen, aber meine Mutter hat mir gesagt, das mit der Sowjetunion könnte ich ruhig öfter mal sagen.

Frau Breuer ist ungehalten. Sie schüttelt den Kopf, merklich erbost. An den Russen lässt sie kein gutes Haar: »Der rote Zar schlägt doch seine eigenen Leute tot, wenn sie keine Kommunisten sein wollen.«

Den Zaren kenne ich nicht. Wenn Frau Breuer das sagt, hat sie wahrscheinlich Recht. Versöhnlich räume ich ein, dass das vielleicht stimmen mag, aber ein Gegenargument zu meiner Feststellung sei das wohl nicht.

Frau Breuer findet das mit dem Totschlagen der eigenen Leute viel schlimmer als das Anfangen von Kriegen. Ziemlich angeschlagen komme ich oben in unserer Wohnung an. Ich muss meine Mutter noch einmal danach fragen.

»Mama, Frau Breuer hat gesagt …«

Meine Mutter ist schnell damit fertig. Der Zar ist seit mehr als einem halben Jahrhundert tot, und damals gab es noch keine Sowjetunion. Frau Breuer redet einen unglaublichen Blödsinn.

Eigentlich hätte ich mir das denken können. Neulich habe ich das Buch mit den Heldensagen mit zu Breuers genommen, aber Anke war nicht da, und Herr Breuer hat mit mir die Seiten durchgeblättert und lauter falsche Sachen erzählt, dass Hagen ein König gewesen sei und Ähnliches. Natürlich wusste ich, dass das nicht stimmt, aber genützt hat es mir nichts. Jetzt hat auch Frau Breuer Unsinn erzählt, und wieder kann ich mich nicht wehren.

Meine Mutter erklärt mir alles noch einmal genau, das mit der Sowjetunion und den Kriegen. Die Deutschen haben die Sowjetunion überfallen und zwar gleich zwei Mal. Und die Letzten, die einen Krieg angefangen haben, waren die Amerikaner in Vietnam. Die töten dort die Männer und Frauen und sogar die Kinder. Trotzdem oder gerade deshalb sollen die Leute glauben, dass ausgerechnet die Sowjets die Bösen seien.

Ganz schön gemein, denke ich.

*

Im Sommer 1973 fahren wir das erste Mal nach Dänemark. Meine Eltern haben sich für die Insel Ærø in der Ostsee entschieden, die wir schon früher von Kronsgaard aus oft am Horizont haben erkennen können. Zum ersten Mal fahren wir mit dem kulleräugigen VW-Bus in den Urlaub, ein Auto, wie es auch Schildkamps und Scheytts haben und so viele andere *terre-des-hommes*-Familien. Unseres ist ausgerechnet ein ausrangiertes Polizeifahrzeug; die erste der beiden Rückbänke fehlt. Mein Vater hat den Zwischenraum mit Kartons voll gepackt, in denen unsere Klamotten und Säcke mit Lebensmitteln, vor allem Nudeln, lagern. Auf den Kartons befindet sich eine Schicht Holzplatten und auf den Platten liegen Decken und Schlafsäcke für alle Kinder. Irgendwo dazwischen, in einem Korb mit Deckel, kauert unsere Katze. Wir fahren liegend, sitzend oder kniend, und natürlich nicht, ohne uns dabei wechselseitig wegzustoßen, die Füße in den Schlafsack des jeweils anderen zu bohren oder die Ellenbogen auszufahren. Kindersitze und Anschnallpflicht sind noch Fremdwörter. Mein Vater fährt sehr langsam, am Kamener Kreuz, unweit von Dortmund, gibt es das erste Brot und die ersten Frühstückseier, und mit den Jahren werden aus alledem Rituale.

Hinter der Porta Westfalica beginnt der Norden, und irgendwann erreichen wir mit Buxtehude die erste Station. Die Idee, bei Degenhardt zu übernachten, hat sich zerschlagen; mit *Kommt an den Tisch unter Pflaumenbäumen* nimmt er gerade eine neue Platte auf. Statt unter Degenhardts Pflaumenbäumen sollen wir nun bei unseren Verwandten schlafen, die keines von uns Kindern je gesehen hat. Die Straße ist voll mit kleinen Eigenheimen und blühenden Gärten. Fast überall, so scheint es, wohnen Verwandte oder gute Bekannte.

Es ist ein seltsames Gefühl, Verwandte zu haben, vor allem solche. Großonkel Hans-Peter und Großtante Grete wollten wissen, was aus meiner Mutter geworden ist. Sie erschraken sicherlich ein wenig, als sie sahen, was da aus dem VW-Bus herausgekrochen kam. Gewiss konnten sie nur schwer begreifen, warum mein Vater lange Haare und einen Vollbart hatte und einen etwas klapprigen VW-Bus fuhr, wo er doch studiert hatte und einen anständigen akademischen Beruf ausübte. Meine Mutter ist immer schon etwas sonderbar gewesen, und vielleicht war sie auch ein bisschen so etwas wie das schwarze Schaf der Familie, aber der Schwung, mit dem sie ihnen nun ihr gänzlich anderes Leben präsentierte, war eine nicht vorhersehbare Herausforderung.

Für uns Kinder ist es ein Ausflug in eine gänzlich unbekannte Welt. Die Verwandtschaftsverhältnisse bleiben mir auch im sonnenhellen Garten und in der luftigen Hollywoodschaukel ziemlich dunkel, und meine Mutter lässt sich beim besten Willen einfach nicht mit diesen Leuten in Verbindung bringen.

»Was verdient Jürgen denn so?« Eine der ersten Fragen.

Ein Ausflug ins Ohnsorg-Theater.

Von Großonkel Hans-Peter weiß ich, dass er Ahnenforscher und Hobby-Archäologe ist. Einmal soll er tagelang spurlos verschwunden gewesen sein, um »die alte Hude« auszugraben – irgendetwas aus der Vorgeschichte der Stadt. In krankhaftem Geiz soll er vor seinen Kindern das Portmonee gezückt und sie als Belohnung für Schulnoten mit 2-Pfennigstücken bedacht haben. Aber das waren wohl nur solche Geschichten.

Der kahlköpfige Mann, der nun neben mir sitzt, ist ganz real. Er erinnert an Nikita Chruschtschow. Außer der nach dem Einkommen meines Vaters hat er keine weiteren Fragen. Dafür zeigt er uns am Abend, puterrot vor Stolz, seinen Wohnwagen. Er ist Camper geworden, das Segelboot auf der Este mit Kurs auf Schweinesand ist gut eingemottet, man kommt in die Jahre, oder mit Hans-Peter gesagt: in die Jschoare. Nikita Chruschtschow mit Hamburger Akzent; die Ähnlichkeit ist noch immer verblüffend. Zu den weniger guten Ideen gehört, dass ich ihm das sage.

Mein Gefühl ist durchgehend dasselbe: dass wir irgendwie nicht einmal zu unserer eigenen Familie gehören. Vielleicht gehören wir ja stattdessen zu Degenhardts *Wir*. Um wie vieles nahe liegender wäre es gewesen, dort zu übernachten. Immerhin nächtige ich so das erste Mal in meinem Leben in gestärkter Bettwäsche. Das riecht phantastisch, und hat auch was für sich.

Der Abschied am nächsten Morgen, umringt von Großonkel und Großtante, Großbasen und Großvettern, Schwippcousinen und Schwippcousins ist wohlwollend. Ganz offensichtlich haben Louise und Marcel auch Hans-Peters Herz nicht unberührt gelassen. Der Argwohn der Ferne ist einer zärtlichen Nähe gewichen. Die Morgensonne scheint, und wir klettern in unseren VW-Bus. Mein Vater startet den Motor. Als wir gerade abfahren, winkt mein Großonkel meiner Mutter noch einmal heftig zu. Sie kurbelt die Scheibe herunter. Hans-Peter schnauft heran. Mit feierlicher Miene tritt er ans Seitenfenster; er kratzt sich die Glatze und flüstert meiner Mutter etwas zu. Kurzes Getuschel. Dann letzter Abschied.

Mein Großonkel hatte sich nach Marcels und Louises Geburtsdaten erkundigt. Die Ahnentafel erhielt ihre lange verweigerten Einträge.

Aus einer Welt, wie aus alten Geschichten entsprungen, fahren wir zurück auf die Autobahn. Hamburg, der Elbtunnel, Stellingen, Fuhlsbüttel; es riecht nach Norden. Dann der Vierschritt: Neumünster – Rendsburg – Schleswig – Flensburg. Die dänische Grenze. Wir spielen: Wer sieht als Erster das Meer?

Die Insel übertrifft alle Erwartungen. Wir werden ein Jahrzehnt lang hierhin fahren. In kurzer Zeit findet jeder seine Rolle: Mein Vater kocht bergeweise Äpfel zu Mus ein und bestimmt über die Jahre nahezu alle heimischen Pflanzen; er findet schwarzes Bilsenkraut auf einer Landzunge und auch die verstecktesten Orchideen. Immer wieder sieht man ihn in den Wiesen, einen Grashalm in der Hand, mit den Gedanken irgendwo. Meine Mutter strickt Norweger-Pullover für meinen Vater, für sich selbst und für alle Kinder; sie erforscht die Heimatgeschichte, spürt Reste von Hünengräbern auf und umwandert nach und nach die ganze Insel. Die drei Kleinen sammeln Käfer und andere Kleintiere in Einmachgläsern, baden unerschrocken in der kalten Ostsee und steigen zum Ernteeinsatz mit auf den Mähdrescher. Ich selbst ziehe mit dem Fernglas umher und bestimme Vögel.

Keiner von uns aber schwärmt so für Dänemark wie Hanna. In verblüffend kurzer Zeit wird sie die Sprache lernen, wir anderen übernehmen nur die Bezeichnungen »Mor« für Mutter und »Far« für Vater; sie werden zu einer Art neuer Eigennamen für meine Eltern bis heute. Schon bei der Überfahrt sind erstaunlich viele Jugendliche auf der Fähre gewesen, in gelben Ölmänteln und mit Norweger-Pullovern. Gitarrenklänge klimperten über Deck, *Mundorgel*-Weisen erklangen und Haschzigaretten wanderten von Mund zu Mund. Alles das hatte etwas sehr Geborgenes, irgendwann würde ich so alt sein wie sie und vielleicht auch alleine nach Dänemark fahren.

Auch auf Ærø selbst gibt es erstaunlich viele Langhaarige. Immer wieder nehmen meine Eltern Tramper in unserem VW-Bus mit, Hippies mit bestickten Westen und Hüten und Mädchen in knöchellangen Kleidern. Alle sind sie Dänen, tagsüber kiffen sie auf den Weiden und Hünengräbern herum, und abends treffen sie sich in Marstal am Hafen und machen Musik. Hanna ist völlig begeistert, sie ist frühreif genug, um schon als Neunjährige zu erkennen, dass hier etwas Tolles passiert. Die Hippies erzählen Geschichten. In Kopenhagen, zwei Fährverbindungen entfernt, hat sich eine wunderbare autonome Selbstbestimmungsrepublik gegründet, der »Freistaat Christiania«. Und auf Ærø selbst gibt es zwei alternative Landkommunen für ökologischen Gemüseanbau.

Schon in den sechziger Jahren hatte Harry, ein jugendbewegter Aussteiger, seine Zelte auf der Insel aufgeschlagen, um seinen eigenen Frieden zu leben: Tauschwirtschaft statt Geldwirtschaft und ökologischer Gemüseanbau waren für ihn Teile eines Ganzen, lange bevor das Wort Ökologie von der Biologie in die Soziologie wanderte. Das ganze Land machte den Eindruck, dass es Deutschland um einiges voraus war. Ganz offensichtlich war hier vieles möglich, und es gab nicht diesen Mief, der alles erstickte. Wie sonst nur in den Niederlanden schienen der Staat und die Gesellschaft viel weniger feige zu sein; eine liberale Weiterentwicklung der Demokratie, eine Gesellschaft auf dem Weg hin zu einem freiheitlichen Sozialismus der Fürsorge und der Toleranz. Die Sozialausgaben in den skandinavischen Ländern waren die prozentual höchsten in Europa, die schwedischen Volvo-Werke hatten gerade das Fließband abgeschafft und mit ihm das Unmaß spätkapitalistischer Arbeitsteilung. Ein Volvo-Arbeiter baute nun einen Volvo, er schraubte nicht nur vier Muttern in die Radkappe ein. Die Kriminalromane von Sjöwall/Wahlöö vermittelten den *Scandinavian way of life*. Meine Eltern, vor allem meine Mutter und später auch Hanna, liebten diese Bücher sehr. Die zehn Martin-Beck-Krimis von Maj Sjöwall und Per Wahlöö, zwischen 1964 und 1974 geschrieben, sind ein Phänomen und Bestseller in der linken Szene. Ihr Ziel ist eine Mentalitätsgeschichte des sozialdemokratischen Schweden, die Biografie einer Dekade oder in den Worten der Autoren: »Die Geschichte eines Verbrechens. Des Verbrechens der schwedischen Sozialdemokratie am schwedischen Volk.« Stilistisch mal programmatisch nüchtern, mal zeitlos brillant schildern sie die Arbeit eines Polizeiteams in Stockholm und mehr und mehr auch dessen Privatleben. Am Ende der Zeitspanne erscheint Schweden als ein Albtraum aus Polizeistaat und rücksichtslosem, sozialdemokratisch nur verbrämtem Kapitalismus. Und doch: Das verteufelte Schweden blieb bei deutschen Lesern ein irgendwie gelobteres Land als beispielsweise die Bundesrepublik. Das positive Skandinavien-Flair hielt nicht nur an, es schien sich sogar zu verstärken, und sei es am Ende nur, weil Kungsholmen und Sköldgatan als Insel- und Straßennamen einfach besser klingen als Ebertplatz oder Konrad-Adenauer-Straße.

Im Jahr 1973 fehlen noch die beiden letzten Bände. Auch für Hanna und mich haben meine Eltern ein Buch zum Vorlesen mitgebracht. Auf immer bleibt es für mich verbunden mit den Stimmen meiner Eltern, dem Duft der Kirschbäume im Vorgarten, den Rauchschwalben im Abendlicht. Eigentlich spielt *Die Kinder von Lamagari* auf einer griechischen Insel. Ich weiß nicht, wie das ist, Griechenland, aber das Inselgefühl ist auch auf Ærø da, gerade fünfhundert Meter hinter dem Haus liegen die Klippen und das Meer. 1936: Zwei Mädchen – Hanna und ich können uns mühelos hineinversetzen – wachsen wohl behütet in einem großbürgerlichen Haushalt auf. Am Abend im Bett fragen sie sich ihre Stimmung ab. Ev-po, ein schöner Tag, oder Li-po, ein schlechter? Die politischen Verhältnisse, kaum geahnt und von den Kindern in ihren Spielen veralbert, schlagen plötzlich in ihr Leben durch. Der General Metaxas putscht, Griechenland wird, mit Billigung des zurückgekehrten Königs Georg II., eine Diktatur. Die guten und geliebten Menschen im Leben der beiden Mädchen sind mit einem Mal Verfolgte. Während das ältere Mädchen von den Faschisten vereinnahmt wird, hält das jüngere Kontakt zu einem Widerstandskämpfer. Am Schluss wünschen beide dem Partisanen viel Glück im Exil.

Ich habe das Buch in der Hand. Sorgsam gerettet aus der Konkursmasse der Vergangenheit. Ich blättere darin. Heilige Seiten. Ich stecke die Nase hinein; noch immer riecht es nach Meer.

Ende August sind wir wieder in Solingen. Zwei Wochen später, am 11. September, putscht das chilenische Militär unter General Pinochet gegen Salvador Allende; eine schmutzige Aktion, eingefädelt vom amerikanischen Geheimdienst. Die Regierung Allende war eine der sehr wenigen frei gewählten kommunistischen Regierungen; vielleicht war sie sogar die einzige. Die Verstaatlichung der Kupferminen zugunsten des chilenischen Volkes allerdings widersprach den Interessen amerikanischer Konzerne. Die Lage konnte eindeutiger kaum sein – die zweite große US-amerikanische Sauerei nach und neben Vietnam.

Eine faschistische Militärdiktatur habe ich gerade gelernt mir vorzustellen: putschende Generäle, Griechen oder Chilenen; es wird bespitzelt und denunziert, gefoltert und gemordet. Wir treffen Frank Knoche am Abend vor dem Kino, eilig gedruckte Flugblätter in der Hand. Ein Praktikant, Arbeitskollege in der Firma meines Vaters, druckt ein Plakat: Gefräßige Hyänen mit SS-Runen und Hakenkreuzen quellen vom Rand hervor, unterlegt mit *Stars and Stripes.*

Kapitalist Hotzenplotz

Unser neuer Mensch ist viel reicher, subtiler und komplizierter als sein Abbild auf den Seiten der Bücher.

Ilja Ehrenburg: *Menschen, Jahre, Leben*

Zum Besonderen einer Kindheit in den siebziger Jahren gehört eine Fülle neuer Spielsachen. Es ist die erste Generation in der Geschichte der Bundesrepublik, die ihr Spielzeug fast mühelos vererbt: Steiff-Tiere und Barbie-Puppen, Lego und Fischer-Technik, Playmobil und Schlümpfe, *Asterix*-Hefte und Monopoly. Dagegen war der alte Stoffhund mit den Eselsohren und mit Stroh gestopft, den mein Vater mir vererbte, von vornherein eine Antiquität, die Lesebücher aus dem »Dritten Reich« Geschichten aus einem fernen Land. *Pippi Langstrumpf*, *Die Kinder aus Bullerbü*, *Karlsson vom Dach*, *Urmel aus dem Eis*, die *Fünf Freunde*, *Die kleine Hexe* und *Der Räuber Hotzenplotz* dagegen haben die Zeit überdauert.

Ganz selbstverständlich ist das nicht.

Meine Mutter interessierte sich nicht sonderlich für Pädagogik, die Lektüre von *Summerhill* ausgenommen. Im Jahr 1974 allerdings erschien ein Buch, das meine Mutter nachhaltig beschäftigte und inspirierte: *Struwwelpeter und Krümelmonster. Die Darstellung der Wirklichkeit in Kinderbüchern und Kinderfernsehen,* geschrieben von Christa Hunscha. Deren unbarmherziger Kampf gilt dem »Gespensterrummel« im »Reich der kindlichen Phantasie«. Wäre es nach ihr gegangen, so förderten alle Kinderbücher im Jahr 2005 stattdessen die »soziale Phantasie«, und die Gesellschaft wäre gewiss eine andere als die, in der wir heute leben. *Der*

Räuber Hotzenplotz zum Beispiel hätte darin wohl keinen Platz mehr. Nach Hunscha ist es ein »völlig sinnleeres« Buch, das lediglich ein paar »schrullige Autoritäten in ihrer Wichtigtuerei« bestätigt. Vorbildlich daran sei nichts, gefährlich dagegen das mal unterschwellige, mal dummdreiste Einschwören des Kinderkosmos auf die kapitalistische Warengesellschaft: »Dass Großmutters Kaffeemühle zum Anlass für eine lange Verbrecherjagd wird, ist durchaus nicht läppisch, es ist typisch für das Machtgefälle, das so genannte gute Kinder verinnerlichen: Die Alte kann den Verlust der Kaffeemühle nicht verwinden. Kinder können sich aber ruhig in die Todesgefahr stürzen, um den Nippes wiederzufinden.«

Doch nicht nur *Der Räuber Hotzenplotz*, unser ganzes Kinderzimmerregal – *Die Kinder aus Bullerbü*, *Karlsson vom Dach*, die Bücher von Janosch, Janusz Korczaks *König Hänschen*, die *Löwe*-Bücher von Max Kruse – allesamt sind sie das Papier nicht wert, auf dem sie gedruckt sind.

Wie kann auf einmal schlecht sein, was vorher gut war?

Der Einfluss von Christa Hunscha auf meine Mutter war groß: eine Fülle neuer Kinderbücher, die einzigen, die in Hunschas Augen Gnade gefunden hatten. Immerhin bekamen wir nicht gleich alles. Das von ihr gerühmte Werk *Itschi hat ein Floh im Ohr, Datschi eine Meise* von Peter O. Chotjewitz, dessen Kinderhelden mit ihren Panzern unterm Weihnachtsbaum Vietnam spielen, und das darob selbst von der *Frankfurter Rundschau* »faschistisch« genannt wurde, blieb uns erspart.

Zu dem wenigen, das außer Chotjewitz bei Hunscha besteht, gehören drei Bücher des Berliner Basis-Verlags, darunter *Zwei Korken für Schlienz.* Der Verfasser ist »Johannes aus Freiburg« und das quadratische Heft in der Tat so etwas wie die Freiburger Kommunen-Version der Bremer Stadtmusikanten Anno 1972. Mein Bruder Georg erinnert sich an Gefühle der Angst und des Abscheus. Erschreckend fand er die Geschichte, abstoßend die Bebilderung. Hanna dagegen fand das Buch toll, es sprach sie an.

Schlienz gammelt herum mit einem Schild auf dem Bauch »Wer will mich kennen lernen?«. Über kurz findet er drei Kumpel, Atta, Minzl und Gorch, von denen Johannes aus Freiburg mehrfach erklärt, dass sie »lieb« sind. Sie gründen eine Kommune und beschmieren die Wände. Über dem Bett steht »USA = SA = SS« und »Der Hausbesitzer ist ein Arschloch«. Richtig gemütlich. Der Arschloch-Hausbesitzer sieht das anders. Er bescheißt sie mit dem Mietvertrag und versucht, die vier lieben Leute herauszuekeln. Schließlich rückt die Polizei an, bis »die ganze Straße blau« von ihnen ist. Die vier Kommunarden verbarrikadieren das Haus und überreden die anderen Mieter zum Widerstand. Atta pisst den Polizisten auf den Kopf; doch die Phalanx bricht auseinander. Als Erstes kneift bezeichnenderweise der Lehrer. Am Ende landen die vier lieben Freunde im Gefängnis. Sie fragen sich: »Was können wir tun, damit wir mehr werden?«

Eine Antwort darauf finde ich nicht. Irgendwie bin ich schon für Schlienz und seine Freunde und gegen den Hausbesitzer. Besonders der Schluss, bei dem alle Hausbewohner nach und nach einknicken und nur noch die vier übrig bleiben, spricht mich an: auf die anderen ist eben kein Verlass. Gleichwohl schrecken mich die Schwarzweißbilder der Hippies mit darauf gemalten

Krakeleien ab. Wie nett dagegen die artig gezeichneten Häuser der *Kinder aus Bullerbü*.

Nach Hunscha bin ich wohl ein »verängstigtes und verklemmtes Kind«: Haben die Bullerbü-Idyllen mich bereits vergiftet? Sie fordert mehr Wirklichkeit, mehr schnöde Realität. Für mich dagegen leben sie beide auf der erdabgewandten Seite des Mondes: Wachtmeister Dimpfelmoser, der Räuber-Hotzenplotz-Jäger, genauso wie Schlienz' Kumpan Atta, der vom Balkon runter auf die Polizisten pisst.

Soll man für die Polizei sein, oder soll man sie bepissen? Und wie ist das überhaupt mit dem Kampf und der Gewalt? So harte Kämpfe wie bei Schlienz kenne ich sonst nur aus einem ganz anderen Buch, den *Deutschen Heldensagen*. Schon mein Vater hat darin gelesen. Der ergreifende Text ist von einem gewissen Hans Friedrich Blunck, und die Bilder sind von Hitlers Haushofmaler Arthur Kampf.

Man sagt, Kinder haben die Fähigkeit, zwei einander widersprechende Dinge so in ihrem Bewusstsein zu speichern, dass sie dort nicht zusammentreffen. Vielmehr noch aber ist es ein Talent der Erwachsenen. Ich suche nach einer Ordnung und kann sie nicht finden. Alles verwirrt mich. Die Welt aus Drachentöten und Polizistenbepissen fügt sich nicht zu einem geschlossenen Kosmos. Mal fühle ich mich in dem einen Buch heimisch, mal in dem anderen. An *Schlienz* vermisse ich den tiefen Ernst, alles ist so durcheinander, so völlig aus der Bahn geraten. Soll ich das gut finden? Sind das nicht alles Rocker, wie Thomas Ritter, der Halbstarke aus unserer Straße, der mir auf dem Schulweg auflauert? Den würde ich eigentlich lieber eingesperrt sehen als an der Macht.

Warum findet meine Mutter das gut?

Wie anders dagegen die *Heldensagen!* Hier ist alles fest gestampft, aber manches ist auf ganz andere Weise fremd. Irgendwie ist auch die Moral der *Heldensagen* – das Durchbohren mit Lanzen, das Kopfabreißen und Erschlagen – nicht wirklich vorbildlich und zukunftsweisend. Beide Bücher wühlen mich auf, beschäftigen mich, sprechen etwas in mir an und stoßen mich zugleich ab.

Was ist richtig?

Sehr schön finde ich *Die kleine Ratte kriegt es raus.* Es ist so wie bei Enid Blytons *Fünf Freunden* oder den *Drei Fragezeichen* und all den anderen Kinder-Detektiven, die Anke Breuer liest und Sabine im Kinderheim. Oder so wie die »Sendung mit der Maus«, die ich schon einmal heimlich bei Breuers gesehen habe. Nur eben vielleicht ein bisschen anders.

Die kleine Ratte, deren Vater »Müllarbeiter« ist, vergleicht ihr Umfeld mit dem ihrer Schulkameradin, der Tochter eines Arztes. Sie versucht herauszubekommen, warum ein Arzt so viel mehr Geld verdient als ein Müllarbeiter. Die Antwort ist klar. Beschiss!! Alle Argumente sind vorgeschoben, und also muss man es ändern: »Dann müssen alle maschinen allen zusammen gehören, und dann können auch alle so viel verdienen, wie sie wirklich arbeiten. Und dann verdient ein arbeiter auch so viel wie ein arzt! sagte die kleine Ratte, weil er nämlich auch so viel arbeitet und vielleicht sogar noch mehr.«

Das ist leicht zu verstehen, trotz der störenden Kleinschreibung.

Es gab auch noch ein anderes Buch, das ich ganz besonders mochte. Dieses Buch war gemeinhin ein fester Geschenkartikel zur Jugendweihe in der DDR. *Weltall*

– Erde – Mensch heißt der Quart-Band, und obwohl jungen Erwachsenen mit auf den Weg gegeben und an die 500 Seiten stark, ist es doch ein echtes Kinderbuch. Jedenfalls nach einem ehernen Qualitätskriterium Otfried Preußlers betrachtet: keine heile Welt vorgaukeln, sondern zeigen, wie man sie wieder heile machen kann. 1962 erschienen, vereint das Werk ein ganzes Autorenkollektiv, sieben von vierzehn sind leibhaftige Professoren, darunter ein Professor Robert Havemann, nicht nur als Kinderbuchautor ein berühmter Mann. Das Buch erklärt den naturwissenschaftlichen Lauf der Welt von den Dinosauriern bis zum sozialistischen Menschen als Endziel der Evolution. Das Vorwort ist von Walter Ulbricht. Unter meiner Jugendlektüre ist dieses Buch das einzige drucksignierte Exemplar mit Schnörkelunterschrift neben *Grzimek unter Afrikas Tieren*; unterzeichnet in »Arusha während der Großen Regenzeit« und mit einem niedlichen kleinen Igel unter der Schreibschrift – das Grzimek-Buch natürlich. Der Igel fehlt bei Ulbricht, auch ein so phantastischer Ort wie Arusha – wo liegt das eigentlich? Nicht einmal »Pankow während des Großen Mauerbaus« steht da, dafür gibt es eine lange Erklärung unter dem Namen, wer Walter Ulbricht ist.

Gleich dessen erster Satz hat es in sich: »Dieses Buch ist das Buch der Wahrheit.« Die unterhaltsamen Bildunterschriften – »Die Faust des Erdbebens schmettert mit gewaltiger Kraft zerstörend nieder, was sie trifft. Als aufbauende Energiequelle kann das Erdbeben nicht genutzt werden« – sprechen mich an. Übrigens, einer der wenigen Sätze, in dem etwas nicht geht. Im großen Ganzen freilich ist es nur noch eine Frage der Zeit, bis alles gut wird. Der sozialistische Mensch unterwirft sich die Erde, macht also, wie Preußler es verlangt, alles heile: »Es wird im Kommunismus Raum für alles Menschliche, für alles Gute und Schöne geben: tiefe und leidenschaftliche Liebe zwischen Mann und Frau, echte Freundschaft zwischen den Menschen.«

Das Grzimek-Buch mit dem Igel ist noch etwas schöner, hier gibt es viele Farbfotos, und auch der ganze lästige Teil mit Technik, Raketen und Statistiken aus *Weltall – Erde – Mensch* fällt weg. Bernhard Grzimek ist ein sehr engagierter Mann, genau wie Walter Ulbricht. Mit dem Flugzeug fliegt er durch Afrika, übernachtet im wehenden Zelt in der Savanne und streicht Zebras an, um sie zu zählen. Manche Tiere nimmt er mit nach Frankfurt in seinen Zoo. Er sperrt sie ein, um sie zu schützen. Als Spendensammler ist er fast so überzeugend wie Schwester Maria, aber noch mehr erinnert er mich an die warme aufgeräumte Art meines Opas in Hannover; ich bin mir ganz sicher, dass auch Grzimek nach frischer Seife riecht.

Eines Tages schreibe ich Grzimek einen Brief. Dass ich ihn gut finde, und später einmal so einer werden möchte wie er; dass ich dasselbe über die Nashörner denke, die nicht ausgerottet werden dürfen, nur dass mir Greifvögel allerdings noch etwas wichtiger sind. Ich lese mir alles selbst laut vor, meine krakelige Schreibschrift, und zögere. Letztlich traue ich mich doch nicht, den Brief abzuschicken. Es ist ein bisschen wie mit einem Brief an den lieben Gott, für den, der daran glaubt. Irgendwie fühle ich mich klein und krümelig und habe Angst davor, dass Grzimek mich vielleicht nicht als einen Mann gleichen Schlages akzeptieren könnte, obwohl ich genau so viele Antilopenarten unterscheiden kann wie er.

Meiner Mutter ist das vergleichsweise egal. Sie kommt meiner Neigung zu Tieren oft nach und geht mit mir in den Wuppertaler Zoo, und einmal lässt sie mich trotz der späten Sendezeit nach der »Tagesschau« sogar »Ein Platz für Tiere« sehen. Als moralisches Vorbild dagegen sieht sie den biederen Zoodirektor im senfgelben Pullover eher nicht. Für sie ist er ein stockkonservativer Vertreter der Fraktion »Rübe ab!«, der das Leben von Zebras und Nashörnern über das Leben der »Wilderer« – schon dieses Wort! – stellt, die ja kaum etwas anderes als die Not und die ihrer Kinder zum blutigen Handwerk mit der Drahtschlinge treibt. Wo bleibt die Frage nach den sozialen Umständen, den politischen Herrschaftsverhältnissen in den Ländern, deren Staatspräsidenten er seine Freunde nennt? Und wenn Grzimek nach jedem Sonnenuntergang in der Serengeti mit der beharrlichen Liebenswürdigkeit eines Leierkastenonkels auf die Konten der Frankfurter Zoologischen Gesellschaft hinweist, entlockt dies meinen Eltern kaum mehr als ein wissendes Lächeln.

*

»Der erste Mai ist neu, da gibt es noch kein Heu. Die Kühe fressen Haferstroh, im Kuhstall ist die Losung rot: Mit weißer Schrift geschrieben. Im Kuhstall wird die Milch gemacht, die Butter und der Frieden. Die Butter und der Fri-hi-den.«

Muss man das verstehen?

Muss man den Märchenerzähler lieben, der keine Märchen mehr zu erzählen hat und deswegen immer nur von sich selbst und seiner Not redet, keine Märchen mehr erzählen zu können?

Der Autor heißt Wolf Biermann, die Platte: *Warum ist die Banane krumm?* Viele Künstler und Dichter haben sie gestaltet, um westdeutschen Kindern das Richtige auf ihrem einsamen Weg in eine kollektive Wirklichkeit mitzugeben. Biermann nervt ohne Ende. Wir versuchen immer, ihn zu überspringen.

Man sagt, Kinder, Verrückte und Betrunkene fühlen die Wahrheit. Das ist Blödsinn. Bis auf diesen einen Fall. Wolf Biermann ist mir von Anfang an nicht geheuer. Ich weiß nichts über Biermann. Ich bin acht Jahre alt und sitze vor dem Plattenspieler im Bücherregal.

Ich vermute, dass ich den gut finden soll.

Ich will nicht.

Auf der Platte steht: »Ist ein so lustiger Kommunist, dass er in der DDR nicht singen darf.« Vorstellen kann ich mir das nicht. Irgendwie ein Angeber, denke ich. Wie ein Märchenerzähler sieht er auch nicht aus; vor so einem haben Kinder Angst.

Auch Peter Rühmkorf erschreckt mich. Er erzählt dreckige Abzählverse, an denen meine kleinen Geschwister später viel Freude haben. Was er damit bezweckt, weiß ich nicht. Oma Bülowplatz gefröre das kalte Blut in den Adern. Ich lerne die Verse auswendig: »Licht aus, Licht aus! Mutter zieht sich nackend aus. Vater holt den Dicken raus. Rein, raus. Rein, raus. Fertig ist der kleine Klaus!« Ich bin weiterhin acht Jahre und weiß nicht, wer »der Dicke« ist. Ich denke, es ist irgendein Nachbar oder Kumpel, der vielleicht im Schrank oder in einer Abstellkammer wohnt und nur ab und zu rausgelassen wird wie ein Hund. Rein, raus. Der kleine Klaus hat sich inzwischen den Schlafanzug angezogen, er ist schon fertig fürs Bett.

Günter Herburger erzählt die Geschichte von »Birne«, die in der ganzen Stadt den Aufruf »Pipi trinken« plakatiert. Ein bisschen ekelig ist das schon, selbst für Kinder, auch hier ist mir der Sinn nicht klar. Dann kommt Ernst Jandl. Er sagt seltsame Gedichte auf.

»Der Gewichtheber: Aaaaaaaaaaaarrrrggghhh!«

Das macht Angst, aber es trifft schon irgendwie meinen Nerv. Besser noch ist:

»Da zechen u bapp. Iliuzungi!«

Ich weiß nicht, ob ich es grammatikalisch richtig wiedergebe, aber so spukt es seit mehr als dreißig Jahren in meinem Gehirn herum und fordert seine regelmäßige Rezitation, zum Beispiel beim Spülen, Bügeln und anderen vergleichbar inspirierenden Tätigkeiten. Als Kind eignet es sich gut als Wahlspruch oder als Schlachtruf. »Da zechen u bapp!« Und der Schlitten saust todesmutig den Abhang runter.

Christa Reinig erzählt unendlich langweilige Geschichten von Hantipanti, da macht die Nadel lieber einen Bogen herum. Floh de Cologne singt ein sehr lustiges Lied über die Schule, und dass es da genauso übel zugeht wie in Vatis Fabrik: »Die Kinder sind sehr sauer auf den Boss, dass er ihren Vater immer so kaputt macht.« Zwei weitere Geschichten sind echte Höhepunkte; ein Höhepunkt des Schreckens und ein Höhepunkt des Wohlbehagens. Peter Bichsel erzählt, nein: raunt, schmeckt, seziert schweizerdeutsch die Geschichte: »Ein Tisch ist ein Tisch«. Ein alter einsamer Mann versucht sich zu beschäftigen. Er tauscht die Worte für seine Alltagsgegenstände aus. Aus dem Tisch wird ein Stuhl und aus dem Bett ein Bild und so weiter. Der arme alte Mann hat viel Spaß dabei. Eine rührende Geschichte. Doch dann fallen ihm die tatsächlichen Bezeichnungen nicht mehr ein. Das Ende ist grausam:

»Der alte Mann wurde immer einsamer, er sprach kein Wort mehr.« Die Geschichte im Märchenerzählertonfall hat einen grausigen Sog, man gruselt sich, aber man macht die Platte einfach nicht aus. Vielleicht geht die Geschichte beim nächsten Hören ja doch gut aus. Aber es endet jedes Mal unerbittlich. Kurzgeschichten für Kinder haben immer eine Pointe. Diese hier habe ich nicht verstanden. Ich halte Bichsel für einen Reaktionär: »Kinder, spielt nicht mit Worten, haltet euch an die Regeln!«

Der Höhepunkt des Wohlbehagens ist Günter Bruno Fuchs: »Aus dem Notizbuch des Abendkönigs«, eine lauschige Sommernachtsphantasie von der Liebe des Abendkönigs zu Prinzessin Gisela, die ihrerseits den Erdarbeiter Karl Johann Sauerstoff liebt. Auch der Lehrer des Abendkönigs tritt auf, er wohnt in einem Baum und zwingt ihn dazu, das kleine Einmaleins vorwärts und rückwärts auswendig vorzutragen. Fuchs trägt es mit warmer Stimme vor, sehr komplizenhaft. Mit Ausnahme eines völlig überflüssigen Arschs, der zum Fenster hinein fliegt und den Abendkönig dumm anquatscht, eine rundherum schöne Geschichte.

*

Ich nehme *Warum ist die Banane krumm?* mit in die Schule. Ich fühle mich nicht wohl dabei, aber meine Mutter redet mir ganz entschieden zu. Frau Weymann, unsere Klassenlehrerin, hat braune Haare wie ein Reh und viele neue Ideen. Seit der Rückstellung geht es mir in der Schule sehr gut. Im Malunterricht lässt Frau Weymann Kinderplatten im Hintergrund laufen, als Anregung. Meine Mutter findet die Platte sehr anregend. Sie packt sie mir in die Plastiktüte für den Schulweg.

In der Klasse ist mir mulmig. Holzfreie Zeichenblöcke. Wasserbecher. Pelikan-Malkästen. Unser Thema: Das Schloss des Winterkönigs – frei nach Paul Klee. Frau Weymann liebt Paul Klee. Sie hat die Platte aus der Tüte gezogen und studiert stirnrunzelnd das Cover. Schlecht gezeichnete Comics, Polit-Sprüche, Lenin mit Schirmmütze. Eine Märchenplatte ist das nicht.

Ich bestehe auf Abspielen, das bin ich meiner Mutter schuldig.

»In der Bibel steht geschrieben: Du sollst deine Eltern lieben. Wenn sie um die Ecke glotzen, sollst sie in die Fresse rotzen!«

Peter Rühmkorf.

Die Nadel geht nach oben.

Peinliches Schweigen.

Sehr peinliches Schweigen.

Ich versuche mich zu retten: »Die andere Seite ist besser.«

Frau Weymann will die andere Seite nicht hören. Sie mag Paul Klee, Udo Jürgens und James Krüss. *Warum ist die Banane krumm?* mag sie nicht.

Ich habe viel zu erklären, weiß aber nicht, wie. Frau Weymann braucht keine Erklärungen. Ich werde auf meinen Platz geschickt. Die Platte darf ich gleich mitnehmen. Wir hören »Rübezahl«. Anke Breuer freut sich. Den »Rübezahl« findet Frau Weymann schön und sie auch. Ich kann gut malen. Mein Bild »Krokodile beim Fressen« hängt sogar im Schultreppenhaus. Der Winterkönig dagegen macht mir Sorgen. Mein Pelikan-Malkasten hat keine zweite Einlage wie die Kästen der anderen. Seit wann lässt meine Mutter sich vorschreiben, was eine Klassenlehrerin für angemessen hält? Mir fehlen zehn Farbtöne und vor allem das Deckweiß. Ich mische meine Grüns und Blaus für den Winterkönig mit Wasser, damit sie hell werden. Die nassen Farben wellen das Papier auf. Das Schloss des Winterkönigs wird traurig, krumm und nicht fertig.

Ich weiß nicht genau, was Frau Weymann über meine Eltern dachte. Sicher ist, dass ihre »Progressivität« Grenzen hatte, und zwar nicht nur bei den Verstößen gegen Sitte und Anstand. Sie war jung, sie hatte eine Montessori-Ausbildung und machte einen guten Unterricht. Aufgewachsen war sie im Odenwald. »Heidemarie kocht die Brie« hatten die anderen Kinder sie früher verspottet, weil sie Heide heißt. Frau Weymann wollte nicht im Odenwald bleiben. Solingen war fast eine Großstadt. Schon mit dreißig wohnte sie mit ihrem Mann in einem weißen Eigenheim mit Hanglage. Möglicherweise sympathisierte sie mit der SPD, sie wollte es flotter und moderner, auch in der Schule.

Dreckige Abzählverse wollte sie nicht.

Frau Weymann und meine Mutter sahen sich oft. Ich glaube, dass meine Mutter bei jedem Kind irgendwann einmal in der Elternpflegschaft war, obwohl wir nie unsere Beiträge bezahlt haben. Ich sehe sie als Klassenbegleitung im Wuppertaler Zoo, und ich sehe unseren Backofen, in dem die Bleche mit den selbst ausgestochenen Plätzchen unserer ganzen Klasse gebacken wurden. Ich sehe meine Mutter, die auf dem Nachhauseweg den ganzen R4 mit Kindern voll stopft, weil alle nach Hause gefahren werden wollen. Aber ich weiß auch, dass Frau Weymann Vorbehalte gehabt haben muss. So erinnere ich mich heftiger Kritik für das von mir gerne gebrauchte Wort »Klassenkampf«.

»Das hast du von deinen Eltern.«

Eine Feststellung war das nicht. Eher ein Vorwurf in die Richtung: dumm nachgequatscht!

Ich wusste, dass Klassenkampf kein einfaches Wort war, aber das hinderte mich nicht daran, einen ganz eigenen Gebrauch davon zu machen, zum Beispiel anlässlich unserer Linealschlachten auf dem Schulhof mit der 4B. Und als Axel Schäfer nach dem Scheitern des Misstrauensvotums gegen Willy Brandt vor dem Unterricht ein freudiges »Weiter mit Willy Brandt!« an die Tafel kritzelte, ließ sie es eilig wegwischen: »Davon versteht ihr sowieso nichts!« – »Politisierung« von Grundschulkindern entsprach offensichtlich nicht ihren Vorstellungen.

Axel Schäfer hat eine sehr junge Mutter und keinen Vater. Er ist damit so etwas wie ein zweiter Michel Trojahn. Axels Mutter ist hübsch und redet wie die Halbstarken. Von ihr lerne ich später das Wort »stark« für »super«. Noch sagt sie »super«, und sie studiert Wirtschaft in Köln. Sie fährt einen schnittigen Citroën, der hinten fast auf dem Boden schleift, und trägt eine Jacke aus Kaninchenfell. Sie sagt, Axel und ich sollten die Klasse mal ordentlich aufmischen. Was sie damit meint, weiß ich nicht. Vielleicht solche Dinge wie mit *Warum ist die Banane krumm?* im Malunterricht. Einmal sagt sie zu mir, ich würde später bestimmt mal ein schöner Mann werden. Vorstellen kann ich mir das nicht. Mir wird etwas komisch. Ich finde Axels Mutter toll.

Zu Hause will meine Mutter wissen, wie der Erfolg mit der Platte war. Ich beichte die Wahrheit, dass sie keine zwei Minuten gelaufen ist. Ich sage mit Frau Weymann, dass die Platte nicht so recht zum Malen gepasst hat. Meine Mutter sieht das nach wie vor anders. Sie sagt, dass ich darauf hätte bestehen sollen.

»Zwei Minuten, das ist doch nichts.«

Ich wiederhole, dass ich mich nicht habe durchsetzen können. Meine Mutter schüttelt verärgert den Kopf. Sie meint, ich solle es lernen.

*

»Man muss sich nur wehren, man muss sich nur wehren und auch die Fragen stellen, die die anderen stören!« Das Lied ist von Volker Ludwig und Birger Heymann, sie machen die Texte und die Musik für das Grips-Theater. Ludwig hat schwarze wuschelige Haare, und Heymann ganz lange Haare, eine große Brille und eine Gitarre um den Hals. So stehen sie auf dem Foto auf der Rückseite der Platte *Mannomann*. Die Platte hat eine Moral: Ein Junge und ein Mädchen lernen, gegen ihren neuen Stiefvati aufzumucken, damit der sich gegen den Hausverwalter und den Lagermeister in seiner Firma zu behaupten lernt. Volker Ludwig und Birger Heymann lächeln. Man möchte gerne dazugehören, jedenfalls lieber als sich mit Frau Breuer zu streiten oder sich gegen all die anderen Menschen zu wehren, die nichts begriffen haben. Den Ausdruck, die oder der »hat nichts begriffen«, höre ich von meiner Mutter oft. Zu denen, die ganz offensichtlich überhaupt nichts begriffen haben, gehört Frau Vatitschko.

Frau Weymann ist krank, und Frau Vatitschko gibt uns die Aufsätze zurück. Eigentlich unterrichtet sie nur ein Fach: Schönschreiben. Das Fach ist übersichtlich, alle Kinder müssen Sütterlin-Buchstaben schreiben lernen. Die Firma Brause stellt dafür das Brause-Heft mit einem Hahn auf dem Umschlag. An jedem Anfang der vorgedruckten Zeilen steht ein Sütterlin-Buchstabe, und wir müssen ihn zeilenlang nachmalen. Frau Vatitschko und das Brause-Heft passen ganz offensichtlich nicht mehr in den neuen Geist der Zeit, aber Frau Vatitschko meint, dass der neue Geist nicht in die Zeit gehört.

Frau Vatitschko trägt ein Lodenkostüm und einen Dutt. Man könnte sie dreißig Jahre zurückversetzen, ohne sie zu beschädigen. Bei der Rückgabe der Aufsätze liest sie die von Frau Weymann mit *sehr gut* benoteten Werke vor, damit die schlechteren Schüler von den guten etwas lernen können. Das Thema des Aufsatzes ist eine Bildergeschichte. Ein Junge und ein Mädchen besteigen einen Heißluftballon und spielen darin. Zu ihrem Schrecken erhebt sich der Ballon in die Luft. Die Kinder in meiner Interpretation geraten dadurch in einen heillosen Streit und beschuldigen sich wechselseitig. Der Junge brüllt das Mädchen an: »Du blöde Kuh!«

Frau Vatitschko liest nicht weiter. Sie lässt das Heft sinken. »Dafür«, sagt sie betont, »hätte ich niemals ein *sehr gut* gegeben. So etwas«, sie ekelt sich sichtlich, »schreibt man nicht in einem Aufsatz.«

Christa Hunscha hat sich auch über das Fluchen in Kinderbüchern ausgelassen. Der Autor Frederik Hetmann und sein Buch *Ich heiße Pfropf* bekommen eins übergebraten, weil Hetmann seinen kleinen Kasimir »verflixt, gedonnert und Vollglatze« fluchen lässt. Peinliche Betulichkeit; Fluchen wie »Oma es gerade noch gern hätte –, ›Scheiße‹ und ›alte Sau‹ sagt Kasimir nicht«, ärgert sich Hunscha, »so wie die echten Kinder.«

Ich stehe zwischen den Fronten. Nicht »Scheiße«

und nicht »alte Sau!«, nur eine »blöde Kuh« ist mir eingefallen. Frau Vatitschko dagegen hat es nicht gern.

Im Lehrerzimmer zählt die Stimme von Frau Vatitschko offensichtlich nicht zu den lautesten. Meine Aufsätze, dort herumgereicht, erregen Beifall, aber auch Zweifel. »Solche Aufsätze können Kinder doch gar nicht schreiben!« Besonders kontrovers verhandelt wird meine Version zum vorgegebenen Thema »Ein Sparschwein erzählt«. Ich besitze kein Sparschwein. Einmal hat die Stadtsparkasse unserer Schule Spardosen mit ihrem Emblem gestiftet, und besonders fleißige Sparer können sich eine kleine Prämie verdienen. Meine Mutter hat die Dose sofort konfisziert, die Art und Weise, wie die Sparkasse mit Hilfe der Schule um zukünftige Kunden wirbt, ekelt sie an. Die Sparkasse prämiert auch selbst gemalte oder gebastelte Fachwerkhäuser. Mein Fachwerkhaus, von der untergehenden Sonne rot beleuchtet, macht mich stolz. Teilnehmen am Wettbewerb darf es nicht, da ist meine Mutter eisern. Neidisch sehe ich zu, wie das Fachwerkhaus meines Mitschülers Olaf Karrenbauer bei der Sparkasse eingereicht wird. Er gewinnt 10 DM – und eine weitere Spardose.

In meinem Aufsatz übrigens sinniert das Sparschwein unter anderem darüber, ob die Geldwirtschaft nicht besser wieder durch Tauschwirtschaft ersetzt werden sollte, frei nach Ærø-Harry und Ernesto Che Guevara.

Meine Mutter freut sich mit mir, dass ich so gute Aufsätze schreibe. Für drei Mal *sehr gut* bekomme ich den Kosmos-Vogelführer, mein erstes professionelles Bestimmungsbuch. Einmal fragt sie mich ganz ausführlich nach meinen Texten, ihr ist etwas aufgefallen. Sie meint, dass die Mütter in allen meinen Geschichten irgendwie schlecht wegkommen. Warum müssen die Kinder sich immer mit ihrer Mutter streiten, warum haben sie ständig Angst vor ihr, warum fühlen sie sich ihr so ausgeliefert oder bekommen alles verboten?

Ich liebe meine Mutter sehr.

Eine Antwort auf ihre Frage habe ich nicht.

*

Mit meiner Mutter ist es immer so: Wenn ich mir im Geist ein fertiges Bild gemacht habe, zerreißt sie es ohne Vorwarnung und zwingt mich, mir schnell ein neues zu malen. Sie hat ein paar feste Grundsätze, wir sollen lernen, uns zu wehren und durchzusetzen, egal, was andere darüber denken. In der Familie aber gilt das offensichtlich nicht, daran ändert auch das Buch *Als die Kinder die Macht ergriffen* in unserem Kinderzimmerregal nichts. Schimpfwörter, von Degenhardt gesungen, bringen meine Eltern zum Lächeln, Schimpfwörter von uns dagegen nicht. Es ist nicht ganz leicht, eine Ordnung zu finden. Was ist erlaubt, und was ist verboten, warum und weshalb. Auch in den Büchern und auf den Platten scheint nicht alles genauso zu sein, wie es wirklich ist. »Mädchen sind genauso stark wie Jungen, Mädchen sind genauso frech und schnell«, singen die Kinder in dem Stück »Balle, Malle, Hupe und Arthur« im Grips-Theater. Aber dass Hanna schwächer ist als ich und Louise schwächer als Marcel und Georg, daran gibt es überhaupt keinen Zweifel.

Stark, frech und schnell sollen die Kinder sein, Mädchen wie Jungen. Dabei kann ich die Mädchen, die stark und frech sind, eigentlich nicht gut leiden. Am liebsten mag ich die sanften Mädchen mit den dunklen Haaren wie Anke Breuer oder auch Frau Weymann mit ihren warmen braunen Augen, bei der wir ein echtes Küken im Brutkasten ausbrüten, Kekse backen und eine Kinderschülerzeitung machen. Ich mag Frau Weymann sehr, trotz meines Misserfolgs mit *Warum ist die Banane krumm?*. Warum können nicht alle Lehrer so sein?

Die Lehrerin unserer Parallelklasse heißt Frau Pickelein. Ihre Hauptfächer sind Religion und Singen. Offensichtlich ist sie darin so gut, dass wir hierin mit der Parallelklasse gemeinsam unterrichtet werden. Jedenfalls alle, die evangelisch sind. Ich bin ungetauft, das ist nicht katholisch, aber im Zweifelsfall so gut wie evangelisch.

An diesem Morgen sprechen wir über Vorbilder, über moderne Heilige, die ihr Leben dem Guten verschrieben haben, und die gar nicht anders konnten, als zutiefst gut zu sein. Frau Pickelein erzählt von Mahatma Gandhi, aber besonders viel weiß sie über ihn nicht. Dann leuchten ihre Augen: Der nächste Heilige ist John F. Kennedy. Ein schrecklicher Kommunist hat den amerikanischen Präsidenten feige und brutal ermordet, weil Kennedy sich für die Rechte der »Neger« eingesetzt hat.

Frau Pickelein sagt tatsächlich »Neger«.

Ich kenne den Kennedy. Und von den »Negern« weiß ich, dass sie nicht »Neger« heißen. Einmal habe ich zu Anke Breuer gesagt: »Die Neger unter den Pferden heißen Rappen.«

Meine Mutter hat mich belehrt, dass die »Neger« es gar nicht gerne hören, dass man sie »Neger« nennt, und dass sie sich selbst »Schwarze« nennen. Aber das mit dem lieben guten Kennedy ist noch viel falscher.

Ich hole Luft: »Der Kennedy ist ein Mörder!«

Ich bin der beste Schüler meiner Klasse, und auch in Religion bin ich gut. Kader-Schulung bei Schwester Maria. So viele Bibel-Geschichten wie ich kennen die anderen nicht.

Die Klassenbeste bei Frau Pickelein heißt Katrin Fleischer. Sie ist kess und selbstbewusst und hat blonde Zöpfe. Ihr Vater ist Chefarzt an den Städtischen Krankenanstalten. Katrin Fleischer kann gut singen, sie singt mit Altstimme, außerdem kann sie Altflöte spielen. Sie ist ganz reizend, genauso wie Frau Pickelein sich eine Klassenbeste vorstellt. Ich dagegen bin zappelig, vorlaut und kann nicht Altflöte spielen. Meine Eltern erzählen mir seltsame Dinge, und mein Benehmen lässt zu wünschen übrig. Hanna hat Frau Pickelein einmal in die Hand gebissen, als diese sie unter der Schulbank hervorziehen wollte. So etwas hinterlässt Spuren. Frau Pickelein hat eine sehr ungefähre Vorstellung vom sittlichen Zuschnitt unserer Familie. Reizend findet sie mich nicht.

Unlängst hat sie sich gerächt. Über unsere Note im Singen entscheidet ein Vorsingen. Jeder darf sich ein Lied aussuchen, das er vortragen will. Ich schlage den »Baggerführer Willibald« vor. Das Lied ist von Dieter Süverkrüp und einfach und zackig zu singen. Die Geschichte handelt vom Baggerführer, der seine Kumpels auf dem Bau davon überzeugt, dass sie zum Häuserbauen eigentlich keinen Boss brauchen: »Der Boss steht meistens rum / und redet laut und dumm / Sein Haus, das soll sich lohnen / Wer Geld hat, darf drin wohnen / Wer arm ist, darf nicht rein – Gemein!«

Den »Baggerführer Willibald« kennt Frau Pickelein nicht und auch nicht den Komponisten. Sie will das Lied auch nicht kennen lernen. Stattdessen nötigt sie mich zu einem ihrer eigenen Favoriten: »Auf, du junger Wandersmann«. Das haben wir schon einmal mit der ganzen Klasse gesungen. Verstanden habe ich das Lied nicht, ich habe keine Worte dafür, aber alles daran ist mir fremd: das »Felleisen«, das der Wandersmann über dem Rücken trägt, und auch der Herrgott, dem Dank erwiesen werden soll – für was, ist mir nicht klar. Der schöne Donaufluss und die fröhlich springenden Hirschlein, alles ist süßlich und kitschig. Frau Pickelein singt das Lied mit spitzem Mund; zu ihr passt es.

Die ganze Angelegenheit ist peinlich. Als ich aufstehen soll, um vorzusingen, fühle ich mich unwohl. Wenn mir mulmig ist, werde ich laut.

Ich singe sehr laut.

Nach einer Weile finde ich mich gar nicht so schlecht.

Frau Pickelein zückt ihr rotes Notenbuch und entscheidet sich für ein Ausreichend. Die Vier ist die Zwei des kleinen Mannes, aber in der Grundschule ist eine Vier eine Sechs. Ich empfinde die Vier als Schikane. Ich war doch nicht übel. Außerdem: Den »Baggerführer Willibald« hätte ich besser vorsingen können.

Ich verteidige mich wortreich und sage Frau Pickelein, dass mir das Lied nichts sagt. Vor allem das mit dem Herrgott:

»Ich glaube nicht an Gott!«

Frau Pickelein ist fassungslos. Eine schamlosere Rechtfertigung für schlechtes Singen ist ihr noch nicht untergekommen. Sie kanzelt mich vor der ganzen Klasse ab, das mit dem lieben Gott kann ich doch gar nicht beurteilen, was verstehe ich schon davon. Frau Pickelein hat offensichtlich bessere Verbindungen; sie kann es beurteilen.

Nach dem Unterricht sagt Norbert Sobiech zu mir: »Ich glaube auch nicht an Gott. Aber so etwas sagt man doch nicht vor der Klasse.«

Wahrscheinlich sagt man auch nicht, dass der Kennedy ein Mörder ist.

Frau Pickelein ringt nach Luft. Ich soll in der Ecke stehen, aber ich weigere mich. Den Kindern in Vietnam ist durch den blöden Kennedy viel Schlimmeres passiert, als nur in der Ecke zu stehen. Aber so treudoof, dass ich mich für den in die Ecke stelle, bin ich trotzdem nicht.

Die Situation ist schwierig.

Frau Pickelein schäumt.

Schließlich gebe ich klein bei. Ich gehe in die Ecke, stolz und mit erhobenem Haupt. Wir werden ja sehen, wer von uns beiden Recht behält, mit dem Kennedy sowieso und eines Tages auch mit dem lieben Gott.

Der Auftritt bei Frau Pickelein macht meinen Eltern Spaß. Natürlich sind sie auf meiner Seite, Frau Pickelein ist »reaktionär« – ein großes schweres Wort für eine alte Schachtel. Besonderes Lob für meinen Mut erhalte ich nicht. Für meine Eltern und auch für mich ist es selbstverständlich, dass ich mich gegen falsche Autoritäten behaupte. Dass Hanna in ihrer Klasse viel vorsichtiger und zurückhaltender ist, ändert daran nichts. Endlich mal eine Disziplin, in der auch ich zu glänzen vermag. Von einer wie der Pickelein lasse ich mich nicht unterschätzen. Wenn die wüsste, was Frau Weymann trotz allem von mir hält. Unlängst hat sie mir zwei verschiedene Lesebücher fürs 4. Schuljahr mit nach Hause gegeben, damit ich ihr sage, welches von beiden ich besser finde. Das Cornelsen-Lesebuch finde ich schön: Bunte Zeichnungen sind darin und viele Räuber-Geschichten. Das Bagel-Lesebuch dagegen ist ziemlich unübersichtlich. Bunte Bilder gibt es hier kaum, dafür entdecke ich eine Seite mit Reklame für *Smarties.* Ich sage Frau Weymann, dass ich das Cornelsen-Lesebuch viel besser finde, und sie stimmt mir freudig zu.

Zwei Tage später spricht mich meine Mutter auf die beiden Lesebücher an. Ich sage ihr, dass ich das Bagel-Buch blöd finde, schon wegen der Reklame. Meine Mutter ist stocksauer. Die Reklame ist deshalb im Buch, damit die Kinder lernen, die Lügen darin zu erkennen und sich in Zukunft vor Reklame zu schützen. Ich habe mal wieder überhaupt nichts kapiert und das falsche Lesebuch ausgesucht. Wie steht sie jetzt da? Immerhin hatte meine Mutter sich erst ein Jahr zuvor für ein Lesebuch namens *Drucksachen* stark gemacht, das an einigen Schulen des Landes probeweise eingeführt werden sollte und Verse wie das »... sollst sie in die Fresse rotzen!« in der Manier von *Warum ist die Banane krumm?* enthielt. Ein Lesebuch übrigens, gegen das ungezählte Elternverbände wie auch die CDU mit dem Slogan »Lerne Lesen mit Ulrike Meinhof!« Sturm gelaufen sind.

Warum meine Mutter den Vers, wonach Kinder ihren Eltern »in die Fresse rotzen« sollen, im Lesebuch haben will, ist mir nicht klar. Das sollten wir zu Hause mal wagen. Immer ist alles anders, als man denkt. Vielleicht liegt das am Kapitalismus oder am »System«, in dem wir hier leben. Auf meinen Satz mit dem Kennedy hat Frau Pickelein geantwortet: »Geh doch nach drüben!«

Den ganzen Weg nach Hause habe ich darüber gegrübelt, was sie damit gemeint hat. »Drüben«, erklärt meine Mutter, »das meint die DDR.« In der DDR ist alles kommunistisch, und alle Kommunisten meinen, dass der Kennedy ein Mörder ist. Wie schön es sein muss, in der DDR zu leben.

»Und warum ziehen wir nicht nach drüben?«

Meine Mutter spült Geschirr. Ihre Antworten sind kurz, aber nicht unfreundlich. In der DDR gibt es für meinen Vater keine Arbeit. Offensichtlich braucht man drüben keine Designer, weil alles ohnehin schon schön und richtig gestaltet ist. Und zweitens, sagt meine Mutter, ist es unsere Aufgabe, die Verhältnisse hier in der Bundesrepublik zu ändern.

Ich finde das ganz schön anstrengend.

Manchmal wünsche ich mir, wir würden trotzdem einfach in die DDR ziehen.

Ja, dieses Deutschland meine ich

Und ist kein Traum, das Land, geträumt aus rotem Mohn,
nämlich ein Stück davon, das gibt es schon.

Franz Josef Degenhardt

Der Zug fährt direkt nach Osten, und schon seit einiger Zeit rattert er anders. Seit der Grenze in Helmstedt hat sich der Ton der Gleise verändert, lautere und stärkere Schläge. Jetzt passt er besser zu den dunkelgrünen Kunstledersitzen, die so viel kürzer und härter sind als die braunroten Eisenbahnsitze des Westens. Auch der Geruch ist anders, Westabteile haben den Geruch von Autositzen im Sommer, von Lampenschirmsaum oder Altkleidersäcken. Ostabteile dagegen riechen nach einem mir völlig unbekannten Kunststoff und irgendwie nach Kohle.

In den Westabteilen haben Menschen die Leibniz-Kekse gegessen, für die in jedem Abteil eines der vier rechteckigen Schilder über den Sitzen wirbt, rechts oder links vom Spiegel. Jede einzelne Habseligkeit hat ihre Spur auf dem Boden hinterlassen, ihren Geruch in den Sitzen verewigt. Unglaublich viele Leute haben dort gesessen, nach Irisch Moos oder Kölnischwasser gerochen, Kaffee aus Thermoskannen getrunken und Aspirin-Tabletten geschluckt.

»Was glaubst du, was Magdeburg für eine Stadt ist?«

»Hm?«

»Eine alte oder eine neue Stadt?«

Meine Mutter und eine neue Runde unseres alten Ratespiels.

Wonach riechen die Ostsitze? Die alten Leute gegenüber, diese trostlose Frau und der ausgemergelte Mann. Keine Leibniz-Kekse, kein Kaffee.

»Also, was meinst du?«

Die Frage muss einen Hintergedanken haben. Entweder sehr alt oder sehr neu. Neu würde passen, der Sozialismus macht ja alles neu. Aber das Burg in Magdeburg klingt alt.

»So mittelalt.«

»Das ist der Dom. Magdeburg ist eine sehr alte Stadt.« Meine Mutter lehnt nah am Fenster, spricht gegen die Scheibe: »Gegründet von Otto I.«

Ich weiß, wer Otto I. ist. Er hat ein längliches Gesicht und ein grünes Gewand an, und in dem Schulbuch fürs Gymnasium, auf das ich bald gehen werde, steht, dass er das Heilige Römische Reich deutscher Nation gegründet hat. Ich liebe das Buch, und ich liebe die Geschichten darin.

»Erzähl was von den Königen.«

Vor dem Fenster zieht eine graue unaufgeregte Landschaft ohne Alter vorbei, dann Wohnkästen. Meine Mutter will nicht von den Königen erzählen. Sie erzählt von ihrer Kindheit in Köthen. Und von ihrer Mutter, mit der sie nach dem Krieg mehrfach nachts über die Grenze geschlichen ist, um die Verwandten in Buxtehude zu besuchen. Und wie sie dann schließlich dageblieben und nicht mehr zurückgegangen sind in die sowjetisch besetzte Zone. Warum eigentlich, verstehe ich nicht.

Das Paar auf den Sitzen gegenüber hört uns zu. Die beiden wollen weiter bis nach Halle. Schon im Faltblatt habe ich gelesen, dass es im Osten Städte gibt, die einfach nur »Halle« heißen, was an Lagerhalle erinnert oder an Kaufhalle, ein hartes trockenes Wort.

Vielleicht ist es bereits ein Vorgeschmack auf das, was mich hier erwartet. Eine Stadt heißt sogar »Eisenhüttenstadt«, es gibt eine Briefmarke dazu, 10 Pfennig, Querformat, drei gewaltige Blocks vor einem von weiten Wolken zerrissenen Himmel. Alles soll hier direkter sein, ungeschminkter, ehrlicher. Es wird schlichter sein als bei uns, weil es nichts Großartiges geben soll: »Da ist nichts großartig / das soll es auch nicht sein / denn, wo was groß ist / ist es drumherum meist klein.« Degenhardt hat das gesungen. Vielleicht wird es hier auch dreckiger sein und anders aussehen, so wie die Eisenbahnwaggons, aber es wird irgendwie richtiger sein. Und vielleicht muss der Wagen so stinken, um einfach und ehrlich zu riechen. Ich werde mich daran gewöhnen.

Der Mann gegenüber greift jetzt ein. Einiges von dem, was meine Mutter über Köthen und Magdeburg erzählt, weiß er ungefragt zu korrigieren. Meine Mutter ist nicht sehr dankbar. Wenn der Mann von der DDR redet, weiß ich nicht, was er will. Er erscheint mir seltsam lauernd und kritisch, alles in den Worten meiner Mutter wird klein geredet. Zugleich ist er sehr stolz auf seine überlegene Ortskenntnis. Ich frage mich, warum er all diese Details weiß, wenn er das Land, das er so gut zu kennen scheint, gar nicht mag. Schon an der Grenze hat er sich seltsam verhalten, so ängstlich gegenüber den Grenzern mit einer bitteren Miene. Ich habe mich sehr gewundert und dann aus dem Fenster geschaut auf diese gewaltige Anlage aus weißen Dächern, Verstrebungen und Gittern, von der es heißt, sie sei die größte Grenze der Welt. Von wegen, dass da nichts Großartiges war!

Hinter der Grenze dann sind wir fast nur durch Felder und Weiden gefahren. Wieder habe ich an Degenhardt gedacht und an das Lied, in dem es heißt:

Du machst mal blau ’n Tag,
das leistest du dir, Mann,
und ziehst herum und siehst
dir euren Laden an,
so über Land im Herbst,
wenn eingefahren ist,
und du die Felder weit
und ohne Zäune siehst.

Tatsächlich gibt es hier keine Zäune auf den Feldern. Auch nicht in Köthen, wo wir aussteigen, nach kurzem und wenig freundlichem Abschied von unseren Abteilgenossen. Es gibt auch nur wenige Autos. Herr und Frau Schnepel holen uns mit dem Taxi ab. Früher waren sie Nachbarn von Opa Herbert und Oma Hanna, vor einer sehr langen Zeit. Ihre Wohnung ist schön und groß und kostet nur sechzig Mark Miete. In der Straße, in der wir wohnen, fühle ich mich sofort wohl. Alles ist ruhig und voller Grün, zwei große Teiche sind in der Nähe, und gegenüber im Wald befindet sich eine Fasanerie.

Ich verdiene mein erstes DDR-Geld. Gleich in den ersten Tagen nimmt mich Herr Schnepel, ein kleiner brummiger Mann mit schlesischem Akzent, in seinen Dienst. Er handelt mit Pinseln, die in größeren Fuhren von Pappkartons geliefert werden. Ich trage sie für ihn in den Keller und stapele sie dort auf. Die Entlohnung, die ich dafür bekomme, ist mager. Nach mehreren Tagen Kartonstapeln habe ich erst wenige Ost-Mark zusammen. Normalerweise bin ich gewohnt, von Großeltern und Bekannten reichhaltiger gelobt und besser entlohnt zu werden als von den Eltern. Das Einzige, womit ich mich trösten kann, ist, der DDR-Wirtschaft zu dienen, die Arbeit ist also weniger für Geld als für einen guten Zweck, der mir allerdings gleichzeitig etwas rätselhaft bleibt. Besonders sozialistisch kommt mir diese Pinselhortung im Keller eigentlich nicht vor, denn ganz offensichtlich ist Schnepels Keller kein volkseigener Betrieb. Aber was ist er dann?

Die Kinder in der Nachbarschaft sind sehr nett. Wir spielen Winnetou und Old Shatterhand. Hier in der DDR geht das viel besser als bei uns. Karl May kam schließlich aus dem Osten. Wo man hinschaut, gibt es verwilderte Ecken, und man darf überall spielen. Die Fußwege sind aus Sand und nicht aus Asphalt, und die wenigen Autos fallen kaum auf. Wenn die anderen Jungs in der Schule sind, streife ich mit meinem Fernglas umher und beobachte die vielen Vögel. Überall nehme ich meinen Feldstecher mit hin. Manchmal schaue ich einfach nur lange und neugierig den Leuten in die Wohnungen.

Ich sehe den ersten Baumfalken meines Lebens. In Solingen gibt es nur Turmfalken, aber ein Baumfalke, das ist die Blaue Mauritius unter den Greifvögeln. Den ganzen Abend noch schwärme ich meiner Mutter von dem Baumfalken vor und nehme den schönen Gedanken an den schnittigen Vogel mit ins Bett. Am nächsten Morgen überrascht sie mich mit einem zweiten Falken. Es gibt ein Naumann-Museum im Köthener Schloss, benannt nach dem Vogelmaler Johann Friedrich Naumann, und überall sind ausgestopfte Vögel ausgestellt, darunter auch ein Baumfalke.

Vogelbeobachtungen stehen in der DDR hoch im

Kurs. Die Jungs hier kennen sich damit viel besser aus als die Kinder in Solingen. Außerdem spielen sie fast alle gut Schach. Sie erzählen von der Schule, von den seltsamen Fächern, die sie dort haben, wie Wehrkundeunterricht. Sie wundern sich sehr darüber, dass es das im Westen nicht gibt. Ich begreife, dass die DDR offensichtlich ein bedrohteres Land ist als die Bundesrepublik. Am liebsten reden die anderen Jungs mit mir über das Westfernsehen. Sie gucken »Daktari«, »Flipper« und »Tarzan«. »Daktari« und »Flipper« habe ich noch nie gesehen, meine Eltern sind dagegen. Einmal habe ich in Hannover »Tarzan« gesehen im Fernsehen bei meinem Opa. Ich hüpfe wild herum und imitiere den Tarzan-Schrei, um den Film der Lächerlichkeit preiszugeben. Ärgerlicherweise kommt meine Mutter in genau diesem Moment dazu. Mir gefriert das Blut in den Adern. Als die Jungs weg sind, fragt meine Mutter mich nach der Tarzan-Nummer. Ich erkläre, dass ich die anderen Kinder nur abschrecken wollte. Sie glaubt mir kein Wort.

Jeden Tag gehe ich mit den Jungs zum Kaiserteich und fische nach Molchen. Ein paar kleinere Kinder spielen heiraten, ein Mädchen hat ein weißes Hochzeitskleid an und ist stolz, ein kleiner Junge mimt den Bräutigam. Meine Mutter ist sehr gerührt; Spiele, die sie selbst als Kind gespielt hat. Am späten Nachmittag rückt eine ganze Kolonne von Männern an, ein Dutzend Nachbarn und Freunde. Sie machen »Subbotnik«. Gemeinsam pumpen sie einen kleinen gekippten Teich aus und befreien ihn vom Schlamm. Anschließend wird gegrillt und getrunken bis spät in den Abend. Ich denke an unsere Hoffeste mit Christians', die es leider nicht mehr gibt. Die Mücken tanzen, und es ist unglaublich gemütlich. Ich fühle mich sehr wohl.

Alles ist billig in der DDR. Die Brötchen kosten nur fünf Pfennig, sie riechen merkwürdig, aber sie schmecken noch besser als bei uns. Sie sind so billig, weil die Regierung den Preis festsetzt. Im Stadtmuseum gibt es eine Schautafel. Darauf steht die Entwicklung des Brötchenpreises in Deutschland vom Kaiserreich bis heute. Anfang der zwanziger Jahre hat ein Brötchen eine Milliarde Mark gekostet und heute eben nur noch diese fünf Pfennig. Dass es die DDR geschafft hat, den Brötchenpreis von einer Milliarde Mark auf 5 Pfennig zu drücken, finde ich toll.

Mit meinen Ostmark, die ich bei Schnepel verdiene, kaufe ich mir Bücher. Sie sind viel billiger als bei uns, und es gibt eine große Auswahl an Vogelbestimmungsbüchern. Auch die Kinderbücher ziehen mich an. Sie sehen sehr ordentlich aus, sind geradezu das Gegenteil von *Zwei Korken für Schlienz.* Sie spiegeln das ganze Land wider, links und gerecht und voller richtiger Antworten. Aber zugleich sind sie unaufgeregt, lieblich und von tiefem Ernst. Hier wird niemandem auf den Kopf gepisst!

Ich kaufe mir *Der schlaue Urfin und seine Holzsoldaten.* Ich sage mit Absicht »kaufen«, denn hier wird auch von Kindern gekauft; in Solingen pflegen die Kinder ihre Spielsachen im Geschäft zu »holen«, so als ob man dafür gar nicht bezahlen muss. Das Buch ist die russische Fortsetzung von *Der Zauberer von Oz*, einem amerikanischen Kinderbuch, das ich nicht kenne. Der schlaue Urfin ist ein menschenscheuer Tischler, der seine Landsleute hasst und sich mit einem Zauberpulver eine Armee aus Holzsoldaten schafft. Militärisch überlegen erobert er die Smaragdenstadt und setzt die liebenswerten Regenten, den Scheuch und den Eisernen

Holzfäller unter Arrest. Am Ende ist das Zauberpulver alle, die Macht gebrochen, und das Mädchen Elli aus Amerika befreit die Guten aus Urfins Gefängnis. Der menschenverachtende Tischler aber muss sich fragen, was er bloß falsch gemacht hat.

Ich liebe das Buch. Obwohl, ein bisschen seltsam erscheint mir das schon: dass der arme Urfin, der einem am Anfang Leid tut, am Ende einfach nur der Böse ist, dem nichts anderes einfällt, als sich weiterhin böse und hilflos an die Macht zu klammern. Und dass die Befreiung ausgerechnet aus Amerika kommt, und das in einem Kinderbuch aus der Sowjetunion! Am nächsten Tag zeigt meine Mutter mir die ersten Sowjets in der Stadt. Sie sind breit und mächtig in ihren braunen Uniformen, sie sehen streng aus und ein bisschen quadratisch sind sie auch, genau wie Urfins Holzsoldaten. Nur dass sie natürlich gut sind und nicht böse.

Es ist aber noch nicht alles gut in der DDR. Am Sonntagnachmittag sitzen wir in einem Café in der Stadt. Es gibt Tanzmusik. Der Sänger auf der kleinen Bühne hat ein weißes Glitterkostüm an und singt Schlager aus dem Westen: »Schön ist es, auf der Welt zu sein, sagt die Biene zu dem Stachelschwein.« Meine Mutter findet die Musik doof, und ich auch. Warum spielt die Kapelle keine eigenen Lieder? Und warum spielt sie ausgerechnet die blöden Schlager aus der BRD? Ich bin enttäuscht, dass es auch so etwas hier gibt, so völlig unpassend zwischen Baumfalken, Molchteichen, Subbotnik und billigen Brötchen mit Teigblasen. Meine Mutter lächelt vielsagend und macht sich über den Schlagersänger lustig: »Tiefste fünfziger Jahre!«

Ich frage mich, warum so etwas erlaubt ist. Aber meine Mutter hat gesagt, der Sozialismus sei noch nicht ganz fertig – das Café und die Sänger gehören ganz zweifellos zu dem noch Unfertigen, genauso wie die Jungen, die Tarzan gut finden.

Kurz darauf bin ich wieder versöhnt. Ein freundlicher Nachbar in Schnepels Haus hat mir ein Zoobuch geschenkt, einen Wegweiser durch den Tierpark in Ostberlin. Der Nachbar sagt, der Tierpark sei der größte Zoo der Welt. Ich bin begeistert. Hier gibt es Tiere, von denen ich noch nie gehört habe: Riesenseeadler, vier Unterarten des Leoparden, südchinesische Tiger, alle Flamingos, gleich zehn Arten von Krokodilen. Auf den Schwarzweiß-Fotos entdecke ich ein gewaltiges Tierhaus, das Alfred-Brehm-Haus; ungeheuer große Felskulissen für Tiger und Löwen, drinnen wie draußen, eine riesige Tropenhalle, den größten Geierflugkäfig. Tatsächlich, hier steht es: Der Tierpark ist der größte des Erdballs, und noch lange nicht fertig. Das schöne Wort »Erdball« lässt mich andächtig staunen. 130 Hektar – das ist zehnmal so groß wie der Zoo in Wuppertal oder in Hannover. 1954, lese ich, hat »der Magistrat des demokratischen Berlin« den Tierpark entworfen, zur »Erholung all der unzähligen fleißigen Menschen, die in ihren freien Stunden seine Pforten durchschreiten«. Was für ein Land, das solche Zoos hat!

Am letzten Morgen beim Frühstück blättere ich noch immer im Zoobuch. Frau Schnepel erzählt vom Kriegsende und vom Einzug der »Russen« in Köthen. Sie rümpft geradezu die Nase darüber, wie schmutzig und zerlumpt die Russen auf ihren Viehwagen in die Straße einmarschiert sind, falls marschieren das richtige Wort ist. Irgendwann hat der Treck auch vor Schnepels Haus gehalten, und die Soldaten haben gebrüllt: »Alles raus!«

Ich blicke auf. Die Geschichte befremdet mich. Nicht, dass die Russen arm und auf Viehwagen gekommen sind, das kann ich mir nach einem langen Krieg gut vorstellen; wären ihr denn funkelnde Panzer lieber gewesen? Der herablassende Tonfall, in dem Frau Schnepel über die Sowjets spricht, bringt mich zum Nachdenken. Haben sie denn nicht die Leute in Deutschland von Hitler befreit? Und sind sie jetzt nicht die Freunde der Menschen in der DDR? Mir ist nicht klar, auf welcher Seite Frau Schnepel steht. Der Gedanke, dass es in der DDR Menschen geben mag, die nicht alles gut finden an ihrem Staat, ist mir bislang nicht gekommen. In jedem Fall finde ich die Erzählungen von Frau Schnepel sehr bedenklich. Ich muss meine Mutter danach fragen, vergesse aber später, es zu tun.

Der Abschied ist freundlich, aber Frau Schnepel ist mir mit einem Mal nicht mehr so richtig sympathisch. Über Hannover fahren wir zurück nach Solingen.

Am Abend in der Mansarde fragt Hanna von ihrem Bett: »Ev-po? Li-po?«

»Ev-po, ev-po«, sage ich und kehre mein Gesicht zur Wand. Ich denke an den Tierpark, an die Freundschaft der Väter beim Subbotnik und an den Baumfalken.

Kurz vor dem Einschlafen drehe ich mich noch einmal um. Ich sage Hanna, dass ich lieber in der DDR leben will als in Dänemark.

*

Der Besuch in der DDR hat meine Ziele verfestigt. Ich will Zoodirektor werden und das im Tierpark in Ostberlin. Mit Bleistift und Geodreieck plane ich bereits weitere Ausbaustufen und zeichne neue Tierhäuser in das Faltblatt ein. Ich bemühe mich sehr, die tolle Architektur des Brehm-Hauses fortzusetzen, und meine Bauten werden immer größer. Es ist zu schade, dass Hanna nichts für Tiere übrig hat. Einmal sagt sie, dass Zoos blöd sind, weil die Tiere ja nicht freiwillig da sind, sondern man sie dort einsperrt. Mir gefällt das mit dem Einsperren gut. Ich finde das sehr ordentlich, und Ordnung gut.

Der ordentlichste Mensch, den ich kenne, ist der Mann, den ich am meisten liebe: mein Opa in Hannover. Schon als kleines Kind habe ich gerne viel Zeit in der kleinen Genossenschaftswohnung nahe der Eilenriede verbracht. Jeden Tag gehe ich mit meinem Opa im Wald spazieren. Wir verstehen uns wundervoll, und mein Opa erzählt mir spannende Geschichten von früher. Manchmal ärgern wir uns gemeinsam über die Rabauken und Halbstarken, die Äste und Zweige in den Holzgraben werfen oder wieder einmal die kleine Scheibe vor dem Drückknopf des Feuermelders eingeschlagen haben. Dann ruft mein Opa bei der Feuerwehr an und meldet den Schaden. Mein Opa riecht nach frischer Seife, Odol und dem Aftershave »Tabak«, und er putzt sich sehr lange die Zähne. Auch ich benutze eine Zahnbürste, wenn ich in Hannover bin, um meinem Opa eine Freude zu machen. Zu Hause putzen wir unsere Zähne nur selten, die Zahnbecher riechen auch nicht sehr gut, seit einiger Zeit schabe ich damit den Kies aus meinem Aquarium, um den Fischkot rauszuwaschen.

Am liebsten gehe ich natürlich in den Zoo. Mein Opa weiß viel über Tiere, und wenn er einmal nicht so viel weiß, erfindet er etwas dazu. Im Zoo hat mein Opa einen Anzug an mit breiter Krawatte und einen Hut auf.

Er sieht aus wie der Postpräsident, obwohl er nur im Fernmeldedienst gearbeitet hat. Ein bisschen erinnert er auch an Erich Honecker, die gleichen weißen Haare, die gleiche Brille und die gleichen Anzüge. Wenn ich bei meinem Opa bin, darf ich Fernsehen gucken, auch Ostzone, deshalb weiß ich, wie der Honecker aussieht. Mein Opa guckt nicht so gerne Ostzone. Die lügen bei den Nachrichten, sagt er. Ich sage nicht, dass ich das besser weiß; auch mein Opa kann nicht alles wissen, wie bei den Tieren im Zoo. Mein Opa guckt »Sportschau« oder Tierfilme. Meine Oma liebt den »Blauen Bock«, die Witze wiederholt sie mit sehr lautem Lachen.

Mein Opa steht jeden Tag um die gleiche Zeit auf, wir essen zu Mittag um zwölf, und um vier gibt es Kaffee und Kuchen. Beim Essen sitzen wir vor dem Küchenfenster, und Oma und Opa reden über die Leute, die über die Straße gehen oder ins Nachbarhaus. Alle haben sie Spitznamen. Es ist wunderbar gemütlich, und alles geschieht nach vertrauten Regeln: ins Landesmuseum gehen, Enten auf dem Annateich füttern und im Tiergarten die Wildschweine. Ich darf *Fix-und-Foxi*-Comics lesen und *Falk und Silberpfeil* – zu Hause gibt es nur *Asterix*. Die Heftchen aus Hannover verschwinden in Solingen in Windeseile wie von Zauberhand aus dem Koffer. Ich schlafe im selben Bett, in dem schon mein Vater früher gelegen hat: das Gefühl größtmöglicher Geborgenheit. Aus dem Wohnzimmer kommt noch das warme Gemurmel der Stimmen aus dem Fernseher, und meine Oma lacht ab und zu laut auf. Auf meinem Nachtkasten liegt ein Stück Schokolade. Manchmal stelle ich mir vor, wie glücklich mein Vater als kleiner Junge gewesen sein muss.

Zu Hause dagegen herrscht Trubel. Marcel und Louise gehen in den Kindergarten. Schwester Tabea ist nicht mehr da. Die jüngeren Kindergärtnerinnen sind netter und freundlicher. Georg bleibt zu Hause, der Kindergarten ist ihm nicht zuzumuten, außerhalb der häuslichen Umgebung ist er noch immer sehr ängstlich. Sabine bringt die ersten politischen Ideen aus dem Kinderheim mit nach Hause. Der neue Heimleiter Düdden ist ein überzeugter CDU-Mann, und Sabine ist sichtlich angetan. Meine Eltern nehmen Sabine nicht ernst. Nur ich bin ziemlich erschüttert. Ich versuche, ihr die CDU auszureden, aber Sabine meint, dass ich viel zu jung sei, und außerdem sollte ich mal mit Herrn Düdden reden, dann würde ich es schon besser verstehen.

Ich brauche nichts zu verstehen. Seit einiger Zeit sind meine Eltern »Beratungseltern« bei *terre des hommes.* Sonntags fahren wir nun immer wieder zu Familien, die ein Kind adoptieren wollen. Meistens kommen wir nachmittags zu Kaffee und Kuchen. Wir spielen mit den Kindern, die schon da sind, und toben herum. Zu Hause schreiben meine Eltern jedes Mal einen Bericht. Sie fragen uns, ob wir uns wohl gefühlt haben und uns vorstellen könnten, in dieser Familie zu leben. Unser Urteil und das unserer Eltern ist ein wichtiger Maßstab dafür, ob die anderen Familien ein Kind adoptieren dürfen. Offensichtlich leben wir ein sehr richtiges Leben, eines, das dazu geeignet ist, das Leben der anderen zu beurteilen. Bei günstiger Gelegenheit werde ich Frau Pickelein davon erzählen.

Im Mai 1974 flog meine Mutter mit Doris Schildkamp nach Vietnam. Seit mehr als einem Jahr herrschte offiziell Waffenstillstand, die USA hatten ihre Truppen abgezogen, doch der Krieg zwischen den Armeen des

Nordens und des Südens ging weiter. Die Bereitschaft im Kongress und in der amerikanischen Öffentlichkeit, Südvietnam weiterhin zu unterstützen, war gering. Die Moral der südvietnamesischen Truppen war nie gut gewesen, jetzt brach sie endgültig zusammen. Innerhalb eines Jahres desertierten 240 000 Soldaten. Wer Geld besaß, brachte es nun eilig ins Ausland. Das von den Amerikanern gestützte Thieu-Regime verlor mehr und mehr die Kontrolle.

Meine Mutter kam in eine quicklebendige Metropole. Saigon erlebte die größte Wirtschaftskrise seit Beginn des Krieges, aber in den von knatternden Zweitaktmotoren verpesteten Straßen, dem dichtesten Verkehr, den sie je gesehen hatte, pulsierte das Leben. Gleißendes Licht, feuchte Luft und glühende Hitze. Junge Leute mit Fahrradrikschas und Motorrollern prägten das Bild, scheppernde Taxis und schreiende, winkende Menschen. In Saigon, lautete eine beliebte Redewendung, sterben mehr Leute im Verkehr als durch den Krieg.

Die Fröhlichkeit der Menschen stand in einem seltsamen Kontrast zur politischen Lage. Es schien, als berührte sie der politische, wirtschaftliche und militärische Bankrott des Landes gar nicht, als ginge alles weiterhin seinen gewohnten Gang. Meine Mutter bezog ein Quartier in einem Waisenhaus. Draußen war Vietnam; sie blickte auf einen dicht bevölkerten Platz. Wenn sie die Vorhänge zuzog, flitzten Geckos über die Wände. In der Nacht hörte sie den Kanonendonner der nahen Front.

Die Verhältnisse in den Waisenhäusern hatten sich in den letzten vier Jahren nach und nach verbessert. Die Kindersterblichkeit war zurückgegangen, und die kleinen Waisen wurden nun besser mit Lebensmitteln und Medikamenten versorgt. Aus Rosemary Taylors kleinem improvisierten Anfang war eine große Sache geworden. Menschen aus aller Welt wussten inzwischen davon, und manche leisteten hier freiwillig und unentgeltlich ihren Dienst als Krankenschwestern, Ärzte und Physiotherapeuten, darunter die 28-jährige Kinderkrankenschwester Birgit Blank. Meine Mutter und sie mochten sich von Anfang an sehr. Tag für Tag fuhren Birgit Blank und andere Krankenschwestern aus den Waisenhäusern unter großen Gefahren ins Mekong-Delta und sammelten verlassene Kinder auf. Viele davon waren unterernährt, krank und todgeweiht. Meine Mutter sah abgemagerte und sterbende Babys in den Notfallbettchen. Auf einer Rückfahrt vom Krankenhaus überreichte ihr eine Krankenschwester einen Pappkarton; darin lag ein totes Kind.

Als meine Mutter und Doris Schildkamp zurückkommen, haben sie zwei Waisenkinder bei sich für deutsche Adoptiveltern in Berlin und in Krefeld, neun haben sie bis nach Paris begleitet. Im Koffer meiner Mutter sind lauter Schätze aus einem fernen Land: seltsame Vögel aus Plastikstrohhalmen geflochten, ein Rechenschieber mit Holzperlen, Kakteen in Blechdosen, eine Hängematte und ein halbes Dutzend vietnamesischer Strohhüte. Die Hängematte baumelt bald darauf im Hof, und alle Kinder der Nachbarschaft kloppen sich um den Platz darin. Der Rechenschieber ist schön, die Vietnamesen lösen damit die kompliziertesten Aufgaben, aber Rechnen lerne ich damit nicht. Mit den Vögeln kann man nichts anfangen, einer hängt noch jahrelang am Siphon in Badezimmer und verdreckt zusehends. Die großen Strohhüte aber finden ihren Einsatz auf einer dreitägigen Wanderung mit meinem Vater im Oberbergischen. Wir tragen sie gegen die Sonne auf der Landstraße nach Gummersbach. Vater und Sohn, sichtbar keine Asiaten, mit dieser ausgesprochen fernöstlichen Kopfbedeckung. Als wir die Strecke durch Trampen verkürzen wollen, hält über Stunden kein Auto. Der Verkehr ist ohnehin mager. Wenige Tage zuvor hat das Ereignis des Jahres begonnen – die Fußballweltmeisterschaft.

*

»Ich hab das Gefühl, der Spülwasser schießt gleich ein Tor.«

Meine Mutter sieht das erste Fußballspiel ihres Lebens von Anfang bis Ende: »Deutschland« gegen die DDR steht in der Tageszeitung und auf der Anzeigetafel. Fußball ist bei uns zu Hause nicht sehr beliebt, eigentlich kann keiner etwas damit anfangen. Vor ein paar Wochen hat mein Vater mit seinen Arbeitskollegen gewettet, dass Bayern München gegen Atlético Madrid verliert, obwohl er sich überhaupt nicht auskennt. Eigentlich wollte er einfach nur, dass die Bayern verlieren. Madrid gewinnt, und mein Vater gewinnt 20 Mark; er kauft sich dafür die *Rattenfänger*-Platte von Hannes Wader. Dass die Bayern das Rückspiel gewinnen und am Ende doch noch den Europapokal, davon erfährt er nichts mehr.

Auch meine Mutter verachtet die Bayern, dümmliche und schmierige Figuren, wie diesen Beckenbauer, der Wahlkampf macht für Franz Josef Strauß. In diesem Spiel sind gleich sechs Bayern auf dem Platz und der ganze Stolz der BRD. Das Weltmeisterschaftsspiel am 22. Juni im Hamburger Volksparkstadion, das erste Zusammentreffen der beiden deutschen Mannschaften, ist verkrampft und ausgeglichen; immerhin, die DDR-Spieler kämpfen mit großem Einsatz. Merken kann sich meine Mutter von denen nur einen Namen, Jürgen Sparwasser, und den nennt sie Spülwasser.

Der Spülwasser hat es ihr angetan. Er steht meistens vorne allein herum und bekommt fast nie den Ball, aber wenn er ihn ausnahmsweise doch einmal hat, sieht es gleich ziemlich gefährlich aus.

Die prophetischen Kräfte meiner Mutter sind beachtlich. In der 78. Minute schießt der Spülwasser tatsächlich ein Tor. Es ist der einzige Treffer des Spiels. Deutschland verliert gegen die DDR, im Fußball ist alles möglich. »Wir sollten unseren Brüdern und Schwestern in der *so genannten DDR* auch mal etwas gönnen«, findet der Fernsehkommentator. Er ist hörbar verärgert.

Meine Eltern sehen sich an.

Giftiges Gelächter.

Hier gönnt keiner keinem etwas. Und für sie sind es die *so genannten Brüder und Schwestern* in der DDR.

Fußball, das waren für mich bis dahin die Sammelbildchen, die die älteren Jungs auf dem Hof austauschten. Ich selbst habe noch nie Fußball gespielt. In der Schule spielen wir Völkerball. Ich bin ziemlich gut, weil ich klein bin und mich schnell auf den Boden werfen kann. Im Sommer 1974 aber reden alle plötzlich nur noch über Fußball. Tip und Tap, die albernen Logo-Männchen, prangen als Flicken auf den Hosen und als selbstklebende Hanuta-Beigaben auf Mülltonnen und an Laternenpfählen. Seit dem DDR-Sieg bin auch ich mit dabei. Ich halte zur DDR, vor allem zu dem Sparwasser und dem Joachim Streich, von dem es heißt, dass er die hundert Meter in elf Sekunden läuft. Ich habe keine Vorstellung, was genau das bedeutet, aber es muss ganz besonders schnell sein.

Herr Breuer ist wenig beeindruckt. Er meint, dass der deutsche Meister Armin Hary die hundert Meter in zehn Sekunden läuft. Ich zweifle. Schneller als Streich? Mein Zutrauen zu den Weisheiten von Herrn Breuer ist auf dem Tiefpunkt. Dass er Recht hatte, erfahre ich erst viel später; aber auch, dass Hary gar kein Fußballspieler war, sondern ein Sprinter.

Ich darf Fernsehen gucken. Unglaublich. Brasilien gegen die DDR. Brasilien, heißt es, ist gut. Im Fußball. Moralisch dagegen ist Brasilien das Letzte: ein Faschistenstaat. Wieder einmal geht es ums Ganze, so wie beim Spiel der DDR gegen Deutschland: Gut gegen Böse. Die Brasilianer verdienen bei jedem Tor eine Million, sagt meine Mutter. Sie spielen für Geld. Die DDR-Fußballer spielen für den Sozialismus. Das mit dem Geld klappt offensichtlich besser. Die DDR spielt vorsichtig und ängstlich. Freistoß. Die DDR-Spieler bilden – was sonst – eine Mauer. Der Jairzinho stellt sich einfach dazu! Als der Rivelino den Freistoß tritt, lässt sich Jairzinho fallen. Der Ball fliegt durch die Lücke – Tor! Ein schmutziger Trick. Dass so etwas überhaupt erlaubt ist! Die DDR-Spieler sind schockiert, und ich auch. Der Rivelino hüpft glücklich über den Platz; er ist jetzt Millionär. Fußball ist ziemliche Scheiße.

Die DDR scheidet aus. Ich darf noch Polen gegen Deutschland sehen. Ich verstehe nicht, warum die Deutschen noch immer dabei sind. Sind die denn gegen die DDR nicht ausgeschieden? Das Spiel selbst ist lustig, weil der Ball immer in den Pfützen liegen bleibt, aber auf die Polen ist kein Verlass. Der Anfang eines langen Argwohns gegen dieses unzuverlässigste aller sozialistischen Völker. Meine Eltern drücken nun zuletzt den Holländern die Daumen, die spielen sowieso den besten Fußball.

Am Ende aber gewinnt doch wieder Deutschland. Herr Breuer ist Weltmeister.

Es ist immer das Gleiche.

*

Ich hatte verloren, aber ich war zäh. Eine neue Leidenschaft erfasste mich. Während mich die Bundesliga im Kofferradio am Samstag nach wie vor völlig kalt ließ, studierte ich akribisch die DDR-Oberliga-Tabelle im *Solinger Tageblatt*, die alle zwei Wochen auf der Sportseite stand, ganz klein unter »Vermischtes«. Ich war 1. FC Magdeburg-Fan, der Sparwasser und der Streich spielten da, außerdem konnte ich mir unter Magdeburg etwas vorstellen: Otto I., der fruchtbare Boden, die Felder ohne Zäune. Stahl Riesa, Sachsenring Zwickau und Vorwärts Frankfurt dagegen sagten mir nichts.

Die Fußballweltmeisterschaft hatte noch einen weiteren Nachklang: Ich begeisterte mich von nun an für große Verlierer, für Hannibal und seinen verzweifelten Kampf oder für Hektor und die Trojaner. Das Gefühl tragischer Niederlagen sprach mir aus der Seele. Es würde nicht immer so sein, dass die Guten verlieren würden, aber ich wusste, dass ich mich noch in Geduld üben musste, bis unsere Zeit kam. Die Zeichen dafür waren unübersehbar.

Das Jugendkulturzentrum in der Klemens-Horn-Straße wurde dichtgemacht, möglicherweise hatte der Vermieter erkannt, wem er hier eigentlich Raum für seine Ideen gegeben hatte. Der offizielle Grund war hygienischer Natur, die Anzahl der regelmäßigen Gäste sei zu hoch für die wenigen Toiletten. Frank Knoche indes organisierte weiterhin ungezählte Kinderveranstaltungen. Für Hanna und mich stand das Jahr 1974 ganz im Zeichen der DKP. Ein Bus voll Solinger Kinder fuhr nach Wuppertal ins Schauspielhaus, um dort »Mohr und die Raben von London« zu sehen, die Bühnenversion eines berühmten DDR-Buches von Vilmos und Ilse Korn, das die DEFA 1967 verfilmt hatte. Das Stück handelt von einem geheimnisvollen schwarz gekleideten Mann in Frack und Zylinder, genannt Mohr, und seiner Frau. Gemeinsam streifen sie durch die Armenviertel Londons und treffen dort die Arbeiterfamilie Kling. Der Mohr erfährt viel über die Verhältnisse der Proletarier, über Kinderarbeit und brutale Ausbeutung. Einer der Kling-Söhne fühlt sich als eine Art Robin Hood; mit seiner Jugendbande, den »Raben«, schlägt er sich mit kleinen Diebstählen durchs Leben. Der Mohr geht hart mit ihm ins Gericht. Energisch, laut und autoritär erklärt er dem Kleinganoven den richtigen Weg im Kampf gegen den Fabrikherren, die »Kreuzspinne«. Das qualvolle Leben der Kinder an den Maschinen wird zum Fanal – das ist es, was der Mann in Schwarz will. Der Mohr nämlich ist niemand anders als Karl Marx. Auf mich machte das Stück einen tiefen Eindruck. Sympathisch war mir der arrogante Mohr eigentlich nicht, aber mit einem so starken Mann wie diesem im Bunde konnte einem nichts passieren.

Beim Kinderfest der SDAJ in der Vorspel, einer nahe gelegenen Grünanlage, lockte ein riesiges aufblasbares Luftkissen. Wir hockten auf einem großen Lkw und sangen Lieder gegen die Umweltverschmutzung durch die Chemiekonzerne in der BRD (»Pfui Teufel, stinkt er, der Rhein / 10 000 Giftstoffe trägt er allein«) und für den Kampf der Unidad Popular in Chile (»Lange kann die Junta nicht bestehen / Immer wieder gegen Revolutionäre angehen«), und es war klar, dass wir zwischen unseren Feinden, den Chemiekonzernen am Rhein und der Junta in Santiago, kaum einen moralischen Unterschied machten.

Am meisten gesungen wurde bei den Naturfreunden. Fast alle waren Kommunisten, gleichwohl teilten sie mit den Sozialdemokraten einige Lieder aus der Zeit des gemeinsamen Ursprungs in der Arbeiterbewegung. Ich lernte einige neue Lieder, darunter auch »Die neue Zeit«, das einen schönen Vers hat: »Eine Woche Hammerschlag / eine Woche Häuserquadern / zittern noch in unsern Adern / aber keiner wagt zu ha-ha-dern«. Im Naturfreundehaus wurde dieses Lied von Arbeitern gesungen, die ihrerseits Kinder von Arbeitern und auch von Widerstandskämpfern waren. Ich lauschte ihnen mit großer Andacht.

Schnulze oder Weltkulturerbe – bis heute bereitet es mir ein großes Vergnügen, das Lied am Ende eines jeden SPD-Parteitags zu hören, am eindrucksvollsten vor Jahren geschmettert von der Troika Schröder/Scharping/Lafontaine – ein Schuhverkäufer, ein Politologe, ein Wasserwerksdirektor: die drei aus dem Steinbruch. Alle standen auf und alle klatschten. Und keiner hat gelacht.

Die schönsten Arbeiterlieder sang Hannes Wader. Laut, bewegend und mit viel Pathos. Auch die Volkslieder fand ich schmissig. Mein Lieblingslied ist mir unlängst wieder begegnet, in der Autobiografie von Günter Gaus. Erwähnt wird es im Zusammenhang mit der gesellschaftlichen Wende, der Wahl Gustav Heinemanns zum Bundespräsidenten 1969: »Gustav Heinemann hat mich immer an einen Paulskirchen-Demokraten von 1848 erinnert. Von ihm habe ich das schöne Lied der 48-Revolution über ›Absalom, Absalom‹ gelernt, das Heinemann vergnügt anstimmte, wenn er ein gutes Skatblatt ordnete: ›Er hängt an keinem Baume, er hängt an keinem Strick; er hängt nur an dem Traume der Freien Republik.‹«

Es ist eine hübsche Anekdote, nur dass das Lied in Wahrheit nicht »Absalom, Absalom!« heißt – das ist der Titel eines berühmten Romans von William Faulkner –, sondern »Die freie Republik«. Die Moral besteht ziemlich präzise darin, dass man lieber mit Schwertern in der Hand für die Freiheit kämpfen soll als mit Worten – also in etwa die genaue Umkehr der Paulskirchen-Moral wie auch des sozialdemokratischen »dritten Weges«. Dass der Präsident des geordneten linken Aufbruchs dieses Lied trotzdem liebte und es nach seiner Wahl zum Staatsoberhaupt sang, hinterlässt mir ein unlösbares Rätsel. War er nicht der erste Zyniker seines Staates, dann kannte Heinemann den Titel, den Sinn und die Moral seines Skat-Liedes wohl genauso wenig wie Günter Gaus.

*

Eines Nachts dann kamen die Russen. Ich wachte auf vom Sperrfeuer der Maschinengewehre, den knatternden Salven in tiefer Finsternis. Immer wieder hatte ich gehört, wie Breuers sagten: »Pass auf – wenn die Russen kommen ...!« Was dann sein würde, sagten sie nicht, aber es verhieß ihnen nichts Gutes. Auch in der

Schule redete man immer wieder davon, dass die Russen kommen würden. Ich verbesserte jedes Mal, dass ich keine Russen kennen würde, sondern nur Sowjets. Die Russen konnten also gar nicht kommen.

Gleichwohl sind sie mit einem Mal da. Die Salven prasseln durch die Nacht. Was soll ich tun? Ich richte mich im Bett auf. Mein Herz schlägt bis zum Hals. Zu viel geht mir durch den Kopf. Werden die Sowjets überhaupt kapieren, wer ich bin? Werden sie mich als einen der Ihren erkennen? Ich stürze in Hannas Zimmer, aber das Bett ist leer. Vor dem Fenster zucken die Blitze der Bomben und Granaten.

Ich renne über den Flur. Die Tür zum Treppenhaus steht offen und auch die Tür zum Dachgarten. Es ist eiskalt. Auf dem Dachgarten stehen meine Mutter und mein Vater und Hanna frierend in ihrem Bademantel. Sie haben Sektgläser in der Hand, sie halten sie hoch und prosten sich zu.

»Die Russen …«, sage ich feierlich, »ich meine, die Sowjets – sind da?«

Meine Mutter blickt mich verständnislos an. »Die Sowjets?«

»Die Sowjets«, nicke ich tapfer.

»Was sollen die denn hier?«

Ein Dutzend neuer Leuchtraketen fliegt durch den Himmel und öffnet sich. Leuchtanemonen in der Dunkelheit.

Meine Eltern heben erneut das Glas: »Prost Neujahr!«

Ich trinke den ersten Sekt meines Lebens. Es ist bitterkalt im Schlafanzug auf dem Dachgarten, aber in meinem Bauch wird es sofort heiß. Das Feuerwerk schneidet weiter seine Muster in den Himmel, weiß, gelb und grün und leuchtend rot. Ich schaue über Simse und Geländer hinweg zu den alten Häusern hinunter, rings um den Hof, die erleuchteten Fenster und die Menschen darin, ich denke, wie wundervoll, was für ein schönes Bild und was für ein schönes Jahr das wohl werden wird, das jetzt gerade anbricht.

Vielleicht ist es gar nicht so schlimm, dass die Sowjets nicht gekommen sind.

Vier Monate später, im Frühjahr 1975, war der Krieg in Vietnam vorbei. Die nordvietnamesische Armee marschierte ungestört auf Saigon zu. Achtzehn Jahre nach Kennedys Rede war das »Kind« durch Entlaubungsmittel vergiftet, durch Napalm-Bomben verbrannt. Zwei Millionen Vietnamesen waren ermordet worden, darunter sehr viele Kinder. Die Zahl der Vergewaltigungen und das Ausmaß der Folterungen sind statistisch nicht erfasst. Die Logik des Krieges und seiner Gründe war schon lange zuvor verloren gegangen. Nicht wenige Befürworter des Mordens hatten sich vom Vietnam-Krieg distanziert, nicht ohne bei anderen amerikanischen Kriegen wieder dabei zu sein. Verteidigungsminister Robert McNamara wurde kurze Zeit später Präsident der Weltbank.

Es war zu Ende.

Für Rosemary Taylor, Birgit Blank, die anderen Schwestern und die Waisenkinder in Saigon war es noch nicht zu Ende. Was sollten sie mit den dreihundert Kindern tun, die in ihrer Obhut lebten? Die siegreiche Befreiungsarmee rückte täglich näher heran. Rosemary Taylor befürchtete, die Stadt könnte von der Versorgung mit Lebensmitteln und Medikamenten abgeschnitten werden. Die vietnamesischen Pflegerinnen und Krankenschwestern würden möglicherweise nicht mehr zur Arbeit kommen. Mit einem Mal spitzte sich die Lage dramatisch zu. Auf dem Flughafen von Saigon und über den Dächern der US-amerikanischen Botschaft spielten sich menschliche Tragödien ab: Militärs und Funktionäre versuchten in Panik, die letzten Hubschrauber zu entern. Auch Rosemary Taylor entschied sich, die Kinder aus Saigon auszufliegen. Am 3. April bestiegen Birgit Blank und viele weitere Krankenschwestern eine Galaxy der US-Luftwaffe, an Bord 228 Waisenkinder. Die meisten wurden auf dem Oberdeck des riesigen Flugzeugs zusammengepfercht, der Rest der Kleinkinder in dem großen Laderaum im unteren Teil des Flugzeugs untergebracht. Die jüngsten waren fünf Monate alt. Birgit Blank saß unten mit Sven, einem vietnamesischen Baby, das sie adoptieren wollte. Etwa fünfzehn Minuten nach dem Start, als sich das Flugzeug der anvisierten Flughöhe näherte, wurde die hintere Laderaumtür herausgerissen. In den Nachrichten hieß es, die Ruderkontrolle wäre bei der Explosion verloren gegangen, und der Pilot hätte mit gedrosselter Maschine Saigon wieder angeflogen.

Das Flugzeug stürzte in der Nähe des Flughafens Ton Son Nhut in ein Reisfeld. Das Unterdeck wurde völlig zerstört. Birgit Blank, Sven und 77 Kinder starben. 150 überlebten. Rosemary Taylor wurde per Hubschrauber vom Dach der Saigoner US-Botschaft aus spät am 29. April evakuiert. Die Tage dazwischen gaben ihr Zeit zum Packen und Absenden von Unterlagen der Kinder und um alle Papiere zu vernichten.

Rot und Schwarz

manche meinen, lechts und rinks, kann man nicht velwechsern. werch ein illtum.

Ernst Jandl

Im Februar 1976 zogen wir in ein Reihenhaus. Drei Jahre war es jetzt her, dass Christians' in ein Neubaugebiet umgesiedelt waren. Herr Christians war Außendienstmitarbeiter einer Messerfirma, besonders reich wurde man davon nicht, aber es langte für ein graues Stück Eigentum. Das Ausziehen aus der Mietwohnung mit Ende dreißig wurde für die Generation meiner Eltern zu einem normalen und notwendigen Schritt sozialer Evolution.

Meine Mutter las in der Zeitung, dass man auch ohne größere Ersparnisse ein Haus kaufen konnte, es gab Zulagen für kinderreiche Familien und auch ein zinsloses Darlehen. Mein Vater hatte noch immer keinerlei Bedürfnis nach Eigentum; er hatte viel Arbeit in die Wohnung in der Klemens-Horn-Straße gesteckt, die Wendeltreppe einbauen lassen und zahlreiche Wände selbst mit Kiefernholz verkleidet. Ein Reiheneckhaus, noch dazu ein Neubau mit niedrigen Decken, entsprach dem genauen Gegenteil dessen, was er mochte. Selbst zwanzig Jahre später wird er noch immer nicht hierhin passen, die Worte »mein Haus« habe ich von ihm nie gehört. Mehr denn je lebte er nun in einem Gehege, dem es an allem mangelte, was seine Instinkte ansprach.

Meine Mutter hatte das Haus am Westfalenweg ausgesucht. Meinen Vater überzeugte immerhin, dass er mit dem Neubau wenig Arbeit haben würde. Im Zweifelsfall bot sich der Garten als ein weiteres Argument für den Umzug an: Kinder brauchen Grün, und meine Mutter wollte Bäume und Radieschen pflanzen. Ganz offensichtlich schreckte sie die Ästhetik des Kastens mit seinen drei schmalen Grünstreifen ringsherum nicht ab. Sie war sicher, dass sie sich hier nicht unwohl fühlen würde. In unserer Nachbarschaft wohnten nun ein Gastwirt, ein Rechtsanwalt, ein Bundeswehrangestellter, ein Ingenieur, ein Juwelier, zwei Sparkassenfilialleiter, ein Gewerkschaftsfunktionär, ein Zahnarzt und eine Lehrerin. Alle hatten sie Kinder, manche eines, die meisten zwei. Mehr als zwei hatten nur wir.

Für Hanna und mich war es ein schmerzlicher Abschied von der Klemens-Horn-Straße mit ihren Hinterhofsystemen, wo die Häuser sich noch wärmten, weil sich eins ins andere schob. Nun wurden sie eingetauscht gegen sterile Blocks und Straßen, auf denen man auch mit viel Eingebung definitiv nicht spielen konnte. Wären wir doch wenigstens in ein altes Bauernhaus gezogen mit einem verwilderten Garten, umgeben von dieser typisch bergischen Restnatur. Stattdessen war es ein Umzug in die verwaltete Welt privater Kleingärten und phantasieverlassener Zwischenräume; artgerechte Haltung für Kinder war das nicht. Wo ehemals Maisfelder standen, blühten nun sorgfältig parzellierte Grundstücke; ein Biotop ohne Nischen.

Möglicherweise war das Feld auch für Erwachsene nicht unbedingt gut bestellt. Kontakte wie in der Klemens-Horn-Straße sollten meine Eltern hier nie aufbauen. Kein Nachbar kam je zu Besuch. Solidarität gab es gerade noch beim Kauf einer Siedlungsantenne und nur, um ein zusätzliches drittes Programm zu empfangen. Es gab kein Siedlungsfest wie unsere früheren

Hoffeste, keine gemeinsamen Aktionen wie Rasen aussäen, Bäume pflanzen oder Platten für Wege verlegen. Ein jeder saß in seinem eigenen Haus und dort abends vor dem Fernseher. Noch sahen alle dasselbe Programm – das änderte sich erst zehn Jahre später.

Das Alter, in dem man gemeinhin zu einem Eigenheim in einer Neubausiedlung kommt, ist nicht einfach. Die Finanzierung ist gestemmt, aber nicht gesichert. Die Haare färben sich soeben grau, die Unrast ist der Behäbigkeit gewichen, die Ziele haben sich relativiert. Was nun kommt, ist ein rasantes Altern, der stille Begleiter zunehmender Immobilität, und eine nahezu unausweichliche Folge: die Ehekatastrophe.

Für meine Mutter wurde nun genau dieses Milieu der Schauplatz für eine von der Klemens-Horn-Straße mitgebrachte Mission. Noch immer – und hier wohl erst recht – wollte sie den Krieg an zwei Fronten gewinnen. Aus dem nach außen lieblosen Gehäuse am Westfalenweg klangen zur Mittagszeit Hannas, meine und bald auch Marcels Klavierübungen, Georg lernte Cello zu spielen und Louise Flöte. Noch glaubte meine Mutter an ein harmonisches Zusammenspiel ihrer bildungsbürgerlichen und sozialistischen Absichten. Alle ihre Kinder sollten Abitur machen, das war ihr sehr wichtig.

An den Wänden in meinem Zimmer hockten ausgestopfte Vögel auf toten Ästen vor einer orange gemusterten Tapete. Türkisfarbene Schränke standen auf orangefarbenen Filzfliesen, auf meinem Bett lag eine der vielen selbst gehäkelten Decken meiner Mutter, wild gemustert und sehr bunt. Wenn ich aus dem Fenster nach unten sah, blickte ich in einen mehr und mehr bepflanzten Garten. Kirschbäume und Kiefern, Clematis-Ranken und kleine Gemüsebeete. Mein Vater hatte einen Bruchsteinwall in einen kleinen Hang gemauert und eine Feuerstelle mit Kopfsteinpflaster darum herum. Doch wenn ich den Kopf hob, blickte ich auf eine Reihe trostloser grauer Häuser, auf langweilige Vorgärten und dunkle Tannen.

*

Vom Schreibtisch meiner Mutter unter dem mit Kiefernholz verkleideten Dach blickte man auf ein Lager mit Ölfässern. Von einem Dachbalken hing als Hängepflanze ein gewaltiger Zierspargel herab, auf dem Tisch lagen Berge von Akten und ein Aschenbecher. Meine Mutter arbeitete auch weiterhin für *terre des hommes*, die Aufgaben waren sogar größer geworden, aber nichts war mehr wie zuvor. Der Tod von Birgit Blank hatte sie sehr getroffen; sie hatte lange geweint. Mit dem Ende des Krieges wurde das Waisenhausprogramm in Vietnam mit einem Schlag beendet. Deutsche, französische und amerikanische Fluggesellschaften stellten ihre Linien ein, das Land war nun vom Westen völlig isoliert. Die Entschädigung, die die USA im Friedensabkommen von Paris zum Wiederaufbau des völlig zerstörten Landes zugesichert hatten, wurde nicht gezahlt. Nur über Umwege gelang es, weiterhin Medikamente nach Vietnam zu schicken und die hungernde Bevölkerung mit Reis zu beliefern.

Terre des hommes unterzeichnete mit den Behörden und dem vietnamesischen Roten Kreuz ein Abkommen über die zukünftige Zusammenarbeit. Wieder einmal wurde nun in der Organisation darüber diskutiert, ob man weiterhin Kinder adoptieren sollte. Wenn es richtig war, dass nun in Vietnam eine friedlichere und gerechtere Gesellschaft aufgebaut wurde, sollte man dann nicht daraus lernen? Während aus Sicht der liberalen Mitglieder wenig für einen Kurswechsel sprach, waren viele Linke bei *terre des hommes* der Meinung, es sei an der Zeit, verstärkt den Kampf gegen Unrecht und Ausbeutung, Fremdherrschaft und Entmündigung zu unterstützen.

Meine Mutter sah die Gefahr in beiden Sichtweisen: Opferte die eine die Zukunft der Gegenwart, so opferte die andere die Gegenwart der Zukunft. Am Ende verständigte sich *terre des hommes* auf ein pragmatisches Sowohl-als-auch, doch die Akzente verschoben sich, die Adoption von Waisenkindern aus Vietnam wurde nicht wieder aufgenommen.

Schwerpunkt des Adoptionsprogramms war nun Südkorea, Indien und Lateinamerika. Auf den Treffen der Adoptiveltern gab es inzwischen auch viele Kinder aus Südkorea. Schon immer fand ich die rundgesichtigen koreanischen Mädchen besonders niedlich, und dass es nun immer mehr wurden, freute mich sehr. Für meine Eltern begann mit den Adoptionen aus Korea jedoch ein schwieriges Kapitel. Der Krieg dort war seit über zwanzig Jahren beendet, und Südkorea auf dem Sprung vom Entwicklungsland zu einer Industrienation. Die zur Adoption freigestellten Kinder waren keine Kriegswaisen, auch keine Straßenkinder wie die kleinen Jungen und Mädchen aus Kolumbien und Bolivien, sondern meist unehelich geboren – nach koreanischer Vorstellung eine große Schande. Allein im Jahr 1975 setzten ledige Mütter in Korea über 7000 Kinder aus. So richtig es erschien, diesen Kindern durch die Adoption ins Ausland eine neue Chance zu geben, so sehr förderte *terre des hommes* damit indirekt eine verwerfliche Moral der koreanischen Gesellschaft. Man konnte sich fragen, was man da eigentlich unterstützte.

Im Februar 1976 flog meine Mutter nach Südkorea. Wieder begleitete sie einen Kindertransport. Die amerikanische Partnerorganisation von *terre des hommes* hatte die Kinder aus den Waisenhäusern zur Zwischenstation an bezahlte Pflegefamilien im Land weitergeleitet, und das Einsammeln der Kinder für den Flug nach Deutschland gestaltete sich nicht selten dramatisch. Die Kinder waren gesund und gut ernährt. Gerade die älteren Kinder hatten überhaupt kein Bedürfnis, die neu gefundenen Pflegeeltern wieder zu verlassen. Auch der Abschied der Mütter von den Pflegekindern lief zumeist unter heftigem Weinen und Wehklagen ab. Idealistische Gefühle weckten diese Szenen bei meiner Mutter nicht. Vom ursprünglichen Impuls, etwas Gutes tun zu wollen, war nichts mehr übrig geblieben, was nun folgte, war Arbeit.

Ich hatte andere Sorgen. Nach Holger Christians war mir nun auch noch Anke Breuer verloren gegangen. Die Kinder in der Siedlung am Westfalenweg waren fast alle im Alter meiner kleinen Geschwister. Im Gegensatz zu mir fanden sie hier schnell Anschluss und identifizierten sich fast problemlos mit dem neuen Milieu. Zu allem Überfluss kam Hanna sehr schnell in die Pubertät und interessierte sich nun in erster Linie für ältere Jungs und Zigaretten. Fast über Nacht war ich für sie nur noch ein »kleiner Bruder«. In meiner Not verstärkte ich meinen Einfluss auf meine drei kleinen Geschwister. Ich motivierte sie dazu, beim Cowboy- und Indianerspiel nur Indianer zu sein, weil die Cowboys grundsätzlich die Bösen waren. In kurzer Zeit spann ich mich in einen ganz persönlichen Kosmos ein. Um ihn mir selbst glaubwürdiger zu machen, zog ich vor allem Georg in diese Welt mit hinein. Immer wieder schwärmte ich ihm von den Rekorden und Errungenschaften der Sowjetunion vor, von ihren realen Erfolgen wie in der Raumfahrt, von ihren größten und stärksten Hubschraubern, die ich aus dem Quartettspiel kannte, von der Tupolew, dem schnellsten und schönsten Überschallflugzeug der Welt – noch schnittiger als die Concorde. Die Sowjetunion, das war auch Sibirien, das Land mit den größten Tigern und den Riesenseeadlern. In Moskau lebte der Gewichtheber Wassilij Alexejew, der stärkste Mann der Welt. Wo die Sowjets nichts zu bieten hatten, wie zum Beispiel beim Kraftfahrzeugbau oder bei Reitturnieren, erfand ich Großartigkeiten wie die Honda Mihailowitsch 1000, das schnellste Motorrad der Welt, eine japanisch-sowjetische Koproduktion mit Raketenantrieb, oder Olympiasiege im Springreiten mit mongolischen Przewalskij-Pferden. Meine Verbundenheit mit der Sowjetunion war tief und echt. Der Klang der Nationalhymne rührte mich zu Tränen, und selbst beim Schießen oder beim Ski-Langlauf, Disziplinen, die mir ansonsten völlig egal waren, drückte ich den Sowjets die Daumen.

Auf mein Drängen hin bastelte mein Vater uns Hockeyschläger, und ich bemalte sie liebevoll mit den Nationalflaggen verschiedener kommunistischer Länder, die ich im Lexikon fand. Mit kleinen Sandsteinen unter den Schuhsohlen zogen wir Linien auf der Straße und spielten dann Hockey mit einem Tennisball. Ein Nachbar, der Leiter einer Sparkassen-Filiale, kam vorbei. Er sah unsere Hockeyschläger und ihre bunte Bemalung und lobte wortreich und freundlich meine Kunstfertigkeit.

Möglicherweise verstand er etwas von Malerei; die Flaggen Vietnams und Nordkoreas kannte er eher nicht.

*

Inzwischen besuchte ich das Gymnasium. Im Sommer 1975 war Schluss mit einer Grundschulzeit, in der ich zwar manche Ungereimtheit erlebt hatte, aber alles in allem sehr glücklich war. Als Klassensprecher und Freund fast aller Mädchen in der Klasse war es mir gut gegangen. Ich machte mir nie Gedanken darüber, dass dies alles mit einem Mal vorbei sein könnte, und deshalb traf es mich sehr hart.

Das Gymnasium Schwertstraße ist eine traditionsreiche Schule. »Die Furcht Gottes ist aller Weisheit Anfang« steht bis heute über der Eingangstür, und nicht nur dieser Spruch wurde nach Ende des Zweiten Weltkriegs vom alten Geist der zerbombten Klinkertürmchenschule gerettet. Es gab Lehrermangel, als ich auf die Schule kam, und seine Auswirkungen waren gespenstisch. Ihrer alten Würden nur formal beraubt, bestimmte eine stattliche Riege jener Studien- und Oberstudiendirektoren, die die Schule nach 1945 geprägt und geleitet hatten, noch immer deren Geschick. Nur, dass das Gymnasium seit drei Jahren keine reine Jungenschule mehr war, und die Republik Ereignisse wie 1968 und deren Folgen erlebt hatte. Für die aus der Pension recycelte Garde der Weißhaarigen freilich hatte sich nichts geändert. So gerüstet hatte die Schule den Aufstand der ersten Revoluzzer-Generation zu Anfang der Siebziger nahezu ungerührt überstanden. Die »Lesezirkel« zu Manfred Liebels und Franz Wellendorfs »Schülerselbstbefreiung« waren wieder verschwunden, die energisch geforderte Lektüre von Marx, Engels, Marcuse und Adorno war kaum mehr als einmal in den Unterricht eingedrungen und die erhalten gebliebene »Schülermitverwaltung« (SMV) allenfalls Folklore.

Die Botschaft der alten Männer an die jungen Schüler war unmissverständlich. Neben ihrem seit dreißig Jahren unveränderten Unterrichtsstoff lehrten sie Kinder und Jugendliche, die Klappe zu halten, Hierarchien zu achten und sich anzupassen, anstatt etwas zu verändern. Je älter sie wurden, umso wertvoller schienen ihnen ihre Werte zu sein, und es war, als ob jede Veränderung der Sitten und Schulgebräuche ihr Lebenswerk infrage stellte. Gegen den Geist der Zeit war die Vergangenheit leuchtendes Vorbild geworden. Mochte auch die neue »Allgemeine Schulordnung« Demokratie als Erziehung zur Mündigkeit, zum selbst bestimmten Handeln definieren, in ihrem Unterricht ließen die Verfechter der »Freiheit« keinen Verstoß gegen ihre Autorität gelten.

22 Jahre lang hatte Oberstudiendirektor Meinrad die Schule geleitet, ein gottesfürchtiger Mann und steifer Presbyter, dessen gezwungenes Krokodilslächeln nur für Fotos, nicht aber für seine Schüler bestimmt war. Seine Selbstgerechtigkeit war so legendär wie seine Eitelkeit, immerhin hatte er es sich in seinen glücklicheren Tagen nicht nehmen lassen, die Regentschaft bis in die Theater-AG hinein auszudehnen und im Kreise seiner lieben Minderjährigen selbst die Hauptrollen zu spielen. Nun unterrichtete er in seiner Ehrenrunde Schüler wie mich in Latein und schlug dabei mehr als einmal zu. Vielleicht liebte er seinen Herrgott; Kinder, so viel steht fest, mochte er nicht.

Auch meinem Religionslehrer Trutz fehlte es beim

Schaulaufen jenseits der Pensionsgrenze an der erhofften Ehrfurcht seiner Schüler. Immerhin schlug er mich nicht ins Gesicht, sondern nur so theatralisch wie linkisch auf die Hand; im Grunde war er längst ein gebrochener Mann. Chemielehrer Schuppar, den ich nur in Vertretung erlebte, erzählte stolz von den Russen, die er im Krieg »runtergeholt« hatte – die Bedeutung des Ausdrucks »einen runterholen« blieb für mich noch lange damit verknüpft.

Aber natürlich gab es unter den Veteranen auch den einen oder anderen mit echtem Format. Studiendirektor Blochberger hatte für jeden Schüler ein aufmunterndes Lächeln, und Besucher in seinem Vizedirektoren-Zimmer empfing er mit den überschwänglichen Gesten eines Zeremonienmeisters. Auch Lehrer Rasemann, eine rheinische Frohnatur, zeigte erstaunliche Qualitäten. Als einziger der Alten schien ihn seine Zugabe eher zu amüsieren als zu quälen. Ein letztes Mal lief er zur Hochform auf, zum Beispiel wenn er die Schlacht bei Zama so anschaulich schilderte, als hätte er selbst die Legionen Roms gegen Hannibal in den Krieg geführt. Ich lauschte mit offenem Mund und echter Begeisterung.

Mein Mathelehrer Fuß war siebzig, ein Ostpreuße mit Glatzkopf und schnarrendem Kasernenton. Meinrad gebärdete sich als King Lear, selbst Kinder konnten sehen, dass er ein völlig kaputter Typ war. Fuß dagegen war eine Eiche, aufrecht, autoritär und intakt. Meine Angst saß tief. Erst langsam ließ sich erahnen, dass hinter der schneidigen Fassade ein liebevolles Herz saß. Mehr als einmal strich er mir vor der ganzen Klasse über den Kopf und sagte bekümmert: »Jungchen, du hast so traurige Augen.«

Zwei Jahre später weinte ich auf seiner Beerdigung.

Meine Traurigkeit im Unterricht kam nicht von ungefähr. Ich war auf einem Planeten gelandet, auf dem ich offensichtlich nichts verloren hatte. Alles, was meine seelischen Existenzbedingungen ausmachte, war nicht mehr vorhanden. Ich war zur Randfigur geworden; selbst bei den Mädchen, auf die ich mich stets hatte verlassen können, machte ich keinen Stich. Und das ganz besondere Flair, das die alten Lehrer in diese Welt trugen, war mir so fremd, als hätte mit einem Mal Oma Bülowplatz' finsterer Geist die Herrschaft über mein Leben angetreten. Die jüngeren Lehrer fielen kaum ins Gewicht. Die Geduldigeren warteten noch auf ihre Stunde, die Engagierten dagegen hatten sich eilig versetzen lassen.

Meine Deutschlehrerin Frau Herder gehört zu den Geduldigen. Gemessen an den Fragestellungen ihrer Aufsätze, hat sie mit dem Zuschnitt dieser Schule keine großen Probleme. Der erste Aufsatz, den ich auf dem Gymnasium schreibe, hat das Thema »Auf Normen verweisen«. Mein Selbstbewusstsein beim Schreiben von Aufsätzen ist erheblich, aber diese Aufgabe führt mich schlagartig an Grenzen. Ein phantasieloseres Thema hätte ich mir auch mit viel Phantasie nicht ausmalen können. Was eine Norm ist, hat Frau Herder irgendwann zuvor im Unterricht erzählt. Die meisten in der Klasse wissen das ohnehin. Ich dagegen höre das Wort »Norm« zum ersten Mal, eine genaue Vorstellung davon habe ich nicht. Ich versuche, mir auszudenken, wie Leute, die Normen haben, sich verhalten würden, welche Probleme sie plagen könnten. Mir fällt ein, dass andere Kinder darauf achten müssen, dass sie ordentlich gekleidet sind und keine Löcher in ihren Kleidern haben.

Wenn das keine Norm ist. Ich lege los: Das Mädchen Martina hat nur ein zerlumptes Kleid, das andere ist in der Reinigung. Martina ist bei ihrer Freundin Anneliese zum Geburtstag eingeladen. Der Geburtstag fängt um drei an, die Reinigung aber macht erst um vier Uhr wieder auf. Als sie deshalb in ihrem zerlumpten Kleid auf den Geburtstag gehen will, stellt ihre Mutter sie zur Rede und verweist auf eine Norm: »Mit zerlumpten Kleidern geht man nicht auf einen Geburtstag!« Martina muss bis vier Uhr warten, um das Kleid aus der Reinigung anziehen zu können. Verspätet trifft sie bei Anneliese ein, und alle freuen sich, dass Martina so ein schönes sauberes Kleid anhat. Sie essen große Mengen Schokoladenkuchen und sind glücklich. Eine typische Geschichte in bewährter Dramaturgie: Die Lebenswelt eines Mädchens, harte Konflikte mit der Mutter, feurige Dialoge, Trotz, Enttäuschung und ein schönes Ende. Resultat *mangelhaft.* Es ist die erste Fünf meines Lebens. Frau Herder schreibt unter die Arbeit: »Es wird an keiner Stelle auf eine Norm verwiesen!«

Axel Schäfer, der meinen Leidensweg von der Scheidter Straße zur Schwertstraße teilt, hat offensichtlich ähnliche Sorgen. Normen hat seine Mutter ihm auch nicht beigebracht. Doch ihn und seine großartige Phantasie trifft es noch härter. Im Fußball-Länderspiel zwischen Deutschland und Schottland gibt es einen besonders unfairen Schotten: Norman mit Namen. Irgendwann platzt dem Schiedsrichter der Kragen; er zeigt auf Norman und verweist ihn des Feldes. Ein sattes *ungenügend.* Axel Schäfer wird nicht lange auf der Schule bleiben.

Bis in die Mittelstufe änderte sich fast nichts. Ich schrieb einen hilflosen Aufsatz zum »Arbeitsvorgang

Autowaschen« – ich konnte mich nicht erinnern, dass unser VW-Bus jemals gewaschen wurde – und kämpfte um meine Versetzung. Zu der Debatte um den Plan der Landesregierung, das Gymnasium in Nordrhein-Westfalen durch eine »Kooperative Schule«, eine sehr vorsichtige Variante der Gesamtschule, zu ersetzen, hatten meine Eltern keine Meinung. Gemessen an den Plänen des Revoluzzer-Internats von 1971, war dies eine solch erbärmliche Schwundstufe, dass die Regierung die Schulreform wohl eigentlich nur noch deshalb verfolgte, weil es die Idee dazu irgendwann einmal gegeben hatte. In der Schwertstraße dagegen mobilisierten die Pläne fast die gesamte Elternschaft gegen die befürchtete Diktatur des Proletariats. Nicht umsonst hatten die meisten Eltern ihre Kinder gerade auf diese konservative Schule geschickt. Eine einführende Orientierungsstufe ihrer Zöglinge gemeinsam mit mutmaßlichen Hauptschülern erschien ihnen als empörender Verstoß gegen Sitte und Anstand. Die Kooperative Schule kam nicht bis nach Solingen, und Nordrhein-Westfalens Kultusminister, den Quäker Jürgen Girgensohn, kostete der verlorene Klassenzimmer-Kampf langfristig die Karriere.

Die ersten Jahre am Gymnasium sind lehrreich. Mein Kunstlehrer Möpp, auch er ein Veteran, quält uns mit unglaublich einfallslosen Themen: »Äpfel auf der Tischdecke« oder »Bagger auf der Baustelle«. Man könnte sie mühsam als »sozialistischen Realismus« verteidigen, sie sind aber wohl doch eher einem anderen Stil verpflichtet. Wehmütige Erinnerungen an das »Schloss des Winterkönigs«. Meine Mitschüler und ich wählen einen Sprecher, den naivsten und mutigsten. Ich stehe auf und rede.

»*Wem* gefallen meine Themen nicht?« Die Miene meines Kunstlehrers beleidigt zu nennen, wäre eine Untertreibung.

»Der ganzen Klasse.« Mein Mut ist ungebrochen.

Schweigen.

Mein Gegner ist klein, dick und bärtig, aber wenn er wie jetzt auf den Fußspitzen wippt, die Hände hinter dem Rücken gefaltet, mit zunehmend roter werdendem Gesicht, ist er eine Macht. Als er genug Luft gesammelt hat, um seine Stimme donnern zu lassen, fordert er alle Unzufriedenen auf, sich von ihren Stühlen zu erheben.

Ich stehe bereits.

Ich allein.

Möpp nötigt mich, die Namen der Mitstreiter zu nennen. Jeden einzelnen ruft er zum Rapport auf. Es kommt, was kommen muss. Nicht einer von ihnen schämt sich, die grauen Themen in den buntesten Bildern zu loben.

Härter als je zuvor begriff ich, dass ich allein war, umzingelt von »Reaktionären« und Duckmäusern. Das gefühlte Kräfteverhältnis zwischen einer linken Avantgarde und einer konservativen Masse verschob sich noch einmal erheblich nach rechts. Statt als lautstarker Vorkämpfer einer neuen Zeit, wie noch gegenüber Frau Pickelein und Frau Vatitschko, würde ich von nun an im Untergrund tätig sein müssen; ein Partisan im Wald oder im Stollen, der noch sehr viel Geduld brauchte, bis seine Stunde schlug. Aus strategischen Gründen suchte ich die Freundschaft zu einem anderen Außenseiter in der Klasse, dessen Vater, ein aus kleinen Verhältnissen zu Geld gekommener Grabsteinvertreter, ihn mit seinem reaktionären Weltbild um den Verstand gebracht zu haben schien. Gemeinsam waren wir in der Tat stärker und torpedierten zur allgemeinen Erheiterung unserer Mitschüler mal mutig, mal albern den Unterricht, und mit der Zeit wurden wir tatsächlich Freunde.

Meine Mutter freute sich, dass sich meine Noten in der Schule durch den zurückgewonnenen Mut wieder stabilisierten. Inzwischen hatte Hanna das fünfte Schuljahr freiwillig wiederholt, auch bei ihr machte sich jetzt der Alters- und Reifeunterschied zu ihren Mitschülern bemerkbar. Der Vorsprung durch Wiederholung aber schmolz erstaunlich schnell zusammen, und ihre Leistungen verbesserten sich langfristig kaum. Verglichen mit ihren weiterhin erstaunlichen Begabungen, ihrem offensichtlichen Sprachtalent und ihren sehr vielfältigen Interessen, fielen die Noten weit hinter die Erwartungen zurück. Meine Schwester war, was ich nicht für möglich gehalten hatte, in der Schule schüchtern. Sie hatte an ihrer Außenseiterrolle noch weit schwerer zu tragen als ich.

Meine Mutter verstärkte ihren Ehrgeiz, aber aus Zeitmangel – meine drei kleinen Geschwister gingen nun in die Grundschule – entsprang wenig Hilfe und viel Druck. So war es fast eine Entspannung, eine Pause zum Mut fassen, wenn wir mit anderen Linken zusammentrafen oder zu einem Degenhardt-Konzert gingen.

Das Solinger Stadttheater ist 1976 nur noch zur Hälfte gefüllt. An der Requisite aber hat sich nichts geändert. Ein Hocker, sonst nichts; ein Mann in Schwarz, eine Gitarre, die gleiche warme, liebevolle, raunende, wütende, saftige Stimme. In der Künstlergarderobe gibt es ein Wiedersehen; wie groß wir inzwischen geworden sind.

In der Pause zuvor im Foyer hat meine Mutter einen Bekannten getroffen, mit dem sie einen Volkshochschulkurs über Rhetorik besucht hat. Er ist ein Liberaler, der sich in konservativen Kreisen als Linker sieht. Sein Sohn ist in meinem Alter und macht später die Schülerzeitung in der Schwertstraße; er sympathisiert mit den Jusos und gilt als »rot«. Sein Vater ist allein im Konzert und auf dem Weg zur Garderobe. Er ist entsetzt: »Er ist noch viel aggressiver geworden«, kommentiert er den Auftritt.

Meine Mutter reagiert auf ihre unnachahmliche Art in aller Unschuld: »Ja? Findest du?«

Degenhardt hat ein Wasserglas voll Wodka auf der Bühne geleert, er hat sich für die *Unidad Popular* in Chile stark gemacht, von einer Reise nach Wolgograd geschwärmt und die Nelken-Revolution in Portugal besungen. Eigentlich fehlt in dieser Reihe nur noch Deutschland. Die Aussicht ist bereits formuliert: »In den Waffen, den Gitarren, wacht der Morgen unseres Sieges schon.«

Musik für Linksliberale ist das nicht.

*

So gewiss der Morgen unseres Sieges war, so unklar war allerdings der Weg dorthin. Zu meinem nicht geringen Erstaunen ließ sich dem Rot auf sehr unterschiedlichen Pfaden entgegenschreiten. Der Streit über den rechten linken Weg hatte immerhin die Freundschaft meiner Eltern zu Tom und Hilde zerstört, schon lange bevor die beiden nach Hannover zogen. Tom, der zu meiner Verblüffung drei Jahre lang ausgerechnet am Gymnasium Schwertstraße unterrichtet hatte, war in Niedersachsen Lehrer geworden. Nur Sabine, die inzwischen sechzehn war und Tom und Hilde unglaublich toll fand, hielt weiterhin Kontakt und fuhr regelmäßig nach Hannover. Hatte sie sich durch ihren trotzigen Hang zur CDU und die Weisheiten des Heimleiters Düdden schon sehr von der Familienlinie entfernt, so wurde es unter Hildes Einfluss in der folgenden Zeit nicht besser. Die neue Opposition traf meine Eltern schließlich von links außen.

Irgendwo in der Unterführung am Graf-Wilhelm-Platz zwischen Zierfisch-Schlüter und Blumen-Holländer treffen sich die Milizionäre der LIGA. Der dazugehörige Raum bleibt mir verborgen, die wenigen Untergrundkämpfer in dunklen Parkas sehe ich stets vor dem Löwenbräu-Keller, vermute aber, dass das nicht der entsprechende Unterschlupf sein kann. Gelegentlich verteilen sie dort Zeitungen mit großen Lettern wie die *Bild*-Zeitung, und sie enthalten ebenso wie diese meist Anklagen gegen die Sowjetunion. Erklären kann ich mir das nicht, denn die LIGA ist links, sehr links sogar, wie Sabine betont, und linker zu sein als die Sowjetunion, erscheint mir absurd, so wie paradiesischer als das Paradies für die Christen.

Zu Hause wird die LIGA schnell Thema.

»Hast du dir das wirklich gut überlegt?« Meine Mutter, teilnahmsvoll mit hartem Gesicht. Sie befürchtet Konsequenzen für Sabine, die Leute würden reden, Nachteile sind nahe liegend.

Sabine ist zum Kampf entschlossen und verschanzt sich in ihrem Parka. Sie weiß sehr wohl, aus welcher Richtung die Anteilnahme meiner Mutter kommt.

»Chaoten sind das«, erklärt mein Vater, kopfschüttelnd und lächelnd. Er listet eine ganze Reihe obskurer Vereine auf, LIGA, KPD, KBW und so weiter – alles Chaoten, die auf Albanien schwören und auf China.

Die Erklärung befriedigt mich; mit dem Begriff »Chaoten« kann ich etwas anfangen, er fällt oft, wenn das Kinderzimmer verwüstet oder der Haustürschlüssel verbummelt worden ist. Nie kann ich von nun an noch an Chinesen oder an Mao denken, ohne mir unaufgeräumte Zimmer vorzustellen.

Die so genannte »Liga gegen den Imperialismus« bestand sieben Jahre. Gegründet wurde sie 1973 als eine von mehreren »Vorfeldorganisationen« der KPD. Wie diese, so definierte sich auch die LIGA in ihrer ersten Phase vornehmlich als fernwestliche Solidaritätsgemeinschaft mit dem Vietcong. Nach dem Ende des Vietnamkriegs, als Vietnams siegreiche Kommunisten sichtlich nicht das taten, was die LIGA wollte, wandelte sich der Kriegsgegner. Bekämpft wurden nun die linken Nachbarn, die DKP und ihre orthodoxen Verwandten, dazu die finstere Macht im Hintergrund, die Sowjetunion. »Hauptfeind des deutschen Volkes« war Leonid Breschnew mit seiner »sozialimperialistischen« Gesinnung. Das kulturrevolutionäre China und gar Albanien waren der LIGA wie der KPD näher. Und selbst NATO wie Bundeswehr erschienen als Mittel willkommen, »Bollwerke gegen den Sowjetfaschismus« zu sein, man sprach sich dafür aus, die Wachsamkeit und die Bereitschaft zur Verteidigung gegenüber dem Osten zu erhöhen. Der Vergleich der »Roten Fahne«, des Zentralorgans der KPD und der »Internationalen Solidarität« der LIGA mit der Springer-Presse hat also mehr als nur typografische Parallelen …

Natürlich war die LIGA nur eine Fußnote der Geschichte, eine »Massenorganisation« mit der Mitgliederzahl eines Kreissportvereins und eine winzige Insel im roten Archipel. Binnen acht Jahren, zwischen 1967 und 1975, entstanden in Deutschland mehr kommunistische Parteien als in den einhundert Jahren zuvor, vom Erscheinen des ersten Bandes des *Kapital* 1867 bis zum Jahr 1967. Ein ästhetisches Phänomen in der eher grauen bundesrepublikanischen Parteienlandschaft, das in ganz Mitteleuropa wohl nur einen einzigen vergleichbaren Urknall der exklusiven Heilswege kennt: die Explosion protestantischer Sekten in England im späten 16. Jahrhundert.

Dass man von dieser abenteuerlichen Basis aus gleichwohl etwas Ordentliches werden konnte, zeigt der Lebensweg etwa von Antje Vollmer: von einer LIGA-Aktivistin zur Vizepräsidentin des Deutschen Bundestags. Erfolgreicher allerdings war noch die Konkurrenz. Zahlreiche ehemalige Mitglieder des ebenfalls maoistischen Kommunistischen Bundes Westdeutschlands (KBW) sind heute im Bundestag und in den Landtagen, an prominentester Stelle Krista Sager, seit 2002 Fraktionsvorsitzende der GRÜNEN im Bundestag. Ebenso Ralf Fücks, der Leiter der Heinrich-Böll-Stiftung. Und – man lese und staune – Bundesgesundheitsministerin Ulla Schmidt. Man staune deshalb, weil Frau Schmidts politischer Lebensweg auf ihrer persönlichen Homepage wie im Bundestagshandbuch erst im Jahr 1983 beginnt – mit dem Eintritt in die SPD. Die Bundestagskandidatur für den KBW im Jahr 1976 wurde offensichtlich vergessen.

Aufgelöst wurde die LIGA 1980 durch einen Beschluss der KPD. Was war sie gewesen? Eine verbrecherische Organisation, deren ehemaliger Mitgliedschaft man sich schämen muss? Oder mehr ein Farbtupfer, ein ästhetisches Phänomen? Mindestens war sie, was alle K-Gruppen waren: eine Psychoanalyse vor Publikum, eine Metamorphose ohne Schmetterling. War sie noch etwas anderes? Heute ist sie ein Witz, der eine fehlende Geschichte transportiert, die Pointe, die noch überlebt, wenn der Witz schon längst vergessen ist.

Natürlich weiß ich von alledem nichts, aber ich habe etwas sehr Wichtiges gelernt: Es gibt gute und schlechte, richtige und falsche Kommunisten.

*

Der zweite falsche Kommunist, den ich kennen lerne, ist ein ehemaliger Studienfreund meines Vaters, derselbe, in dessen Atelier meine Eltern sich einst verlobt haben. Auf der Fahrt nach Ærø machen wir im Sommer 1976 in Hamburg Station. Die Wohnung von Karl-Heinz Hofmann liegt in Bergedorf, genauer am Mümmelmannsberg. Es ist die erste richtige Trabantensiedlung, die ich sehe, dagegen ist die Hasseldelle in Solingen niedlich. Ich kann mir unmöglich vorstellen, wie man sich hier zurechtfinden soll, tatsächlich brauchen wir lange, bis unser VW-Bus vor einem der Silos hält.

Karl-Heinz Hofmann hat an diesen Wohnsilos mitgebaut. Er ist Architekt. Ein großer schlanker Mann, ganz in schwarz und mit silbergrauem Haar; so einen finden Frauen interessant. Karl-Heinz Hofmann macht etwas von sich her. Wenn er redet, macht er sich in jede Himmelsrichtung geltend. Mit Kindern redet er nicht so gerne.

Er selbst hat zwei Kinder, eine Tochter Inga und einen Sohn Arne, sie sind etwas älter als Hanna und ich und sehr nett. Zusammen sitzen wir auf dem Balkon.

Der Balkon geht über Eck, ist überraschend groß, mehr eine Terrasse, und sehr grün von Bambus und Chinaschilf. Von der Straße aus kann man ihn kaum sehen.

Der Architekt hat Geschmack. Alles sieht schön aus in seiner großen Wohnung, weiß und rechteckig. Über dem großen Esstisch hängt selbst gemachte Kunst; ein schwarzer Hintergrund mit aufgeschweißten Eisenteilen und gespannten Bindfäden. Die Bindfäden sind staubig.

Seine Freundin kommt aus der Tschechoslowakei und ist deutlich jünger als er. Sie hat einen wunderschönen Akzent, Inga und Arne nennen sie kreuzdeutsch Sabine. Sie redet wenig; wenn ihr Freund redet, hört sie zu oder geht aus dem Zimmer. Karl-Heinz Hofmann erzählt aus seinem bewegten Berufsleben. Er hat die Häuser nicht allein gebaut, sondern für die Neue Heimat. Immer wieder erzählt er von Versuchen, ihn zu bestechen: »Wenn ich den Auftrag bekomme, dann stelle ich Ihnen ein Auto vor die Tür.«

Vorstellen kann ich mir das nicht. Ich frage ganz genau nach. Was für ein Autotyp und so weiter. Karl-Heinz Hofmann entwirft einen Kleinwagen, der tatsächlich vor seiner Tür gestanden habe und den er keines Blickes gewürdigt hat.

Ich zweifle.

Meine Eltern gucken auch nicht so, als würden sie jedes Wort glauben. Sie sind froh, als das Thema wechselt. An der Wand im Wohnzimmer hängt ein Marx-Kopf. Die Freundin hat ihn gezeichnet, ziemlich groß und nicht übel. Karl-Heinz Hofmann ist politisch engagiert. Kennerhaft beschreibt er die Szene. Der KBW ist in Hamburg sehr aktiv, er selbst gehört einer kleineren, aber »hier« – er zeigt in die Siedlung – äußerst erfolgreichen Gruppierung an, dem KB. Ich bekomme die Einzelteile nicht zusammen. Dass Kommunisten solche schrecklichen Häuser bauen wie hier ringsum, Häuser, in denen sich die Menschen unmöglich wohl fühlen können, kann ich nicht glauben. Außerdem finde ich Hofmann für einen Kommunisten zu arrogant.

Zählte die LIGA zu den am wenigsten flexiblen unter den K-Gruppen, so war der Kommunistische Bund (KB oder KB-Nord) eine der opportunistischsten. Mehr eine Regionalpartei, versammelte er im Norden ein breites Spektrum an maoistischen Weltanschauungen. Ein schmales Fundament an Organisation – das »Leitende Gremium« des KB war den meisten seiner Mitglieder so unbekannt wie der ominöse Charlie seinen drei Engeln – für einen gewaltigen Palast an Ideen. Als am meisten zeitgemäße aller K-Gruppen bot der KB mit großem Erfolg allen anderen linken gesellschaftskritischen Strömungen ein Dach über dem Kopf; einen Zeitgeist-Marxismus mit Sinn für Frauen, Schwule, Lesben und Alternative. Die großen Jahre des KB lagen deshalb vergleichsweise später als die der anderen K-Gruppen, nämlich in der Zeit zwischen 1975 und 1978, und seine maßgebliche Rolle beim Aufbau der Anti-Atomkraft-Bewegung ist ganz ohne Zweifel ein Stück deutsche Kultur- und Mentalitätsgeschichte. Die Gründung der GRÜNEN im Jahr 1979, unter anderem durch die KBler Thomas Ebermann, Rainer Trampert, Jürgen Reents und Ulla Jelpke, leitete den raschen Verfall des Bundes ein. Ein Jahr später sah sich das »Leitende Gremium« gezwungen, sich auf einem eigens einberufenen Kongress zu enttarnen. Der klägliche Rest zerfiel 1990 durch Abwanderungen zur PDS, auch Reents und Jelpke fanden hier Zuflucht. Trampert und Ebermann sind heute Autoren bei *Konkret*. Erfolgreicher dagegen waren ein paar Parteimitglieder aus der zweiten Reihe des KB – zum Beispiel Angelika Beer und Jürgen Trittin.

Die wichtigste Kulturleistung des KB neben dem Anti-Atom-Kampf war eine Parteizeitung. Der *Arbeiterkampf*, der trotz eines mit geballter Arbeiterfaust in die aufgehende Sonne gereckten Schraubenschlüssels als Emblem wohl nicht von Arbeitern gelesen wurde, war *die* Zeitung der linken Szene: äußerst umfangreich, mit detaillierter Auslandsberichterstattung und als Klatsch- und Tratschblatt des deutschen Maoismus schlichtweg unabdingbar.

Meine Eltern folgen den Ausführungen über den *Arbeiterkampf* und den KB mit freundlicher Anteilnahme: wer in der Szene zählt, mit welcher List Hofmann seinen moralisch verkommenen Arbeitsplatz unterwandert und wie er Flugblätter verteilt vor dem Elbtunnel. Sie freuen sich, dass auch er irgendwie dazugehört. Besonders ernst nehmen sie Hofmanns Erzählungen aber offensichtlich nicht. Wesentlich spannender wird es, als er von Albanien berichtet. Erst im vorigen Sommer hat er mit einer Delegation des KB das Land bereist. Albanien-Reisen waren nahezu unmöglich zu bewerkstelligen, und Hofmann war sichtlich stolz auf seine Fahrt. Die Zugeständnisse seiner Gruppe für dieses Ziel waren nicht gering gewesen, denn die albanischen Grenzer waren zunächst einigermaßen bestürzt. Kompromisslos zwangen sie die westdeutschen Maoisten dazu, ihre Haare zu schneiden und ihre Marx-Bärte abzurasieren. Die Grenzer konfiszierten die Jeans und ermunterten die geschorenen Polit-Touristen zum Erwerb einschlägiger Landeserzeugnisse der albanischen

Textilindustrie, um die Bevölkerung nicht unnötig zu beunruhigen.

Karl-Heinz Hofmanns Enthusiasmus für Albanien ist gleichwohl ungebrochen. Wortreich lobt er das tapfere Volk, das ohne die Hilfe irgendeines Auslandes konsequent seinen kommunistischen Weg geht. Sogar die einzige Eisenbahnverbindung ins Ausland, nach Jugoslawien, errichten die Albaner seit über dreißig Jahren in mühseliger Handarbeit selbst.

Mein Vater ist weniger angetan: Eisenbahnverbindungen, die so lange auf sich warten lassen können, scheinen den Aufwand kaum zu rechtfertigen. Mir fällt die Römerstraße ein aus *Asterix auf Korsika*. Aber Hofmann ist nicht zu erschüttern. Immer wieder lobt er die guten Ideen und die reine Kraft des Volkes.

Irgendwann langweilen mich die Gespräche. Wie immer in solchen Situationen ziehe ich mich zurück aufs Klo. Auf der Toilette sind Sprüche an der Wand befestigt, und ein Bündel ausgewählter Zeitungen hängt an einer Kordel. *Frankfurter Rundschau*, *Spiegel* und *Pardon*. Dazwischen finde ich einen Prospekt für Dessous. Wenn das die Albaner wüssten! Es ist ein rosafarbenes Heftchen mit einem grünen Apfel darauf. Den Prospekt kenne ich gut, es ist der gleiche, der sorgsam versteckt im Boden meines Zauberkastens unter meinem Bett liegt. Ein wenig seltsam fühle ich mich schon; die Solidargemeinschaft ist etwas eklig, aber der Mut zum offenen Hinhängen zum Gebrauch für Jedermann imponiert mir schon.

Am Abend geht mein Vater früh ins Bett. Karl-Heinz Hofmann und meine Mutter machen einen Bummel über die Reeperbahn. Über die Details schweigt sie sich aus, doch besonders gut amüsiert hat sie sich nicht.

Am nächsten Morgen gibt es Brötchen mit Nutella und sehr viel Aufschnitt. Die Kleinen verwüsten glücklich den Tisch. Es wird gemütlich. Wir reden über die Olympischen Spiele in Montreal, die zurzeit im Fernsehen übertragen werden. Ich sage, dass ich immer für die Sowjets bin und für die DDR. Ich bin sicher, dass die DDR dieses Mal mehr Goldmedaillen gewinnen wird als die USA; die Sowjetunion sowieso.

Karl-Heinz Hofmann lächelt. Er wundert sich über meine naive Verteilung von Sympathie. Anstatt für die einen Imperialisten bin ich also für die anderen.

Er provoziert mich.

Unterstützung finde ich nicht. Meine Eltern sind schon vom Tisch aufgestanden, sie interessieren sich nicht für Olympische Spiele. Das Auto muss wieder gepackt werden.

Karl-Heinz Hofmann ist für die Schwarzen. Die Chinesen findet er auch nicht schlecht.

Mit Schwarzen und Chinesen kann ich nichts anfangen. Wie kann man bloß für die sein?

Bevor wir aufbrechen, soll mein Vater noch unbedingt in Hofmanns Atelier vorbeischauen. Also fahren wir in einen Speicher in der Nähe des Hafens. Hofmann ist auf dem Sprung, sich als Künstler selbständig zu machen. Er hat genug Hochhäuser gebaut, jetzt will er das machen, was er schon immer machen wollte: Kunst.

Die Bilder gleichen dem über dem Esstisch. Eisenschrott montiert auf einen Hintergrund. Die Hintergründe sind »Frottagen«, Leinentücher, in denen sich das Farbrelief von Fels und Erde abgedrückt hat. Dekorativ ist das schon, und die Erdfarben passen gut zum Rost. Immer wieder fordert er meinen Vater auf, etwas dazu zu sagen. Mein Vater stellt Fragen. Organisatorisches. Woher Karl-Heinz Hofmann den Schrott hat, den er verwendet, was das Atelier kostet, ob er von seiner Kunst wirklich leben will, und so weiter.

Hätte er die Bilder gut gefunden, hätte er es gesagt.

Mein Vater neigt nicht zum Zynismus. Täte er es, hätte er immerhin die guten Ideen und die reine Kraft hinter den Bildern loben können. Stattdessen fällt er ein nüchternes Urteil. Der Eisenschrott gefällt ihm, den hätte er auch gerne als Material. Doch Hofmann hat den Schrott nicht gestaltet, sondern nur gefunden und aufgeklebt. Es fehlt das Schöpferische, die Bilder sind zusammengesetzt, nicht gestaltet.

Mein Vater und Karl-Heinz Hofmann sind beide Mitte vierzig. Sie haben sich sehr lange nicht gesehen. Als sie vor zwanzig Jahren Freunde wurden, wussten sie nicht, was sie werden wollten. Sie interessierten sich für Kunst, für französische Filme und für Bücher. Heute ist der eine ein Architekt für die Neue Heimat, der andere ein Industriedesigner für Haushaltsgeräte. Geträumt haben sie davon nicht. Sie gehören zur etablierten Mittelschicht und wählen kommunistische Parteien. Wenn mein Vater an ein ideales Leben denkt, stellt er sich einen großen weißen Raum vor wie Adam Seides Galerie. Mein Vater hat selbst keine Kunst gemacht. Er hat Kollegen, die ihre Arbeit für Kunst halten, auf diese Weise kann mein Vater sich nicht belügen. Design ist keine Kunst; es ist Beschiss. Die einzige Kunst besteht darin, Leuten unverhältnismäßig viel Geld aus der Tasche zu ziehen, weil ihnen die Form eines Toasters gefällt. Manchmal würde mein Vater lieber Kunst machen als Beschiss.

Karl-Heinz Hofmann hat zwei Kinder. Trotzdem

will er nicht länger Architekt, sondern Künstler sein, er meint es ernst. Mein Vater hat fünf Kinder, und er wird niemals versuchen, als Künstler zu leben, aber wenn er es sich selbst so sagt, ist seine Laune nicht die beste. Karl-Heinz Hofmann und mein Vater sind sehr verschieden, ihre Jugend hat sie verbunden, und Träume, geboren in einer anderen Zeit. Der eine ist ein Spieler, der andere spielt nie, wo der eine zu wenig Skrupel hat, hat der andere immer schon zu viel. Und doch lebt Hofmann auf seine dilettantische und aufdringliche Weise eine Utopie, die auch meinem Vater nicht fremd ist.

Ein halbes Jahr später stehen in unserem Keller drei schwere Kisten mit Eisenschrott. Einige Abende, wenn er nicht die Mathe-Katastrophen seiner Kinder verhindern soll, nicht kocht oder spült, wenn er nicht *terre-des-hommes*-Berichte für meine Mutter schreibt, wird mein Vater dort sitzen. Er malt eine spanische Flagge auf ein rostiges Eisenstück, und er denkt dabei an den Süden und an abgeschossene Flugzeuge im Krieg. Für größere Arbeiten fehlt ihm ein Schweißgerät. Die Kisten bleiben über zwanzig Jahre im Keller stehen. Als mein Vater vor sechs Jahren das Haus verlässt, bringt er sie zum Schrotthändler. Ich frage ihn, warum er den Schrott nicht mitnimmt, jetzt, wo er so viel Zeit hat. Er sieht mich nicht an: Er hat ein zu klares Bild der Lage, um sich von mir zureden zu lassen.

Im Winter kommt Karl-Heinz Hofmann mit Inga und Arne zum Gegenbesuch. Er hat tatsächlich seinen Job bei der Neuen Heimat gekündigt. Er fühlt sich befreit. Offensichtlich auch von Sabine, von ihr ist keine Rede mehr. Ich denke an seine schicke Wohnung in Hamburg, die hellen Räume und die geschmackvollen Möbel, und unser Reihenhaus kommt mir klein, eng und langweilig vor. Wie unendlich enttäuschend muss es für ihn sein, dieses öde graue Haus in der Provinz fernab jeder Szene, und wie beengt muss er sich hier fühlen. Was denkt er über meinen Vater, den er hier so leben sieht?

Hofmann hat keine Blumen mitgebracht, dafür aber eine gelbe längliche Pappschachtel, wie zum Transport von Plakaten. Die Schachtel enthält ein Gesellschaftsspiel: *Provopoli – Wem gehört die Stadt?* Das Wort Gesellschaftsspiel ist sehr ernst gemeint, gespielt wird um den künftigen Zustand der Gesellschaft. Das Spielbrett trennt die Stadt in drei Zonen: rote, blaue und neutrale. Die roten Zonen sind Kommunen, Kinderläden und Zellen, die blauen Zonen stellen das Polizeirevier, das Rathaus, die Banken und so weiter dar. Zehn rote Anarchisten kämpfen gegen zehn blaue Bullen. Die Roten haben geheime Aufträge, gezogen aus dem Gemeinschafts- und dem Ereignisfach. Sie sollen zum Beispiel das Rathaus sprengen und vorher zur Verwirrung der Blauen eine violette, sprich: neutrale Figur entführen, zum Beispiel einen Richter. Die Blauen haben den Auftrag, jede Aktion der Roten zu überwachen, ihre geheimen Pläne herauszufinden und deren Umsetzung nach Möglichkeit zu verhindern. Die Spielanleitung dazu gibt sich pädagogisch, wie ein Lehrerseminar: »*Provopoli* spielen, könnte bedeuten: anfangen, ein Spiel zu verändern. Ein Spiel zu verändern, könnte bedeuten: anfangen, die Verhältnisse zu untersuchen. Die Verhältnisse zu untersuchen, könnte bedeuten: anfangen, die Widersprüche zu erkennen. Die Widersprüche zu erkennen, könnte bedeuten: anfangen zu handeln. Wir meinen: mit einem Spiel anfangen, ist besser als nie anfangen.«

Provopoli erschien 1976 in sehr kleiner Auflage im Selbstverlag des »Spiel Club Frankfurt am Main«. Es blieb weitgehend unbekannt bis 1980. In jenem Jahr übernahm es der bayerische Horatio-Verlag, der bislang schon den Vertrieb organisiert hatte – der Beginn der öffentlichen Karriere von *Provopoli* als verfassungsfeindliches Medium. Am 12. Juni 1980 wurde das Spiel auf Antrag des Bayerischen Staatsministeriums für Arbeit und Sozialordnung in die Liste der jugendgefährdenden Schriften aufgenommen. Nach Ansicht des Prüfgremiums ist *Provopoli* dazu gemacht, »Kinder und Jugendliche sozialethisch zu verwirren (desorientieren)« und »sittlich zu gefährden«. Das Ministerium machte geltend, die Spielanweisungen enthielten »staatsfeindliche und terroristische Inhalte. Es wird zu Geiselnahme, Bombenanwendung, Errichtung von Barrikaden, Einbrüchen in Amtsräumen angeregt. Weiterhin wird in diesem Spiel nicht zur kritischen Auseinandersetzung mit demokratischen Gesellschaftsformen angeregt, sondern die Demokratie generell abgelehnt, und deshalb ein terroristischer Kampf um Gesellschaftsveränderung, der verfassungswidrig ist, propagiert.«

Meine Mutter spielt nicht mit, nicht dieses Spiel und nicht mit Karl-Heinz Hofmann. Mir ist etwas seltsam, und ein bisschen verunsichert bin ich auch, so wie früher bei *Zwei Korken für Schlienz.* Die anderen finden das Spiel lustig. Alle wollen die Roten sein. Hofmann identifiziert sich sofort, Inga, Arne und Hanna schließen sich ihm an. Mein Vater und ich bekommen die Blauen, damit das Spiel funktioniert. Das Bombenlager zieht die Roten magisch an. Kurze Zeit später kurven vier räderlose kleine gelbe Autos mit Roten und Bomben durch die Stadt, ihre konkreten Sprengabsichten ausfindig zu machen, ist nahezu unmöglich. Mein Vater und ich resignieren, keiner hilft uns. Die Identifikationsangebote für die Bullen sind mager. Selbst die Spielanleitung ist parteiisch, als Blauer fühlt man sich von ihr nicht recht betreut. Man stößt ständig auf Schikanen, muss zum Beispiel aussetzen, weil man aufsässigen Schulkindern an der Straßenecke drei Runden lang vergeblich erklären soll, dass die Polizei ihr Freund und Helfer ist. Karl-Heinz Hofmann ermuntert uns zum Durchhalten, um das Spiel richtig zu spielen, braucht man Ausdauer und Geduld.

Zwei Monate später schlugen die Roten zu.

Baader und Blochin

Advent, Advent, ein Kaufhaus brennt.
Erst eins, dann zwei, dann drei, dann vier,
dann steht der Baader vor der Tür.

Volksmund

Das Jahr 1977 brachte zwei neue Namen: Oleg Blochin und Andreas Baader. In meiner Erinnerung vermischen sie sich zu einer einzigen Abfolge aus Fußball und RAF-Terrorismus. Alles andere fiel weit dahinter zurück. Der gelernte Erdnussfarmer Jimmy Carter war gerade Präsident der USA geworden und führte das Wort »Menschenrechte« als neuen Kampfbegriff in die Politik ein. Die erste Ausgabe der Zeitschrift *Emma* erschien, eine Reihe bunt angezogener Frauen marschierte zielstrebig über den Umschlag und damit wochenlang über unseren Couchtisch. Die unheilvollen Worte von einer »Atommüll-Deponie«, einem »Endlager« in Gorleben, machten in den Nachrichten die Runde, aber wo das eigentlich lag, wollte ich lieber gar nicht erst wissen. Für mich nämlich begann in diesem Jahr die Fußballleidenschaft meines Lebens.

Für die anderen wird der Kalte Krieg zwischen Borussia Mönchengladbach und den Bayern ausgetragen. Die Bayern verkörpern alles, was schlecht an Deutschland ist: Reichtum, Chauvinismus, Überheblichkeit. Bayern-Fan ist, wer immer gewinnen will, man erkennt ihn am schlechten Charakter. Beckenbauer, der Gockel aus Giesing, macht Wahlkampf für Franz Josef Strauß – bieder, dümmlich, reaktionär: die Uschi Glas des deutschen Fußballs. Ihr gegenüber steht die Uschi Obermaier Günter Netzer, der Revolutionär für jedermann. Der sieht wild aus, tut aber nichts und will nur spielen.

Seine anarchistischen Taten sind lange Haare und noch längere Pässe, außerdem fährt er einen roten Ferrari.

Soweit die Legende.

1977 ist das faul geniale Gesamtkunstwerk Günter Netzer bereits Geschichte. In Gladbach geben so unvergleichliche Gestalten wie Uli Stielike, Berti Vogts und Rainer Bonhof den Ton an; Ikonen des Kleinmuts. Im Frühjahr steht der deutsche Meister Borussia Mönchengladbach zum ersten Mal in seiner Geschichte im Halbfinale des Europapokals der Landesmeister.

6. April 1977. Das Haus ist ein Traum; eine Villa des kleinen Mannes. Glasbausteine und Klinker, blütenweiß gestrichen. Das wilde Flusspanorama, Auenlandschaft mit Erlen vor der Haustür, das hellblau gekachelte Schwimmbecken im Wohnzimmer. Im Esszimmer die selbst gezimmerte Hausbar mit fulminanter Theke. Die Zigeunerin im Holzrahmen bleckt ihren Busen, Landsknechte posieren auf Bierkrügen und Kristallglashumpen, zwei Königspudel, schwarz und weiß, wackeln über den Teppich. Im zweiten Wohnzimmer dunkle Holzverkleidung, ein breites Ledersofa, das Rentierfell an der Wand, der sprechende Papagei im goldenen Käfig sagt nur einen einzigen Satz: »Alles Scheiße!«

Opa Herbert sitzt im Ledersessel, ich selbst drücke mich auf dem Sofa herum. Farbfernsehen. Bei uns zu Hause gibt es nur Schwarz-Weiß. Dynamo Kiew gegen Borussia Mönchengladbach. Weiß gegen Hellblau. Ein wichtiges Spiel, drei Wochen hat Opa Herbert sich darauf gefreut. Drei lange Wochen, seit Dynamo Kiew den Titelverteidiger ausgeschaltet hat, den dreimaligen Champion der Landesmeister Bayern München. Jetzt guckt er das Spiel mit seinem Enkel. Über Ostern sind wir zum Moor-Wandern in Neustadt – und zum Demonstrieren gegen das Endlager in Gorleben, aber davon weiß Opa Herbert nichts.

Dynamo Kiew hat Bayern München besiegt, Opa Herberts Bayern München, das zweite Mal im zweiten Zusammentreffen. Beim ersten Mal in den Spielen um den Supercup 1975: die Geburtsstunde des 22-jährigen Linksaußen Oleg Blochin in den westlichen Medien. Dieser Blochin hat einige Monate zuvor im Europapokal-Finale den Gegner Ferencvaros Budapest fast im Alleingang erledigt, aber eine Berühmtheit als »lebender Sputnik« wird er erst im Münchner Olympiastadion. Die im Westen fast unbekannte Mannschaft spielt einen hoch disziplinierten Fußball. Die erste Viererkette ohne Libero, Raumdeckung, ein exzessives Flügelspiel, die blitzartige Umstellung von Verteidigung auf Angriff, Konterfußball par excellence. Das beliebte Schimpfwort vom sowjetischen Kick als Spiel nach »Schablone« verkehrt sich in ein Kompliment: »Rasenschach«. Im Rahmen dieses Konzepts gibt Blochin den Linksaußen. Am Spielfeldrand flitzt er die Linie auf und ab. Schneller als Streich. So auch in der 65. Minute. Blochin rennt von der Höhe des eigenen 16-Meter-Raumes los bis zur Eckfahne des Gegners und steuert allein aufs Tor zu. Dort stehen vier Abwehrspieler der Bayern. Blochin umkurvt Schwarzenbeck wie eine Slalomstange, spielt Breitner aus, springt zwischen Beckenbauer und Kapellmann hindurch und schießt aus spitzem Winkel unhaltbar für Sepp Maier ein. Die Weltmeister-Abwehr ist düpiert. Das Tor des Jahres.

Auch das zweite Mal haben die Bayern nichts zu lachen gehabt, das 0:1 in München hat Dynamo vor drei Wochen mit einem 2:0 in Kiew wettgemacht. Opa

Herberts letzte Hoffnung heißt jetzt Borussia Mönchengladbach.

Das Zentralstadion ist bis auf den letzten Platz gefüllt. Hunderttausend Zuschauer, die drittgrößte Arena der Welt. Stalin hat das Stadion ausbauen lassen. Ein denkwürdiger Ort. Hier hatte im Zweiten Weltkrieg bereits eine Auswahl der deutschen Luftwaffe gegen das ukrainische Ensemble »FC Start« gespielt, nicht ohne deren Spieler zuvor sorgfältig zu bedrohen. Sie wussten, was für sie auf dem Spiel stand – und spielten auf Sieg. Die Luftwaffen-Auswahl ging unter, ein ukrainischer Spieler wurde zu Tode gefoltert, drei weitere erschossen.

Finstere Geschichte. Die Gegenwart ist hell und glanzvoll. Das »Rote Orchester« drückt den deutschen Meister neunzig Minuten lang in den Strafraum. Torchancen für Kiew Dutzende, für Gladbach Fehlanzeige. Kommentator Ernst Huberty verfällt ins Dichten: »Ein Spiel ohne Blochins Dribbling ist wie eine schöne Frau, der ein Auge fehlt.« Opa Herbert trinkt zu viel Whisky. Seine Frau Ilse kommt ins Wohnzimmer, von Fußball versteht sie nichts, aber ihr fehlt kein Auge; was es bei Dynamo zu sehen gibt, sieht auch sie: »Die sind aber gut!«

Opa Herbert nickt grimmig. Er kennt die Ukrainer. Und er erkennt einen starken Feind, wenn er ihn sieht: »Die sind verdammt gut!«

Ein Wunder geschieht. So gut sie sind, bis zur 72. Minute trifft kein Dynamo-Spieler ins Tor. Onischtschenko, der rechte Flügelflitzer, erzielt den einzigen Treffer. Am Ende heißt es 1:0 für Kiew.

Opa Herbert hat sehr viel Whisky getrunken; doch er lebt noch. Schwer wuchtet er sich aus dem Sessel.

Ich sage ihm, dass Kiew bestimmt auch das Rückspiel gewinnt.

Opa Herbert zieht die Brauen zusammen. Er wankt, aber er fällt nicht: »Zeit, dass du ins Bett kommst!«

Schon am nächsten Mittag läuft wieder der Fernseher. Schulfernsehen, keiner guckt hin. Es gibt eine Unterbrechung. Ein durchsiebtes Fahrzeug. Blut auf der Fahrbahn; die Autobahn bei Karlsruhe. Generalbundesanwalt Siegfried Buback ist erschossen worden. Daneben liegt sein toter Leibwächter, ein paar Meter weiter der tote Fahrer. Ermordet von der Roten Armee Fraktion. Der Sprecher zitiert ein Bekennerschreiben: Buback wurde »hingerichtet«, weil er ein »Teil des Systems« war, als der Mann, der die »Ermordung« Ulrike Meinhofs »inszeniert und geleitet« hatte.

Den Namen Buback höre ich das erste Mal. Auch von der RAF weiß ich nichts. Ulrike Meinhof dagegen kenne ich, meine Mutter und Hanna haben manchmal von ihr gesprochen, die aufgeschlagene Zeitung in der Hand. Wenn ich dazukam, haben sie geschwiegen: »Davon verstehst du nichts.« Ulrike Meinhof war also tot, und dieser Buback hat etwas damit zu tun. Aber nun war er auch tot, »hingerichtet« auf der Autobahn. Im Farbfernsehen ist das Blut ziemlich echt. Leichen unter der Plane, ein Arm guckt raus. Immer und immer wieder kommen sie ins Bild. Alles sieht schrecklich aus, wie bei den Bildern aus Vietnam.

Der Mörder aber waren nicht die USA. Auch keine »Faschisten« oder »Reaktionäre«. Die RAF war links, sehr links sogar. Man musste sich wehren gegen den Staat, das war klar. Aber musste man dafür Menschen mit einer Maschinenpistole erschießen wie diesen Buback? Musste man dessen Fahrer töten und dessen Leibwächter?

Tote in Opa Herberts Wohnzimmer. Der Buback war ein hässlicher dicker Mann mit einem brutalen Gesicht. Das Foto ist unsympathisch. So einen kann man nicht leiden. Aber erschießen? Linke als Mörder kenne ich noch nicht. Ich schließe die Augen: Blochin läuft und läuft und läuft, an Vogts vorbei, an Wittkamp, an Bonhof, an Buback.

Meine Eltern sind wieder da, Hanna auch. Aus Hannover zurück vom Demonstrieren. Den gestrigen Tag über haben sie gerufen: »Hopp Hopp Hopp – Gorleben Stopp!« Und »Albrecht von der Leine / Albrecht an die Leine / Albrecht in die Leine / Aber nicht alleine / Schmidt muss mit!« Opa Herbert hat wieder seinen Whisky. Er brüllt. Ilse nimmt die Pudel, sie geht jetzt besser raus. Ich frage meine Mutter, was sie von der RAF hält und von dem Buback. Meine Mutter schiebt mich aus der Tür. Sie sagt nichts. Der Papagei ruft: »Alles Scheiße!« Am Nachmittag fahren wir zurück nach Solingen.

Ein Gutes hatten die Terroristen, die Leute hatten jetzt ein Thema, über das sie miteinander sprachen, aber stets leise, irgendetwas war unanständig dabei, und vielleicht musste man sogar Angst haben, manche Leute sagten, sie hätten Angst.

Die Leute waren jetzt die Guten, aber das interessierte mich nicht. Ich hatte anderes zu tun. Meine Leidenschaft für Magdeburg, Sparwasser und Streich war schon seit geraumer Zeit abgeebbt, ich hatte sie nie mehr spielen sehen, und die ausgeschnittenen Oberliga-Tabellen hatten langfristig ihren sinnlichen Reiz verloren. Nun aber veränderte sich alles. Eine neue Zeitrechnung war angebrochen. Ich durchforstete Stapel alter *Kicker*-Hefte bei einem Nachbarsjungen in der Siedlung, zwei ganze Jahrgänge auf der Suche nach Dynamo Kiew. Die Ausbeute war stattlich. Die Bayern-Spiele waren breit dokumentiert, und auch an Hintergrund dazu fehlte es nicht. In der Sowjetunion führten die Spieler von Dynamo Kiew einen tollen Titel: »Verdiente Meister des Sports internationaler Klasse«. Sie waren Helden, und der größte war Valerij Lobanowski, ihr junger Trainer, der Architekt der Mannschaft und des neuen vorbildlichen Spielsystems. Ich zog mich aufs Klo zurück und las Artikel um Artikel. Zwei Jahre zuvor war Blochin Europas Fußballer des Jahres geworden. Mit 122 Stimmen der Sportjournalisten auf dem Konto und einem Vorsprung von achtzig Stimmen auf den zweitplatzierten Franz Beckenbauer. Dazu gab es eine Hochglanzseite, mein größtes Schmuckstück: »Topstar Oleg Blochin mit der Trophäensammlung von Dynamo Kiew«. Blochin mit Seitenscheitel und im kamelfarbenen Mantel lächelte über die Spitzen dreier Pokale hinweg: Europapokal der Pokalsieger, Supercup und eine ominöse Coupe Mohamed V. Ich klebte das Bild an meinen türkisfarbenen Schrank, sodass ich es beim Einschlafen sehen konnte. Meine ausgestopften Vögel staubten an der Wand, das Kaltwasseraquarium blubberte vor der orange gemusterten Tapete. Im Bett aber schlief der größte Dynamo Kiew-Fan westlich des Dnjepr.

Inzwischen ging alles weiter. Die *Bild*-Zeitung und die CDU forderten ein sofortiges Verbot aller kommunistischen Parteien und in jedem Fall der maoistischen K-Gruppen. Ich verstand überhaupt nichts mehr. Karl-Heinz Hofmann hatte Siegfried Buback doch gar nicht erschossen. Die ARD redete von der »Baader-Meinhof-

Gruppe«, das ZDF dagegen von der »Baader-Meinhof-Bande«. Auch Hanna machte sich dazu ihre Gedanken, sie fragte meine Mutter, was von beidem eigentlich richtig war. Meine Mutter war mehr für »Gruppe«, aber besonders wohl fühlte sie sich dabei offensichtlich auch nicht. Seltsam war, dass Ulrike Meinhof ja tot war, und der Andreas Baader saß im Gefängnis. So gesehen stimmten eigentlich beide Bezeichnungen nicht recht.

Mai 1967: Eine bundesweit bekannte Berliner Wohngemeinschaft, die sich Kommune I nannte, hatte in Berlin lustige Happenings veranstaltet und Flugblätter mit einem Inhalt irgendwo zwischen Scherz, Ironie und tieferer Bedeutung verteilt. »Wann brennen die Berliner Kaufhäuser?« Drei junge Leute, den Kleinganoven Andreas Baader, die Pfarrerstochter Gudrun Ensslin und den Studenten Thorwald Proll dürstete es nach Taten: Sie zündeten Brandsätze in den Zeil-Warenhäusern in Frankfurt. Verletzte oder Tote gab es nicht. Franz Josef Strauß definierte die Anarchos als »Außergesetzliche« – das Wort Terroristen gab es noch nicht. Im Winter 1969/70 fusionierten mehrere linksradikale Aktionsgruppen und neue entstanden. Baader und Ensslin waren mit dabei, ein anderer führender Kopf war der Rechtsanwalt Horst Mahler. Als sie Andreas Baader zur Flucht verhalf, stieß auch die Journalistin Ulrike Meinhof dazu. Ein unübersichtliches Gefilz von Gruppen bereitete sich auf den »bewaffneten Kampf« mit dem Staat vor – als vermeintlich letzter Ausweg einer ohnmächtigen radikalen Linken. Die 1971 gegründete »Rote Armee Fraktion« mit Stern und Kalaschnikow im Emblem war zunächst nur eine von vielen. Bereits 1971 gab es die ersten Toten. Im Juli wurde Petra Schelm von einem Polizisten durch den Schuss aus einer Maschinenpistole getötet. Im Oktober ermordete ein späterer Kronzeuge der Bundesanwaltschaft den ersten Polizisten. Sechs Wochen später starb Georg von Rauch von der Aktion »2. Juni« – die Organisation war nach dem Tag der Anti-Schah-Demonstration 1967 benannt – bei einem Schusswechsel mit der Polizei. Der Reiz der Illegalität bereicherte sich um ein handfestes Interesse an Waffen bis hin zum Fetischismus. Die »Stadtguerilla« stand nun unter dem Primat der Gewalt. Statt einer feinsinnigen Definition der politischen Ziele regierte ein sozialistischer Fundamentalismus, verkörpert von den Mullahs eines neuen Glaubens mit fester Kluft und strengen Riten. Die Ästhetik des Terrors mit Lederjacken, Stiefeln und Waffen erspann sich selbst eine völlig imaginäre Realität. Längst stand der Aufwand des Kampfes im Widerspruch zu einer immer dubioseren und nahezu dadaistischen Vorstellung von einem linken Zukunftsstaat. Die Begeisterung für die Mittel des Kampfes hatte die Begeisterung für die Ziele überlagert, wenn nicht sogar abgelöst – der »Volkskrieg«, der nie einer war, als Selbstzweck. Waren die Kaufhausbrände schon ein sehr fragwürdiges politisches Signal, aber immerhin als ein solches interpretierbar, so verübten die »Stadtguerilleros« jetzt zahlreiche Banküberfälle, allein um sich selbst das Weitermachen zu ermöglichen. Als Gefangene einer eigenen Logik der Eskalation provozierten sie die behauptete Radikalisierung des Staates zu einem Polizeistaat erst herbei. Ein gespenstisches Spektakel: Geiselnahmen, Flugzeugentführungen, Bombenattentate auf der einen, Großrazzien, Exekutionen von Terroristen durch Polizisten und ein Abbau der Rechtsstaatlichkeit auf der anderen Seite. Am Ende sind zwischen zwanzig und dreißig Menschen von Terroristen ermordet worden, Prominente und Unbekannte, Polizisten und Leibwächter. Sechzehn Terroristen sterben durch Polizeikugeln; zahlreiche Unschuldige werden verletzt, mehrere von der Polizei getötet.

Dass diese Gruppe oder Bande links sein sollte, war schrecklich. Der Baader sah aus wie die Rocker, die einem auf dem Schulweg auflauerten und nach Kleingeld durchsuchten. Ein Land, das von Typen wie diesem regiert wurde, war eine grausige Vorstellung, so finster wie die Smaragdenstadt unter Urfin. Was für ein Kontrast zu Oleg Blochin! Die Terroristen waren die ersten Linken, die man nicht mehr einfach so gut finden konnte. Ich dachte an Schlienz und seine Kumpane, die nicht anders aussahen als die Terroristen, und die mir auch nicht so richtig geheuer waren, als sie den bösen Hausbesitzer brutal aus dem Auto zerrten. Was jetzt aber geschah, war die Fortsetzung von *Schlienz* mit noch viel stärkeren Mitteln. Wie gut, dass ich mich nicht wirklich damit beschäftigen musste. Ich hörte kaum hin, wenn meine Eltern mit Hanna über die Terroristen sprachen. Der 20. April rückte näher, und meine ganze Aufmerksamkeit galt einem Fußballspiel.

Jupp Heynckes kam nie aus der Tiefe des Raumes, er stand immer schon vorn. Bei Tee und Gebäck erinnert sich der Ex-Borusse heute gut an seinen Auftritt in der riesigen Schüssel des Stadions von Kiew: »Die haben uns schwindelig gespielt«. Den Ball habe er in neunzig Minuten nicht einmal am Fuß gehabt. »Eine phantastische Mannschaft!« Das Rückspiel in Gladbach zertrümmert einen Mythos. Trainer Udo Lattek weiß, wo die

Schwachstelle des Gegners liegt: im Selbstbewusstsein. Die Konsequenz ist psychologische Kriegsführung. Mit Heynckes gesagt: »Schubsen, beleidigen, taktische Fouls, den Rhythmus stören, das Selbstbewusstsein nehmen.« Borussia Mönchengladbach gewinnt 2:0. Technisch, athletisch und taktisch war Dynamo Kiew die größte Fußballmacht der Welt – aber sie hatte die Psyche eines Schulmädchens.

Ich habe das Spiel nicht gesehen. So weit kommt es noch, dass ich zu Hause ein Fußballspiel sehe, das meine Mutter definitiv nicht interessiert. Das Ergebnis ist Tagesthema in der Schule, alle haben sie das Spektakel geguckt – alle außer mir. Und sie haben gewonnen; gewonnen gegen Kiew. Unfassbar! Ich habe die Mannschaft mindestens für unbesiegbar gehalten. Das Kopfkissen zu Hause ist letzter Trost. Ein feuchter Blick ins Laken, ein anderer hinauf zum Plakat. Oleg Blochin lächelte nicht mehr ganz so siegesgewiss.

*

Im April 1977 erschien der letzte Band der zehn Krimis von Sjöwall/Wahlöö auf Deutsch, und sein Titel *Die Terroristen* passte auf eine schier unglaubliche Weise in die Zeit. Das Buch ist ein politisches Testament. Aus Schweden ist eine psychedelische Comic-Welt geworden. Kommissar Martin Beck und seine Kollegen arbeiten noch immer für das rechte Establishment, das zynisch und skrupellos einen als Demokratie getarnten Polizeistaat lenkt. Ihre Gegner sind eine Gruppe von weltweit agierenden Terroristen, perfekt ausgebildet und hochprofessionell, deren politisches Ziel dunkel bleibt wie die erdabgewandte Seite des Mondes. Der

Terrorismus ist nicht mehr links, er hat sich verselbständigt. Zwei finstere Mächte stehen sich gegenüber, und eine Hand voll aufrechter Polizisten hat eigentlich nichts anderes mehr zu tun, als das kleine Chaos im viel größeren zu verhüten: das geplante Attentat auf den sozialdemokratischen Ministerpräsidenten – eine prophetische Vorwegnahme der späteren Ermordung Olof Palmes. Am Ende erklärt Lennart Kolberg, Martin Becks ausgestiegener Kollege, seinem Freund das Leben: »Dein Fehler, Martin, ist, dass du den falschen Beruf hast. Zur falschen Zeit. Im falschen Teil der Welt. Im falschen System.«

Diese Sätze versteht auch ein Zwölfjähriger. Sie treffen mein Lebensgefühl auf dem Gymnasium und anderswo: im falschen Teil der Welt zu leben und im falschen System. Das Cover der *Terroristen* allerdings schreckt mich ab: das Fotonegativ einer jungen Frau in einer Kiste, dunkle Haut und weiße Haare. Vieles am Terrorismus hat etwas Hässliches. Auch die echten Terroristen sehen ziemlich abstoßend aus. Sie hängen im Postamt an der Wand, gleich neben dem Schaukasten mit den Briefmarken, *Jederzeit Sicherheit* und *Gustav Heinemann*. Die Heinemänner sind sehr würdig, alle einundzwanzig Marken, das immer gleiche Gesicht, der gleiche Ausdruck, die Stirnglatze, die Brille, der steife Nacken, der verletzliche Mund. Nur die Farben sind anders, das macht den Unterschied, der blaue Heinemann sieht wirklich sehr nach Post aus, nach einfachem Anzug und korrektem Leben; der olivgrüne ist säuerlich, der braune streng, ein wenig verbittert, der helle Vierziger blass wie Limonade. Der Allerbeste aber ist der Neunziger, purpurrot und heroisch.

Die Terroristen auf dem Plakat sind auch rot, wie die

Neunziger, aber man kann es nicht sehen, die Köpfe blicken finster, mehr schwarz als weiß, und lassen sich das Rot einfach nicht anmerken. Sie sind verschieden, nicht das gleiche Bild wie bei Heinemann. Am Anfang war der Satz noch komplett gewesen, alphabetisch geordnet, die Wertvollen und die Wertlosen ließen sich nicht unterscheiden, aber die Würde der tiefroten Neunziger haben sie allesamt nicht, das sah man wohl.

Die Terroristen waren überall. An jeder Tankstelle hing jetzt das Plakat mit den Gesichtern, man konnte sie duchkreuzen wie im *Michel-Junior-Katalog* für Briefmarken. Es versprach eine unvorstellbar große Belohnung für »Sachdienliche Hinweise zur Ergreifung«. Alles wie im richtigen Fernsehen. »Aktenzeichen XY«. Die Sendung kannte ich, ohne sie ein einziges Mal gesehen zu haben. Meine Eltern lehnten sie ab. Moderator Eduard Zimmermann, der andere zum Denunzieren aufforderte, war in ihren Augen ein Faschist. Mein Vater war eisern. Eher würde er den Fernseher zertrümmern, als »Aktenzeichen XY« einzuschalten; die Axt im Haus erspart den Zimmermann. Hanna und mir blieb nichts anderes übrig, als uns die spannendsten Fälle von den anderen Kindern auf dem Schulhof erzählen zu lassen. Der Kampf gegen den Terrorismus war die Fortsetzung von »Aktenzeichen XY« mit wesentlich professionelleren Methoden. Steckbriefe, Fotos. Fast jeder versuchte, einen Terroristen zu erkennen. Die Wahrscheinlichkeit, auf diese Weise an dicke Summen zu kommen, wurde höher eingeschätzt als beim Lotto, und aus jedem offenen Fenster unserer Siedlung, jedem Autoradio am Samstag sang ABBA den dazu passenden Frühjahrshit: »*Money, money, money, must be funny, in the rich man's world.*«

Im Sommer fuhren wir wieder nach Ærø. Die Terroristen waren weit weg, wie Gespenster aus einer anderen Welt. Ich beobachtete die Kampfläufer und Brachvögel im Noor. Mein Vater sammelte Pflanzen, wie immer, auf den Fensterbänken Vasen voller Gräser und Seggen, Pinzetten lagen herum und Lupen, getrocknete Käfer und Heuschrecken. Wir fuhren auf eine Landzunge mit wilden Teichen, Georg, Marcel, Louise und ich fingen die erste Ringelnatter unseres Lebens, und zusammen mit unserem Vater imitierten wir Vorzeitmenschen. Wir gruben nach Lehm und Ton und rösteten Kartoffeln über dem Lagerfeuer. Fast jeden Tag spielten wir »Bannemann«, ein Spiel aus Laufen und Verstecken, und Louise, die natürlich nicht so schnell laufen konnte, warf die anderen mit dem Ball ab. Hanna verbrachte die Tage mit ihrer gleichaltrigen dänischen Freundin Karin. Sie redeten über Jungs, schlichen gemeinsam um Pfadfinderzelte, schwärmten vom Freistaat »Christiania« und hörten Musik von Gasolin. Die Poster der Band hingen in Karins Zimmer, wilde ungewaschene Jungs mit verwegenen Gesichtern, und nur dies einzige Mal dachte ich wieder an die Terroristen.

Zu Hause war alles wie zuvor. Die Terroristen hatten erneut zugeschlagen, diesmal ermordeten sie einen Mann namens Jürgen Ponto. Er war Vorstandsvorsitzender der Dresdner Bank, und auch den Namen Ponto hatte ich noch nie zuvor gehört. Er sah netter aus als der Buback, und die Ermordung war eher ein Versehen gewesen, aber das war inzwischen ziemlich egal. Im September würde Kiew gegen Eintracht Braunschweig im UEFA-Pokal spielen. Vorher aber hatte ich noch eine ganz persönliche Begegnung mit dem Ost-Sport.

Das *UZ*-Pressefest ist für die DKP der Höhepunkt des Jahres. Die Abkürzung *UZ* steht für *Unsere Zeit*, eine Art kommunistische *Bild*-Zeitung. Meine Eltern lesen die Zeitung nicht, aber zum Pressefest gehen wir trotzdem. Für mich ist es das erste Mal. Das Gelände um die Vestlandhalle in Recklinghausen ist übersät von Bühnen und Ständen. Es gibt Essen aus exotischen Ländern, der Duft von Gesottenem liegt in der Luft. Türken, Griechen und Araber grillen Fleischspieße mit nie zuvor gerochenen Gewürzen. Rote Fahnen hängen aus den Wagen; Marx, Engels und Lenin und dazu viele unbekannte Symbole. Auf der Konzertbühne spielt Zupfgeigenhansel und im Festzelt Franz Josef Degenhardt. Er hat sich verändert. Statt schwarzem Rollkragen trägt er ein rot kariertes Hemd und Lederjacke – proletarische Kluft. Die Zuhörer im Zelt aber sind ganz offensichtlich keine Arbeiter, ein Transparent für den MSB Spartakus prangt über den Köpfen, und die Lieder selbst sind poetisch wie immer. Stimmungsbilder vom »Abendmahl im Gonsbachtal« und ein liebevolles Rondo pastorale über die ersten grünen Aussteiger hinter ihrer Märchenhecke – selbstbezogen, naiv und weltfremd. Am Ende singt er über die Globalisierung und ihre notwendige Folge, die Arbeitslosigkeit. Kurzes Wiedersehen nach vollendetem Konzert. Lachen und Austausch. Wir sind wieder »wir« in Degenhardts Welt. Er kritzelt ein schwungvolles Autogramm auf das Plattencover; es bleibt nicht das einzige am heutigen Tag.

Eine der vielen Bühnen auf dem Gelände gehört der Prominenz aus dem Osten. Es hat sich herumgesprochen, dass Nelly Kim da sei, die Turn-Olympiasiegerin aus der Sowjetunion. Tatsächlich hat sich eine ganze

Reihe von jungen Botschafterinnen im Trainingsanzug auf dem Podium versammelt. Nach einer Weile steigen sie herab und geben Autogramme. Ein hübsches zierliches Mädchen hat es mir angetan. Sie ist fast auf den Tag genau zwei Monate älter, und sogar noch etwas kleiner als ich. Zwergengespräch auf Augenhöhe. Sie heißt Maxi. Gerade eben hat sie bei der Kinder- und Jugendspartakiade drei Goldmedaillen und eine Silbermedaille gewonnen. Sie kommt aus Ostberlin und sagt »Medallje«. Auch ich bin ein guter Turner. Maxi fragt mich, wo ich trainiere, gewiss erwartet sie irgendein Leistungszentrum. In diesem Moment wird mir klar, dass ich ein so guter Turner doch nicht bin. Mir fällt etwas anderes ein. Ich frage sie, ob sie für oder gegen die Terroristen ist. Sie zuckt die Schultern. Ich sage, dass ich die DDR gut finde. Wir lächeln uns an. Sie gibt mir ein Autogramm und küsst mich flüchtig auf die Wange. Das Autogramm geht verloren, die Erinnerung an den Kuss nicht. Ich habe den besten Grund meines Lebens, mich lange Zeit nicht zu waschen.

Maxi Gnauck ging in die Sportgeschichte ein als eine der weltweit erfolgreichsten Kunstturnerinnen aller Zeiten. Zwischen 1979 und 1985 gewann sie 27 Medaillen bei Europameisterschaften, Weltmeisterschaften und Olympischen Spielen, davon 14 Goldmedalljen. Das ehemalige Turn- und Trainingszentrum der Sportgemeinschaft Dynamo Hohenschönhausen trägt inzwischen ihren Namen. Heute ist Maxi Gnauck, »das turnende Gesicht des Sozialismus«, Kinder- und Jugendtrainerin und arbeitslos.

Auch für Hanna hat sich der Tag gelohnt. Ihre Ausbeute ist eines der schwarzweiß gemusterten PLO-Tücher, die überall verkauft werden, und die ich in

Deutschland noch nie zuvor gesehen habe. Den ganzen Abend brutzeln die Hackfleischspieße, es gibt Lagerfeuer, und Hannes Wader singt Arbeiterlieder in den Nachthimmel. Lüdenscheid liegt jetzt in Recklinghausen. Die Terroristen sind weit weg, aber auch Maxi ist schon wieder nach Hause gefahren. Meine Wange ist kalt und dann wieder heiß. In wenigen Tagen beginnt mein siebtes Schuljahr.

*

Weil alle Leute Angst vor den Terroristen hatten, verfolgten sie sie in den Nachrichten. Überall wurde über sie geredet, auch auf dem Schulhof, der dicke Mischke kannte sich bestens aus, wusste alles, er konnte sogar über die Terroristen reden und gleichzeitig in die Pissschale pinkeln. Ich stand daneben, wie ich in der Schule immer daneben stand, aber diesmal noch weiter entfernt als sonst.

Ich hatte keine Angst vor den Terroristen. Ich hatte ja auch nie Angst davor, dass die Russen kommen würden. Die Vorstellung, dass hinter jedem Baum oder in jedem Kaufhaus ein Terrorist mit Maschinenpistole lauerte, war einfach zu lächerlich. Mein Vater meinte, dass die Gefahr, von einem gewöhnlichen Kriminellen verletzt oder getötet zu werden, etwa tausend Mal so hoch wäre wie durch einen Terroristen.

Der Staat, das Fernsehen und die Zeitungen sahen das anders und lösten die größte Panik seit Kriegsende in der Bevölkerung aus. Erstaunlicherweise griffen die Politiker und Journalisten die alberne Volkskriegsrhetorik der Terroristen auf. Schon 1976 fabulierte der Musterentwurf für ein einheitliches Polizeigesetz vom

Einsatz von Handgranaten in einer »vorrevolutionären Situation«. Wie die Terroristen hatten die meisten das Maß verloren und das Gespür für eine realistische Sicht der völlig unrevolutionären bundesdeutschen Realität. Das Einzige, was der Terroristenrede von einem »Volkskrieg« entsprach, war die emotionale Mobilmachung durch Presse und Fernsehen.

Meine Mutter und mein Vater versuchten, sich die Hysterie zu erklären. Neu an der Situation war, dass zum ersten Mal in der bundesdeutschen Geschichte die gesamte Führungselite in Politik und Wirtschaft Angst haben musste, nicht vor einem Umsturz, der lag ferner denn je, wohl aber unmittelbare Angst um das eigene Leben. Attentate auf Politiker und Wirtschaftskräfte hatte es in Deutschland in den letzten hundert Jahren selten gegeben, die Ermordung Walther Rathenaus und die Attentate auf die so genannten Erfüllungspolitiker des Versailler Vertrags zählten zu den wenigen Ausnahmen. Selbst beide Weltkriege hatten kaum Opfer unter hochrangigen Politikern und Wirtschaftsführern zu verzeichnen. Die Terroristen aber veränderten diese so ehernen Spielregeln.

Offensichtlicher noch als diese verständliche Angst der Führungselite aber war die Chance, die Strömung, die '68 begonnen hatte, aufzuhalten. Jetzt ließ sich das Rad wieder zurückdrehen. Hatte sich alles Linke nicht durch die Terroristen diskreditiert? Die Rechte holte zum Gegenschlag aus, und die SPD bemühte sich eilig um Anschluss. Wer über alle Rhetorik hinweg jemals bestritten haben sollte, dass die SPD ein im Grunde konservativer und zutiefst bürgerlicher Verein war, wurde nun eines Besseren belehrt. Die drei im Bundestag vertretenen Parteien marschierten Seit an Seit bei der Bewältigung eines Ausnahmezustands, den sie rhetorisch weitgehend selbst erzeugt hatten. Ein einiger Staat, eine fast einstimmige Presse, ein meinungskonformes Fernsehen und eine nahezu einhellige Bevölkerung im Kampf gegen ein paar Dutzend bewaffnete Spinner – eine seltsame Konstellation. In der Propaganda der Politik und den Medien aber war schnell von einem weit dämonischeren Gegner die Rede, den »Sympathisanten«, obskuren Gestalten, die bezeichnenderweise in einem »Sumpf« hausten und ausgetrocknet werden mussten – der Jargon war in Deutschland nicht neu, aber in der Geschichte der Bundesrepublik bisher einzigartig.

Franz Josef Strauß definierte den Terrorismus auf seine Weise. Für ihn reichte er »vom linken Flügel der SPD bis zum Kommunismus«. Pfeifende Zuhörer bei seinen Wahlkampfveranstaltungen waren nun grundsätzlich »Terroristen«.

Fast über Nacht hatte sich alles verändert. Polizisten filzten Hunderttausende auf den Autobahnen, das Maschinengewehr im Anschlag. Übliche Verdächtige waren Leute mit langen Haaren, in VW-Bussen und merkwürdigerweise auch solche mit Kindern. Immer wieder gerieten wir ins Visier der Fahnder. Dass die Terroristen ihre Kinder verlassen hatten, schon seit Mitte der Siebziger bevorzugt Audi und BMW fuhren und aussahen wie schneidige Jungmanager, hatte sich offensichtlich nicht herumgesprochen. Das alte Feindbild saß zu tief. Das Land hatte seine Mitte verloren, die Fähigkeit zur Unterscheidung und das Gefühl für die Verhältnismäßigkeit der Mittel.

Religionsunterricht bei Trutz ist langweilig, aber heute reden wir einmal nicht über Aurelius Augustinus. Trutz ist aufgebracht wie selten zuvor. Auf meiner über und über bekritzelten Schulbank im Religionsraum ist ein neuer Spruch eingeritzt, groß und sichtbar: »Lorenz, Buback, Ponto … Kosub.« Kosub – das ist unser Direktor.

Die halbe Klasse hat den Spruch gelesen, und ich finde ihn recht lustig, aber der Brüller ist er nun auch wieder nicht. Für Trutz ist er das Allerletzte, eine gleichsam körperliche Bedrohung. Er fordert ein Geständnis. Ich aber habe den Spruch gar nicht in die Bank geritzt, er stand schon da, als ich mich heute Morgen hingesetzt habe. Zweifel. Drohungen. Verwünschungen. Anklagen. Trutz tobt. Evangelische Inquisition – ohne Feuer. Am Ende bleibt nur der Gang zum Direktor. Abmarsch durch lange Flure, Waschbetonwände bis ins Direktorenzimmer. Kosub selbst ist nicht da, Stellvertreter Blochberger einigermaßen entsetzt, aber nicht unfreundlich. Im Zweifelsfall entscheidet er für den Angeklagten. Für Trutz ist die Sache noch lange nicht entschieden, er ist fest entschlossen, eigenhändig dabei mitzuhelfen, den Sympathisantensumpf trockenzulegen. Mir ist mulmig. Eine Hausdurchsuchung kommt mir in den Sinn, Fahndung nach verdächtigen Indizien: ein Poster von Oleg Blochin, eine Autogrammkarte von Maxi Gnauck und ein vietnamesischer Rechenschieber – fertig ist der Terrorist.

Das letzte Mittel gegen so viel Verstocktheit ist der Vertrauenslehrer. Er ist neu auf der Schule, ein junger Lehrer mit Bart, aber er ist weder links noch lustig. Das Amt des Vertrauenslehrers hat er von Anfang an angestrebt, die Vorstellung, wie Schüler und Schülerinnen ihm ihre Geheimnisse erzählen, gefällt ihm sehr. Nun will er meines hören. Er schmeichelt und hüstelt, wird locker und geschmeidig, tiefes unaufrichtiges Verständnis erfüllt das Klassenzimmer; ein guter alter falscher Freund.

Es gibt nichts zu beichten. Ich war es nicht, noch weiß ich, wessen Phantasie die Terroristen solchermaßen beflügelt hatte. Ich werde nicht von der Schule fliegen für etwas, das ich nicht getan habe. Nichts zu machen. Mein Vertrauenslehrer zieht alle Register. Er bittet mich, ob ich mich nicht ein wenig umhören könnte, vielleicht würde ich auf diese Weise ja erfahren, wer der Urheber war: sachdienliche Hinweise zur Ergreifung, aber ohne die 10 000 Mark. Ich nicke und gehe.

Noch Jahre später, als ich längst in der Oberstufe bin und der Vertrauenslehrer mich auf dem Schulweg ein Stück mit dem Auto mitnimmt, versucht er mir zu entlocken, ob ich in Wahrheit nicht doch der Übeltäter gewesen sei. Obwohl wir inzwischen beide längst wissen: Die Terroristen entführten gar nicht den Kosub.

Sie hatten einen ganz anderen im Visier.

*

Hanns Martin Schleyer war auf dem Weg von der Arbeit nach Hause, als ein weißer Mercedes sich den beiden Limousinen – dem Fahrzeug des Arbeitgeberpräsidenten und seinem Personenschutz – in den Weg stellte. Ein Paar schob einen Kinderwagen auf die Straße, darin zwei Schnellfeuerwaffen. Mehr als hundert Kugeln durchsiebten das Fahrzeug der Personenschützer, alle drei Insassen starben. Die Terroristen erschossen auch den Chauffeur und zerrten Schleyer aus dem Auto in einen VW-Bus. Es war der 5. September 1977. Der

»Deutsche Herbst« hatte begonnen, kalt und blutig und genau achtzehn Tage zu früh.

Den Schleyer kannte ich nicht, genauso wenig wie den Ponto oder den Buback, aber alle Leute redeten jetzt über ihn, so als ob sie ihn schon lange kennen würden. Baden-Württembergs Ministerpräsident Hans Filbinger hingegen, als Marinerichter im »Dritten Reich« einst ein gefürchteter Nazi, mochte den Schleyer vielleicht wirklich schon aus alten Tagen kennen. Er sprach im Fernsehen und erklärte den »nationalen Notstand«. Die Kirchen, Gewerkschaften und Politiker aller im Bundestag vertretenen Parteien bekundeten ihre uneingeschränkte Solidarität mit dem Arbeitgeberpräsidenten.

Auch meine Eltern waren betroffen. Die Rücksichtslosigkeit und Brutalität der RAF widerten sie zutiefst an. Schleyer war ein Faschist gewesen, ein Mann, an dem es nicht viel gab, was man mögen konnte. Aber er war ein Mensch. Die Methoden der RAF gegen ihn und andere Menschen erinnerten meinen Vater an die Kälte und Unmenschlichkeit der SS – der schlimmstmögliche Vergleich. Mörderkinder gegen Mörderväter – in diesem Stück gab es keine Guten. Aber meine Eltern waren immer für die Opfer. Das war jetzt ausnahmsweise mal einer wie der Schleyer: Er sah erbärmlich aus und Mitleid erregend. Meine Eltern wollten nicht, dass der Schleyer ermordet wurde. Sie wollten überhaupt keine Gewalt, keine Morde und keine Toten.

Der Notstand war nicht national, wie Filbinger und fast alle anderen Politiker meinten. Die Nation war weder gefährdet noch bedroht; aber die Terroristen stellten viele vor ein großes Problem, den Staat ebenso wie seine gewaltlosen linken Kritiker. Konkret stand die Regierung vor der Frage, ob sie Schleyer gegen elf inhaftierte RAF-Häftlinge austauschen sollte; eigentlich jedoch vor einer viel größeren Herausforderung, nämlich vor der Frage: Welche Mittel sind im Kampf gegen ihre skrupellosen Gegner gerechtfertigt? Die Frage war letztlich die gleiche, die sich auch schon die Stadtguerilleros aus ihrer Sicht gestellt hatten.

Für Marxisten wie meine Eltern waren die Terroristen die ersten Zeitgenossen, denen man in keinem Fall mehr folgen konnte und wollte. Viele linke Schrecken und Gräueltaten schoben sie normalerweise routiniert beiseite. Über die Zahl der Opfer der chinesischen »Kulturrevolution«, von der meine Eltern nie etwas gehalten hatten – das war ein Problem der Maoisten –, oder über die Opfer der Stalin-Zeit, wo der gute Zweck die Mittel geheiligt hatte, wollten sie im Zweifelsfall lieber nicht allzu genau Bescheid wissen. Und den »Steinzeitkommunisten« und Massenmörder Pol Pot in Kambodscha, der mit massiver Hilfe der USA an die Macht gekommen war, hatten sie als Handlanger kapitalistischer Interessen gebrandmarkt. Die Mittel der Terroristen aber heiligte kein guter Zweck, und die Terroristen waren auch keine versteckten Agenten des Kapitals. Sie hinterließen eine tiefe Ratlosigkeit.

»Kurzen Prozess, sage ich.« Mein Opa Herbert schlägt mit der fleischigen Pranke auf die selbst gezimmerte Theke seiner Hausbar. Und noch mal, laut gebrüllt, dass es durch alle Räume der Villa dröhnt: »Aber ganz kurzen Prozess!«

Er spült den Whisky runter, die schwere Linke auf den großen schwarzen Zeitungslettern. »Der Schumann, das ist für mich ein Held, ein Held ist der.«

Die halb entblößten Brüste der Zigeunerin im Holzrahmen vibrieren, und meine Mutter, erschrocken, viel zu erschrocken, murmelt jetzt nur noch sehr leise, dass man die Umstände doch gar nicht so genau kenne.

Aber Opa Herbert braucht keine Umstände. Er weiß genug über die Terroristen und seinen Helden, den Schumann, diesen Kopf, der leicht verknittert unter seiner Faust verschwindet und überhaupt nicht wie ein Held aussieht, eher wie Opa Herbert selbst, der für mich niemals ein Held ist, auch nicht, wenn er wie so oft vom Krieg erzählt und diesen letzten Zigaretten, die man sich da sterbend geteilt hat.

Opa Herbert dagegen lebt noch immer und raucht einfach weiter. Ich sehe meine Mutter, die Schultern eingesunken, und ich bin mir nicht sicher, dass dieser Schumann ein Held ist.

»Ein Held, sag ich.«

Meine Mutter sieht jetzt hinaus, das Vogelfutterhäuschen muss ihr den Blick auf das Wasser nehmen, keine kleinen Vögel, nur ausgefranste Krähen noch in der Dämmerung.

»Die ganze Bande, ex und hopp.«

Ich höre sie seufzen. Sie tut mir Leid, ganz still mit der vergessenen Zigarette in der Hand, meine Mutter, die nicht gegen ihren fleischigen Vater ankommt, nie angekommen ist und jetzt nichts anderes kann, als zu schweigen und aus dem Fenster zu sehen. Vor vier Tagen hatte ein palästinensisches Kommando der Operation Kofre Kaddum über dem Mittelmeer die Lufthansa-Maschine »Landshut« gekapert, um den Druck zur Freipressung der RAF-Gefangenen zu erhöhen. Die Maschine steht nun in Somalia. An Bord befinden sich Mallorca-Urlauber. Gestern hat der Anführer des Kommandos den Piloten erschossen, den Schumann.

Opa Herbert gießt Whisky nach. Ich spüre, dass meine Mutter Hilfe braucht gegen diesen Menschen, der mein lieber Opa sein will und doch nur diese drohend erhobene Faust ist. Er macht meiner Mutter eine sehr alte Angst. Warum sagt sie jetzt nichts? Warum sagt mein Vater nichts?

Die bunten Landsknechte auf den Kristallgläsern stehen gefroren in ihrem ewigen Eis und regen sich nicht, die Zigeunerin lächelt einladend wie immer, mein Opa aber, das Whiskyglas in der Hand, brüllt weiter mit weit geöffnetem Mund durch die beleuchtete Stube. Ich schleiche hoch ins Schlafzimmer, hilflos und verzweifelt, und weiß nur eins: Nicht nur Borussia Mönchengladbach und Udo Lattek haben gezeigt, wie man das linke Selbstbewusstsein zerstört, die Terroristen haben ganze Arbeit geleistet.

In der Nacht stürmte eine Abteilung der GSG 9 unter Beteiligung des britischen SAS die Lufthansa-Maschine auf dem Flughafen von Mogadischu. Alle Passagiere wurden befreit. Nur ein einziges Mitglied des Palästinenser-Kommandos überlebte den Angriff schwer verletzt. Andreas Baader, Gudrun Ensslin und Jan-Carl Raspe erschossen sich in ihren Zellen. Ex und hopp. Irmgard Möller unternahm einen Selbstmordversuch.

Am 19. Oktober wurde Hanns Martin Schleyer tot im Kofferraum eines grünen Audi 100 im französischen Mülhausen gefunden – ermordet durch einen Genickschuss aus unmittelbarer Nähe. Helmut Schmidt gab eine Regierungserklärung ab, in der er die Staatsraison über das Wohl des Einzelnen stellte. Beim Staatsakt für Schleyer sprach Bundespräsident Walter Scheel. Er erklärte den Krieg des Staates gegen den Terrorismus zum Kampf der Zivilisation gegen die Barbarei. Drei Tage später beriet der Bundestag in erster Lesung eine weitere Gesetzesvorlage zum Kampf gegen die RAF. Sie trat später in Kraft. Mit einbezogen wurden nun auch die »geistig-politischen Ursachen des Terrorismus« wie der Angriff auf den Staat, der Angriff auf das Vertrauen der Bürger in den Staat, der Angriff auf die Werteordnung, jede maßlose Gesellschaftskritik und der Marxismus. Es war der 28. Oktober.

Der Deutsche Herbst war zu Ende. Die RAF aber ermordete in den folgenden Jahren weitere Politiker und Wirtschaftsführer, und die Polizei erschoss mehrere Terroristen. Dynamo Kiew hatte im September und Oktober zwei Mal gegen Eintracht Braunschweig gespielt. Zwei Unentschieden. Das Auswärtstor in Kiew, das erste einer deutschen Mannschaft überhaupt, entschied für Braunschweig. Dynamo Kiew versank in der Bedeutungslosigkeit für ein ganzes Jahrzehnt.

Finstere Zeiten.

Grüne Hoffnung, schwarze Visionen

Wer weiß schon etwas von der tickenden Zeitbombe der 100 000 chemischen Altstoffe, die unsere gesamte Lebenswelt, unseren Alltag, ja unser Fettgewebe und unsere Organe bis in den letzten Winkel einer Körperzelle durchdringen und sich dort mit unbekanntem Ziel anreichern.

Joschka Fischer: *Der Umbau der Industriegesellschaft*

Die meisten Menschen haben keine glückliche Pubertät. Ich hatte überhaupt keine. Sexuell entwickelte ich mich normal und teilte die zarte und immer wildere Gier 13-jähriger Jungs. Ansonsten jedoch fand ich überhaupt keinen Zugang zu den Vorlieben und Codes von Gleichaltrigen. Konflikte im Elternhaus um Erlaubnisse und Verbote, von denen die anderen berichteten, kannte ich nicht. Die wenigen Barrieren, die es gegeben hatte, waren von Hanna bereits durchbrochen worden. Statt meinen Wünschen in Bezug auf nächtliche Ausgehzeiten oder Mädels in meinem Bett oder Zimmer im Weg zu stehen, machten sich meine Eltern über meine Häuslichkeit lustig und amüsierten sich prächtig über meinen offensichtlichen Misserfolg bei den Mädchen.

Die Schlachten gegen engstirniges Denken, die ich zu schlagen hatte, focht ich stattdessen weiterhin mit den »Reaktionären« in der Schule aus. Die Scharmützel waren zuverlässig und zahlreich und deckten meinen Bedarf an Rebellion vollständig ab. Autoritäre Gebaren provozierten unverzüglich meinen Widerspruch, und je machtvoller sie vertreten wurden, umso reizvoller war es, mich daran zu messen. Anders als meine Mitschüler allerdings sah ich in dem, was sie »Spießigkeit« nannten, kein Feindbild. Ihre Opfer waren die schwachen Lehrer, die ihnen nicht gewachsen waren; Figuren, die mich oft rührten, wenn sie verzweifelt versuchten, ihre

Fassung zu wahren und ihr kleines Weltbild gegen den Spott von Pubertierenden abzudichten. Ihr Denken war mir so fremd, dass ich es nicht hassen konnte; mein Opa in Hannover passte ins Spießer-Schema und auch manches andere, das ich sehr liebte. Vielleicht war sogar die DDR spießig, aber eben das hatte ich immer gemocht. Meine Gegner unter Lehrern wie Mitschülern waren keine ängstlichen Verlierer, sondern die Meinungsmacher, die Durchsetzungsstarken, die geschickten Rechthaber.

Seit dem Sommer '77 hatten wir Latein mit der Parallelklasse. Ein neues Universum tat sich auf, vor allem an Mädchen. Ich verliebte mich das erste Mal ungebremst und ohne einen Ausweg – in ein Mädchen, für das nichts sprach, außer dass sie unendlich schön aussah, die Art, wie sie guckte, wie sie ihren Schmollmund schürzte und sich bewegte. Latein wurde für mich zu einem ganz besonderen Fach, den *Ablativus absolutus* lernte ich so wenig wie das *Participium conjunctum*. Mein Herz aber dehnte jeden Satz, den Karina Evertz sprach, legte Gefühle in jeden Blick.

Ich war verliebt bis an die Grenzen des Wahnsinns, aber ich war Realist. Karina Evertz und ich waren nicht füreinander bestimmt. Die ganze Jahrgangsstufe umschwärmte sie, aber sie selbst schwärmte nur für ältere Jungs. Ich hatte eine schlechte Wahl getroffen. Die Liebe folgt anderen Wegen als die Moral und nimmt keine Rücksicht auf alles, was man ansonsten über das Leben denkt, auch nicht auf die Gefühle, die man gegenüber dem Rest der Welt empfindet und denen man weithin vertraut. Eine harte Lektion, eine finstere Ungerechtigkeit und zugleich ein sehr tiefes neues Gefühl.

Ich würde Karina Evertz niemals ansprechen. Ein

klassischer Fall von unerwiderter Liebe. Was hatte ich ihr schon zu bieten? Klein und kurzsichtig, in breit geriffelten Cordhosen und mit Häkelpullunder, von meiner Mutter selbst gemacht. In der Schule war ich ein Querulant, am Nachmittag sah man mich mit Bernie, meinem zweiten Freund von zweien, beim Schachspielen zwischen den Kästen einer Spar- und Bauvereinssiedlung. Die Pfeifen, die wir dabei rauchten, enthielten nur Basilikum, als Judoka achteten wir auf unsere Gesundheit. Wir spielten Aljechin gegen Capablanca, die großen Rivalen der dreißiger Jahre. Ich war natürlich Aljechin, schon weil er ein Sowjet war. Bernie war Capaplanca, wegen des tollen Namens und des von den Experten als »kühn« gelobten Spiels.

Jeder Akt war von Bedeutung.

»Sie sind am Zug, Capablanca«, sagte ich feierlich, den dünnen Rauch aus der Basilikumpfeife sorgfältig über das Schachbrett blasend, während eine Nachbarin Wäschestangen behängte und der Hausmeister seine stummen Patrouillen machte, immer im Kreis.

Bernie war ein Außenseiter, genau wie ich. Wir hatten uns beim Judo kennen gelernt. Ich hatte schon mit fünf Jahren damit angefangen, meine Eltern hatten dem Eindruck ein wenig entgegenwirken wollen, den nicht nur die Kinderärztin von mir hatte: dass ich ein »sehr zartes Kind« sei. Mit zwölf Jahren hatte ich einen blauen Gürtel und war nicht ohne Erfolg bei Kreis- und Bezirksmeisterschaften geblieben. Ich hätte es gegenüber Karina Evertz durchblicken lassen können, bezweifelte aber doch, dass es einen großen Sinn hatte, von Erfolgen zu berichten, die ich mir vor allem durch viel Erfahrung in einer vergleichsweise geringen Gewichtsklasse erworben hatte. Die ganze Judowelt hatte wenig, womit man bei Mädchen punkten konnte. Regiert wurde sie im Bergischen Land von einem Dutzend eher kleinwüchsiger Bartträger, heimatverbunden und mit viel Spaß an der Vereinsmeierei. Ulbrichtbart zu tragen, verriet hier mehr über Minderwertigkeitskomplexe als über politische Überzeugung. Die wenigen netten, wie mein Vereinstrainer, fielen in diesem Milieu nicht allzu sehr ins Gewicht, auch mit ihnen verband mich außerhalb der Turnhallen so gut wie nichts.

Je älter ich wurde, umso fremder wurde mir diese Welt. Die Männlichkeitsgebaren meiner Judo-Kumpels stießen mich ab, nicht anders als die der meisten Jungs in der Schule. Ich rauchte keine Zigaretten, schon deshalb, weil ich dafür zu klein war. Mein erster Personalausweis, den ich mit fünfzehn erhielt, verzeichnete leicht aufgemotzte ein Meter neunundfünfzig. Jahrelang maß ich meine minimalen Wachstumserfolge mit dem Geodreieck am türkisfarbenen Kleiderschrank in meinem Zimmer. Ich war mickrig und mager. Hätte ich auf dem Schulhof Zigaretten geraucht, wären meinen Mitschülern die Kippen vor Lachen aus den Händen gefallen.

Ich bin auch nicht »süß«. Leider. Süß sind jetzt die großen und breitschultrigen Jungs in den höheren Jahrgangsstufen. Ihre Welt der Mopeds, der lauten Musik und markigen Sprüche ist mir völlig fremd. Unter Jungs fühle ich mich ohnehin unwohl. Bedauerlich nur, dass im gleichen Zug, wie sie diese Jungs lieben, die Mädels mich ausschließen; mein Wertverlust ist rasant. Dabei fühle ich mich ihnen noch immer seelisch nahe. Eigentlich habe ich es längst satt, ein Junge oder Mann sein zu sollen, eine Rolle zu spielen, für die ich nicht ausgebildet worden bin.

Patriarchalische Autorität kannte ich zu Hause nicht, und die seltenen Besuche bei Opa Herbert machten sie mir nicht schmackhaft. Was ich ansonsten über männliches Verhalten wusste, kannte ich aus dem Spott und der Abscheu meiner Mutter und aus Zeitschriften. Meine Eltern hatten aufgehört, den *Spiegel* zu lesen, *Emma* und *Courage* waren die einzigen Magazine, die es gab. 1973, vier Jahre nach Gründung der ersten Frauengruppen, hatte auch meine Mutter mit einigen anderen Frauen eine Frauengruppe in Solingen initiiert. Sie redeten über Formen der Selbstorganisation, überdachten das Konsumverhalten oder entwickelten Ideen für den Kampf gegen den Paragraphen 218. Meine stärkste Erinnerung daran ist der unglaubliche Zigarettenrauch, die völlig verpestete Luft, wenn mein Vater und ich meine Mutter abholten. Emanzipation hatte offensichtlich viel mit Rauchen zu tun. Einmal durfte ich Fernsehen gucken. Alice Schwarzer und Esther Vilar duellierten sich aus ihren Sesseln heraus. Alice Schwarzers Stimme klang rau und kehlig. Die Zigaretten. Ich selbst hätte Esther Vilar besser gefunden, sie war sanftmütig und beharrlich und sah aus, als ob sie gut roch. Meine Mutter aber ließ keinen Zweifel daran, wer auf der richtigen Seite saß. Es fiel mir nicht leicht, für Alice Schwarzer zu sein.

Bei der Kommunalwahl 1975 war ich Feminist. Mit meiner Mutter und zwei anderen Frauen verteilte ich Flugblätter auf der Straße: »Frauen wählen nicht die CDU!« Die CDU war für den Paragraphen 218, der wiederum gegen Abtreibung war. Weil es den Paragraphen 218 in Deutschland gab, fuhren die reichen Frauen zum Abtreiben in die Niederlande; die armen Frauen aber waren angeschmiert. Der CDU machte das nichts aus, sie war sowieso für die Reichen. Ich war sehr engagiert, nicht unpraktisch, dass ich dabei aussah wie ein Mädchen. In der Dämmerung steckten wir unsere Flugblätter in die Briefkästen und kehrten anschließend in einer bürgerlichen Eckkneipe ein, um uns aufzuwärmen. Es gab Ochsenschwanzsuppe. An der Toilettentür hing ein Wahlplakat der CDU. Eine wunderschöne blonde Frau in engem T-Shirt zeigte ihre Boxhandschuhe: »Box ihn in die linke Ecke!« Wenn ich die Frau ansah, wurde mir heiß und kalt. Wie gemein, dass sie für die CDU war; so abstoßend – ich konnte gar nicht mehr wegsehen.

Nicht anders erging es mir mit den vielen schönen Frauen, die sich schminkten. Meine Mutter lehnte das Schminken ab. Ich wollte wissen, warum sich die Frauen anmalten, sie empfahl mir, die Frauen selbst zu fragen. Wann immer ich mit meiner Mutter in der Stadt war, fragte ich die Verkäuferinnen im Schuhgeschäft oder an der Kasse im Kaufhof, warum sie sich eigentlich schminkten. Die jüngeren Frauen reagierten darauf sehr souverän, sie meinten, dass sie besser aussähen. Nur manche der älteren zuckten zusammen und lächelten unsicher. Manchmal hatte meine Mutter Spaß daran, manchmal nicht. Die Gründe waren mir nicht klar. Ich hörte auf zu fragen, als ich zwölf wurde. Ich hatte meine Antwort gefunden; die geschminkten Frauen waren ohne Zweifel die spannenderen.

Erotik und Moral hatten es miteinander nicht leicht. Ich zog mich zurück in den Keller und durchsuchte alle Ausgaben von *Emma* und *Courage* nach Geschichten über Sex und einschlägigen Abbildungen. Die halb nackten Mädchen auf den Rätselheften am Kiosk hätten es auch getan, aber der Zugang dazu war mir in jeder Hinsicht versperrt. Die Schrottkisten im Rücken, las ich Kampagnen gegen Vergewaltiger, Reportagen aus dem Leben von Prostituierten, Anklagen gegen das Frauenboxen und Dokumentationen über den weiblichen Masochismus. Der Kellergestank des Papiers, der Geruch von rostigem Eisen und die Angst vor Entdeckung waren die weiteren Zutaten dieser intensiven Mischung.

Ich mochte Mädchen. Aber mochte ich sie so, wie die anderen Jungs Mädchen mochten? Mich unter Jungs fast niemals wohl zu fühlen und unter Mädchen bedauerlicherweise auch nicht mehr, war schlimm. Trennender noch als dies aber war, dass ich die Musik der anderen nicht verstand. Zu Pop oder Rock fehlte mir jeglicher Zugang. Ich war glücklich mit Degenhardt und Wader, die ich inzwischen zu Hause auch selbst auflegte – die Bay City Rollers, ABBA, Smokie, Kiss, Queen und Status Quo aber blieben für mich nichts als gut auswendig gelernte Namen. Es war völlig unmöglich, mir vorzustellen, dass die Leute, die solch eine Musik machten, sich Leute wie mich als Hörer vorgestellt hatten, als sie sie schrieben, und ich wollte nie Mitglied in einem Club sein, der Leute wie mich nicht auf die Gästeliste setzte.

Die Bands drückten ein Lebensgefühl aus, das ich nicht verstand, amerikanisch, fremd und albern. Ihre Träume waren nicht die meinen. Selbstverständlich spürte ich dabei den sozialen Druck der Gleichaltrigen in der Schule und fühlte mich zeitlos greisenhaft dabei. Aber die Musik ließ sich kaum über den zweiten Bildungsweg nachholen. Als 17-Jähriger versuchte ich es später schüchtern mit Simon & Garfunkel. Bald konnte ich fast alle Liedtexte auswendig, aber leider fast keine Melodie, bis auf jene Weisen, die ich schon aus der »Jungschar« kannte; das Duo knüpfte nahtlos an Schwester Maria an, obwohl so ein altes Paul-Gerhard-Lied hier *American Tune* hieß und Paul Simon als Komponisten auswies. Mit Simon & Garfunkel aber war bei den Mädchen wenig Staat zu machen, auch wenn Atze Schröder *Bridge over troubled water* im Nachhinein für den »ultimativen Dosenöffner« hält. Mir jedenfalls öffnete sich allein durch präzise Textkenntnis überhaupt nichts.

Ich habe etwas verpasst. Vielleicht hat es den Vorteil, dass ich jene Nostalgie nicht kenne, die mich auf Klassentreffen so befremdet – die Sehnsucht nach meinen verheißungsvollen Jahren.

Vielleicht liegen sie ja noch vor mir.

*

Hinter meinen Eltern lag der Herbst '77. Die Konsequenzen im Alltag waren nur geringfügig, es gab keine Kontakte zu den Naturfreunden mehr und auch nicht zur Solinger DKP – man hatte ohnehin nicht besonders gut zueinander gepasst. Viel gravierender aber waren die Folgen für das allgemeine Weltbild. Mein Vater hatte nie viel politischen Optimismus gehabt, dazu ist er zu sehr Realist, aber nun wurde er regelrecht fatalistisch. Auch meine Mutter hatte ihren Schwung merklich verloren. Sie war ins Entscheidungsgremium des Adoptionsreferats bei *terre des hommes* aufgestiegen und befand nun als eine von dreien direkt über die Anträge für Adoptionen. Doch die Organisation war schon lange nicht mehr die alte. Die meisten Bärte waren kürzer geworden, das Lebensgefühl von vor sieben

Jahren dahin. Es gab keine Aufbruchstimmung mehr. Die große Mehrheit derjenigen, die der Geist der frühen Siebziger nur auf Zeit gestreift hatte, trennte sich nun von einem harten Kern mit unverrückbarer Weltsicht. Schildkamps Haus sah noch immer bunt und verwildert aus, wie in den Jahren zuvor, und immer noch war jeder Besuch ein tiefes Erlebnis; die uneingeschränkt lebensbejahende Utopie hatte hier ihr zeitlos anmutendes Asyl. Aber es waren nur noch wenige, die sich den Esprit der frühen Jahre bewahrt hatten, weil er mit ihnen identisch war. Manche *terre-des-hommes*-Eltern wussten nun ganz andere Erfolge von sich und ihren Kindern zu berichten. Eine vielköpfige Familie aus Paderborn versammelte in sich eine solche Palette anspruchsvoller Interessen und erstaunlicher Leistungen, dass meine Eltern ihrerseits auf Jahresberichte gerne verzichteten und aus der immer anspruchsvolleren Olympiade des Langzeitprojekts Adoption ausstiegen. Wo 15-jährige Jungs aus Paderborn sogar Universitätsprofessoren im Tolkien-Wettkampf ausstachen, begutachteten meine Eltern die schulischen Leistungen ihrer Kinder eher mit wachsender Sorge. Für was auch immer wir unglaublich begabt sein sollten, für die Schule waren wir es jedenfalls nicht. Zwar gingen alle nach der Grundschule aufs Gymnasium, aber für Louise und Marcel blieb es ein Gastspiel. Auch von den drei anderen war keiner besonders gut. Vor allem Hannas rasant abnehmendes Interesse am Schulstoff setzte meiner Mutter zu. Je stärker abzusehen war, dass meine Schwester möglicherweise kein Abitur machen würde, umso mehr erlahmte der allgemeine Optimismus meiner Mutter.

Was sie dennoch mochte, war, zu Elternsprechtagen

zu gehen. Sie wollte jene Gestalten kennen lernen, die ich am Mittagstisch so oft und farbig beschrieb. Von meinem Lateinlehrer Rasemann ließ sie sich wortreiche Hymnen auf ihren begabten Sohn vortragen, von meinem Physiklehrer Jürgensen hörte sie, dass diese Schule gewiss nicht die richtige für ihn sei.

»Ich weiß nicht, ob er sehr intelligent ist.«

Meine Mutter ist perplex. »Wie meinen Sie das, in Physik oder überhaupt?«

»Na ja, wissen Sie, wie der auf dem Stuhl sitzt ... Also, ja schon, überhaupt ...«

Ich knie auf dem Stuhl. Für Jürgensen, so scheint es, ein Ausschlusskriterium fürs Gymnasium. Auf die Idee, dass es etwas mit meiner fehlenden Größe zu tun hat, kommt er nicht.

Mit meinem Religionslehrer Trutz ficht meine Mutter heftige Scharmützel aus. Die Weltanschauungen können konträrer kaum sein. Der sinistre Siebzigjährige, ganz Fürst der Finsternis, glaubt nicht an die Formbarkeit des Menschen durch Erziehung, sondern verrechnet ihn mit seiner biologischen Ausstattung; der Mensch ist schlecht und alles ist angeboren. Meine Mutter hat *Summerhill* und auch manches andere gelesen; sie vertritt selbstverständlich das Gegenteil. Immerhin besitzt sie einen Trumpf: Trutz schlägt seine Schüler auf die Hand – zumindest in diesem Punkt scheint auch er an die Kraft der Erziehung zu glauben.

Hinter solcher Schlagfertigkeit fielen die jüngeren Lehrer weit zurück. Vor allem die Linken, die nun mit einem Mal in größerer Zahl auf unsere Schule kamen, im Regelfall ohne allzu lange hier zu bleiben. Im Vergleich zu den Scharmützeln mit den Veteranen waren meine Konflikte mit den linken Lehrern die noch weit größeren. Die meisten von ihnen waren schlicht langweilig, ohne jeden Unterhaltungswert. Die Alten mochten reaktionär sein, sie waren doch Charaktere und nicht wenige von ihnen gute Darsteller. Die jungen Lehrer dagegen waren fast sämtlich keine Erzähler mehr und keine Schauspieler. Die wenigen Versuche in diese Richtung gingen nahezu immer daneben. Meine Erdkundelehrerin war ein ganzes Jahr durch Australien gereist, mit wechselnden Schrottautos und nahezu ohne Geld. Sie erzählte und erzählte – von sich. Als ob guter Unterricht darin bestünde, in erster Linie von sich selbst zu erzählen. Über Australien lernte ich fast nichts. Am Ende beharkten wir uns um meine Note. Fast jeder in der Klasse bekam eine Drei. Ich auch, und ich war sauer. Wann hatte ich auch jemals die Gelegenheit gehabt, im Unterricht etwas zu sagen? Ich war vierzehn und ich flüchtete mich in Sarkasmus: »Verglichen mit dem, was ich Ihnen als Lehrerin geben würde, ist eine Drei eigentlich noch eine ganz gute Zensur.«

Meine Erdkundelehrerin kochte. Sie schraubte mich runter auf eine Vier. Meine Klassenkameradin Ina Clemens belehrte mich nach Schulschluss. »Ein solches Urteil maßt man sich als Schüler nicht an.«

Auch andere Schüler waren brave Lernkinder ihrer Eltern.

Das Schlimmste an linken Lehrern war die groteske Vorliebe für ineffektive »Gruppenarbeit«. Ich wusste, dass von vermeintlich Linken nichts zu erwarten war, wenn sie für Gruppenarbeit plädierten. Es entsprach nicht im Mindesten meiner Vorstellung von einer Linken als Avantgarde. Kommunismus war, wenn wenige kluge aufrechte Leute, die Bescheid wussten, im Dienst der Allgemeinheit sagten, was getan werden musste, so wie bei uns zu Hause. Die Revolution wurde von Eliten gemacht – die Beispiele Lenins oder Castros belehrten unmissverständlich darüber –, nicht von Massen, und sie wurde gewiss nicht im sanften Tonfall in Gruppen erarbeitet.

Abstoßender noch als die Pädagogik des Zerredens aber war der befremdliche Versuch fast aller linken Lehrer, sich bei den Schülern beliebt zu machen und besonders jung, cool und witzig zu sein. Naturidentische Aromastoffe. Jeder in der Klasse, außer dem Lehrer selbst, merkte schnell, dass hier jemand den Ton nicht traf, besonders auffällig beim sehr beliebten Duzen. Lehrer sind immer alt. Seine Schüler zu duzen, täuscht über die wahren Machtverhältnisse hinweg, für die jeder Halbwüchsige ein sehr feines Gespür hat. Von der hochnotpeinlichen Anrede mit »Leute«, oder »Liebe Leute«, die mir sofort und immer unglaublich dämlich vorkam, ganz zu schweigen.

Bei Konflikten kämpften die Linken fast sämtlich mit geschlossenem Visier. Natürlich waren auch sie auf ihre Weise genauso eng in ihrem Weltbild wie mancher ältere Lehrer, nur bemühter getarnt und im Zweifelsfall weit weniger souverän. Das Problem dabei liegt auf der Hand: Schule ist keine demokratische Institution und kann es nicht sein. Lehrer werden nicht gewählt, und Schüler haben keine Mitbestimmung; alles in allem wäre dies wohl auch kaum ein wünschenswertes Ziel. Wohin also mit dem Ballast an basisdemokratischen Vorstellungen aus dem frisch reformierten Pädagogikstudium der Siebziger, wenn die Schüler den Aufstand proben? Selbst mit mir ist kein Bündnis zu schmieden. Wie auch soll es mich elektrisieren, dass sie von »neuen sozialen Rollen« phantasieren, wo wir zu Hause *Provopoli* spielen?

Die linken Lehrer konfrontieren mich mit einem ernsten Problem. Die meisten sind unsympathisch. Dagegen gibt es ein paar sympathische, liebenswerte Lehrer, wie den stellvertretenden Direktor Blochberger, der für die CDU im Stadtrat sitzt und gleichwohl eine Seele von Mensch ist. Im Deutschen Herbst hat er mich vor Trutz geschützt. Das bringt vieles durcheinander. Die Frontstellung, wer einen guten und wer einen schlechten Unterricht macht, lässt sich nicht nach den Kriterien von rechts und links unterscheiden. Doch wenn links gut und richtig, rechts dagegen schlecht und falsch ist, warum spiegelt sich das nicht in den Lehrern wider? Nörgelnd und frustriert sitze ich im Unterricht. Es ist keineswegs Trotz, sondern echte Verzweiflung über die Welt, so wie sie ist.

Das Einzige, was einigen der linken Lehrer blieb, war der Erfolg beim anderen Geschlecht. Der Charme manch eines 68ers taugte immerhin noch für die eine oder andere Mädchenschwärmerei in der Oberstufe. Frühreife Mädels auf der Suche nach Leitbildern fanden hier ihre Helden. Traurige Idealisten mit früh ergrauten Mähnen. Nie zuvor in der Geschichte hatte eine Lehrergeneration sich so Leid getan, noch nie war sie so sehr mit sich selbst und ihrer eigenen Befindlichkeit befasst.

Man konnte sich nichts vormachen. Spätestens nach zwei, drei Jahren auf dem Gymnasium Schwertstraße glaubten auch die überzeugtesten AStA-Revolutionäre von einst sich eigentlich selbst nicht mehr. Wir lasen Auszüge aus Neills *Summerhill*-Buch im Deutschunterricht und diskutierten darüber. Zehn Jahre war es her, dass das Buch in Deutschland veröffentlicht wurde. Meinen Mitschülern erschien es unglaublich seltsam, alt und fern; mit ihrem eigenen Leben in Solingen hatte das überhaupt nichts zu tun. Meine Lehrerin bemühte sich um historische Rechtfertigungen. Wir analysierten den Text mit so großem Abstand wie eine Kultur, die im vierten Jahrhundert nach Christi im vorderen Orient untergegangen war.

*

Soviel Schwung meine Eltern auch verloren hatten, an ihrem bisherigen Leben gab es wenig zu ändern. Man geht nicht von der Fahne, auch nicht – und erst recht nicht –, wenn die Sache schlecht steht. Je weniger es gab, was man nach Kräften unterstützen konnte, umso mehr sammelte sich nun an, was man um jeden Preis verhindern oder doch zumindest nicht mitmachen wollte. Zum Beispiel die neue Mode für Jugendliche. Die Schlaghosen verschwanden aus den Regalen, die Röhrenjeans traten ihren Siegeszug an. Man war ein »Disco«, trug eng anliegende Klamotten und nach Möglichkeit auch den aufgeklebten weißen Seitenstreifen an der Naht.

In Erinnerung sind die Schwüle des Sommers, die Aschenbahnen im Sonnenlicht um den abgewetzten Rasen des Fußballfeldes, die wilden Geräusche und schließlich die lauten, bellenden Stimmen der Sportlehrer. An diesem Junitag des Jahres 1978 steht die ganze Schülerschar des Gymnasiums Schwertstraße dicht gedrängt und wartend auf dem großen Platz versammelt. Bundesjugendspiele. Sigurd Aretz, mein Sportlehrer, regiert mit der Stoppuhr. Hundert-Meter-Lauf. In der ersten Reihe stehen fünf Schüler, links außen der Robert. Der Robert, das bin ich. Seit dem fünften Schuljahr nennt Aretz mich Robert, ungerührt und unverdrossen. »Der fliegende Robert« fällt mir dazu ein, klein und leicht und ein »Hans-Guck-in-die-Luft«. Das Bild schmerzt. Heute sieht der Robert tatsächlich aus, als ob er fliegen wollte. Die leuchtend grüne Turnhose gehört meinem Vater. Praktische Lösung, kein Konsumterror. Mein Vater ist ein athletischer Mann mit kräftigen Oberschenkeln. Ich dagegen bin noch immer klein und schmächtig, ein Hintern ist kaum vorhanden. Die Hose ist riesig. Aretz' Blick ist eine Tortur.

»Aha, der Robert, fesche Beinkleider.«

Die Reihe lacht. Ein paar Mädchen kichern. Dann die Trillerpfeife. Stoppuhr und ab.

Mein Start ist grandios. Der Bundzug hält, ich liege vorn. Klatschender Stoff um die Schenkel. Die Hose weht wie ein Rock, schlackert wild um die Beine. Schon nach fünfzig Metern liege ich hinten. Sichernder Griff an den Bundzug. Die Hose kostet mindestens zwei Sekunden. Spöttische Blicke beim schweißnassen Spießrutenlauf zurück. Süffisantes Grinsen. Aretz ist bester Laune: über 14 Sekunden. Richtmarke verfehlt. Irgendwas hat der Robert wohl falsch gemacht.

Der Robert macht vieles falsch. Er trägt keine Röhrenjeans, sondern die Mode, die immer gerade vorbei ist. Der Robert hat kaum Taschengeld, und eingekleidet wird er zumeist aus dem Fundus von Klamotten, die seine Mutter für den wohltätigen Verkauf zu Gunsten von *terre des hommes* gestiftet bekommt. Die Auswahl erfolgt nach Größe, Geschlecht spielt keine Rolle. Einmal erhält der Robert ein Paar schief getretene

Mädchenschnürstiefel aus Wildleder, die er auch dann schrecklich finden würde, wenn er ein Mädchen wäre. Sabine hat solche Stiefel getragen vor vielen Jahren. In der Klasse sind sie der Brüller.

Was bleibt, sind Strategien der Bewältigung. Humor und Ehrgeiz. Gerade der Sportunterricht, die beste Spielwiese für Hänseleien über Stoffturnschuhe und Schlabberhosen, bietet mir zugleich die Chance zur Kompensation. Erfreulicher als der Hundert-Meter-Lauf sind die Winterbundesjugendspiele: »Der Robert, der turnt uns jetzt mal was vor.«

Ich bin der beste Turner meiner Klasse. Zehn Jahre Judo haben mich gestählt. Handstandüberschläge, Rolle rückwärts in den flüchtigen Handstand, Mühlenumschwung am Reck und Standwaage in vollendeter Grazie. Besser ist nur Maxi Gnauck. Auf den Judo-Urkunden stehen die Namen der Kampfrichter und Trainer. Auf den Turn-Urkunden stehen Präsidenten. Willi Weyer, der Sportpräsident, auf der Siegerurkunde und Walter Scheel auf meiner Ehrenurkunde: »Aus Anerkennung verleihe ich diese Urkunde«. Scheel ist ein Laumann, der erste Warmduscher im Bundespräsidialamt; vorher hatte es zwei Moralisten gegeben und einen Trottel. Scheel macht von Anfang an den Eindruck, dass er das Amt angestrebt hat, um nicht mehr viel arbeiten zu müssen. Sein einziger Markstein ist eine gnadenlose Popversion von »Hoch auf dem gelben Wagen«; das bleibt. Er ist ein Solinger, wie ich, und auch er ist auf die Schwertstraße gegangen, die Gemeinsamkeiten enden hier. Das seltsame Interesse des Bundespräsidenten an Mühlenumschwüngen bleibt mir ein Rätsel. Es ist nicht leicht, zu begreifen, warum dieser Mensch so viel Wert darauf legt, auf meiner Urkunde zu stehen.

Die Erfolge im Turnen nützen wenig. Die Klamotten trennen schmerzhaft. Besonders peinlich ist, dass ich eines Tages mit einem hübschen Mantel unbekannter Herkunft in die Schule gehe. Meine Klassenkameradin Ina Clemens lobt den Mantel in höchsten Tönen. Endlich mal was Anständiges. Sie liebt diesen Mantel, schließlich hat sie genau den gleichen zu Hause. Der nächste Tag ist eine Katastrophe. Ina Clemens hat ihren Mantel zu Hause gesucht und nicht gefunden. Ihre Mutter hat ihn für den *terre-des-hommes*-Verkauf gestiftet. Die Meinungen, inwieweit sie dabei auch an bedürftige Precht-Kinder dachte, gehen auseinander. Meine Mutter hat Frau Clemens sagen hören, dass der Mantel doch auch etwas für mich sei; Ina dagegen weiß davon nichts. Sie fordert das gute Stück lautstark zurück. Der vorgeblich dreiste Manteldiebstahl verfolgt mich über Wochen.

Auch die anderen werden aus den einschlägigen Kisten versorgt. Besonders übel trifft es Georg. Von allen Kindern ist er das hübscheste, ein groß gewachsener schlanker Junge mit längeren blonden Haaren, aber es nützt ihm wenig. Meine Mutter schickt ihn mit einer ockerfarbenen Opa-Joppe im Honecker-Stil in die Schule. Im Landschulheim schämt er sich für den abgewetzten Frottee-Schlafanzug mit Hochwasser, das gute Stück lässt sich auch dadurch nicht strecken, dass man versucht, die Hose mit den Hacken lang zu ziehen. Sein Selbstbewusstsein ist ohnehin nicht das beste. Noch immer kommt er bei den anderen schlechter an als Marcel. Da er inzwischen fast so groß ist wie Hanna, muss er nun auch noch ihre abgetragenen Sachen anziehen: gebatikte T-Shirts, vor fünf Jahren der letzte Schrei, Mädchenjeans mit geflochtenen Schlaufen und

Ballettschuhe für den Sportunterricht. Die inzwischen völlig untragbaren Schlaghosen wachsen weiter in die Länge, eine angenähte Borte an die andere. Seine Frechheiten und Clownerien in der Schule versuchen zu retten, was zu retten ist. Wenn schon vor der Klassengemeinschaft untergehen, dann mit der verzweifelten Würde des Humors.

Es ist nicht leicht, ein Precht-Kind zu sein, gefangen in einem Wertesystem, das eine bunte Vergangenheit, aber offensichtlich kaum eine Zukunft hat. Die Leichtfertigkeit, mit der Äußerlichkeiten wie Klamotten beiseite gewischt werden, bereitet allen Kindern Sorgen und manche peinlichen Momente. Die schönen Norweger-Pullover, die meine Mutter in Dänemark für jeden von uns strickt, sind der einzige Lichtblick.

Meine jüngeren Geschwister waren im Deutschen Herbst sieben Jahre alt, vom Terrorismus hatten sie kaum etwas mitbekommen, und die geistigen Grundlagen meiner Eltern aus der Zeit der späten Sechziger und frühen Siebziger waren ihnen fremd geblieben. Sie wussten, dass sich die Spielregeln bei uns sehr von den Spielregeln in der Siedlung und in der Schule unterschieden, aber die Beweggründe dafür waren ihnen nicht klar. Sie nahmen die Unterschiede hin, und jeder baute sich seine eigene Brücke von der Welt unserer Familie zur sozialen Wirklichkeit, die ihn umgab. Mochten unsere Eltern noch so sehr ihre Vorstellungen von Werten und von Gerechtigkeit leben, so beeindruckten Marcel vielmehr die Werte und das Ehrgefühl der Unterschichtskinder, mit denen er Freundschaft schloss. Sein Gebrauch von Schimpfwörtern hatte hörbar zugenommen. Auch Louise übernahm von ihren Freundinnen vieles, was den Vorstellungen unserer Eltern widersprach.

Meine Mutter wusste, dass auf die Selbstzensur meiner jüngeren Geschwister weit weniger Verlass war als auf meine. Deren Nachmittage bei den Nachbarskindern bestanden aus ganzen Abfolgen von »Captain Future«, »Biene Maja«, »Heidi« und »Wickie« – das ganze Sortiment der verbotenen Zeichentrickserien. Doch was sollte sie tun? Eine Mauer um unser Grundstück zu bauen, war keine praktikable Lösung. Das Einzige, was ihr blieb, war Spott: »Ihr habt ja schon wieder ganz viereckige Augen.«

Entlarvt und getadelt. Marcel und Louise konnten damit leben. Die schwierigere Position hatte Georg. Ein Spagat zwischen dem Wertekosmos seiner Schul- und Siedlungsfreunde und der Moral der Familie, die ich, ganz von meinen eigenen Phantasien und Phantasmen erfüllt, schwärmerisch an ihn weitergab. Von Dynamo Kiew war nach '78 nichts mehr zu sehen und zu hören. Die tonangebenden Mannschaften kamen nun aus England – Liverpool und Nottingham Forest. Georg, der Blochin nie hatte spielen sehen, wurde Liverpool-Fan, und auch andere Jungs in der Siedlung ließen sich davon anstecken. Ebenso erfolgreich war meine Aquarienleidenschaft, die sich über Georg auf andere Kinder in der Siedlung übertrug. Eine untrennbare Einheit von Stars wie Kevin Keagan und Kenny Dalglish mit Palembang-Kugelfischen und getüpfelten Schwielenwelsen. Zinkklammern und Saugfilterpumpen auf der einen Seite, *kick and rush* auf der anderen.

Marcel dagegen war für keines von beidem zu haben. Er hatte Pferde und Pferdebücher für sich entdeckt, die einzigen Tiere neben Hunden, die mich definitiv nicht interessierten. Und Louises Welt gruppierte sich um ihren Kassettenrecorder. Jeden Mittwoch kam Mel

Sandocks Hitparade im Radio, und das Aufnehmen war ein festes Ritual. Auf dem Nachtkasten türmten sich die mit Filzstift bekritzelten Kassetten.

*

Der Taschenrechner heißt TI-30, und seine Anschaffung ist »obligatorisch«. Es ist meine erste Begegnung mit diesem Wort. TI steht für *Texas Instruments* und Taschenrechner für den technischen Fortschritt.

Meine Mutter will keinen Taschenrechner kaufen. Mein Mathelehrer Herr Berg schüttelt den Kopf und verweist auf eine Norm. Phantasielos wiederholt er, wie obligatorisch der Erwerb sei; den Fall einer Weigerung hat niemand vorgesehen.

Ich beharre darauf, dass ich den TI-30 nicht will. Leider bin ich es, der Herrn Berg von der Überflüssigkeit der Taschenrechner im Schulunterricht überzeugen muss, und nicht meine Mutter. Jahrtausendelang haben Kinder ohne Taschenrechner die höhere Mathematik gelernt, das muss sich 1979 nicht ändern. Besonders sicher bin ich mir meiner Sache nicht: »Wir brauchen keine Taschenrechner.«

Herr Berg ist unwillig. Meine Weigerung hat er verstanden, die grundsätzliche Dimension nicht. »37,40 DM ist doch nicht viel. Das ist ein Sonderpreis.«

Das, was man nicht haben will, kauft man auch nicht zu einem Sonderpreis. Ich rede viel und um einiges herum.

Die Lage ist aussichtslos. Herr Berg ist gedankenlos überfordert. Er hat keine Lust, sich damit zu befassen; würde er es tun, wüsste er gewiss nicht weiter. Ein Vorteil für ihn, dass er mich angesichts meiner dürftigen Mathekünste ohnehin für einen Schwätzer hält. So einer wie der Precht blüht nur in den »Orchideen-Fächern« Deutsch, Geschichte und Religion auf. Hätte Herr Berg darüber zu entscheiden, gäbe es wohl keine Orchideen-Fächer mehr und auch keinen Precht mehr auf dem Gymnasium.

So aber bleibt das Problem mit dem Taschenrechner.

Meine Mutter empfiehlt mir, den vietnamesischen Rechenschieber mit in die Schule zu nehmen; der Sage nach lässt sich auch Algebra damit betreiben. Die Vorstellung, wie ich mit den Holzperlen klappere, während die anderen lautlose Logarithmen in ihre Texas-Instrumente eintippen, gefällt ihr sehr; ein ernster Vorschlag ist es eher nicht.

Meine Mutter blieb hart. Vor einigen Wochen hatte der Elternbeirat über die Taschenrechner abgestimmt. Sie war dagegen gewesen. Das flammende Plädoyer für die Anschaffung kam von Frau Tückmantel, der Inhaberin des bekanntesten Schreibwarenladens der Stadt, die einen Sohn in Hannas Klasse hatte. Von ihren finanziellen Absichten redete sie nicht. Die Schule kaufte Hunderte von Taschenrechnern bei Tückmantel.

Die Weigerung meiner Mutter aber hatte noch weit tiefer liegende Gründe. Dem Taschenrechner, seine Verfechter wiesen unausgesetzt darauf hin, gehörte die Zukunft. Doch was für eine Zukunft sollte das sein? Hatte sie eine inhaltliche Bestimmung, oder war sie nur eine inhaltsleere Zukunft der Technik und des Kommerzes? Für meine Mutter ist die Art von Fortschritt, für die der Taschenrechner steht, die falsche; eine Antwort auf eine nicht gestellte Frage. Die Technik sollte den Menschen in einer zukünftigen Gesellschaft dienen, nicht die Menschen der Technik. Solange es an einer entsprechenden gesellschaftlichen Dimension mangelte, war jede Diskussion um den technischen Fortschritt Blödsinn.

Das Computerzeitalter ist gerade mal geahnt. Mein Mathelehrer, der Schuldirektor und Frau Tückmantel stehen für diesen Aufbruch. Vertrauen erweckt das nicht. Hanna und ich überleben viele Jahre Mathe-Unterricht auf dem Gymnasium ohne Taschenrechner. Bei Klassenarbeiten sind wir die Einzigen, die fast alle Aufgaben nicht ausrechnen können. Mein Mathelehrer überzieht mich mit Spott, er kapiert weiterhin gar nichts. Meine Mutter hat ein Einsehen. Sie ermuntert uns dazu, für Klassenarbeiten einen Taschenrechner im Sekretariat zu leihen. Das geliehene Gerät liegt auf meiner Schulbank und ist für mich völlig wertlos. Ich beherrsche die Tasten nicht, bei denen man für die eine oder andere Funktion doppelt drücken muss und Ähnliches. Die meiste Zeit verbringe ich damit, den Taschenrechner zu verstehen. Irgendwann sind die Tasten nass von Tränen. Meine Mathe-Arbeiten werden sich nicht verbessern.

Der Streit um den TI-30 setzte mir zu. Es waren weniger die Debakel bei den Klassenarbeiten als etwas ganz anderes: Der Fortschritt war mit einem Mal in den Händen der anderen. Ohne Zweifel hatte der Taschenrechner etwas mit dem Terrorismus zu tun. Der Baader hatte mir die Zukunft genommen, der Herbst '77 alles schwieriger gemacht. Die Geschichte der Linken war nun keine aufsteigende Linie mehr zu einem festgelegten Ziel. Alles war unsicher geworden, die Linie und die Ziele. Das Schlimmste daran war, dass die Linken von nun an immer nur bremsen wollten, statt zu überholen. Dem Kulturoptimismus, den Fortschritt und damit die Zukunft auf seiner Seite zu haben, war der Kulturpessimismus gefolgt gegen das, was jetzt allgemein als Fortschritt ausgegeben wurde: die Technisierung der Lebenswelt und mit ihr die Aufhebung der sozialen Dimension in einem technischen Programm. Die Fünfziger und frühen Sechziger waren eine Zeit der Technik für jedermann gewesen: Autos, Kühlschränke, Waschmaschinen, Fernsehen, Elektrorasierer und Handrührgeräte. Der Erfolg der Firma, in der mein Vater Haushaltsgeräte entwarf, erzählt darüber viel. Die späten Sechziger und frühen Siebziger dagegen hatten wenig nennenswerte technische Neuerungen für den Alltag hervorgebracht. Die Kartoffelschälmaschinen und Eierkocher, die mein Vater zu Probezwecken mit nach Hause brachte, funktionierten nur schlecht und gingen nie in die Produktion. Nun aber, zum Ende der Siebziger, änderten sich erneut die Zeiten: Taschenrechner, Digitaluhren und nach und nach die ersten Computer versprachen eine neue gesellschaftliche Utopie des komfortablen Lebens. Der Optimismus der Technik und ihre Rhetorik hatten die Linke rechts überholt und verhießen nichts Gutes. Eine ganze Kette von Zusammenhängen ergab ein kompaktes Weltbild. »Die Zukunft ist der Computer, und Computer brauchen Strom« – der Satz kursierte überall, begleitet von einer Schlussfolgerung, nach der Deutschlands Zukunft nur durch den Bau von Kernkraftwerken gesichert werden konnte. Die Gleichung war aufgestellt: Kernenergie plus Computer gleich Zukunft.

Die Rechten witterten wieder Morgenluft. »Freiheit statt Sozialismus« hatte die CDU noch 1976 plakatiert.

Ein rückwärts gewandtes Motto, gesucht und gefunden im Fundus des Kalten Krieges. Der Versuch war hilflos. Seit den Ostverträgen war die Sowjetunion nur noch eine mäßig überzeugende Drohkulisse. Und dass Helmut Schmidt kein Sozialist war, wussten auch die Wechselwähler. Seit Mitte der sechziger Jahre hatte die CDU den Zugang zum Zeitgeist verloren, ihr war einfach nichts Neues mehr eingefallen.

Jetzt aber gewann sie ihn zurück. Das Wort Zukunft kam wieder auf die Plakate der Landtagswahlen, und die von den Wahlkampfstrategen Willy Brandts erfundene (und von Gerhard Schröder Ende der Neunziger wieder entdeckte) »Neue Mitte« tendierte mit der Zukunft nach rechts. Nur eine gewaltige personale Fehlentscheidung, wie die Wahl von Franz Josef Strauß zum Kanzlerkandidaten und mit ihm der Rückgriff auf den staubigen »Freiheit statt Sozialismus«-Spruch, verhinderte 1980 den fälligen Wahlsieg.

Die Gelegenheit war günstig. Die Linke hatte sich überlebt, hatte sich ins radikale Abseits manövriert oder war im Zuge des langen Marsches durch die Institutionen längst gebändigt und gemäßigt. Wer übrig geblieben war, sammelte sich spätestens nach '77 in den verschiedenen grünen und alternativen Listen. Die neuen Schlachtfelder hießen Brokdorf, Grohnde und Gorleben. Statt Kapitalismus oder Kommunismus kämpfte die Gesellschaft jetzt für oder gegen eine seltsam kleine Technologiefrage: für oder gegen die ominöse Kernenergie. Der Bau von Atomkraftwerken geriet zum Symbol. Ein vergleichsweise belangloser Nebenkriegsschauplatz war nach dem Deutschen Herbst zum Hauptkriegsschauplatz geworden. Am 17. März 1979 gründeten sich die GRÜNEN.

Meine Mutter fand die GRÜNEN frech und witzig. Auf gewisse Weise verkörperten sie viel von dem, was die Kommunisten, die sie aus Solingen kannte, nicht waren: jung und inspirierend, unkonventionell und mutig. Die antibürgerliche Ästhetik erhielt nun wieder neue Klamotten. Seit Anfang der Siebziger hatte meine Mutter sich so gekleidet, wie es nun die GRÜNEN taten, und der Traum vom Aufleben der Atmosphäre, die sie bei Schildkamps so geliebt hatte, schien mit einem Mal in noch viel größerem Maßstab realistisch.

Mein Vater war skeptischer. Auch ihm gefiel, dass wieder etwas Neues passierte, aber das Weltfremde daran war doch unübersehbar. Anders als den Kommunisten ermangelte es den GRÜNEN an jedem gesellschaftlichen Fundament; keine Analyse, zu wenig Vernunft. Häkelnde Hausfrauen und makrobiotische Ernährung waren kaum ein tragfähiges Fundament für eine »andere Gesellschaft«. Wer einfach nur irgendwie dagegen war, hatte keine Perspektive, an der er arbeiten konnte, und der Bedeutungswandel von Marx zu Morgenthau erfolgte nicht ohne einen erheblichen Verlust. Das Dafür der GRÜNEN war mit Sonnenblumen und Friedenstauben noch abstrakter als die Embleme der Linken. Ein positives Ungefähr aus sauberen Flüssen, abgesägten Strommasten und weniger Technik. Die »Abschaffung des innerdeutschen Luftverkehrs« und die weitgehende Umstellung des Autoverkehrs in den Großstädten auf Fahrräder hörten sich lustig an, realpolitisch betrachtet jedoch, waren es finstere Scherze. Was also würden die GRÜNEN tun, wenn sie einmal Macht haben würden? Wie würden sie sich zu den kapitalistischen Produktionsbedingungen verhalten, und was hatten sie den Arbeitern zu bieten und was den Gewerkschaften?

Dass nun die GRÜNEN ein immer reicher genutztes Auffangbecken der Linken wurden, war ein nicht unbedenklicher Prozess. Programmatisch gesehen nämlich, ließen sie sich kaum als ein reibungsloser Anschluss an die linke Weltanschauung verstehen. Bisher jedenfalls hatte zum Linkssein fast zwingend der technische Fortschritt gehört, die Befreiung des Arbeiters von der Knochenarbeit durch immer bessere Maschinen. Die Maschinen arbeiten – die Arbeiter singen, träumte die Utopie. Auf der Platte vom *Baggerführer Willibald*, die ich als Achtjähriger fast täglich gehört hatte, pries Dieter Süverkrüp noch den Einsatz der modernen Technik in der sowjetischen Landwirtschaft:

Nun hört uns doch mal zu:
Das Ding, das ihr da heut erblickt,
das hat uns Kalinin geschickt,
das Ding ist ein Traktor.
Wo sonst mit Pferd und Pflug
der Muschik sich geschunden hat,
geht jetzt die Sache spiegelglatt,
der Traktor schafft's im Nu!

Das schöne Bild von Stalins Landwirtschaftsminister Kalinin, der dem Muschik, dem russischen Bauern, den Traktor gebracht hat, bekam jetzt Risse. Aber waren die GRÜNEN eine Alternative? In gewisser Weise waren sie meine von Kindertagen an gewünschte Synthese von Che Guevara und Grzimek. Zugleich aber hatten sie all das, was ich an meinen linken Lehrern verachtete. Irgendwie waren auch sie keine Elite. Und einer Fraktion zuzugehören, die keine Elite war, erschien mir völlig undenkbar. Dass ich trotz allem dann doch immer wieder mit den GRÜNEN sympathisierte, hatte einen sehr unmittelbaren Grund: meinen Biologielehrer.

Studiendirektor Udo Seifert ist eine Größe. In Solingen ist der Vertrauensmann der Landesanstalt für Ökologie und ausgewiesene Vogelkenner weltberühmt. Meine Vorfreude auf diesen Lehrer ist groß. Seifert hat sich in die Solinger Schlagzeilen gebracht, weil er für das Existenzrecht von Habichten in der Stadt eintritt; die Solinger Kleingeflügelzüchter sehen das anders. Ich bin auf Seiferts Seite, schon in der ersten Stunde lobe ich ihn für seinen Kampf, doch mein zarter Annäherungsversuch verebbt in einer spröden Reaktion. Der Zuspruch 15-jähriger Jungs mit Parka und Fernglas bedeutet Seifert nichts. Meine Enttäuschung ist maßlos.

Schon nach kurzer Zeit sehen wir unsere stille Leidenschaft vom jeweils anderen als entweiht an. Empört, dass die Ornithologie Menschen wie Seifert als Verbündete zulässt, wandelt sich mein Respekt für ihn in offene Feindschaft. Geteilte Gefühle. Für Seifert sind langhaarige Vogelkundler wie ich eine Provokation. Natürlich geht es ihm dabei nicht um den Jungen in seiner Klasse. Die Mühe, mich zu bestimmen, macht er sich kaum. Vielmehr wittert er den Typus. Dass die sozialen Utopien ausgerechnet bei den Umweltschützern Asyl beantragt haben, verstört Menschen wie Seifert sehr. Bis Ende der siebziger Jahre waren Ökologie und Umweltschutz eine Sache der Konservativen, die wenigen umweltbewegten Linken fielen kaum ins Gewicht. Ob Deutscher Bund für Vogelschutz oder Rheinisch-Bergischer Naturschutzverein – der Begriff »Umweltaktivist« ging hier niemandem über die Lippen. Umweltschützer klassischer Prägung waren keine

»Aktivisten«. Für Seifert jedenfalls ist dieses linke Wort der Zugehörigkeit zu einer Terrorszene verdächtig und somit die schlimmstmögliche Beschimpfung.

Warum usurpieren linke Idioten wie Jürgen Trittin, Thomas Ebermann, Rainer Trampert und Antje Vollmer, die noch fünf Jahre zuvor maoistische Gruppen formiert haben, mit einem Mal die Umwelt und interessieren sich für Bäume und CO_2-Emissionen? Eine feindliche Übernahme ungeahnten Ausmaßes. Der Vertrauensmann der Landesanstalt für Ökologie rüstet zum Kampf. Alles, was nun neu in den Umweltschutz hineingetragen wird, wird wieder herausgekehrt. Ein kleiner Glaskasten gegenüber den Biologieräumen sorgt von nun an für die Gegenpropaganda: »Umweltschutz findet nicht im Saale statt und auch nur selten auf Demonstrationen.« Ein Flugblatt informiert über den sauren Regen als eine zyklisch bedingte Regeneration des Waldes. Linke Phrasen weggeblasen. Umweltschutz ist eine Sache von Gummistiefeln, nicht von gesellschaftlichen Parolen.

Die Freund-Feindlinien sind klar markiert. Konservativen Ökologen vom Schlage Seiferts kann Umweltschutz gar nicht konkret genug sein. Einen Nistkasten für Wasseramseln aufzuhängen, ist eine ökologisch sinnvolle Tat. Die Zurechnung der Schäden an Wald, Bach und Flur dagegen kann gar nicht abstrakt genug sein. Verursacher und Schuldige gibt es fast keine, eine direkte Kritik an Politikern und Firmen bleibt aus. Das Feindbild ist »die Menschheit«. Ein dankbarer Gegner, denn er verpflichtet zu nichts. Die linke Ökologie dagegen funktioniert genau umgekehrt. Umweltschutz ist eine weitgehend abstrakte Sache und konzentriert sich in der Praxis auf wenige symbolische Taten, wie das Umsägen von Strommasten. Die »Schuldigen« aber – Stromkonzerne, Chemie-Unternehmen und Wirtschaftspolitiker – können gar nicht klar genug benannt werden. Das Feindbild ist der hoch industrialisierte »Kapitalismus«.

Seifert kämpft. Es geht um die Deutungshoheit über die bergischen Wälder und Tümpel. An der Seite von Linken und Langhaarigen macht Umweltschutz sichtlich keinen Spaß mehr. Spaß bereiten ihm jetzt nur noch seine Mädchen im Leistungskurs. Seit zwei Jahrzehnten schon provoziert er sie mit harmlosen Späßen, zum Beispiel wenn er den Menschen als »nackten Affen« bezeichnet, inspiriert vom gleichnamigen Buchtitel des Bestsellers von Desmond Morris. Einige strebsame Mädchen des von Seifert bevorzugten Typus der »Bergischen Hausfrau« tun ihm den Gefallen, sich zu empören, und zeigen sich gelehrig genug, um an den richtigen Stellen zu protestieren.

Nun aber protestiert Seifert. Auf meinem Schulranzen prangt ein Aufkleber – ein Stück Fleisch, eingebettet in blanke Knochen: »Bitte keinen Harrisburger!« Am 28. März 1979 hatte es im Atomkraftwerk von Harrisburg in Pennsylvania eine Kernschmelze gegeben, der Druckwasserreaktor geriet aufgrund von menschlichem und technischem Versagen außer Kontrolle. Die Folge war eine Wasserstoffexplosion, nicht allzu dramatisch, aber für die Umweltbewegung der Beweis für die Gefährlichkeit der Kernenergie. Für Seifert noch lange kein Grund für grüne Propaganda. Die Kernenergie beunruhigt ihn nicht, die zahlreichen »Atomkraft? Nein Danke!«-Aufkleber auf Tornistern und Mofas und mein »Harrisburger« dagegen schon. Die Schule veranstaltet eine Lehrerkonferenz. Die Mehrheit ist sich einig: Politik gehört nicht in die Schule! Die »vorrevolutionäre« Zeit von 1977 allerdings ist vorbei; entschieden gegen die Aufkleber vorgehen will man nicht.

*

Im Januar 1980 formierten sich die GRÜNEN zur Bundespartei, und im Mai besetzten über fünftausend Atomkraftgegner das Gelände des geplanten Atommüll-Endlagers bei Gorleben, um ein Runddorf zu errichten, die »Freie Republik Wendland«. Die Polizei und der Bundesgrenzschutz räumten mit Baggern und Wasserwerfern. In Berlin-Kreuzberg besetzten »Alternative« und »Autonome« zahlreiche Häuser.

Im Herbst 1980 fuhren auch wir nach Berlin. Der Sohn meiner Großtante väterlicherseits, »Onkel« Klaus, wohnte schon seit langer Zeit in Kreuzberg. Er war zehn Jahre jünger als mein Vater, und seine Erinnerungen an Hans-Jürgen waren schwärmerisch. Klaus war gerade in der Pubertät gewesen, als er meinen Vater das erste Mal getroffen hatte, braun gebrannt, kurz nach der Wiederkehr von einer seiner Spanienreisen. Mein Vater war Motorrad gefahren, und hatte im Mittelmeer geschnorchelt. Als Klaus ihn sah, kochte er gerade Nudeln. Ein kochender Mann! Das Gefühl der Spontaneität und Leichtigkeit, das mein Vater dabei in Klaus' Augen versprühte, imponierte ihm sehr; die erste Begegnung mit einem abenteuerlichen unbürgerlichen Lebensgefühl in seiner kleinen Göttinger Welt. Klaus lernte kochen und machte weite Reisen, aus dem Schnorcheln wurde bald ein professionelles Tauchen.

Nun saßen wir in Klaus' großer gemütlicher Küche. Die Wohnung hatte hohe Stuckdecken, einen langen

Flur und war ein Palast, ausgefüllt mit Kinderträumen. Zwei riesige Aquarien standen in den Vorderräumen, großformatige Fotos zeigten den schwarz gelockten bärtigen Klaus mit Pelzmütze im sibirischen Schnee, Fundstücke vom Meeresboden hingen an den Wänden, und so viel Leben wie in seiner Küche hatte ich seit Schildkamps Tagen nicht mehr gesehen. Klaus selbst gehörte in dieses Reich wie reingemalt; eine idealisierte Sjöwall/Wahlöö-Figur, so sinnlich wie Lennart Kolberg und so lässig wie Gunvald Larson. Überall, so schien es, hatte er gleichgesinnte Freunde. Der nette Türke im Haus, der seine Fische versorgte, wenn er mal wieder auf großer Fahrt war, und ein wilder Freundeskreis fürs ungezügelte Kochen. Für alles hatte er starke Sprüche und Ausdrücke bereit, sein alter abgewrackter Mercedes war seine »Schleuder«, die Oma am Fenster eine »Knusperguste«. Allein seine etwas blasse Frau und seine beiden Kinder, die mir nichts sagten, passten nicht ganz zu dieser feurigen Erscheinung.

Tags darauf gingen wir durch die Kreuzberger Straßen, verfallene Fassaden im Morgenlicht, aus den Fenstern hingen weiße und rote Fahnen. Viele Häuser waren besetzt und mit Parolen beschmiert. Das historische Kopfsteinpflaster, der Geruch von modrigem Kastanienlaub und die flockigen Kommentare von Klaus. Wieder einmal erschien mir die Welt bei uns zu Hause in Solingen klein und seltsam: Meine Eltern ließen ihr Leben verstreichen, anstatt in Berlin zu sein, wo tatsächlich etwas los war. Ich fragte mich, was Klaus wohl über meinen Vater, sein Idol, dachte, der nun neben ihm her trabte und sich farbig erzählen ließ: von Hausbesetzungen und Straßenschlachten, linker Szene und wildem Leben. Ein etwas müdes Idol; ein Vater von fünf Kindern, eingespannt in ein verplantes Familienleben.

Abends gingen wir zusammen in den Zoo. Eigentlich war es nur der Auftakt für den Moment, dem ich so lange entgegengefiebert hatte. Am nächsten Tag würde ich mit Georg den Ostberliner Tierpark besuchen, den größten Zoo des Erdballs. Ich würde jeden einzelnen Weg entlanglaufen, den ich sechs Jahre lang mit dem Finger auf dem Lageplan nachgezeichnet hatte. Der Zoo im Westen hatte mich zuvor kaum beschäftigt. Zu meinem Erstaunen gab es hier so viele spektakuläre seltene Tiere, wie ich sie noch nie in einem Zoo gesehen hatte. Dicht gedrängt standen die Besucher im goldenen Herbstabend oder gingen durch die tadellos gepflegten Alleen. Wie schade, dass kaum Zeit blieb, auch nur die Hälfte zu sehen.

Der nächste Morgen. Onkel Klaus zeigt meinen Eltern, Georg und mir den Weg zur U-Bahn-Station Yorckstraße. Es riecht nach Pisse, schmutzige Plakate wellen sich von den Fliesen; das Flair der Großstadt. Postgelbe U-Bahnen wie auf den Berliner Briefmarken. Umsteigen. Friedrichstraße. Über die Grenze im Tränenpalast. Der Zwangsumtausch ist gerade auf 25 Mark erhöht worden, und ich habe die Tasche voller Geld. Dann zum Alexanderplatz. Kurzer Abschied. Meine Eltern bleiben hier. Georg und ich suchen die U-Bahn nach Hönow. Nicht postgelb, sondern braun, eng und alt wie die Straßenbahnen in Hannover. Seltsamer Geruch. Station Tierpark. Ein Mosaik in den Fliesen weist uns den Weg. Oben an der Luft empfängt uns ein denkwürdiges Bild: Plattenbauten, zehn- oder fünfzehngeschossig, und Naturfelsen, ein »Bärenschaufenster« aus monumentalem Sandstein. Neben den Plattenbauten gibt es einen Supermarkt. Wir kaufen Würstchen und Schokoriegel. Der Eintritt für den Tierpark kostet fünfzig Pfennig; der neue Tierpark-Führer ist fast identisch mit meinem alten.

Das erste Erstaunen. Der Park ist menschenleer. Zum Alfred-Brehm-Haus geht es durch einen Wald mit gewaltigen Kulissen. Dann der ersehnte Moment. Das Brehm-Haus unter tiefem Himmel. Das Gebäude steht seit fünfzehn Jahren hier, aber darum herum ist nichts als Bauschutt, Sand und Asche. Innen ist es, wie erwartet, monumental. Vor dem Löwenpanorama machen wir die erste Rast, die Würstchen sind schwer zu essen, ihre Pelle ist aus ungenießbarem Plastik, lässt sich aber auch nicht entfernen.

Wieder raus aus dem gigantischen Tiertheater ins Kalte, diese riesige Baustelle von einem Park, halb Schuttplatz und halb verwilderte Natur. Manchmal denken Georg und ich, dass wir das Tierparkgelände längst verlassen haben, bis unvermittelt doch wieder eine Koppel mit seltenen Wildeseln oder Antilopen im Nebel erscheint. Die Größe des Parks ist fast ein Fluch. Klamme Finger. Nieselregen. Die DDR im Spätherbst. Unaufhörlich rede ich Georg das Areal schön, ich habe Angst, der Westzoo könnte ihm vielleicht besser gefallen haben. Immerhin bleiben wir bis Sonnenuntergang. Wortlose Rückfahrt mit der U-Bahn, gedankenverhangen.

Meine Eltern warten am Alexanderplatz. Ein Traum in Grau. Meine Mutter schimpft über die hässlichen Neubauten zum Lobpreise des Sozialismus. Verwunschene Bauernhäuser und alte Gässchen wie in Dänemark sind ihr lieber. Hat sie gespürt, dass sie den GRÜNEN näher ist als der DDR? Kein gutes Wort über

Ostberlin. Am Abend liege ich noch lange wach und vergleiche meine Bilder im Kopf, die beiden Zoo-Führer Ost und West in der Hand. Ich rede mit Georg. Er findet beide Zoos schwer zu vergleichen, vielleicht sind sie auf ihre Weise irgendwie gleich gut. Ich grübele. Warum sind so wenig Menschen im Tierpark gewesen? Auf den Bildern im Tierpark-Führer drängen sich Massen. Ich finde keine Antwort. Als ich einschlafe, habe ich mich wieder beruhigt, ich weiß jetzt, dass der Tierpark doch der bessere Zoo ist. Wenn ich erwachsen bin, werde ich Tierparkdirektor, und ich wünsche mir, wenn schon nicht Karina Evertz, dann doch zumindest diese süße feurige schwarzhaarige Eislaufprinzessin aus der DDR zu heiraten, die letztes Jahr bei den Europameisterschaften so toll gelaufen ist, auch wenn sie am Ende nur Vierzehnte wurde.

Das Erste kann ich schaffen, ich weiß das. Nur das mit den Mädchen bleibt schwierig.

Ein bisschen Frieden

Ich bin nur ein kleines Mädchen, und ich sing nur dies Lied.

Nicole

Erinnerungen beschweren die Schritte. Mein Vater springt die Treppe hinunter, wie er sie immer hinuntergesprungen ist. Ein Galoppieren, kein Schreiten, den neuen Umberto Eco unter dem Arm.

»Der Herzog von Aosta – Befehlshaber der italienischen Truppen im Abessinien-Krieg.«

Der war früher in seinem Sammelheft mit Zeitungsausschnitten, eingeklebt neben den Kriegshelden Topp und Mölders, Galland und Rommel. Mehr als sechzig Jahre lang hat mein Vater nicht gewusst, wer das eigentlich war. Auch ich habe den Namen des Herzogs schon gehört, hätte ihn aber eher in den spanischen Erbfolgekrieg verlegt oder in den Freiheitskampf der Niederlande.

Mein Vater blüht auf, wenn er wie jetzt vom Herzog von Aosta erzählt, mit starker Mimik, die ausgerechnet Heiner Geißler immer ähnlicher wird, die heruntergezogenen Mundwinkel in dem von 72 Lebensjahren gefalteten lebhaften Gesicht; der wache Geist in einem vitalen Körper. In der Hitze treten die Adern hervor, auf seinen großen Händen und seinen muskulösen Unterarmen. Die athletische Ausführung meiner selbst. Die gleiche leicht geneigte Haltung, den Kopf etwas vorgereckt, die verschränkten Arme.

Wir sind auf den Balkon getreten. Das grelle Mittagslicht im Garten, die weißen gleichförmigen Häuser wirken nackt und entblößt. Wie viele verschiedene

Sorten von Balkons man sich ausdenken kann, Glasbausteine, geteertes Holz, Stahlrohr, Bastmatten. Seit 1999 wohnt mein Vater jetzt hier bei Julia. Wieder ein Einfamilienhaus in einer Reihenhaussiedlung und wieder niedrige Decken.

Es ist einer jener Momente, die stehen bleiben, weil nichts passiert. Mein Vater spricht weiter, ruhig und gleichförmig der Sekundenzeiger auf der Uhr. Die Gedanken schweifen. Heute Vormittag bin ich in der Klemens-Horn-Straße gewesen, mal wieder nach langer Zeit. Manches von dem, das noch wie früher ist, erscheint heute seltsam und fremd: die Garagenhöfe mit den gebogenen Betonpfeilern und dem Stacheldraht, eingezäunt wie Straflager, aus der Zeit, in der Autos noch selten waren und Kinder zahlreich. Die Straße ist kleiner und enger geworden, aber der Geruch ist unverändert. Es gibt Teile am Menschen, die altern schnell; der Geruchssinn altert nicht und auch nicht die Verführbarkeit durch Sonne und Farben. Die gleiche melancholische Sommerstimmung hatte ich schon als Kind.

Ich suche den Durchgang zum oberen Hof, das Eisentor, durch das ich mich nicht mehr quetschen kann. Ein bisschen ärgere ich mich schon darüber. Ich wollte nie groß werden, schon deshalb, weil ich mich dann nicht mehr durch die engen Abstände des Gitters würde schieben können. Ich bleibe draußen. Ein paar altbekannte Namen auf den Klingelschildern lassen sich noch finden. In unserem ehemaligen Haus brauche ich nicht zu gucken, Christians' sind ja schon vor uns weggezogen, Herr Christians ist gestorben, Frau Breuer lebt auch nicht mehr, nein, da wohnt keiner von früher.

Manches ist ordentlicher als damals. Die Häuser sind heller, mit Pastellfarben bemalt, und mehr abgesteckte Parzellen trennen die Hinterhöfe. Im unteren Hof, wo Holgers Sandkasten war, steht ein Fertig-Gartenhaus; keine Chance mehr für mich, die Sägeblätter zu suchen, die Schraubenzieher, die Herr Christians nie fand.

Anderes ist wilder, verlotterter. Der Zustand der Straße ist schlechter, viele Schlaglöcher, der Asphalt aufgebrochen, die Stadt hat kein Geld mehr, heißt es. Selbst die Kanalisation ist an einen US-Konzern verpachtet, für hundert Jahre. Die Gaststätte an der Ecke, in der einst der Briefmarkenverein tagte, ist heute ein »Café Tuann«, ein paar türkische Jugendliche gehen an mir vorbei und verschwinden darin. Im ehemaligen Wettbüro stehen Kiefernholzmöbel, Regale mit linken Paperbacks neben der Korkpinnwand, eine Stoffhexe baumelt von der Decke. Zeitschriftenständer mit Flugblättern, ausgeschnitten aus der Zeit, vervollständigen das »Café Courage«. Die gelben Blattpflanzen in den Fenstern sehen aus, als wären sie noch von damals hier, vom Zigarrenrauch vergilbt, ausgestoßen von dicken Männern in braunen Anzügen, Kriegsinvaliden und Vatis mit Hosenträgern. »Frauentreff und internationale Begegnungsstätte« steht auf dem handgeschriebenen Zettel, Hilde Trojahn soll mit dabei sein. Die »Initiative gegen Sozialabbau« wohnt auch hier. Im Fenster die Parole: »Weg mit Hartz IV – das schaffen wir!« Wer geht hier hin?

Oben im Arbeitszimmer. Der große weiße Schreibtisch übersät mit Akten, fein beschriftete Ordner, gespitzte Stifte; die vielen Faxe in der Ablage sind für Julia. An der Wand über der Liege das große Schwarzweißfoto. Mein Vater in der Pose des amerikanischen Bildhauers Duane Hanson. Schon der Bildhauer hatte sich so hingesetzt, als wäre er eine seiner eigenen Figuren. Ein doppelter Witz, der still gestellte Mensch als Kopie seiner selbst, eine Skulptur zu Lebzeiten. Ich erinnere mich daran wie heute, das Licht war schlecht im Wohnzimmer am Westfalenweg. Ich habe es zu seinem sechzigsten Geburtstag gemacht, vor zwölf Jahren.

Auf Julias Seite hängen Andenken, Geschenke aus Nicaragua, Zeichen von zwei Jahrzehnten Engagement für die Solinger Patenstadt im Land, das einst von den Sandinisten regiert wurde. So etwas wie das bessere Kuba war Nicaragua damals, Latino-Sozialismus mit menschlichem Gesicht und ohne Folter. Lange her. Man sagt, dass Ortega, der Ober-Sandinist von einst, bald wieder an die Macht kommt, durch geschicktes Taktieren mit dem kriminellen rechten Parteiführer Aléman und den wirklich Mächtigen.

Nicaragua – dass es das überhaupt noch gibt. Und dass es noch immer all die deutschen Nica-Freundeskreise gibt, von denen in der Öffentlichkeit kaum einer mehr spricht. Ist das nicht nach der Friedensbewegung gekommen, dieses Nicaragua-Fieber? Für zwei, drei Jahre drehte sich das ganze linke Denken um fairen Kaffee. Erst Anti-Atomkraftwerke, dann Anti-Flughafenausbau, dann Anti-Pershing-Raketen, dann Kaffeesatz und am Ende Regierungspartei mit Außenminister – wie seltsam es ist, alternativ zu sein, eine historische Zappelei ohne Zusammenhalt, vom Zeitgeist hin- und hergepustet. Keine aufsteigende Linie und auch keine absteigende, eigentlich nicht mal eine Linie. Geschichte ist nicht die Abfolge historischer Ereignisse, sondern von Reaktionen. Die GRÜNEN sind die Partei, an der man es am besten merkt.

Manches von dem, was hier und im Hausflur hängt, hat Georg mal abgehängt, weil es meinem Vater nicht gemäß sei. Ethno-Kitsch, Signaturen einer als echt und ursprünglich betrachteten tausendjährigen Indianerkultur; im Solinger Reihenhaus stehen sie für Staub und Vergänglichkeit, für die achtziger Jahre, für überlebte Mode. Georg wollte, dass mein Vater endlich einmal so leben würde, wie es seinen Vorstellungen entspricht. Die Bilder sind wieder an der Wand, die südamerikanischen Musikinstrumente und Indio-Tücher. Keiner ist für das Leben seines Vaters verantwortlich, auch mein Bruder nicht.

Teetrinken unten im Wohnzimmer. Julia ist gerade in Venezuela gewesen. Die Wohlhabenden im Lande protestieren gegen Staatschef Chávez, weil sie zum ersten Mal ein bisschen Steuern zahlen sollen; eine alte Freundin darunter, eine überzeugte Linke aus bewegterer Zeit. War die nicht mit Rudi Dutschke beim Vietnam-Kongress? Heute lässt sie Eigenheime bauen, streng bewacht auf dem günstigen Bauland nahe der Favelas.

Mein Vater schüttelt den Kopf. Was treibt Menschen zu solchen Wandlungen? Er selbst hat nichts zu revidieren, seine Grundwerte von Selbstlosigkeit und Gerechtigkeit haben sich nicht verändert. Und der Sozialismus? Mein Vater hat nicht an den Sozialismus *geglaubt*, weil er ohnehin nicht dazu neigte, an etwas zu glauben. Sozialismus ist eine Frage von Grundwerten, sie stehen und fallen nicht mit den Nöten und Notwendigkeiten praktischer Politik. Gleichwohl ist der Verfall der Glaubensgemeinschaft nicht ganz spurlos an ihm vorübergegangen.

Achselzucken. Resignation.

Das Sein bestimmt das Bewusstsein, und das Gedächtnis formt die Erinnerung, nicht das Erleben. Die Geschichte des eigenen Lebens ist das, was dem Gedächtnis zur Hand ist. Neben der Stereoanlage in der Schrankwand aus Kirschholz stehen alte Platten: Brassens, Wader, Herman van Veen.

Eine Degenhardt-Platte von 1979. Unsere habe ich mitgenommen vor zwanzig Jahren, es muss also eine von Julia sein.

»Hast du sie gehört?«

»Was?«

»Die Platte?«

Kopfschütteln. Mein Vater winkt ab. »Keine Musik mehr.«

Er hört nicht mehr so gut. Aber das ist es nicht. Er hat früher viel Musik gehört, Jazz und Klassik. Lange her. In seinem Kopf ist es still, keine Geräusche, die die Gedanken stören, ein gemalter Garten ohne Vogelgezwitscher.

Er geht aus dem Zimmer. Mein Vater verlässt nicht den Raum, er ist einfach weg, springt jetzt die Treppe hoch, noch immer schnell, zwei Stufen auf einmal, wie ein Junge, der Oberkörper wippt und schaukelt. Unvorstellbar, dass er einmal alle Stufen brauchen sollte, einen Fuß sorgsam vor den anderen setzt. Oben wird er seinen Schreibtisch aufräumen, die Papiere mit der kleinen gestochenen Schrift. Den Kaffee trinkt er auch kalt, schlürft und tippt dabei seine eigenen Erinnerungen in den Computer: Kinderlieder, unverstandene Redewendungen, Friseurgespräche, »Jungvolk«-Sprüche, der Herzog von Aosta.

Allein zurückgeblieben. Das Licht scheint durch die Panoramascheibe, tief und warm. Ich hocke mich hin.

Die Degenhardt-Platte. Nach einiger Zeit verstehe ich auch den Plattenspieler. Verstärkerknopf, Lautstärkeregler, Nadel aufgelegt. Das erste Lied, »Der Wind hat sich gedreht im Lande«, zackig nach kurzem Knistern.

*

»Das hätten sie wohl nicht gedacht, wie? Dass das auf ewig so weitergehen würde, haben sie doch gedacht: so langsam in den Sozialismus schlittern ... Und wir? Wir stehen daneben und schauen einfach zu dabei und sehen uns das an?«

Der Industriekapitän liest der Linken im Lande die Leviten. In dieser Rolle ist Degenhardt am besten, als Advokat der Gegenseite, als Vati, Gesinnungsprüfer, Verfassungsschützer und Großkapitalist. 1979 war er mal wieder unter den Ersten, die das Gras nach dem Kahlschlag des Herbstes '77 hatten wachsen hören.

Der Wind hatte sich gedreht. Der Zeitgeist wehte nun von rechts, und aus dem Osten kamen ausnahmslos schlechte Nachrichten. Im Winter '79/'80 waren sowjetische Soldaten in Afghanistan einmarschiert. Der Westen interpretierte die Intervention als Beleg der sowjetischen Bedrohung. Das Wort »Aggressor« tauchte auf, eine strategische Neuschöpfung.

Meine Deutschlehrerin Frau Schlemper verdammt den Aggressor und schreibt die populäre Losung groß an die Tafel: »Heute Afghanistan – morgen Pakistan – übermorgen der Indische Ozean.« Meine Mutter dagegen wundert sich über die politische Weitsicht von Frau Schlemper. Was die so alles weiß. Was meine Mutter weiß, klingt anders: In Afghanistan herrschen finstere Kleriker und Stammesfürsten. Sie knechten das Volk und unterdrücken die Frauen mithilfe einer grausigen Auslegung des Islam. Das Volk aber hat in freier Wahl eine kommunistische Regierung gewählt. Nun gilt es, diese Regierung vor den Angriffen der radikalen Muslime und ihrer Verbündeten, den USA, zu schützen. Deshalb sind jetzt die Sowjets als Hilfe im Land.

Meine ersten Zweifel. Das mit den Klerikern und Stammesfürsten mochte stimmen und das mit den USA auch. Dass es aber richtig sein sollte, deshalb einfach einzumarschieren, hinterließ bei mir ein ziemlich mulmiges Gefühl. So lautstark ich die Sicht meiner Mutter im Deutschunterricht verfocht, so kleinlaut war mir dabei zumute. In der Rolle einer Krieg führenden Macht hatte ich die UdSSR noch nie gesehen. Der alte Satz von der friedliebenden Sowjetunion, den ich einstmals so stolz gegenüber Frau Saure verteidigt hatte, galt nicht mehr.

Die Olympischen Spiele in Moskau 1980 fanden unter Ausschluss fast des gesamten Westens statt, die DDR-Sportler und sowjetischen Olympioniken gewannen ihre Rekordflut an Goldmedaillen nun nur noch gegeneinander und führten sich ihre Großartigkeit vor allem selbst vor. Inzwischen durfte ich den Fernseher gelegentlich auch eigenhändig einschalten, aber die deutschen Sender berichteten nur in Zusammenfassungen.

In Polen hatten die rund 17 000 Beschäftigten der Danziger Lenin-Werft ihre Arbeit niedergelegt und die Gewerkschaft »Solidarność« gegründet. Je konservativer deutsche Politiker waren, umso mehr entdeckten sie nun ihr Herz für die Gewerkschaft, zumindest in Polen. Die Erfolge der Solidarność waren groß, und die sozialistische Regierung in Polen war ernsthaft bedroht. Besonders ungünstig für sie, dass die regimekritische katholische Kirche seit zwei Jahren auf den polnischen Antikommunisten Karol Wojtyla als Papst zählen konnte. Für meine Eltern war Johannes Paul II. von Anfang an ein Mann der CIA, ins Amt lanciert, um über das labile Polen den Sozialismus im Ostblock auszuräuchern.

Von alledem schien die Entwicklung der Linken in Deutschland seltsam unberührt. Die schief gehende Weltgeschichte und der immer hinfälligere Staatssozialismus waren in weite Ferne gerückt. Man war froh, dass nach dem Rückschlag von '77 nun etwas anderes gefunden war. Die neuen Utopien beschäftigten sich vor allem mit der Heimatstadt und der Region. Wie in allen größeren Städten, so formierten sich auch in Solingen neue politische Gruppen, die so genannte alternative Szene. Es gab eine neue linke Stadtzeitung, das *Volksblatt*, sie war das Sprachrohr der Anti-Atomkraft-Bewegung, der Fahrradinitiative, der Hausbesetzer, Frauen, Kriegsdienstverweigerer und Kurden. Das neue Schlagwort hieß »Gegenöffentlichkeit«, und die Redakteure waren so jung wie langhaarig. Auch Hanna fühlte sich davon angezogen und verkaufte von nun an jeden Samstag in der Einkaufspassage einen Stapel *Volksblätter*. Im Sommer '81 fuhr sie zum Demonstrieren nach Kalkar, übernachtete in einer Scheune und trampte anschließend mit einer Freundin gen Skandinavien bis zum Nordkap.

Meine Mutter beobachtete Hannas Engagement mit gemischten Gefühlen. So sehr sie sich darüber freuen konnte, dass ihre Erziehung sichtbare Früchte trug, so sehr musste sie zugleich erkennen, dass ihre Tochter der Schule kaum noch Bedeutung schenkte. Hanna würde kein Abitur machen. Hätte meine Mutter die Wahl gehabt, sie hätte den Einsatz in der Schule demjenigen in Kalkar gewiss vorgezogen.

Meine Mutter hatte keine Wahl. Mit siebzehn zog Hanna zu Hause aus und teilte sich eine Wohnung mit Andreas, ihrem älteren vollbärtigen Freund. Die Begeisterung füreinander verflog in wenigen Monaten; Andreas' Begeisterung für meinen Vater hielt über Jahre an. Kurz nach dem Ausflug zu Andreas besetzte meine Schwester mit einigen anderen ihr erstes Haus, weniger um ihrer selbst willen, als um auf die allgemeine Wohnungsnot für Jugendliche und Gestrauchelte hinzuweisen. Die Aktion blieb in Solingen wochenlang Stadtgespräch. In das Haus, das die Stadt den Besetzern freundlich zum Tausch anbot, zog Hanna nicht ein. Die neuen Bewohner machten noch lange von sich reden. Das Häuschen verwahrloste zusehends, am Ende verfeuerten die Insassen die Türrahmen, obwohl die Stadt ausreichend Brennholz bereitgestellt hatte.

Dass Hanna fast immer dabei war, wenn irgendwo in der alternativen Szene etwas los war, sprach sich schnell herum. In der Schule mehrten sich die Gerüchte. Den meisten ihrer Lehrer galt das *Volksblatt* als kommunistische Kampfpresse, obgleich kaum einer es gelesen hatte. Einigkeit dagegen herrschte über eine Sache, die ihre pädagogischen Belange ganz unmittelbar betraf: Sie hielten meine Schwester für drogensüchtig. Ausgangspunkt der Indizienkette war ein Aufsatz, eine »Erörterung« zum Thema »Haschisch«. Die Schüler sollten abwägen, welche Argumente die schlüssigeren seien, diejenigen für oder gegen eine Freigabe von Hasch. Meine Schwester erörterte. Sie kam zu dem Schluss, dass die Freigabe sinnvoller sei als ein Verbot. Unter den Aufsatz malte sie ein Hanfblatt und den gängigen Slogan »Legalize it!«. Das Ergebnis entsprach nicht dem gewünschten Ziel. Ihr Lehrer schloss meine Schwester eilig von der gemeinsamen Klassenfahrt nach Flensburg aus, musste das Verbot aber später revidieren.

Die praktischen Drogenerfahrungen meiner Schwester waren ein paar unbedeutende Versuche mit der Dope-Pfeife und weckten bei ihr wenig Begeisterung. Das Experiment, Hanfsamen in unserem zusehends verlotternden Garten auszusäen, änderte daran nichts. Der Hanf gedieh prächtig, wurde fast eineinhalb Meter hoch und sah hübsch aus. Meine Schwester trocknete ein paar Blätter und zeigte das schwarzkrümelige Ergebnis so schüchtern wie stolz einem Schulfreund. Die Auswirkung war fatal. Das Wortspiel Johanna Maria – Maria Johanna – Marihuana war geboren und sorgte für Erheiterung. Das Lehrerkollegium reagierte hysterisch. Die Eltern einiger meiner frühreifen Klassenkameraden erhielten Warnanrufe von unserem Klassenlehrer: Meine Schwester würde dealen. Die Eltern sollten darauf achten, dass ihre Kinder nach Möglichkeit nicht mit Hanna verkehrten. Nicht anders verhielten sich die Lehrer in Hannas Klasse. Wenig später durchsuchte die Polizei unter nebulösem Vorwand unseren Garten. Es war offensichtlich, dass die Polizisten in Botanik eher schwach waren. Sie musterten vorwiegend unsere Johannisbeersträucher. Was sie eigentlich suchten, fanden sie nicht. Meine Schwester hatte deutschen Hanf gesät, keinen indischen. Die Pflanzen waren größer und langblättriger, man konnte, wenn man wollte, gute Fußmatten aus ihren Fasern knüpfen. Ihre halluzinogene Wirkung dagegen war in etwa so Rausch fördernd wie

Bernies und meine Basilikumpfeifen. Hätten die Polizisten etwas Belastendes finden wollen, hätten sie im Haus suchen müssen. Zwischen den Schriften von Marx und Lenin, Adorno und Franz Mehring stand noch immer das *Provopoli*-Spiel, inzwischen reichlich verstaubt.

*

»Imagine, there is no heaven, above us only sky …« Im Englischunterricht läuft eine Platte, aus der wir offensichtlich eine Lehre ziehen sollen. Meine Lehrerin mag das Lied; die anderen nicken still.

Ich bin der Einzige, der das Lied nicht kennt und beim ersten Hören den Sinn auch nicht versteht. Meine Mitschüler lachen. Die weitere Exegese erfolgt freundlicherweise mit Textblatt; die übliche Matrize in violett auf gelblich-glattem Papier, ein toller Stoff, schon nach kurzem Schnüffeln wird einem davon schwindelig. Das Lied heißt »Imagine«, der Komponist John Lennon, von dem habe ich schon gehört, der war drogensüchtig und wurde vor zwei Jahren erschossen.

Nach einer halben Stunde ist die Moral herausgearbeitet. Textbeschreibung, Analyse, Fazit: Es ist ein sehr engagiertes Lied, und es bringt die revolutionäre Hoffnung auf den Weltfrieden zum Ausdruck.

Wäre es tatsächlich ein revolutionäres Lied, würde ich es kennen. Die Deutung bestürzt mich. Seit wann gelten ausgerechnet in der Schule Lieder von Drogensüchtigen als klug und vorbildlich? Ich gebe mir selbst die Antwort: Der eindrucksvoll ausdruckslose Text verlagert den diffusen Friedenswunsch von der politischen in die Traumsphäre; eine Kapitulation aller konkreten Handlungsanweisungen und strategischen Überlegungen.

Ich ereifere mich gegen Lennons Kifferkitsch, rede mich richtig warm. Meiner Lehrerin und meinen Mitschülern gefällt das Lied trotzdem. Ich gebe auf. Was soll ich hier auch groß von Revolutionen und Revolutionären reden. Wo gibt es die denn noch, wo besteht denn noch ein Anlass zu echter Hoffnung, dass sich die kapitalistische Welt eines Tages in einem großen Kampf auflösen sollte. Eigentlich scheinen mir die Linken inzwischen viel gefährdeter zu sein als die Rechten. Gewiss, die Linken waren nie in der Mehrheit, sondern immer eine vergleichsweise kleine Minderheit, aber sie sind selbstbewusst und mutig gewesen, lautstark und einflussreich. Sie hatten die Meinungshoheit an originellen Ansichten und sie haben die Mode bestimmt vom Minirock bis zum Punk. Von Anfang der sechziger bis Ende der siebziger Jahre war die kulturelle Avantgarde in der Bundesrepublik links. Eine rechte Avantgarde im emphatischen Sinn hat es kaum gegeben. Aber jetzt? Sind inzwischen nicht die Rechten die Progressiven und die Linken konservativ?

1. Oktober 1982: Alle Oberstufenkurse unserer Schule haben unterrichtsfrei, um Fernsehen zu gucken: das konstruktive Misstrauensvotum gegen Helmut Schmidt. Helmut Kohl wird Bundeskanzler und verspricht eine »geistig-moralische Wende«. Das Fundament dafür ist längst gegossen, Genosse Trend ist mit der CDU. Der Wechsel, ebenso symptomatisch wie derjenige von Kiesinger zu Brandt, ist der folgenschwerste und erfolgreichste in der Geschichte der Republik, wenn auch bei weitem nicht so überfeiert wie die flüchtigen Jahre Willy Brandts.

Helmut Kohl ist die politische Antwort auf die Eigenheim- und Tennisclubkultur seit Beginn der achtziger Jahre. Die Linken haben nichts entgegenzusetzen. Sie produzieren keine Ästhetik und keinen Glanz mehr für eine positive Utopie. Rudi Dutschke ist tot, China wieder weit weg, die DDR ein vergessenes Land und die Sowjetunion blutige Kriegsmacht in Afghanistan: *no heaven, above us only sky.*

In diesen verwaisten Raum stößt nun die große Mehrheit vor, die Ende der Sechziger zurückgeblieben war. Wieder öffnen sich die Blüten. Diesmal sind es die Spätblüher, die aufleben, als die erste Generation verblüht ist. Und es sind ihre Kinder. Sie sind zahlreich, haben eine andere Farbe – Pastell –, und sie riechen auch anders; nach Boss, Bogner und Aramis. Wie am Ende der Sechziger soll wieder einmal alles besser werden, diesmal vor allem effizienter, eine Politik, ablesbar am wirtschaftlichen Zugewinn und den Steigerungsraten des Bruttosozialprodukts. Ganz im Gegensatz zum »Anderswerden« der Siebziger will man nun politisch möglichst wenig verändern, keine Experimente mehr, keine Gesamtschulen, keine 35-Stunden-Woche. Schluss mit dem sozialen Kubismus. Der TI-30 hat gewonnen; technischer Fortschritt auf der einen Seite, kulturelle Harmlosigkeit auf der anderen. Das Land macht Geld, nicht Geschichte und entwickelt eine Kultur des Geldzeigens.

Im Fernsehen läuft »Dallas«. Hier gehen die Deutschen in die Lehre: von den Frisuren über die Klamotten bis zur Freizeitgestaltung. Mangels Rodeo gibt es fast jede Woche irgendwo ein Barbecue. Es ist, als breche für die Sparkassenfilialleiter und Rechtsanwälte nun *ihre* Zeit an, ja, als sei die Reihenhaussiedlung endlich zu sich selbst gekommen. Die schweigende Mehrheit findet zum ersten Mal eine eigene Sprache. Sie ästhetisiert ihre Lebenswelt in der Übernahme der amerikanischen Lebensformen: Tennis und Sportsware, Fitness und Solarium, Walkman und Video. Der westdeutsche Mitläufer schlägt bewusst die Augen auf, in seinem Einfamilienhaus, seiner selbst verbauten Doppelhaushälfte. Die Anwälte und Sparkassenangestellten haben keine Angst vor Atomraketen. Gleichwohl bauen sie sich Keller, aber nur um den neuen Kraftraum und die schicke Hausbar darin zu verstecken. Jogginganzüge werden als Straßenbekleidung hoffähig, die Autos größer, dem Opel Ascona folgt ein BMW, und stolze Gattinnen fahren im VW Golf zum Tennis. Der Zweitwagen wird das Ende der Ehen erst hinauszögern und später ermöglichen. Vorher schon sind die grauen Häuser schwarz von Kunstschiefer geworden, und den Unterschied in einer freien statt sozialistischen Siedlung macht nun eine Anleihe bei der Bronzezeit, klobig, schimmernd und rustikal – die Fred-Feuerstein-Haustür.

Das Milieu entfaltet sich binnen weniger Monate: das *Fruit-of-the-Loom*-T-Shirt als Gesinnungsausweis, die Schule als Biotop für Lacoste-Krokodile. Die glückliche Familie guckt »Wetten, dass …«, moderiert von Frank Elstner, dem Vertrauenslehrer der rechten Spaßgesellschaft. Auf diesen Schlaf der Vernunft bin ich nicht vorbereitet, und auch nicht auf die Monster, die er gebiert. Die Playmobil-Generation tritt ihren Siegeszug an und mit ihr eine neue Vorstellung von Sein und Dasein: das Leben als Anschaffung, Aufbau und Ergänzung: das konsumistische Baukastensystem.

Die frühen Achtziger sind die Zeit der ästhetischen

Angleichung. Im Jahr 1980 ist die Mode noch gespalten: Punk oder Popper heißen die Pole, die Mehrheit ist gar nichts, sympathisiert aber zunehmend mit den Poppern. Als schließlich alle Popper sind, ist der Begriff verschwunden.

Punk oder Popper – das eine ist mir so fremd wie das andere. Sich durch Mode zu unterscheiden, erscheint mir falsch; es gibt kein richtiges Leben im Kostüm. Wenn überhaupt ein sichtbarer Gesinnungsnachweis besteht, dann sind es meine mehr als schulterlangen Haare. Hatte 1980 noch die Hälfte der Oberstufe lange Haare, so bin ich im Jahr 1983 einer der drei Letzten. Besonders viel macht das nicht her. Im letzten Jahr bin ich mehr als zwanzig Zentimeter gewachsen und inzwischen einen Meter vierundachtzig groß. Doch mit meinem ovalen Mädchengesicht, der Brille und den glatten nach außen wellenden Haaren gleiche ich Frau Mouskouri wie eine Nana der anderen.

Wahlkampf 1983: Das letzte Aufgebot der SPD heißt Hans-Jochen Vogel. Solch einen Kandidaten stellt nur auf, wer sich aufgegeben hat. »Ein Mann von einem Kanzler« werben die Plakate. Eine Brille von einem Mann, denke ich. Es gibt keine Politiker mehr auf deutschen Briefmarken, aber Kanzler, die darauf albern aussehen würden, werden auch weiterhin nicht gewählt. Hans-Jochen Vogel ist der personifizierte Sparstrumpf; das Land dagegen atmet Wohlstand, und jeder zeigt ungeniert, was er hat. Sind das nun die Spätfolgen von ’68 – die Schamlosigkeit, die Aufschneiderei, das Auffallen um jeden Preis, das jetzt auch das biedere Bürgertum erfasst hat? Wo ist Oma Bülowplatz, die den Anstand bewahrt und das Schlimmste verhütet? Dass alle so reich geworden sind in den letzten Jahren, hatte ich nicht bemerkt; wir zuhause jedenfalls sind es nicht. Und niemals hätte ich gedacht, dass die biedere »Trimm Dich«-Bewegung einmal in Form von Aerobic so sexy werden würde. Was war eigentlich los mit Jane Fonda? Von der Anti-Vietnamkriegsdemo ins Fitnessstudio, welch grausamer Verrat. Seit Riefenstahls Zeiten hatten sich keine Filmschauspielerinnen mehr vor deutschem Publikum fürs Turnen stark gemacht. Jetzt aber biegen sich Jane Fonda, Victoria Principal und – speziell für die Deutschen – Sydne Rome in Anzeigen und auf Buchdeckeln.

Meine Kameraden in der Schule entdecken ganz neue Themen. Sicher, die netten und die sensiblen philosophieren mit mir noch immer über die großen Fragen, vor allem über die Liebe. Aber ebenso auch über die Watt-Zahlen von Magnat-Boxen. Gespräche nach Schulschluss auf vereisten Waldwegen: Schwarzhaarige Mädchen sind das Wichtigste auf der Welt, ausgenommen Stereoanlagen. Ich musste siebzehn werden, um überhaupt zu wissen, was eine Stereoanlage ist. Zwei Jahre später habe ich eine; ich kann mitreden. Es gibt Schulkameraden, die mich das erste Mal besuchen, um sie zu sehen, obwohl sie jedes einzelne Teil schon hundert Mal im einzig maßgeblichen Fachgeschäft bestaunt und gestreichelt haben. Irgendwann besitzen fast alle die gleichen schwarzen Modelle, Freundinnen dagegen haben wir noch immer nicht.

Zu Weihnachten 1983 schickt eine gut befreundete *terre-des-hommes*-Familie meinen Eltern einen Jahresbericht, in dem die Mutter von den Erfolgen ihrer drei Adoptivkinder als Mannequins für Kindermode berichtet. Die Eltern sind jetzt Mitglieder eines Tennisclubs und vergessen nicht zu erzählen, wie sie mit ihren hochintelligenten Kindern Umberto Eco auf der Buchmesse tief beeindruckt haben.

Ganz offensichtlich sind diese Eltern dabei, den Zwei-Fronten-Krieg zu gewinnen, den meine Mutter schon jetzt absehbar verloren hat. Der Bericht ist eine Hymne an die eigene Anpassungsfähigkeit in einer gewandelten Welt. Dass zwischen all den Hochglanzerfolgen Sätze stehen, wie: »Wir fragen uns aber auch: Wie sollen wir unseren Kindern die Stationierung von Pershings und SS-20 erklären, Atomrüstung und Overkill?«, erscheint wie eine wenig glaubwürdige Reminiszenz an das inzwischen völlig neu verwaltete Erbe.

Bei uns dagegen ist alles beim Alten. Wie immer versammeln sich die Freunde und Mitstreiter für eine bessere linke Welt regelmäßig an der Feuerstelle in unserem Garten, trinken Bier und Wein und diskutieren die gemeinsame Sache, die jedem eine etwas andere ist. Wir singen »Avanti Popolo«, das Lied der italienischen Kommunisten, »Es ist an der Zeit« von Hannes Wader und »Dem Morgenrot entgegen«. Die Klampfen schrabbeln blechern, hart und kühn. Im milden Abend, der Hammel ist gar überm Lauch, ist das Lied lebendig wie eh und je und steht zeitlos für den roten Aufbruch.

Aber es war nicht der Anfang. Es war das letzte Gefecht.

*

Warum stehen auf der richtigen Seite nur noch die Bekloppten? Der Aufmarsch der Friedensfreunde in unserem Haus löst keine Freude mehr aus und kein Gefühl der Geborgenheit. Alle sind friedlich, nur ich bekomme mit jedem sofort Streit. Dass makrobiotisches Essen gut schmecken soll, halte ich für ein Gerücht, dass der liebe Gott sich aus Friedensgebeten etwas machen soll, ebenfalls. Eine verwaiste Mundharmonika auf dem Gartentisch verlockt mich zu einigen schrägen Tönen; ihr herbeieilender Besitzer pflaumt mich an und hält mir einen Vortrag über Privateigentum. Das hat es bei den Kommunisten nicht gegeben.

Ich bin nicht dabei, als meine Eltern und Hanna im Bonner Hofgarten mit 300 000 anderen gegen den NATO-Doppelbeschluss demonstrieren, die geplante Stationierung von Pershing II-Raketen und Cruise Missiles in Westeuropa. Sosehr auch ich gegen die Aufrüstung bin, in dieser Gemeinschaft fühle ich mich nicht wohl, und die bis dato größte Demonstration in der Geschichte des Landes kommt sehr gut ohne mich aus.

Die so genannte Friedensbewegung schmilzt alles ein, was irgendwie alternativ ist: Atomkraftgegner und engagierte Christen, Gewerkschaftler und Hausbesetzer, linke Lehrer und Anarcho-Syndikalisten, Knasthilfe-Schwestern und Ex-Maoisten, Biobauern und Alt-Hippies, Esoteriker und Kommunisten – alle werden sie nun Friedensfreunde. Das definitiv letzte Aufgebot. Die, die sich hier zusammenschließen, können oder wollen in der schönen neuen Welt des glücklichen Markenkapitalismus nicht Tritt fassen. Ein Angstbündnis in zwei Dimensionen. Gewiss treibt sie eine mehr oder weniger große Angst vor Atomraketen in die Menschenkette und in den Schneidersitz auf den Rollbahnen und Zufahrtswegen der Lagerstätten. Zugleich aber ist es die Angst vor dem neuen Geist der Zeit, dem fröhlichen Materialismus. Gemessen am Esprit von ’68 ist es ein fahler Abklatsch; die Garde, die sich hier versammelt, forciert keine neue Zeit, sondern sie will sie aufhalten. Sie ist nicht *avant*, sondern *arrière*.

Früher haben immer die anderen Angst gehabt, vor den Russen, den Terroristen, den Linken überhaupt. Jetzt aber haben auf einmal die Linken Angst, und ganz offensichtlich sind sie auch noch stolz darauf. Eine Bewegung, die sich auf ein gemeinsames Angstgefühl stützt, kann nicht die meine sein. Der Charme einer Welthaltung, die in der Schwäche stark sein soll, perlte an mir ab wie Wasser an einer Stockente. Wie kann man sich freiwillig in eine so jämmerliche Position bringen? Warum interessieren sich diese so genannten Linken so sehr für sich selbst und ihre Gesundheit? Soll es nicht eigentlich um die anderen gehen, um das große Ganze? Stattdessen Befindlichkeiten und Wehleidigkeit. Wer so gewappnet ist, kann nur verlieren. Müsli und Jute sind nicht die Stoffe, aus denen man Revolutionäre macht.

Ich bin achtzehn, und ich gehe das erste Mal zur Wahl. Ich wähle die GRÜNEN, aber besonders wohl fühle ich mich dabei nicht. Die CDU gewinnt überlegen, die GRÜNEN ziehen in den Bundestag ein. In Solingen gibt es ein »Friedensforum«. Ich gehe nie hin. Irgendwie tue ich mir selbst Leid in meinem Pech, ausgerechnet in dem Moment in die Politik einzutreten, wo die Karre so tief im Dreck steckt. Es gibt keine Rolle, die sich zu spielen anbietet. Ich bin früh genug gekommen, um zu erkennen, dass ich zu spät bin.

Meinen jüngeren Geschwistern bleiben solche Sorgen fremd. Dass sich so viele Leute zu unseren Gartenfesten einfinden, ist gemütlich, mit Politik hat das für sie kaum etwas zu tun. Natürlich kennen Marcel, Georg und Louise die Melodie der »Internationale«, die

Bedeutung des Liedes dagegen kennen sie nicht. Auch unseren unmittelbaren Nachbarn sind die Lieder unbekannt. Ein einziges Mal gibt es eine Beschwerde. Der Bundeswehrangestellte vom übernächsten Grundstück mokiert sich über das Feuer, den Rauch und die Singerei. Dass all dies etwas mit links zu tun hat, kann er sich denken, die Schlabberkluft der Gestalten ist unverkennbar. Ob er die Lieder erkannt hat, weiß ich nicht.

Für meine jüngeren Geschwister waren die Gartenfeste mit ihrem Öko-Essen und ihren Gesangsritualen Erscheinungsformen des Zeitgeists. Als Teil eines linken Ganzen, einer »Friedensbewegung«, empfanden sie sie nicht. Immerhin begeisterten sich inzwischen auch die gutbürgerlichen Eltern einiger Nachbarskinder für makrobiotische Kochrezepte und fanden lobende Worte über die GRÜNEN. Selbst die CDU entdeckte nun die Umwelt, obwohl sie sich damit anfangs noch schwer tat. Helmut Kohls ungelenke Versuche gaben davon beredtes Zeugnis, etwa wenn er im Fernsehen von »bleifreiem Berlin« statt »Benzin« sprach. Bald darauf ernannte er mit Walter Wallmann den ersten Umweltminister in der Geschichte des Landes.

Dass sie die Ersten waren, die das Thema Umwelt politisch besetzt hatten, würde den GRÜNEN langfristig nicht reichen. Und wie lange würde das Thema Frieden vorhalten? Was würde sein, wenn der NATO-Doppelbeschluss einmal umgesetzt war, und die Pershing-Raketen in den Arsenalen standen? Noch liefen den GRÜNEN die Wähler zu, die die vom Staat geplante Volkszählung boykottieren und den ebenfalls avisierten maschinenlesbaren Personalausweis verhindern wollten. Aber alles das war nur eine Politik des Dagegen und nicht eines Dafür.

Auch außenpolitisch war die Perspektive sehr kurz. Nicht immer würden die USA ein so treffliches Feindbild abgeben wie die Regierung Ronald Reagans mit ihrer Strategie, die Sowjetunion »tot zu rüsten«, und einem SDI-Programm, das Angst machte vor einem zukünftigen »Krieg der Sterne«. Der Friedensbewegung galt vor allem US-Außenminister Alexander Haig als das Böse in Person, weil man ihm den Satz »Es gibt Wichtigeres als den Frieden« zuschrieb. Ganz zutreffend war das nicht. Die entsprechende Rede über die Strategie der USA angesichts der Stationierung von Pershing-Raketen in Deutschland enthielt diesen Satz nicht im Wortlaut. Gleichwohl war es so etwas wie die Quintessenz der ganzen Rede, die das Szenario eines begrenzten Atomkriegs in Europa zumindest nicht ausschloss. Das eigentlich Verwunderliche an dem Satz war die Empörung, die er bei vielen Friedensfreunden auslöste. Dass es Wichtigeres als den Frieden gebe, war noch bislang die Überzeugung jeder amerikanischen sowie ungezählter anderer Regierungen. Auch für mich hatte es bislang immer Wichtigeres als den Frieden gegeben.

Was Alexander Haig anbetrifft, so gehört das Gedankenspiel eines begrenzten Atomkriegs in Europa gewiss nicht zu seinen größten Verbrechen. 1966 nach Vietnam gekommen, befehligte Haig eine Einheit, die ein Jahr später in das Dorf Ben Suc einfiel. Die Soldaten trieben die Dorfbewohner zusammen und pferchten sie in einem stacheldrahtumzäunten Lager ein. Nachdem sie die Häuser niedergewalzt hatten, erklärten sie das Dorf zur Freifeuerzone. Haigs Soldaten schossen mit Maschinenpistolen wahllos auf die Menschen und ermordeten Hunderte, darunter viele Kinder.

Der Report des Journalisten Jonathan Schell über diesen Vorfall sorgte für Aufregung in den USA, stand aber Haigs steiler Karriere keinesfalls im Wege. Schnell avancierte der unerschrockene Offizier zum militärischen Assistenten Henry Kissingers im *National Security Council* (NSC) und arbeitete mit an dessen Plan zur Bombardierung Kambodschas. 1970 warfen US-amerikanische B-52-Bomber innerhalb von sechs Monaten eine ungeheure Zahl an Bomben über Kambodscha ab, und töteten etwa ein Zehntel der Bevölkerung des ganzen Landes. »Ich war daran maßgeblich beteiligt«, erklärte Haig in einem Interview 1999 für die MDR-Fernsehdokumentation »Apocalypse Vietnam«, »worauf ich sehr stolz bin ... Ich konnte damals und kann noch heute nicht einsehen, weshalb amerikanische Rechtsgelehrte, gewählt von unserem Volk, dies als kriminellen Akt einstufen konnten ... Es war damals in Ordnung, es ist heute immer noch in Ordnung. Und ich hoffe, diese Menschen werden an ihrem Verhalten in diesem Konflikt irgendwie noch zu knabbern haben.«

Ich habe Alexander Haig persönlich getroffen, im Sommer 1997 bei einem Empfang in der deutschen Botschaft in Washington. Wie verhält man sich gegenüber einem solchen Menschen?

Wir waren zehn deutsche und zehn amerikanische Journalisten, ausgewählt im Rahmen eines bilateralen Austauschprogramms. Als wir die Botschaft betraten, geduscht und geföhnt, die feinen Anzüge knitterfrei, eilig gegriffene Sektgläser in der Hand, wartete eine ganze Reihe ehrenwerter Herren auf uns, Diplomaten, Mitglieder des *Board of Trustees* und sonstige Honoratioren. Ein großer breitschultriger Mann im leichten dunkelblauen Anzug mit wolfsgrauen Haaren und eindrucksvoll zerfurchtem Gesicht ragte unter all den Staatsbürokraten und Abgesandten der Banken und Konzerne hervor. Ich habe nie einen charismatischen Menschen getroffen, aber wenn ich einen nennen müsste, dann wäre es wohl dieser. Beim Rundgang mit Händeschütteln stellte er sich als Alexander Haig vor. Ich stand neben Cherno Jobatey vom »ZDF-Morgenmagazin«, und über unsere beiden Gesichter ging das gleiche merkliche Zucken. Wir sahen uns an, und ich sagte Mister Haig, dass ich ihm gewiss nicht die Hand schütteln würde. Auch Cherno erinnerte sich sogleich daran, dass er vor vierzehn Jahren Steine hinter Haigs Auto her geworfen hatte. Gleichwohl reichte er ihm lachend die Hand. Haigs Interesse jedoch galt mir, der ich ihn noch immer kritisch belauerte. Ein unmerkliches Zucken ging auch über sein Gesicht. Dann legte er lächelnd seinen Arm um meine Schulter und ließ ihn dort schwer und lange liegen. »These were the good old days, my friend«, zwinkerte er mir vertraulich zu. Mit leuchtenden Augen lobte er die Zeit, in der junge Menschen noch für ihre Überzeugungen auf die Straße gegangen sind und noch nicht so satt, schlaff und verwöhnt waren wie heute. Ich dachte an Sergio Leone, der den smarten blauäugigen Henry Fonda für die Rolle des skrupellosen Kindermörders in »Spiel mir das Lied vom Tod« ausgewählt hatte. Er wollte dafür genau den Mann, der alle guten amerikanischen Präsidenten verkörperte, und er besetzte ihn 1967 im selben welthistorischen Moment, in dem Haig in Vietnam Frauen und Kinder ermordete. Derweil lag Haigs Arm noch immer vertraulich auf den Schultern des jungen Mannes, der ihm die Hand verweigert hatte. Und während ich überwältigt von der Wucht dieses psychologischen Erstschlags verharrte, zementierte Haig mit seiner Geste genau jene endgültige Historizität des politischen Widerstands, die er in seinen Worten so überschwänglich bedauerte.

Die Legende korrigiert die Geschichte

»Sie wissen den Zusammenhang nicht? Sie wissen nicht, dass … jeder Gedanke in Ihrem Kopf davon abhängt, dass die beiden Supermächte unseren ganzen Planeten mit einer Drohung in Schach halten?«
»Das ist eine unglaubliche Behauptung.«
»Und Sie wissen nicht, sobald diese Drohung nachlässt?«
»Was?«
»Sind Sie der Verlorene der Geschichte.«

Don DeLillo: *Underworld*

Mitte der Achtziger gingen meine Mutter und mein Vater auseinander. Mit der Friedensbewegung war es zu Ende, kaum dass sie entstanden war. Meine Mutter suchte rastlos nach neuen Beschäftigungen. Sabine lebte in der Eifel auf einem Bauernhof und war glücklich verheiratet. Marcel, Georg und Louise waren in der Pubertät, Hanna und ich auf dem Sprung, das Haus zu verlassen. Die Zeit nach dem Familienleben war bereits in Sicht, und die Aussichten verhießen wenig Erfüllendes. Meine Mutter machte einen Taxischein, das Lernen dafür machte ihr Spaß, das Taxifahren nicht. In kürzester Zeit lernte sie das Inventar von Schloss Burg auswendig, dem restaurierten Überbleibsel des Stammsitzes der Grafen von Berg. Aber schon nach drei oder vier Führungen langweilte sie sich und gab die Beschäftigung auf. Sie belegte Englischkurse in der Volkshochschule, und wie so viele andere in der Zeit schwärmte sie für die Musik der Dubliners und für Irland, doch die gesuchte langfristige Perspektive fand sie darin nicht.

Meine Eltern waren noch immer links, aber eine linke Bewegung gab es nicht mehr. Übrig geblieben waren auch in Solingen kleinere Gruppen, Beratung von Kriegsdienstverweigerern, Aktion Wohnungsnot, Frauengruppe, Initiative gegen Rüstungsexporte oder Amnesty International, aber ihnen allen fehlte der große gesellschaftliche Optimismus. Was nun zählte, war viel

Arbeit im Kleinen, das große Ganze schien unwiederbringlich dahin. Schon vor Jahren hatte meine Mutter sich aus der Arbeit der Solinger Ortsgruppe von *terre des hommes* zurückgezogen, die sie selbst einst gegründet hatte; zu viel Wiederholung, zu wenig Aufregendes.

Meine Mutter ging jetzt in Selbsterfahrungskurse und lernte »Ich-Boschaften« zu senden und Ähnliches. Am besten gefiel sie sich in der Rolle der Beobachterin der anderen, ihr psychologisch geschulter Blick fand viele Gelegenheiten zum Einsatz. Sich selbst zu therapieren, das eigentliche Ziel der Kurse, blieb meiner Mutter fremd. Wenn sie zurückkam, amüsierte sie sich noch wochenlang über die Rebirthing-Experimente, die Urschreie im Seminarraum und die Hybris der anderen Teilnehmer, die in ihrem »früheren Leben« mutmaßlich alle illustre Figuren der Weltgeschichte und der Mythologie gewesen waren.

Eines Abends sagte ich meiner Mutter, sie habe keinerlei Interesse mehr an dem Leben, das sie führe, sie sähe aus, als lebe sie nur noch in Erwartung von etwas anderem. Ich sagte es ganz offen, weil mir aufgefallen war, wie sich meine Eltern voneinander entfernt hatten. Meine Mutter widersprach nicht, sie gab zu, dass es wahr sei: ihr Leben am Westfalenweg deprimiere sie so, dass sie eigentlich nur noch davor flüchten wolle.

Im Sommer 1985 machte meine Mutter eine Busreise quer durch Westafrika. Anschließend phantasierte sie davon, mit dem Busfahrer ein kleines Reiseunternehmen im Bayrischen Wald zu gründen. Es war klar, dass dies nie passieren würde, aber die Euphorie, mit der meine Mutter sich in ihren Gedanken einen Ausweg suchte, verriet viel, und die unaufhaltsame Dynamik, mit der unsere Familie auseinander brach, beschäftigte mich mehr, als es die wenigen heftigen Szenen getan hatten, die sich schnell wieder verflüchtigten. Ich hatte kein Verlustgefühl, und auch meinen Geschwistern ging es ähnlich. Nur selten dachte ich daran, mit wie viel Hoffnung und Energie meine Eltern ihre Familie geplant und versucht hatten, einen besseren Weg zu gehen als die Generation ihrer Eltern. So heftig das Feuer gebrannt hatte, so sehr war es nun erloschen.

Zwei Jahre zuvor hatte meine Mutter John Spinner, ihrer Jugendliebe aus Zürcher Tagen, einen Brief geschrieben und einen sehr netten und lustigen Antwortbrief erhalten. Sie schrieb ihm bald wieder, doch John schrieb nicht mehr zurück. Nun kam mit großem zeitlichen Abstand wieder ein Brief von ihm. Seine Frau befand sich auf Weltumseglung gemeinsam mit einem englischen Kapitän. John selbst war in seinem Haus in Bern zurückgeblieben, und die lustige Zeichnung, die er von seinem Strohwitwerdasein anfertigte, war sehr überzeugend. Meine Mutter reiste in die Schweiz. Kurz darauf sank das Segelboot im Bermuda-Dreieck, ein Frachter fischte Johns Frau und ihren Kapitän aus dem kalten Wasser. Der Aufenthalt in Bern endete unvermittelt, und meine Mutter kehrte wieder zurück. Die nächste Zeit verbrachte sie abwechselnd in Bern und in Solingen. Ein Jahr später zog Johns Frau nach England, und meine Mutter lebte von nun an bei John in der Schweiz.

Es war keine Frage, dass alle Kinder bei meinem Vater blieben. In Solingen hatten sie ihr vertrautes Umfeld. Für meinen Vater und uns begann eine Zeit, in der wir einander neu entdeckten und lernten, aufeinander zu zu gehen. Als Hanna und ich aus dem Haus waren, kamen mein Vater und Julia sich näher. Auch sie war in der Friedensbewegung aktiv gewesen und betätigte sich noch immer in zahlreichen engagierten Kreisen und Organisationen. Ihre offene herzliche Art und ihr großer Freundeskreis taten meinem Vater sehr gut.

*

»Wer zu spät kommt, den bestraft das Leben.« Ein altes russisches Sprichwort. Im Sommer 1989 steht es für den Sieg der Legende über die Geschichte. Als Michail Gorbatschow den Satz sagt, beim Staatsbankett in Ostberlin mit den Spitzenfunktionären der SED, redet er nicht zu Erich Honecker, sondern spricht über sich selbst. Er beschreibt die Schwierigkeiten, vor denen er seit Beginn der Reformen in der Sowjetunion steht. Der Satz, ein modernes Märchen und gewiss einen Ehrenplatz im Lexikon der populären Irrtümer wert, wird tausendfach von Journalisten und Politikern nachgeredet und selbst in Biografien und von Historikern falsch zitiert – als weise Einsicht des Reformers gegenüber den zurückgebliebenen Betonköpfen in der DDR. Doch der, der zu spät gekommen war, war seiner eigenen Einschätzung gemäß der gute Onkel aus dem Osten selbst. Die Geschichte sollte ihm Recht geben.

Der Zusammenbruch der DDR bedurfte keiner Prophetie. Er war unaufhaltsam, und für mich war er ein seltsames Ereignis in fast jeder Hinsicht. Seit vielen Jahren hatte ich nicht mehr an den Arbeiter- und Bauernstaat gedacht. Er hatte schon lange nicht mehr in die Zeit gepasst, eigentlich war es ein Wunder, dass es ihn überhaupt noch gab. Wie viele andere, so saß auch ich am 9. November 1989 vor dem Fernsehschirm. Ich sah die hupenden Trabis, das freudige Winken und die

Umarmungen an den Grenzübergängen und am Brandenburger Tor. Monate vorher waren die ersten Züge aus Ungarn nach Deutschland gekommen, grölende DDR-Bürger, die aus dem Fenster winkten, Bananen in den Fäusten: »Endlich in der Freiheit!«

Ich freute mich nicht. Was gingen mich diese Leute an, die ich für ebenso grobschlächtig wie naiv hielt. Die Frage, die ich mir trotz allem nicht ersparen konnte, war, warum so viele Menschen in der DDR ganz offensichtlich noch unbedarfter waren als bei uns. Ein gutes Licht auf den Staat, aus dem sie kamen, warf das nicht. Ich hatte eine Menge Überlegungen anzustellen.

Der erste Grund dieses Scheiterns war klar; er betraf das seltsam weltfremde Menschenbild bei Marx. Der Kritik des Kapitals war keine Kritik der proletarischen Vernunft gefolgt. Der gute edle Proletarier bei Marx war mindestens ebenso naiv gedacht wie der edle Wilde hundert Jahre zuvor bei Rousseau. Der Mensch aber war nicht gut und würde es in einem solchen emphatischen Sinne wohl auch nie werden. So gesehen, war jeder Sozialismus ein psychologisches Modell ohne Zukunft.

Der zweite Fehler war die Vorstellung, dass es die Aufgabe des Staates sei, die Bedürfnisse und Wünsche der Menschen ein für alle Mal festzuschreiben. Konsequent und überzeugend hatte die DDR alle herkömmlichen Bedürfnisse des Arbeiters erfüllt: einen sicheren Arbeitsplatz, eine umfassende Gesundheitsvorsorge, Chancengleichheit für alle Kinder, ein gerechtes Ausbildungssystem und ein Wohnungsbauprogramm, das jedem eine vernünftige Bleibe sicherte. Die DDR war die Staat gewordene Utopie des mittellosen Proletariers aus einem der ungezählten lichtlosen Berliner

Hinterhöfe im späten 19. Jahrhundert. Bedauerlich nur, dass sie in der zweiten Hälfte des 20. Jahrhunderts in einem reich gewordenen Mitteleuropa existierte, das eine Vielzahl ganz anderer und neuer Bedürfnisse hervorgebracht hatte.

Der dritte Fehler lag damit auf der Hand. Es war die befremdliche Vorstellung von Endgültigkeit. Die unbedarfte Idee, dass die Geschichte einmal zu Ende gehen könnte in einem vom Weltgeist beseelten Idealstaat, hatte Marx von Hegel übernommen, und Hegel aus dem Christentum. Für Hegel ging die Geschichte am 19. September 1830 zu Ende, indem er sie zu Ende schrieb. Die letzte Umarbeitung der *Enzyklopädie der philosophischen Wissenschaften* brachte den Weltenlauf zum Abschluss. Der preußische Beamtenstaat mit seinem aufgeklärten Monarchen, in dem Hegel lebte, erschien nun als die beste aller möglichen Staatsformen. Und das Ganze der Welt war nicht länger unübersichtlich oder widersprüchlich; das Ganze war das Wahre. Einen solchen Kokolores zu schreiben, ist das eine, einen Staat darauf zu errichten, wie es der Staatssozialismus tat, ein Manifest des eigenen Untergangs.

Meine Gedanken waren klar und deutlich, meine Gefühle waren es nicht. Ich war 25 Jahre alt, meine Kindheit war lange vorbei, aber in Wahrheit endete sie erst jetzt in diesem Moment. Ich sah die jubelnden DDR-Bürger, die jeden umarmten, dessen sie im Westen habhaft werden konnten, und die aufgebrachten Reporter, die froh waren, dass mal richtig was passierte. Aber wenn ich die Augen schloss, sah ich noch immer die fröhlichen Männer beim Subbotnik im Abendlicht, die Felder ohne Zäune, den Sparwasser, der das Tor seines Lebens schießt, den Tierpark – Mücken, konserviert im Bernstein der Erinnerung. Alles das war jetzt tiefe Vergangenheit, und der Weg dorthin unwiederbringlich versperrt.

Für die anderen Gleichaltrigen, die ich kannte, war die Öffnung der DDR-Grenze in Berlin in erster Linie ein Ereignis; ein One-Night-Stand mit großen, aber auch austauschbaren Gefühlen. Eigentlich war das Nationale in ihrem Gefühlsleben längst verloren gegangen. Identität gab es allenfalls noch mit der Stadt oder dem Viertel, in dem man lebte, aber gewiss nicht mehr mit der Nation. Die Achtziger Jahre hatten die Seelen regionalisiert, so gesehen, bedeutete der Beitritt der DDR in erster Linie eine Irritation. Patrick Süskind, der aufgrund seines Romanerfolgs auch als Feuilletonist sehr begehrt war, brachte es im *Spiegel* auf den Punkt: Für seine und meine Generation wäre eine Vereinigung mit Österreich, Mallorca oder den Niederlanden gewiss naheliegender gewesen.

Die Einschätzung kam nicht von ungefähr. Seit Ende der Friedensbewegung hatte sich Deutschland in keinem universellen Bezug mehr gesehen. Das Szenario eines Atomkriegs war die letzte Vorstellung im Weltmaßstab gewesen, aber auch die letzte Vorstellung eines unmittelbaren Bewusstseins von Geschichte. Unvorstellbar, dass Deutschland jetzt wieder Geschichte machte und nicht nur Geld. Man musste sich kneifen, um sich zu sagen, dass tatsächlich etwas Bedeutsames geschah.

Meine Mutter bemängelte die neue Wetterkarte. Wir telefonierten in diesen Tagen häufig miteinander, und sie fand das neue klumpige Deutschland, das schon lange vor der offiziellen Vereinigung am 3. Oktober 1990 in der »Tagesschau« und im »heute-journal« prangte, einen ästhetischen Affront. Ich dachte an meine Oma Hanna, von der meine Mutter erzählt hatte, dass sie stets die schwarz-rot-goldene Fahne abgelehnt hatte, obwohl sie beim Ende des Kaiserreichs noch ein kleines Kind gewesen war. Wie alle dünkelhaften Menschen glaubte sie, dass mit der neuen Fahne etwas verloren sei, und nannte die neuen Farben Schwarz-Rot-Mostrich.

Mein Vater wunderte sich darüber, wie sich die vermeintlich so menschenverachtenden Funktionäre in der DDR die Macht ganz einfach aus den Händen hatten nehmen lassen, von ein paar Leuten nur mit Kerzen in der Hand. Er erinnerte daran, wie im Vergleich dazu die Bundesrepublik reagiert hatte: mit Wasserwerfern und Schlagstöcken in Wackersdorf oder beim Ausbau der Startbahn West in Frankfurt, obwohl es da im Vergleich zur DDR nur um Läppisches gegangen sei. Er meinte auch – frei nach Brechts schweren Sätzen über den Aufstand am 17. Juni –, dass eben nicht jede Regierung das Volk hätte, das sie verdiene.

In den Medien ging dagegen das Gespenst von »Vierzig Jahren Diktatur und Unfreiheit« um. Man hatte sich darauf geeinigt, die Regierung und das Volk in der DDR als zwei getrennte Seinssphären zu beschreiben, so als hätte es nicht rund eine Million Parteimitglieder in der SED gegeben. In Wahrheit war auch nahezu die Hälfte aller im Jahr 1989 in der DDR lebenden Menschen nicht ausschließlich in der DDR sozialisiert worden. Die Legende von den vierzig Jahren Diktatur als einzig prägender Erfahrung hatte kaum eine Grundlage. Viele hatten schon vorher Erfahrungen gesammelt, und bei vielen Nachgeborenen betrug die Erfahrung eben noch lange keine vierzig Jahre. Ein ungefähr acht Jahre alter Junge, der sich im Harz im Supermarkt an mir vorbeidrängelte mit der Erklärung: »Wir haben vierzig Jahre gewartet«, erzählte viel. Über Nacht internalisierten viele Menschen in der DDR den Sprachgebrauch von westlichen Politikern, Wirtschaftsleuten und Journalisten über sie selbst; von Leuten also, die von der Alleinseligmachung des Kapitalismus und seiner Patentlösungskraft für alle DDR-Probleme so fest überzeugt waren wie fundamentalistische Mullahs.

Alle Fragen der Moral waren nun Fragen des Siegens und des Verlierens, des wirtschaftlichen Erfolgs und des Misserfolgs, ein Irrtum der später so genannten »westlichen Wertegemeinschaft« nach dem Zusammenbruch des Ostens mit Folgen bis weit in die Gegenwart. Politischer Erfolg entscheidet nicht über moralische Qualität. Sollte unsere soziale Marktwirtschaft eines Tages untergehen, ist sie damit ethisch nicht widerlegt – nicht unwahrscheinlich, dass das, was danach kommt, nicht unbedingt moralisch besser ist.

Der Öffentlichkeit hingegen präsentierten Politiker und Medien nun einen unweigerlichen Gleichklang von wirtschaftlichem und moralischem Scheitern. Planwirtschaft und Staatssicherheit erschienen wie zwei Seiten einer Medaille, und abenteuerliche Übertreibungen erwuchsen binnen kurzer Zeit zu unbedarftem Jargon, wie der unbekümmerte Umgang mit den Begriffen »Diktatur«, »totalitär« und »Terror«, dem Abrechnungsjargon der kalten Krieger, die ihren Sieg groß feierten. Im allgemeinen Sprachgebrauch etabliert, waren sie Luxusbegriffe von Menschen, die sich für Auschwitz, den Gulag und die Killing Fields von Pol Pot die Worte genommen hatten, wenn sie sie im sprachlichen Umgang mit der DDR verpulverten und das System als »unmenschlich« anprangerten.

Der neue Bundespräsident kam wieder aus dem Westen, unter den 12 Millionen Ostdeutschen hatte sich kein brauchbarer Kandidat gefunden. So undenkbar ein Bundespräsident aus dem Osten gewesen war, dem Westdeutsche ihre Lebensläufe erzählen, so sehr zementierte die Talk-Show mit Roman Herzog, in der leutselige Ostdeutsche sich über die Wende freuen durften, jene »Mauer in den Köpfen«, die einzureißen sie vorgab. Erfahrung in Anekdoten aufzulösen, ist die erste Stufe der Fiktionalisierung und Marginalisierung. Lebensläufe, so vorgeführt, vermittelten Westdeutschen das DDR-Leben als Cyberspace; der Ostblock ist nie zum Mond geflogen, man war immer schon da.

*

Für mich hatte der Zusammenbruch keine Folgen. Anders dagegen traf es Frank Knoche, der mittlerweile zu unserer Familie gehörte. Gleich nach ihrem 18. Geburtstag war Hanna in die DKP eingetreten. Sie verteilte die *Klingenstadt*, die Zeitung der Partei, und verkaufte Weihnachtsbäume für die »Kriegskasse« der Revolution. Besonders wohl fühlte sie sich dabei nicht. Das intellektuelle Niveau der Partei war nach wie vor flach, und die Strategie, Andersdenkende durch den Verkauf günstiger Christbäume für den Kommunismus zu gewinnen, überzeugte nur wenig. Allein Frank Knoche, der inzwischen zum Kreisvorsitzenden der Partei avanciert war, vermochte meine Schwester zu überzeugen. Mit dessen eigener Begeisterung allerdings war es inzwischen nicht mehr ganz so gut bestellt. Hatte Knoche 1979 noch von seiner Zeit an der Parteihochschule in Ostberlin und von der DDR geschwärmt, so hatte sein zweites Stipendium an der Parteihochschule in Moskau vor allem den Sinn für das kritische Nachdenken geweckt. Man schrieb das Jahr 1987. Matthias Rust war auf dem Roten Platz gelandet, und auch Knoche zog vor dem Kreml seine nachdenklichen Kreise. Seit zwei Jahren war Michail Gorbatschow im Amt, und die Politik von Glasnost und Perestroika hatte gerade begonnen. Knoche begrüßte den neuen Kurs. Sollte es tatsächlich möglich sein, dass der Sozialismus seine tiefe Kluft von Schein und Sein, Rhetorik und Realität überbrückte und ein menschlicheres Gesicht erhielt? Sein Philosophielehrer Jan Vogeler, der Sohn des in die Sowjetunion emigrierten Jugendstilmalers Heinrich Vogeler, war weniger optimistisch. Auch er, als eiserner Stalinist berüchtigt, begrüßte den neuen Kurs. Schonungslos klärte er Knoche über die wahren Verhältnisse im Land auf, über die Machenschaften der Partei und die völlig desolate wirtschaftliche Situation. Doch seine letzte Hoffnung war nicht Gorbatschow, sondern Jelzin.

Von Jelzin hielt Knoche nichts. Er hatte den polternden Stadtchef von Moskau erst wenige Monate zuvor auf dem DKP-Parteitag in Hamburg erlebt, wo er so mürrisch wie verlogen die Geschehnisse in Tschernobyl verharmlost hatte. Ein Opportunist, von dem gewiss nichts Gutes zu erwarten war. Stattdessen versuchte Knoche meine Schwester zu überreden, mit ihm nach Schweden zu fahren, um das sozialdemokratische Musterland des Kapitalismus zu studieren. Vielleicht ließ sich hier manche Anregung für einen neuen Kurs finden. Ostern 1989: Das schlechte Wetter lenkte die gemeinsame Fahrt nach Süden in die Toskana. Brunello di Montalcino statt Wodka und Strohrum. Nach diesem Urlaub waren Hanna und Frank ein Paar. Sie zogen zusammen auf die Friedrich-Ebert-Straße in Solingen-Wald. Ein halbes Jahr später fiel die Mauer.

Die Implosion der DDR beendete alle Hoffnungen. Die DKP befand sich in Auflösung, das Profil des Berufsrevolutionärs war erloschen. Die Verhältnisse rutschten schneller weg, als das Leben ihnen folgen konnte. Was blieb, war der Dienstwagen. Frank pendelte nun zwischen Solingen und Bern. Er arbeitete bei meiner Mutter und John in der Schweiz und betreute die Elektronikausrüstung, die John für internationale Konferenzen bereitstellte. Am 9. November 1991 wurde Hannas und Franks Sohn Jakob geboren.

An einem Abend im Mai gehen sie in Solingen mit einem befreundeten Paar essen. Die Männer kennen sich schon lange, gemeinsam haben sie Kriegsdienstverweigerern geholfen und später im Friedensforum zusammengearbeitet, der Freund ist bei den »Ärzten gegen den Atomkrieg« aktiv und aufgrund seines Engagements in der Stadt ziemlich bekannt. Meine Schwester hat sich auf den Abend gefreut, das Wetter ist warm, endlich kann sie ihr neues Sommerkleid anziehen. Das Essen in dem gemütlichen Lokal in Solingen-Gräfrath ist gut, und die Stimmung heiter. Die Freunde erzählen von ihrem 15-jährigen Sohn; er hat ihnen Sorgen wegen seiner Nazi-Sprüche und seines schlechten Umgangs gemacht. Nun aber scheint es, als ob er endlich den Absprung aus dem Milieu geschafft habe. Die Nacht bleibt lau, auf dem schwach beleuchteten Kopfsteinpflaster strömen die Menschen aus den Kneipen, dahinter parken Autos in der Dunkelheit. Umarmung, Abschied.

Am nächsten Morgen ist in Solingen nichts, wie es

vorher einmal war. In der Nacht haben Unbekannte Benzin in ein Fachwerkhaus in der Unteren Wernerstraße gegossen und angezündet. Das Feuer erfasste das Haus in Minuten. Vier Mädchen, die vierjährige Saime, die neunjährige Hülya, die 18-jährige Hatice und die 12-jährige Gülüstan kamen qualvoll in den Flammen um, eine 27-jährige Frau sprang aus dem zweiten Stock in den Tod. Drei weitere Mitglieder der Familie schlugen brennend auf das Pflaster auf. Als die Feuerwehr eintraf, waren fünf Menschen tot und mehrere schwer verletzt. Es war der 29. Mai 1993 und der bislang schwerste fremdenfeindliche Anschlag in der Geschichte der Bundesrepublik Deutschland.

Vor der Brandruine in der Unteren Wernerstraße. Ein Blumenmeer. Mahnfeuer brennen, und Hunderte von Menschen, die meisten von ihnen Türken, haben sich versammelt. In der Innenstadt formieren sich die Betroffenen und Empörten, darunter Julia und mein Vater, Hanna und Frank und auch das befreundete Paar. Sie wollen der Welt zeigen, dass sie sich von der grausamen Tat distanzieren, und dass sie mit der türkischen Familie mitfühlen, die fünf ihrer Kinder verloren hat. Derweil ermittelt die Polizei mit höchstem Tempo. Ein erster Täter ist schnell gefasst, dann ein zweiter, ein ehemaliger Klassenkamerad von Marcel; geistig ein bisschen zurückgeblieben, aber stets lieb hat mein Bruder ihn in Erinnerung. Wenig später klingelt die Polizei bei Hannas und Franks Freunden. Sie verhaftet deren Sohn.

Meine Schwester mag den Jungen; ein hübscher und netter Kerl. Sie erinnert sich, wie liebevoll er mit Jakob gespielt hat. Die Erzählungen seiner Eltern vom Rowdytum auf dem Fußballplatz und von Saufgelagen mit rechtsradikalen Freunden sind ihr kaum glaublich vorgekommen. Über Tage klingelt Franks und Hannas Telefon. Franks präzise Kenntnisse über die Szene der Neonazis in Solingen sind überall gefragt. Die gewünschten näheren Auskünfte über seine Freunde gibt er nicht.

In der Stadt ereigneten sich derweil unglaubliche Szenen. Auf der Konrad-Adenauer-Straße randalierten Krawallmacher, und rechte und linke türkische Gruppierungen machten die Stadt zu ihrem Schlachtfeld. Die Weisheit, dass Fernsehkameras nicht dort stehen, wo etwas passiert, sondern dass etwas passiert, weil irgendwo Fernsehkameras stehen, erhielt eine Bestätigung. Die Straßenschlachten zogen sich über mehrere Nächte hin. Die Straße, die ich an einem dieser Morgen zu Gesicht bekam, zeigte kein heiles Schaufenster mehr. Um Plünderungen zu verhindern, waren die Geschäfte mit Paletten zugenagelt, und Telefonhäuschen waren fest verschnürt gegen den Vandalismus. Die älteren Leute erinnerte dies alles lebhaft an den Krieg. In einer großen Wochenzeitung schrieb ein kühner Moralist den fragwürdigen Satz: »Auschwitz und Solingen dürfen sich nicht wiederholen.« Im selben Jahr ereigneten sich in Deutschland insgesamt rund dreihundert fremdenfeindliche Anschläge.

Die Hilflosigkeit, mit der ihre Freunde zusehen mussten, wie ihr halbwüchsiger Sohn aus Protest gegen sein Elternhaus zum Neonazi geworden war, berührte meine Schwester sehr. Dass sich linke Kinder gegen ihre rechten Elternhäuser auflehnten, kannte sie gut; dass aber die Söhne linker Eltern ihre Eltern mit Springerstiefeln und einem Brandanschlag provozierten, stürzte Hanna in einen tiefen Fatalismus. Sie hatte schon lange vorgehabt, Solingen zu verlassen. Seit unseren Sommerferien in Dänemark träumte sie davon, nach Ærø zu ziehen. Nun sah sie den Moment gekommen, in dem sie Jakob das bieten wollte, was sie selbst nicht gehabt hatte. Mit dem Geld, das Frank bei John verdiente, mieteten sie sich auf Ærø ein Haus. Auch meine Mutter verbrachte inzwischen die Hälfte ihrer Zeit in Dänemark. John und sie hatten ein altes Fachwerkhaus gekauft in der unmittelbaren Nähe meiner Schwester. Im September 1994 kam Hannas zweites Kind, Alma Magdalene, auf Ærø zur Welt.

Im selben Jahr heiratete Louise und zog nach Lünen. Sie hatte Zahntechnikerin gelernt. Marcel machte eine Lehre als Groß- und Außenhandelskaufmann und wohnte weiterhin am Westfalenweg. Vietnam ist ihnen bis heute ein völlig fremdes Land, als Ausländer haben sie sich nie gefühlt. Als Baby hatte Marcel asiatisch ausgesehen, doch schon als Kleinkind wie ein Südeuropäer. Heute wird er von Türken, von Italienern und Griechen als Landsmann angesprochen. Dass ihn die anderen Kinder auf dem Schulhof schon mal als »Fidschi« oder »Schlitzauge« verspotteten, hat er nie verstanden. Vielleicht fährt er irgendwann ja tatsächlich einmal nach Vietnam – als ein Urlaubsland unter anderen.

Auch Louise hat sich »nie anders als deutsch gefühlt«. Sie sieht aus wie eine Vietnamesin, doch der Spott der anderen Kinder aus der Grundschule war ihr ebenso unverständlich wie Marcel. 1995 kommt es zu einem letzten Nachtreffen der Adoptiveltern und Adoptivkinder bei Schildkamps in Velbert. Lutz Beisel ist da, der Gründer der deutschen Sektion von *terre des hommes*, dazu viele Eltern und ihre Adoptivkinder. Noch einmal weht der Geist einer früheren Zeit durch den Raum. Erinnerungen werden wach, gemeinsame Erfahrungen. Erfüllte und unerfüllte Hoffnungen. Angela Schildkamp, das Mädchen, das mit Marcel aus Vietnam gekommen war, ist vor fünf Jahren gestorben. Die Mangelernährung im ersten Lebensjahr hatte ihr Gehirn nachhaltig geschädigt, als sie älter wurde, scheiterte sie an der Diskrepanz zwischen ihrem erwachsenen Körper und ihrem kindlichen Geist. Als junge Frau hatte sie keine Chance. Noch einmal erinnern sich die Eltern an die alte Diskussion: ob es richtig war, die Kinder aus Vietnam zu holen, oder ob es nicht besser gewesen wäre, ausschließlich im Land selbst zu helfen. Das Schlusswort spricht Judith Weyer, eine schöne und intelligente junge Frau. Sie gehörte zu den ersten Kindern, die damals aus Vietnam nach Deutschland gekommen waren. »Theoretisch«, sagt sie, »kann ich die Einwände gut verstehen. Persönlich dagegen bin ich sehr froh, nicht Opfer dieses Zweifels geworden zu sein.«

*

Die »Vernunft des Herzens«, meinte der französische Philosoph Blaise Pascal, ist eine solche, von der der Verstand nichts weiß. Ich hatte in Köln studiert, vor allem Philosophie, und lernte die Schwierigkeiten kennen, die die Philosophie mit Gefühlen und mit Werten hat. Während sich nahezu alle Menschen auf ihre gefühlten Wahrheiten verlassen, errichtet die Philosophie ihre Systeme auf Rationalität und Vernunft – die klarsten und schärfsten Überlegungen zu Ethik und Moral waren zugleich die vernünftigsten, aber ihre inhaltlichen Bestimmungen blieben blass. Wenn man die Sache konsequent zu Ende denkt, bleibt kaum noch eine Moral übrig, die Ethik hat sich zu einer Meta-Ethik gewandelt: zu einer Erforschung dessen, nach welchen Spielregeln der eine oder andere Philosoph seine Moral zusammenbastelt.

Zu Beginn der neunziger Jahre kam der französische Poststrukturalismus in Mode, ein Ensemble von Spieltheorien – des Spiels mit der Sprache, mit dem Unbewussten, mit Wahrheitsbegriffen und logischen Figuren, auf deren glatten Oberflächen keine Moral mehr Halt fand. Ihre Urheber waren fast sämtlich ehemalige Linke, die ihre persönliche Enttäuschung verarbeiteten und ihre Leser mit kalter Lust desillusionierten. Im Oberseminar ließ sich mit solchem Wissen gut punkten, wer an nichts glaubte, immunisierte sich vorzüglich gegen Kritik. Am Ende freilich wurden auch die gedanklich abgeklärtesten Studenten in die Wirklichkeit entlassen und nahmen ihre meist schlecht bezahlte Arbeit in Computerfirmen oder Werbeagenturen auf, machten Zulieferarbeiten für Informatiker und entwarfen Slogans für Schokoriegel.

Das Dilemma aller klugen Moralphilosophie ist offensichtlich; sie geht am Thema vorbei. Dass Gefühle der Vernunft, emotionale Stimulationen jedem einsichtigen Handeln vorausgehen, ist eine experimentell gut belegte Einsicht der Hirnforschung. Entscheidend auch für das politische Bewusstsein sind weder Wissen noch Reflexion noch Moral. Entscheidend ist die gefühlte Wahrheit. Sie ist die Basis aller Werte-Entscheidungen im Leben wie in der Politik. Nicht anders ist es erklärbar, dass Menschen an der Berliner Mauer in Tränen ausbrachen, die für die Massaker der Amerikaner in Vietnam kein Taschentuch brauchten. Oder dass die Verbrechen Stalins und Maos für viele Jugendliche der 68er Generation nichts anderes waren als Kollateralschäden auf dem Weg zur Weltrevolution.

Obwohl eine der komplexesten Empfindungen und einer der schwierigsten Sachverhalte, gehört das politische Bewusstsein nicht zu den Dingen, über die Menschen sich gemeinhin viele Gedanken machen. Man denkt vielleicht darüber nach, welches Steuer- oder Rentenmodell günstiger oder vielleicht sogar gerechter sein könnte, aber man reflektiert damit im Regelfall kaum die elementare Vorstellung von Gerechtigkeit, die man alledem persönlich zu Grunde legt. Gewiss, man verurteilt jede Art von Folter, aber man findet doch große Unterschiede in der Bewertung, ob Amerikaner, Deutsche, Chinesen oder Russen sie begehen. Die oft einseitige Weltsicht meiner Eltern gibt darüber Auskunft; die ebenso einseitige Sicht der Mehrheit im Lande auch.

An einem lauen Sommerabend, am Hackeschen Markt tobte gerade eine Demonstration, stand ich mit Guido Westerwelle in der »Lore«, einer Berliner Bar in unmittelbarer Nähe der Tumulte. Westerwelle im weißen Loden- oder Kaschmirmantel, von Leibwächtern weiträumig umstellt. Wir hatten beide etwas getrunken, ich deutlich mehr als er. Wir mochten uns, doch worüber auch immer wir redeten, wir waren uns nicht einig. Die Wirklichkeiten, in denen wir lebten, konnten unterschiedlicher kaum sein. Für mich war er der Vertreter einer Partei, die sich immer an die Mächtigen gehalten hatte, die den Vietnamkrieg ebenso befürwortet hatte wie beide Golfkriege. Für ihn verkörperte ich wohl die typische Arroganz der Linken, die sich in dem Maße überlegen fühlten, wie sie den anderen als Spießer klein redeten. Ein rhetorisches Kräftemessen. Ich fühlte mich an die Oberstufe erinnert, an meine Scharmützel im Sozialwissenschaftskurs mit den Söhnen der Anwälte und Stadträte, die schon mit 18 in die CDU oder FDP eingetreten waren. Guido war sehr geübt darin, ohne das Jungenhafte völlig verloren zu haben. Geistiges Armdrücken, eine Note, die sicher durch mich ins Gespräch gekommen war, aber er nahm die Fehde sofort und gerne auf. Ein Geisteswissenschaftler und ein Jurist – unser beider Kenntnisse über die gesellschaftlichen Folgen neoliberalen Wirtschaftens in Deutschland waren in gleichem Maße überschaubar, rhetorisch verbrämte Spekulation, aber wir waren sehr überzeugt. Am Ende erzählten wir einander von unseren Elternhäusern, die verschiedener kaum sein konnten, und es wurde ein sehr netter Abend.

Abschied.

»Wir sehen uns wieder, Junge!«

Er sagte tatsächlich »Junge« – obwohl wir fast gleich alt sind. Es war kein despektierliches »Junge«, sondern vielmehr eines burschikoser Kameradschaft. Trotzdem bemerkenswert, dass ihm gerade das am Ende unseres Treffens einfiel. Wir waren auf die Herkunft unserer Werte gestoßen worden, und wir waren jung.

*

Die Wohnung meines Bruders in Bern. Nach dem Studium in Berlin und Aachen lebt er nun in der Schweiz als Architekt bei Atelier 5. Die Räume weigern sich, eingerichtet zu sein, Georg wohnt, wie mein Vater stets leben wollte: weiß und leer; eine ideale Leinwand für die Erinnerungsfilme der Kindheit. Neben der Matratze die Kassette: *Warum ist die Banane krumm?* Floh de Cologne, Jandl, Rühmkorf, Bichsel. Wir liegen auf dem Bett und hören die alten Texte und Lieder, eine Flasche Rotwein auf dem Fußboden. Knistern und Rauschen, dann Günter Bruno Fuchs: »Aus dem Notizbuch eines Abendkönigs.« Wir fühlen uns sehr wohl.

Später beim Fernsehen. Auf dem Bildschirm diskutieren die Experten. Polit-Profis, Popstars, Poeten, Propheten und Professoren. Der Verlust der Werte wird bei »Christiansen« beklagt. Das Ende der sozialen Marktwirtschaft bei »Berlin Mitte«. Warum hat der Sieger des Kampfes von Kapitalismus gegen Sozialismus keine Werte mehr?

Wir sortieren Fotos und Zeitungsausschnitte, denken an die Werte, die unsere Eltern hatten. Mai 1970. Das erste Treffen der Adoptiveltern, die bunte Kinderschar auf der Wiese; ein Frühling irrer Hoffnung. »Fühlen, dass man mit seinem eigenen Stein mitwirkt am Bau der Welt.« Nein, an Werten hat es ihnen nicht gemangelt.

Und was ist aus uns geworden? Louise und Marcel sind unpolitisch, und Hanna wird konservativer, je älter sie wird. Ihre Kinder beherrschen die Tischsitten, die es bei uns nicht gab. Geblieben aber ist ihr das Credo, den Mehrheiten nicht zu trauen und im Zweifelsfall lieber auf der Seite der Minderheiten zu stehen. Auch Georg misstraut jeder Mehrheitsmeinung. Eigentlich glaubt er an nichts mehr, aber die Psychologie des politischen Gesellschaftsspiels interessiert und amüsiert ihn noch immer. Und was bin ich? Ein linker Konservativer, halb zynischer Träumer und halb verträumter Zyniker? Und was heißt überhaupt noch links?

Links zu sein, ist heute das Gefühl, definitiv nicht rechts zu sein. Der Rest eines Unbehagens daran, sich nur die friedlichen Seiten des Lebens herauszusuchen anstatt der beunruhigenden. Sich nicht damit abzufinden, dass sich der gesunde abgeklärte Mensch nicht das Gute, sondern allein einen aufregenden Partner, eine tolle Karriere und viel Geld wünscht. Die Unruhe gegenüber einer Geschichtsphilosophie, die die Moral des Gutseins überwunden zu haben glaubt, sie einer Altersphase oder gar einer vergangenen Epoche zurechnet. Es ist menschlich, es ist verständlich, und es ist klein, den eigenen Status quo mit der Weltlage gleichzusetzen. Denselben Fehler, den die erfolgreichen und desillusionierten 68er an der linken Bewegung der Siebziger und damit zugleich an ihrer eigenen Jugend ausmachen, begehen sie heute, älter geworden, erneut. Wieder springen sie auf den Zug des Zeitgeists auf, wieder werden subjektive Befindlichkeiten – in diesem Fall die eigene Entspanntheit – zu Maximen des Umgangs mit der Welt hochgerechnet. Je überzeitlicher sich diese Pose gebärdet, umso mehr erwächst sie dem Zeitgeist.

Das Manko an diesem verzeihend lächelnden Rückblick auf die Zeitläufte ist, dass wohl nicht ein einziges jener Probleme erledigt ist, das die Bewegung von ’68 hervorbrachte. Eine abgelegte Gegenwart, die nie zur Vergangenheit wird, solange rund 840 000 000 Menschen in dieser Welt Hunger leiden. Etwa sechs Millionen Kinder unter fünf Jahren sterben Jahr für Jahr an Unterernährung.

Wer hungert? Warum? Wem gehört was, und weshalb? Die ganz alten Fragen der ganz neuen Zeit sind nicht gelöst. Allein die Sprache der Antworten hat sich abgenutzt, die Parolen sind leer und verbraucht, die Kehlen heiser geschrien. Und doch treibt noch immer jede Bewegung in der Geschichte ihre Gegenbewegung hervor. Die Welt wurde niemals zerstört, verwüstet und verheert von denen, die fragten, sondern von jenen, die glaubten, die Antworten zu kennen.

Vielleicht ist es ein Vorteil, dass in Deutschland heute eine Zeit des Fragens ist, nicht eine der schnellen Antworten. Die gefühlte Lage im Land – noch immer eines der reichsten der Welt – ist schlecht. Die Befürchtung, dass die goldenen Jahre vorbei sein könnten, zu denen auch noch die Gegenwart gehört, ist allgegenwärtig, und sie ist realistisch. Die Zukunft ist das legitime Kind unseres Gegenwartsgefühls; nicht mehr, aber eben auch nicht weniger. Das Gefühl und die Fakten sagen uns, dass die Politik, ganz gleich welcher Farbe, die Kluft nicht mehr überbrücken kann, die zwischen den Interessen der Mittelschichten und den Interessen des Großkapitals besteht. Der Gesellschaftsvertrag der sozialen Marktwirtschaft, dass die Gewinne deutscher Firmen unweigerlich auch dem deutschen Steuerzahler nützen sollen, besteht nicht mehr. Kürzungen der Sozialetats, Privatschulen, Elite-Universitäten und Lockerung der Arbeitsverhältnisse – die neoliberalen Vorschläge verschärfen unweigerlich das Problem, für deren Lösung sie sich halten. Auf der anderen Seite regiert eine ideenlose Besitzstandswahrung ohne Konzepte. Die politische Diskussion verstaubt mit den abgetragenen Anzügen der alten Zeit.

Erstaunlich, dass die Geschichte am Ende für beide Seiten nicht völlig zu begreifen war: dass nicht der Kommunismus die Weltrevolution gemacht hat, sondern das Kapital. Der Staatssozialismus im Osten ist zu

Recht untergegangen, der Kapitalismus ist übrig geblieben, um nach Verlust seines Feindbildes festzustellen, dass es ihn als solchen gar nicht gibt. Kapitalismus ist kein Verein, kein verbindender Glaube und keine Interessengemeinschaft. Dies zu begreifen, ist keine leichte Aufgabe. Die neuen Freund-Feindlinien verlaufen nicht mehr zwischen den Interessen der zu Arbeitnehmern gewandelten Proletarier und den Interessen obskurer Bosse mit mehr oder weniger dicken Zigarren. Sie ziehen sich durch die Interessen der Branchen selbst, der mittelständischen Unternehmen und der Großkonzerne, der national gebundenen gegen die international handelnden Dienstleister. Selbst der Staat als Feindbild der Linken hat ausgedient, wer dem globalen Spiel des Kapitals etwas entgegensetzen will, ist heute für den Staat, um das zu retten, was noch zu retten ist.

Es ist Sommer 2005. Die Erfolgreichen unter den Veteranen von '68 machen sich auf, die politische Bühne zu verlassen: müde und konzeptlos. Ihr Ergebnis ist dürftig. »Alles muss anders werden«, träumten die Linken der späten Sechziger und frühen Siebziger. »Alles muss besser, effizienter werden«, verkündete die konservative Gegenrevolution der Achtziger. »Alles darf nicht viel schlechter werden«, lautet die realistische Losung der Gegenwart.

Mein Sohn Oskar Jonathan ist jetzt zwei Jahre alt. Gut möglich, dass ihm die Zeit, in der dieses Buch spielt, die Sozialarbeiterepoche, das Zeitalter des sozialen Kubismus, einst genauso fremd erscheinen wird wie mir als Kind das »Dritte Reich«. Geschichten aus der Zeit von Helmut, Erich und Asterix. Der allseits vermutete Niedergang der bürgerlichen Mittelschichten in Westeuropa wird sie fremd und fremder machen. Auf dem Fußboden im Kinderzimmer aber liegen dieselben Bauklötze, dasselbe Modellbauholz, mit dem auch ich meine imaginären Schlösser und Zoos erträumte. Die gleichen Klötze, die gleichen Ideen. Die Menschheit ist sehr begabt dafür, sich immer neue Formen zu ersinnen für immer gleiche Träume.

Den alten nachzutragen bleibt, dass Hanna noch immer auf Ærø lebt und dass sie dabei ist, Lehrerin zu werden; dass Georg weiterhin als Architekt in der Schweiz lebt und Marcel in Solingen; dass Louise in zweiter Ehe verheiratet ist und zwei Mädchen hat (ihre beiden Kinder mit einem deutschen Vater haben es heute leichter als sie, unter den vielen Kindern der Ausländer im Kindergarten fallen sie überhaupt nicht auf); dass Sabine noch immer als Bäuerin in der Eifel lebt und zwei Kinder hat; dass Holger Christians tatsächlich Koch wurde, und zwar ein ganz exzellenter; dass Tom und Hilde auseinander gingen und Hilde heute wieder in Solingen wohnt; dass mein Jugendfreund Bernie in einer betreuten Wohngemeinschaft in Siegen lebt, und dass er Schachspielen inzwischen für sinnlos hält; dass Karl-Heinz Hofmann noch immer Kunst macht und seit vielen Jahren in meiner unmittelbaren Kölner Nachbarschaft wohnt; dass Karina Evertz den reichen und viel älteren Besitzer einer Privatklinik geheiratet hat und mit ihm viele Kinder bekam; dass Oleg Blochin über hundert Länderspiele für die UdSSR machte und heute Nationaltrainer der Ukraine ist, wenn er nicht gerade wieder einmal zurücktreten muss, weil Präsident Juschtschenko den beliebtesten Sportler der Ukraine als Linksaußen im Parlament fürchtet; dass Dynamo Kiew heute die beste Mannschaft der Welt ist, es aber nur nicht so zeigt; dass Frank Knoche gegenwärtig als parteiloser Abgeordneter für die GRÜNEN im Solinger Stadtrat sitzt und mit viel Elan eine Obdachlosenzeitung betreut; dass Scheytts zu ihren acht leiblichen drei Kinder adoptierten und sechs Pflegekinder aufnahmen, sodass die Familie auf siebzehn Kinder anwuchs, und dass Herr und Frau Scheytt heute in Rumänien leben und dort ein mit eigenen Mitteln gebautes Kinderheim leiten; dass Helmut Schildkamp im Laufe von dreißig Jahren mehr als 3500 Kindern zu neuen Eltern verhalf, dass er heute glücklich und zufrieden in der Sonne Mallorcas sitzt und Plastiken mit endlosen Oberflächen ersinnt, und dass er noch immer nach jenem chinesischen Leitspruch lebt, der sein Leben bestimmt hat: »Es ist besser eine Kerze anzuzünden, als der Dunkelheit zu fluchen.« Und dass ich mich in seiner Gegenwart noch immer so zeitlos wohl fühle, als wäre meine Kindheit nie zu Ende gegangen.

Die Menschen in diesem Buch leben oder haben gelebt. Der Blick, der auf sie geworfen wird, entspricht meiner Erinnerung: Er ist sehr persönlich, subjektiv und gewiss nicht immer gerecht. In Fällen von lebenden und/oder leicht zu identifizierenden Personen, deren Urteil über das Geschriebene nicht eingeholt werden konnte, und/oder deren Zustimmung fragwürdig ist, wurden Namen ausgetauscht, in seltenen Fällen auch die Namen von Orten.

Informationen zum zeitgeschichtlichen Hintergrund verdanke ich zahlreichen Quellen. Einige werden im Text genannt, andere sollen hier erwähnt werden: Für die Betrachtung der Arbeit von *terre des hommes* und ihrer gesellschaftspolitischen Brisanz war das Buch »Hilfe für Kinder in Not. Vom Handeln im Widerspruch« von Reinhardt Jung und Wolfgang Ludwig (Reinbek 1985) sehr anregend und hilfreich. Weiterhin zu erwähnen sind: Susanne Curdes, Ingrid Sperling, Magdalene Weinmann (Hrsg.): »Angenommen. Bericht über einen Versuch, chancenlosen Waisen Südvietnams zu helfen. 1968 bis 1975« (Selbstverlag 1976); Margot Weyer: »Adoption gelungen?« (Stuttgart 1985) sowie »Wortmeldungen. 25 Jahre terre des hommes 1967–1992« (Osnabrück 1992).

Für die Passagen zum Vietnam-Krieg waren hilfreich: Marc Frey: »Geschichte des Vietnamkriegs. Die Tragödie in Asien und das Ende des amerikanischen

Traums« (München, 7. Aufl. 2004); Jonathan Neale: »Der amerikanische Krieg. Vietnam 1960–1975« (Bremen/Köln 2004); Wolfgang Schneider: »Apokalypse Vietnam« (Reinbek 2000); Jonathan Schell: »The Real War: The Classic Reporting on the Vietnam-War« (New York 1987).

Über die linken, insbesondere die maoistischen Parteien wurden zu Rate gezogen: Gerd Koenen: »Das rote Jahrzehnt. Unsere kleine deutsche Kulturrevolution 1967–1977« (Köln 2001); Christiane Landgrebe, Jörg Plath (Hrsg.): »'68 und die Folgen. Ein unvollständiges Lexikon« (Berlin 1998) sowie »Arbeiterklasse und Nation. Die maoistischen K-Gruppen der 70er Jahre« unter: www.rbi-aktuell.de.

Nachwort zur Neuauflage

Dieses Buch wurde vor sieben Jahren geschrieben. In der Zeit einer sich als sozialdemokratisch missverstehenden Bundesregierung. In einer Zeit zugleich, in der das Wort »Reform« in jeder Talkshow zu hören war. Gemeint war, den Warenfluss, aber noch mehr die Geldströme des internationalen Kapitals, von allen lästigen Beschränkungen, von Regeln und Abgaben zu befreien – der Verzicht auf die mit der sozialen Marktwirtschaft so untrennbar verbundenen »Ordnungspolitik«. Der Staat, so schien es, sei nicht die Lösung, sondern das Problem. Der Kampfpreis dagegen war kaum ein Thema: die schon damals offenkundige Krise unserer Gesellschaft, das allmähliche Abschmelzen der Mittelschichten, die Anhäufung enormer Summen an Kapital in den Händen weniger, die Verarmung der öffentlichen Hand, insbesondere der Städte und Gemeinden.

Sieben märchenhafte Jahre später stehen wir vor den Trümmern dieser Ideologie. Die internationale Finanz- und Wirtschaftskrise des Jahres 2008 war nur ein erster, kaum ernst genug genommener Warnschuss; die Herrschaft des fiktiven Kapitals mit ihren unübersehbaren Risiken für die Volkswirtschaften der Welt ist ungebrochen und geht ungezügelt weiter. Die Gesellschaften auch des Westens zerfallen unaufhaltsam in eine kleine Schicht der Profiteure und eine immer größere Zahl von Menschen, deren Lebensumstände sich jetzt und in Zukunft weiter verschlechtern. Die im Jahr 2010 von der Bertelsmann Stiftung dokumentierte Umverteilung des Geldes von den Mittel- zu den Oberschichten belehrt unmissverständlich über die Konsequenzen aus dieser Entwicklung. Wo der Staat dem Großkapital die größtmögliche Freiheit garantiert, sterben die freien Märkte und bezahlen Steuerzahler die Risiken des von der britischen Sozialwissenschaftlerin Susan Strange schon 1986 sogenannten »Kasino-Kapitalismus«. In historisch beispielloser Weise überschuldete Staaten retten zwar kurzfristig ihre Wirtschaft, ruinieren aber bereits mittelfristig ihr Volk. In mehreren europäischen Ländern treibt dies Rechtspopulisten mit Macht in die Parlamente. Und auch in Deutschland verhaften viele mal wieder rhetorisch die üblichen Verdächtigen: Migranten als Sündenböcke einer verfehlten Ordnungspolitik des Staates.

Die Überschuldung insbesondere der Städte erreicht derweil ein immer neues Rekordniveau. Die Gewerbesteuern brechen weg, die Sozialetats für die Verlierer des geschilderten Prozesses steigen auf weit mehr als die Hälfte des kommunalen Etats. Der größte Teil der Kommunen in Nordrhein-Westfalen hat stark defizitäre Haushalte, Tendenz steigend. Meine Heimatstadt Solingen, von der in diesem Buch so viel die Rede ist, ist pleite. Eine Haushaltsperre zwingt sie zum Abbau der bürgerlichen Kultur, zur Schließung von Bädern, Stadien, Schulen und anderen öffentlichen Einrichtungen. Eine Lösung dieses Dilemmas ist nicht in Sicht.

Dieses Buch führt den Leser zurück zu den Anfängen in die goldene Zeit der Bundesrepublik. Zurück in eine Zeit, in der die bürgerliche Kultur sich noch entfaltete und blühte. In eine Zeit, in der der Sozialstaat sich ausweitete, die Armut zurückging, Universitäten gegründet wurden, Schulzentren gebaut und die immer breitere Mittelschicht zu einem bis dahin unvorstellbaren Reichtum gelangte. Die Liberalisierung der Gesellschaft schuf das höchste Maß an Freiheit, das es bislang je auf deutschem Boden gegeben hatte – angetrieben und durchgefochten von einem politisch interessierten und engagierten Bürgertum und seinen sozialpolitischen Emanzipationsbewegungen. In eine Zeit des sozialen Kubismus also, die zu jeder Idee ihre Alternative suchte und durchspielte, Irrwege, Spinnereien und falsche Heilserwartungen eingeschlossen.

Demokratie in den 1960er und 1970er Jahren war noch lebendig. Und Politik wurde nicht als »alternativlos« empfunden – das politische Unwort des Jahres 2010. Der Gedanke dagegen, dass Gemeingüter wie Bildung, Gesundheitsfürsorge, Telefon, Post, Fernsehen, Busse, Bahnen, Wasser- und Energieversorgung nicht dem Spiel des Marktes ausgeliefert werden dürfen, sondern in der sicheren öffentlichen Hand ruhen sollten, war Konsens in allen drei im Bundestag vertretenen politischen Parteien, ungeachtet jeder Selbstdefinition als »Rechts« oder »Links«.

Historische Zeiten also – oder nicht? Mit großer Freude lässt sich feststellen, dass das Bürgertum nach drei Jahrzehnten des Dornröschenschlafs in Tennisclubs, Premium-Fernferiendomizilen und anderem Comfort- und Wohlfühl-Ambiente zurück auf die politische Bühne drängt. Spätestens seit den Protesten gegen Stuttgart 21 erleben wir die Wiederkehr des zuvor örtlich betäubten Bourgeois als Citoyen. Die Angst vor den Unbilden der globalen Finanzwirtschaft, dem befürchteten sozialen Abstieg und der drohenden Verwahrlosung der urbanen Kultur schürt den Protest. Wie zuletzt in den späten 1960er und den frühen 1970er Jahren stellt sich heute die so lange vergessene Frage: Wie wollen wir leben? Die sozialen und die ökologischen Herausforderungen an unsere Gesellschaft sind die größten seit Menschengedenken. Doch wer bestimmt in Zukunft darüber, welche Art Fortschritt wir wollen und welche wir nicht wollen? Wie werden wir angesichts der internationalen Konkurrenz auf den Weltmärkten auch ohne langfristiges Wirtschaftswachstum glücklich und zufrieden? Wie sichern wir uns die Mitsprache im internationalen Spiel der Konzerne und Global Player? Wie können wir, mit einem alten Wort Willy Brandts, erfolgreich »mehr Demokratie wagen«?

In solcher Lage stehen wir erneut vor historischen Umbrüchen, die sich in der Bundesrepublik nur mit der Situation Ende der 1960er Jahre vergleichen lassen: ein Land im Zwiespalt. Verlieren wir in einem schleichenden Prozess die Errungenschaften unserer bürgerlichen Kultur? Verwandeln wir uns in eine »Postdemokratie«, in der die Mitbestimmung der Bevölkerung nur noch simuliert wird? Oder erleben wir einen Umbruch zu mehr Demokratie? Immerhin mehrt sich die Zahl der Menschen, die die alten Eliten mit viel Misstrauen nach ihrer Legitimation befragen. Diese Menschen wünschen sich ein Land, das neue und andere Eliten hervorbringen wird, Pioniere des Wandels, aber vor allem mehr Möglichkeiten direkter und indirekter Mitbestimmung für alle.

Viele der in diesem Buch geschilderten Menschen

leben noch und verfolgen mit viel oder wenig Neugier den neuen Wandel. Unter Pflaumenbäumen die einen, unter Mitdemonstranten die anderen. Für sie sind ihre Erfahrungen aus der Sozialarbeiterepoche der Bundesrepublik mehr als nur ein amüsierter Blick in die Zeit von Asterix. Es ist eine Revue der Zeit, in der die Belebung der Demokratie ein ebenso wichtiges Thema war wie heute. Gewiss, von vielen Theoriegebäuden der damaligen Zeit ist wenig mehr geblieben als das, was durch sie hindurchfegte – der Wind. Ein Lächeln in den Augenwinkeln mag diesen Rückblick begleiten. Und doch lohnt sich ihre Besichtigung für die Kinder der damaligen Zeit wie der heutigen. Nicht zuletzt deshalb, weil gewisse Irrtümer Stationen auf dem Weg zur Einsicht sind. Mögen sie neue und bessere Lösungen hervorbringen.

Köln, im März 2011
Richard David Precht

Inhalt

Manuela Golz

Ferien bei den Hottentotten

Originalausgabe

ISBN 978-3-548-26416-5
www.ullstein-buchverlage.de

»Wenn meine Mutter von Herrn Kennedy sprach, hatte ich immer das Gefühl, dass sie viel lieber ihn geheiratet hätte als meinen Vater. Aber das Schicksal hatte anderes mit ihr vor.«
Monika ist zwölf und wächst Ende der 70er Jahre in einer typischen Westberliner Familie auf. Spießige Eltern, Schrankwand und Wagenradlampe, Tagesschau um 20 Uhr, mit dem Ford auf der Transitstrecke … Als ihr großer Bruder in eine Landkommune in Westdeutschland zieht – zu den »Hottentotten«, wie ihr Vater sagt – und Monika kurz darauf ihre Sommerferien dort verbringen darf, verändert sich ihr Leben schlagartig …

UB337